## *En 2018, Harlequin fête ses 40 ans !*

*Chère lectrice,*

*Comme vous le savez peut-être, 2018 est une année très importante pour les éditions Harlequin qui célèbrent leur quarantième anniversaire. Quarante années placées sous le signe de l'amour, de l'évasion et du rêve… Mais surtout quarante années extraordinaires passées à vos côtés ! Azur, Blanche, Passions, Black Rose, Les Historiques, Victoria mais aussi HQN, &H et bien d'autres encore : autant de collections que vous avez vues naître, grandir et évoluer, avec un seul objectif pour toutes – vous offrir chaque mois le meilleur de la romance. Alors merci à vous, chère lectrice, pour votre fidélité. Merci de vivre cette formidable aventure avec nous. Les plus belles histoires d'amour sont éternelles, et la nôtre ne fait que commencer…*

40 ANS

Le droit de l'aimer

---

Un époux pour la vie

CAT SCHIELD

# Le droit de l'aimer

*Traduction française de*
FLORENCE MOREAU

*Passions*

HARLEQUIN

*Collection :* PASSIONS

*Titre original :*
TWO-WEEK TEXAS SEDUCTION



**HARPERCOLLINS FRANCE**
83-85, boulevard Vincent-Auriol, 75646 PARIS CEDEX 13
Service Lectrices — Tél. : 01 45 82 47 47

www.harlequin.fr

ISBN 978-2-2803-8318-9 — ISSN 1950-2761

# - 1 -

Bien avant d'emménager à Royal, Texas, Brandee Lawless menait déjà sa barque seule. « Vous verrez bien que j'y arriverai ! », semblait-elle affirmer de son air effronté. Elle assumait complètement son indépendance, et peu lui importait que sa franchise froisse quelques susceptibilités. Dernièrement, elle n'avait pas hésité à s'opposer à un trio de femmes du Texas Cattleman's Club. Sitôt qu'elles avaient été cooptées, Cecelia Morgan, Simone Parker et Naomi Price avaient en effet commencé à faire des vagues.

Ce jour-là, elle traversa en un rien de temps le couloir qui menait à la spacieuse salle à manger du club, où elle devait déjeuner en compagnie de sa meilleure amie, Chelsea Hunt. Avec son mètre soixante-cinq, elle était loin d'être grande, mais elle savait s'y prendre pour faire une entrée remarquée.

Aujourd'hui, elle avait troqué son éternel jean, ses boots, sa chemise de travail et son chapeau de cow-boy contre une robe en lainage gris moulante ornée de poignets en dentelle, qu'elle portait sur un jupon de tulle de même couleur. Elle s'était également fait des nattes qu'elle avait relevées en un chignon, à l'aide de pinces piquées de faux diamants. Notant les trois paires d'yeux qui la suivirent lors de son passage, elle ne douta pas qu'on jaugeait sa tenue. Pour bien montrer que cela ne l'agaçait pas le moins du monde, elle prit tout son temps quand elle contourna les différentes tables afin de rejoindre Chelsea, assise près de la fenêtre.

Plongée dans l'étude de la carte, celle-ci releva la tête à son approche.

— Waouh, quel chic ! s'exclama-t-elle, les yeux écarquillés.

Ravie que son amie approuve sa toilette, Brandee lui sourit.

— Cela fait partie de ma nouvelle collection, déclara-t-elle.

En plus de gérer l'un des ranchs les plus rentables du Texas, Brandee créait parfois encore des vêtements et des accessoires pour la société de mode qu'elle avait lancée douze ans plus tôt.

— Et que penses-tu de mes bottes ? ajouta-t-elle.

— J'en suis morte de jalousie, répondit Chelsea en examinant les bottes violet vif de chez Tres Outlaws. Tu voudras bien me les prêter ?

— Bien sûr !

Et, savourant une satisfaction toute féminine, Brandee s'assit en face de son amie. Comme elle consacrait énormément de temps au ranch, la plupart des gens la prenaient pour un garçon manqué, et il était vrai qu'en dépit d'une garde-robe remplie de vêtements frivoles elle se mettait rarement sur son trente et un pour venir déjeuner en ville avec une amie. Mais en l'occurrence elle venait fêter un événement : son premier programme de soutien destiné aux adolescents en difficulté était complet pour un mois et, cet été, les camps de Hope Springs allaient tout changer pour ces gamins.

— Tu as fait impression sur le trio diabolique, déclara Chelsea.

Cette dernière pointa du menton les nouveaux membres du Texas Cattleman's Club.

— Elles n'arrêtent pas de nous regarder en chuchotant, ajouta-t-elle.

— Je parie qu'elles critiquent ma tenue. Si elles savaient à quel point je me fiche de leur avis !

Les pauvres ! Elles se croyaient encore au lycée, époque où les filles jolies et populaires se liguent contre des proies faciles. Non que Brandee fût faible ! De fait, elle exerçait une forte influence sur le club et la communauté.

— Elles ont un comportement grégaire, poursuivit-elle. Prises séparément, elles n'ont aucun pouvoir mais, dès qu'elles sont en groupe, elles vous mettent en pièces.

— Et le fait que tu réussisses mieux qu'elles ne contribue pas à les rendre moins hostiles à ton égard.

— À moins que ce ne soit mon opposition à les laisser gérer ce club comme leur cour de récréation personnelle. Toutes ces machinations politiques sont une réelle perte de temps, temps que je préférerais consacrer à Hope Springs Ranch.

— Je suis certaine qu'elles aussi aimeraient bien que tu passes moins de temps au club, surtout quand tu fais ton apparition vêtue de cette façon, reprit Chelsea. Tu as l'air d'une femme d'affaires millionnaire, et elles doivent enrager.

— Sauf que je porte des vêtements tout à fait abordables, puisque mes collections ciblent des adolescentes et des femmes pas assez fortunées pour s'offrir des tenues de designers.

— Je crois que, ce qui les contrarie, c'est la façon dont tu affiches ta réussite. Tu arbores une confiance à toute épreuve, comme tous ceux qui se sont facilement hissés au sommet sans avoir eu à écraser qui que ce soit.

— C'est parce que j'accepte mes défauts.

— Tu as des défauts, toi ?

À ces mots, un élan de sympathie pour sa meilleure

amie submergea Brandee. Ancien hacker et actuellement directrice technique de la chaîne de restaurants Hunt & Co, Chelsea était à la fois belle et intelligente. Dès qu'elles avaient fait connaissance, Brandee avait adoré son côté rentre-dedans.

— Tout le monde se trouve des défauts, reprit-elle. Moi, par exemple, je trouve mes lèvres trop minces, et mes oreilles sont décollées. Mais mon père me disait toujours qu'elles étaient parfaites, car elles empêchaient mon chapeau de me tomber sur les yeux.

Et, comme à chaque fois qu'elle évoquait son père, elle ressentit un pincement au cœur. Jusqu'à ce qu'elle le perde dans un accident épouvantable à l'âge de douze ans, il avait représenté son monde. C'était lui qui lui avait appris à diriger un ranch, et lui avait enseigné les joies du labeur acharné et du travail bien fait. Sans sa voix qui n'avait jamais cessé de résonner en elle, elle n'aurait pas eu le cran de fuir sa relation délétère avec sa mère pour devenir une prospère gérante de ranch.

— Allons, tu as créé ta propre ligne de vêtements en ligne ! s'exclama Chelsea. Or, tu n'aurais pas pu réaliser ce projet si tu n'avais pas eu une bonne image de toi.

— Je crois que c'est précisément ce qui nous distingue des autres qui nous rend intéressantes. Et inoubliables. Pense à toutes ces reines de beauté qui paradent sur les podiums. Nous nous souvenons juste de celles qui se comportent mal ou sont renvoyées, ou encore qui surmontent des handicaps pour y arriver.

— Donc ces trois-là ne sont pas inoubliables ? fit Chelsea en désignant le trio de pestes.

— Non, et je crois qu'elles le savent, répondit Brandee avec un sourire. C'est pour cette raison qu'elles cherchent à tout prix à attirer l'attention.

À peine eut-elle fini sa phrase que de curieuses vibrations dans l'air la mirent en alerte… Une seconde plus tard, un homme de haute taille et d'une carrure athlétique se plantait devant leur table, éclipsant les trois femmes. *Shane Delgado.* Elle avait senti son eau de toilette éminemment virile une seconde avant qu'il n'apparaisse.

— Salut, Shane ! fit Chelsea d'une voix onctueuse.

Brandee roula les yeux en voyant son amie se pâmer devant le charisme et le sourire ravageur de Shane. Il n'était pas près de produire le même effet sur elle !

— Ravi de te voir, Chelsea, répondit-il de son accent traînant du Texas, ourlé d'une pointe de Nouvelle-Angleterre. Bonjour, Brandee.

Elle lui rendit son salut sans lui accorder un regard.

— Delgado, marmonna-t-elle d'un ton neutre, alors que son corps tout entier réagissait à sa présence.

— Tu es particulièrement ravissante, aujourd'hui.

Chelsea les regarda tour à tour, sourcils froncés.

— Tu n'es pas mal non plus, rétorqua Brandee.

Elle n'avait pas besoin de le jauger pour savoir que, dans son jean flambant neuf qui moulait ses cuisses musclées et sa chemise d'un brun clair qui soulignait sa carrure, il avait l'air d'un dandy millionnaire.

— Je peux faire quelque chose pour toi, Delgado ? enchaîna-t-elle.

Elle se mordit alors la langue, consciente de l'ambiguïté de sa question.

— Faire ? répéta-t-il comme si ce mot s'apparentait à une promesse.

Un frisson la parcourut. Évidemment, il n'allait pas laisser passer une occasion de la mettre mal à l'aise.

D'un ton impatient, elle clarifia sa question :

— Tu t'es juste arrêté pour nous dire bonjour, ou parce que tu as une idée derrière la tête ?

— Tu sais parfaitement ce que j'ai derrière la tête.

Dans la bouche de tout autre homme, cette réplique

aurait été scandaleuse, mais Shane avait élevé le flirt au rang d'art.

— Mon ranch ? répondit Brandee en le dévisageant.

Depuis des années, ne la poussait-il pas à la vente, afin de pouvoir gâcher le paysage ? Son but était en effet de construire à la place de son ranch une nouvelle série de ses fameuses résidences de luxe pour touristes.

Une lueur espiègle traversa son regard noisette.

— Entre autres choses, précisa-t-il d'une voix amicale.

— Tu perds ton temps. Je ne veux pas vendre.

— Je n'ai jamais estimé comme perdu le temps passé en ta compagnie.

Du miel semblait dégouliner de chacune de ses paroles, sourire sexy à l'appui.

Brusquement, Brandee se sentit à fleur de peau. Plusieurs fois, ces dernières années, elle avait envisagé de sortir avec ce charmeur patenté. Il avait un corps à se damner et offrait un parfait équilibre de risque et de distraction, aussi, coucher avec lui devait être une aventure explosive et mémorable.

Sauf que Shane n'était pas le genre d'homme à s'attarder, et qu'elle n'avait aucune envie de passer le reste de ses jours à attendre de lui quelque chose qu'il ne pourrait jamais lui apporter. Non qu'elle recherchât une relation sur le long terme mais, enfin, une jeune femme peut très vite devenir dépendante d'une histoire sans qu'elle soit pour autant bonne pour elle.

— D'ailleurs, j'adore nos petits échanges, reprit-il en déversant des flots de sex-appeal autour de lui.

— Pourtant, tu finis toujours par essuyer une rebuffade, rétorqua-t-elle avec son plus beau sourire ironique. Mais peut-être que cela te plaît ?

— Tu sais bien, ma belle, que je ne recule devant aucun défi.

Et, sur ces mots, il laissa ses yeux courir sur sa bouche,

puis sur ses seins. Troublée par ce regard appréciateur, Brandee sentit les battements de son cœur s'accélérer.

— Ravi de t'avoir revue, conclut-il avant de s'éloigner.

— Eh bien ! marmonna Chelsea.

— Pardon ? fit Brandee d'une voix altérée.

Elle desserra alors les poings qu'elle avait fermés malgré elle. Son sang continuait à bouillir dans ses veines, de désir ou de colère, elle n'aurait su dire…

— Il y a une sérieuse alchimie entre vous, affirma Chelsea. Comment se fait-il que tu ne m'en aies rien dit ?

— Rien à voir avec l'alchimie, ça s'appelle au contraire un antagonisme ! rectifia Brandee.

— Allons, entre vous, c'est chaud ! insista Chelsea.

Brandee leva les yeux au ciel, ce qui n'empêcha pas son amie de poursuivre :

— Tu ne voudrais pas faire un bout d'essai avec lui ?

— Tu es folle ou quoi ? Tu n'as pas encore compris que, tout ce qui l'intéresse depuis trois ans, c'est d'acheter Hope Springs Ranch ?

— Il se sert peut-être de ce prétexte pour s'arrêter chez toi et te voir, non ? Rappelle-toi le sacré coup de main qu'il t'avait donné après la tornade !

Deux ans et demi plus tôt, Royal avait été balayé par un ouragan de catégorie F4, le pire de ces quatre-vingts dernières années. La tornade avait emporté tout un pan de la partie ouest de la ville, y compris l'hôtel de ville et une aile du Royal Memorial Hospital, et dévasté de nombreux ranchs.

— Son attitude n'avait rien d'altruiste. Il cherchait juste à savoir si l'état de ma propriété me pousserait à vendre.

— Je n'y crois pas une seconde ! Ce n'est pas pour cette raison qu'il a passé plusieurs jours à déblayer les débris.

Brandee secoua la tête. Chelsea ne comprenait

décidément pas que Shane masquait son jeu par une amabilité de façade. Ses belles paroles n'avaient qu'un seul dessein : lui assurer l'acquisition de Hope Springs Ranch. Si elle acceptait de lui vendre sa propriété, plus jamais elle n'entendrait parler de lui.

— Concernant Shane Delgado, accordons-nous sur le fait que nous ne sommes pas d'accord, suggéra alors Brandee, peu désireuse de gâcher son déjeuner en continuant à discuter de lui.

— Entendu, approuva Chelsea. Et, maintenant, parle-moi des bonnes nouvelles. Que se passe-t-il, au juste ?

— J'ai découvert ce matin que la première session d'été de mon programme Hope Springs était complète.

— C'est fantastique, Brandee !

Depuis qu'elle avait acheté le terrain qui était devenu Hope Springs Ranch, Brandee s'était efforcée de créer des programmes pour les adolescents en difficulté, le but étant de corriger leurs tendances autodestructrices tout en les aidant à mettre en valeur leurs talents. Ayant elle-même vécu une adolescence difficile après la mort de son père, elle souhaitait procurer un environnement structuré aux jeunes en souffrance, notamment par le sport, afin qu'ils apprennent à se fixer des buts, à communiquer et à exploiter au mieux leurs aptitudes.

— Je n'arrive pas à croire que tout se combine finalement si bien. Mais, quand je pense au travail qui m'attend encore pour que les dortoirs et les équipements soient prêts en temps voulu, j'en ai le vertige !

— Allons, tout sera fini le moment venu, je te fais confiance pour cela. Tu es l'une des personnes les plus motivées et organisées que je connaisse.

— Merci, c'est gentil !

Il lui avait fallu des années de dur labeur et d'optimisme forcené pour en arriver là, mais son père aurait été fier du succès de son ranch. Et maintenant son rêve le plus cher était sur le point de se réaliser.

Sa vie était parfaite, elle n'aurait pas pu en imaginer une meilleure.

Shane s'éloigna de la table de Brandee avec la sensation d'avoir été congédié d'un revers de la main. Au fil des années, il avait eu de nombreux échanges avec la jeune propriétaire de ranch. Chaque fois, il avait voulu se convaincre qu'il en était sorti indemne, alors qu'en réalité il était rare que son ego n'en pâtisse pas lourdement.

Elle n'était jamais ravie de le voir, c'était manifeste… Et fort injuste dans la mesure où ces rencontres embellissaient ses journées. Il passait souvent au ranch pour la contempler en plein travail, quand elle déplaçait le bétail, soignait les chevaux ou aidait à la construction d'un centre destiné à accueillir des adolescents en difficulté. Vêtue de vieux jeans, de chemises à carreaux un peu fanées et de boots poussiéreuses, ses yeux bleu-gris incendiant son visage recouvert de perles de sueur, elle sentait alors les chevaux, le foin et le dur labeur. Un authentique garçon manqué, mais aussi une véritable femme, qu'il désirait ardemment.

Brandee, en revanche, restait complètement insensible à son charme. Dans son regard, il ne voyait qu'un océan de méfiance. Étant donné le défi impossible qu'elle représentait pour lui, il aurait dû renoncer au fantasme de la posséder depuis longtemps, d'autant que bien d'autres femmes l'appréciaient pour son savoir-vivre et son humour.

Mais il avait résolu de la faire fléchir — pour mieux ensuite se délecter de sa capitulation et passer à autre chose. Il n'était pas un mauvais gars, seulement il n'était pas fait pour les relations durables. Quant à Brandee, elle ne les prisait guère non plus, à en juger par ce qu'il connaissait de sa vie sociale.

Donc, il revenait toujours à l'attaque, même si après chaque rencontre il retombait dans un nouvel enfer. Aujourd'hui, c'était le parfum de la jeune femme qui l'avait profondément troublé, une fragrance florale légère qui lui avait donné envie d'enfouir les mains et le visage dans sa chevelure dorée.

— Shane.

Arraché à ses pensées, il s'immobilisa pour saluer d'un hochement de tête le trio de femmes qui l'avait interpellé. Il n'aurait su dire laquelle l'avait hélé, mais une chose était sûre : ces trois-là étaient toujours synonymes d'ennui. Cecelia la blonde, Simone la brune et Naomi la rousse, toutes belles, confiantes en elles, se montraient dangereuses si on les contrariait.

Elles avaient été récemment admises au Texas Cattleman's Club, et leurs requêtes avaient déjà causé des remous. Elles estimaient en effet que les locaux méritaient un petit lifting. Souhaitant imprimer au club un autre style que celui, « vieux garçon », qui était le sien jusque-là, elles cherchaient, de manière bien peu subtile, à manipuler les votes en leur faveur.

Brandee était l'une de leurs adversaires les plus obstinées, œuvrant de son côté à rassembler les votes qui signeraient leur défaite. Elle avait en effet noué des liens privilégiés avec les membres les plus âgés et établis du club, afin de prêcher contre toutes les suggestions que feraient les trois femmes. Ces intrigues étaient plutôt drôles à observer.

— Mesdames, répondit Shane en passant devant leur table.

— Joignez-vous à nous, insista Cecelia.

C'était une blonde platine, avec des yeux aussi durs

que ceux de la Reine des Neiges. En tant que présidente de To The Moon, une société spécialisée dans les meubles haut de gamme pour enfants, Cecelia avait de toute évidence l'habitude qu'on lui obéisse.

Arborant son sourire le plus affable, Shane secoua la tête.

— Vous savez bien que ce serait mon vœu le plus cher, mais je suis déjà en retard, hélas !

Il jeta un coup d'œil vers son meilleur ami, Gabriel Walsh, assis à une table, le smartphone collé à l'oreille, un verre de scotch à moitié vide devant lui.

— Puis-je vous être utile en quoi que ce soit ? ajouta-t-il néanmoins.

— Nous avons remarqué que vous discutiez avec Brandee Lawless, commença Simone.

Elle se pencha en avant, lui offrant un panorama fantastique sur son décolleté. Avec son corps généreux, ses yeux bleus et ses longs cheveux noirs, elle incarnait un mélange fascinant de beauté et d'intelligence.

— Et nous voulions vous donner des conseils amicaux à son sujet, poursuivit-elle.

Ce trio infernal avait-il remarqué son attirance pour Brandee ? Si tel était le cas, il devait se ressaisir et, à l'avenir, mieux garder le contrôle de lui-même. Posant les mains sur le dos d'une chaise, il se pencha vers elles, un sourire de conspirateur aux lèvres.

— Je suis toujours heureux que de ravissantes femmes me donnent des conseils.

Cecelia hocha la tête, comme si elle approuvait sa sagesse.

— Elle fait mine de s'intéresser à vous, parce qu'elle veut que vous votiez contre les travaux de rénovation du club.

Shane cligna des paupières. Brandee s'intéressait

à lui ? Qu'avaient donc vu ces trois femmes qui lui avait échappé ?

— Mais après le vote, enchaîna Simone, elle vous congédiera comme ça.

Et elle fit claquer ses doigts, tout en affichant une moue déterminée.

— Vous trouvez que Brandee me manifeste de l'intérêt ?

Il afficha la plus grande surprise, dans l'espoir que les trois femmes s'empresseraient d'exposer leur théorie. Toutes trois échangèrent un regard entendu, et désignèrent en silence Naomi pour qu'elle prenne la parole.

— Ce n'est pas une tendre, elle cherche à vous manipuler. Vous n'avez donc pas remarqué sa façon de flirter avec vous ? Elle sait pertinemment que les gens vous aiment bien et elle veut tirer parti de votre popularité pour influencer le vote.

Brandee avait-elle réellement flirté avec lui ? se demanda alors Shane. Pendant quelques instants, il se délecta de cette idée agréable… Luttait-elle contre la même enivrante attirance que lui, quand ils se croisaient ? Non, impossible ! Ses joutes verbales n'avaient pour but que de le désarçonner pour lui faire mordre la poussière.

— Merci de m'avoir averti, mesdames. Je serai désormais sur mes gardes, concernant Brandee.

— Ce fut un plaisir, murmura Naomi.

Un vif éclat de satisfaction brilla à cet instant dans ses yeux noisette, sertis d'épais cils bruns.

— Nous vous soutiendrons toujours, renchérit Cecelia.

Sur ces mots, elle lança un regard aux deux autres qui s'empressèrent d'approuver.

— Je m'en souviendrai, répondit-il, un sourire amical aux lèvres.

Puis il quitta le trio pour rejoindre Gabe. L'ancien Texas Ranger le regarda approcher, l'air amusé.

— Qu'est-ce que tu fichais avec ce trio de minettes ? On peut dire que tu leur as donné le sourire !

Se laissant tomber sur le siège en face de Gabe, Shane appela le serveur. Il avait besoin d'un alcool fort.

— Je leur ai donné ce qu'elles recherchaient.

— Comme toujours, non ?

— Exact.

Et il adressa un sourire effronté à Gabe, même s'il ne ressentait en réalité aucun contentement.

— Donc, que te voulaient-elles ? demanda Gabe.

— Me mettre en garde contre Brandee Lawless.

Gabe la regarda du coin de l'œil.

— Parce que tu as besoin qu'on te mette en garde contre elle ?

— Absolument pas !

Comme le serveur déposait un scotch devant lui, Shane en avala une bonne gorgée avant de reprendre :

— Tu connais la nature de notre relation. Si nous étions des enfants, elle m'aurait mis son poing sur la figure et se serait assise sur moi.

— Et tu l'aurais laissée faire, car tu aurais pu la chatouiller ?

— La *chatouiller* ? répéta Shane, prenant un air outré. Es-tu sûr de bien me connaître ?

— Nous sommes en train d'imaginer que Brandee et toi êtes des enfants, non ? C'est la chose la plus innocente qui m'est venue à l'esprit.

Shane poussa un petit grognement amusé.

— Tu aurais pu imaginer que je lui donnais *la fessée.*

Gabe rit avec lui.

— Et si on revenait à Cecelia, Simone et Naomi ? suggéra-t-il.

— Elles sont furieuses. Non seulement Brandee a pris position contre elles, mais elle jouit d'une grande influence au sein du club. Elles veulent régenter le monde ou, du moins, la petite partie que nous occupons.

Sur la table, le téléphone de Gabe tinta, lui annonçant l'arrivée d'un texto.

— Bon sang ! marmonna-t-il après l'avoir lu.

— Mauvaise nouvelle ?

— La tumeur de mon oncle n'est pas opérable.

Quelques semaines auparavant, on lui avait diagnostiqué un cancer du cerveau de stade quatre.

— Je suis désolé, Gabe… C'est dur !

Dale Walsh, surnommé Le Ronchon, était un mastodonte très dynamique. Comme son neveu, il dépassait le mètre quatre-vingts et était d'une carrure intimidante. Fondateur de la société de sécurité la plus privée de Royal, le Walsh Group, il y avait intégré Gabe après que celui-ci eut quitté la police.

— Oui, mon père est très affecté, c'est lui qui vient de m'envoyer le message.

Shane avait toujours envié la relation privilégiée que son ami entretenait avec son père. Le sien était mort d'une crise cardiaque alors qu'il venait d'avoir vingt ans, mais tous deux ne s'étaient jamais très bien entendus.

— Espérons que les médecins sauront trouver une autre solution que l'opération pour notre ronchon préféré.

— Oui, il ne reste plus qu'à croiser les doigts.

Puis ils parlèrent du dernier projet de Shane, un complexe touristique de luxe dans le style de l'iconique lieu de villégiature commandé par George Vanderbilt en Caroline du Nord, inspiré des châteaux de la Renaissance française, mais équipé d'une technologie de pointe.

Tandis que Shane exposait à son ami le défi que représentait l'idée d'introduire des petites assiettes dans un État qui voyait tout en grand, il sentit une main se poser sur son épaule. Et, au petit pincement bien trop familier qui le traversa, il sut qui se trouvait derrière lui avant qu'*elle* ne prenne la parole.

— Salut, Gabe, fit Brandee. Comment se porte le Walsh Group ?

— Bien, répondit ce dernier, avant de lancer un regard amusé à Shane. Et à Hope Springs tout roule ? enchaîna-t-il.

— Beaucoup de travail. Quatre-vingt-deux veaux sont déjà nés et nous en attendons cent quatre-vingt-dix-sept autres d'ici à avril. Merci pour les volontaires que tu nous as envoyés pour le comptage.

— Avec plaisir.

Brandee n'avait pas retiré la main de son épaule et Shane se délectait de cette douce étreinte tout comme de sa voix. Il avait tort, bien sûr, mais le bruissement de son jupon en tulle dans son dos mettait tous ses sens en alerte. Hélas, cela ne le mènerait nulle part…

— À plus tard, les garçons, lança Brandee en lui pressant un peu l'épaule.

— Salut, Brandee, renchérit Gabe, avant de reporter son attention sur Shane.

Conscient du sourire amusé de son ami, Shane fit appel à toute sa volonté pour ne pas se retourner, mais tout à coup ce fut plus fort que lui. Il jeta un coup d'œil par-dessus son épaule — et regretta aussitôt d'avoir cédé à son impulsion. Brandee semblait flotter entre les tables comme un délicat nuage vaporeux, un nuage chaussé des boots les plus flashy du Texas. À cette vue, il sentit le désir le gagner.

— Tu sais qu'elle n'a fait ça que pour embêter les trois autres, n'est-ce pas ? déclara Gabe quand Shane lui fit de nouveau face. Elles pensent qu'elle complote contre elles, donc Brandee jette de l'huile sur le feu.

— Je sais.

Malgré lui, il admirait ses manœuvres, même si aujourd'hui sa libido en avait payé le prix.

— C'est une femme comme mon cœur en rêve, ajouta-t-il.

Gabe éclata de rire.

— Encore faudrait-il que tu en aies un à offrir !

Shane leva alors son verre pour porter un toast à son ami.

— Bien vu !

# - 2 -

Dans le spacieux bureau de Brandee, le soleil de l'après-midi filtrait à travers les persiennes, zébrant de lumière son ordinateur tout comme ses mains qui couraient sur le clavier. Elle travaillait sur le budget de son camp, tentant de grappiller çà et là quelques dollars pour acquérir de nouveaux chevaux plus adaptés aux enfants.

Elle avait déjà dépensé bien plus que prévu dans l'infrastructure car, pour que tout soit fini dans les temps, elle avait dû faire appel à de la main-d'œuvre supplémentaire.

Pivotant sur sa chaise, elle contempla un instant le grand patio couvert, équipé d'un coin cuisine et d'une cheminée en pierre. Elle adorait vivre à l'extérieur par tous les temps, c'est pourquoi elle disposait d'une salle à manger confortable dans le jardin d'hiver.

En achetant cette propriété de deux mille hectares à l'extérieur de Royal quatre ans auparavant, Brandee avait réalisé le rêve de son père. Elle n'avait pas hésité à reconstruire le ranch après la tornade, et cette bâtisse neuve lui plaisait d'autant plus qu'elle y avait apposé sa marque. Elle avait conçu une maison de plain-pied en L, à moins d'un kilomètre de l'autoroute, non loin des bâtiments où logeait la main-d'œuvre et de ceux où le bétail mettait bas.

Beaux Cook, l'ancien propriétaire, était un acteur hollywoodien qui avait eu envie de jouer au cow-boy en achetant le ranch. Mais il n'avait aucune notion de ce qu'était l'élevage, et en dix-huit mois son affaire avait périclité, de sorte que Brandee avait pu la racheter à moindre coût. L'ouragan lui avait fourni un bon prétexte pour effacer les goûts douteux de Cook en matière d'architecture.

Elle était la troisième propriétaire des lieux depuis qu'ils avaient été mis en vente, dix ans plus tôt, par Emmitt Shaw. Celui-ci avait acquis la propriété à l'abandon auprès du gouvernement, car elle était adjacente à la sienne, mais il l'avait laissée dans l'état qui était le sien depuis un siècle. Plus tard, pour des raisons de santé, il l'avait vendue à Beaux.

Toujours est-il que dans les jours qui avaient suivi la tempête, alors que Brandee se démenait pour réparer les dégâts, Shane Delgado en avait profité pour acquérir à bas prix le ranch de son voisin, dont la santé déclinait, afin d'y faire construire ses résidences de luxe pour touristes. Et à présent elle devait en supporter la vue, elle qui adorait justement la beauté sauvage du Texas. Elle en voulait à Delgado d'avoir saccagé ces paysages merveilleux avec cette villégiature dernier cri. Son père était un cow-boy à l'ancienne, qui adorait les grandes étendues texanes peuplées uniquement de bétail, de lapins, d'oiseaux et de quelques lions des montagnes. Il n'aurait pas apprécié les vues de Shane sur la propriété de sa fille…

Soudain, son smartphone vibra. Ce ne fut pas un nom, mais un numéro qui s'afficha, et son cœur fit un bond dans sa poitrine quand elle lut le message.

Hope Springs Ranch appartient légalement à Shane Delgado. — Maverick

Trop outrée pour avoir la sagesse de ne pas engager la conversation avec ce mystérieux correspondant, elle répliqua :

Qui êtes-vous et de quoi parlez-vous ?

Cette fois, ce fut son ordinateur qui lui annonça par un petit son l'arrivée d'un mail. Elle ouvrit le message, qui provenait lui aussi de Maverick !

Renoncez à votre adhésion au Texas Cattleman's Club et versez cinquante mille dollars sur le compte ci-dessous ou j'enverrai cette preuve de propriété à Delgado. Vous avez deux semaines.

Brandee cliqua alors sur la pièce jointe. C'était le scan d'un document écrit à la main, à l'encre un peu ternie, daté du 21 mars 1899 et rédigé par un certain Jasper Crowley. Il offrait une parcelle de deux mille hectares comme dot à l'homme qui avait épousé sa fille, Amelia. D'après la description du terrain, il s'agissait de Hope Springs Ranch.

L'indignation qui l'avait envahie fit soudain place au malaise.

Ce devait être une mauvaise plaisanterie, puisque rien dans ce document ne désignait Shane. Elle s'apprêtait à supprimer le message et sa pièce jointe quand le nom de Maverick fit tilt dans son esprit. Elle l'avait déjà entendu quelque part : Cecelia Morgan l'avait prononcé lors d'une réunion tendue, au TCC. Était-elle à l'origine de cet envoi ? Ce n'était pas inconcevable…

Brandee s'était efforcée de contrecarrer tous les jeux de pouvoir que Cecelia, Simone et Naomi avaient tenté d'exercer, car il n'était pas question qu'elle laisse ce trio infernal dicter sa loi au sein du Texas Cattleman's Club. Était-ce leur façon de la réduire au silence ?

Résolue à ne pas se laisser intimider, elle répondit alors au mystérieux expéditeur :

Cela ne prouve rien.

Et reçut immédiatement un nouveau message.

Ce n'est pas une menace en l'air. Shaw n'a pas effectué de recherches sur les descendants de Crowley. Moi si.

Maverick semblait détenir la preuve que Crowley et Shane étaient parents, aussi était-il préférable qu'elle prenne en compte ce message…

Laissant échapper un juron, elle se leva pour aller faire un tour et s'éclaircir les idées. Comment osaient-ils ? Elle se rendit dans le salon, savourant au passage la perfection de sa maison…

Tout ce qu'elle possédait était lié à Hope Springs Ranch. Si elle n'en était pas la propriétaire légale, elle serait ruinée, la vente de son bétail ne lui rapportant pas une somme suffisante pour lui permettre de repartir de zéro. Et que deviendrait son projet pour les adolescents ?

Elle sentit des gouttes de sueur perler à son front. Ouvrant grand la porte, elle sortit sur la galerie qui courait tout le long de la maison pour offrir son visage à la brise du soir. En dépit du temps frais de ce mois de février, elle s'assit dans le fauteuil à bascule et cala les genoux sous son menton. En général le panorama dont elle jouissait suffisait à l'apaiser, mais aujourd'hui ce ne fut pas le cas.

Et si ce document était authentique ? Elle enfouit la tête dans ses genoux et laissa échapper un petit grognement de rage. Quel cauchemar ! À moins qu'on ne lui ait joué un tour cruel…

Ce ranch ne pouvait *pas* appartenir à Shane Delgado. Qui que soit Maverick, et elle supposait que derrière lui se cachait le diabolique trio que formaient Cecelia, Simone et Naomi, il était inenvisageable que cette personne ait raison.

Le terrain avait été abandonné, on avait cessé d'en payer les taxes, cela ne signifiait-il pas que les hectares revenaient à l'État ? Il devait y avoir une procédure pour obtenir des terres non réclamées et Emmitt l'avait forcément suivie. Du moins l'espérait-elle, sinon que ferait-elle ? Elle ne pouvait pas renoncer à Hope Springs Ranch et certainement pas en faveur d'une personne comme Shane Delgado !

Il fallut un bon moment avant que sa panique passe. À moitié frigorifiée, Brandee rentra pour réfléchir à la meilleure façon de réagir. Pour commencer, il lui fallait s'assurer de l'authenticité du document, elle devrait ensuite établir le lien entre Shane et Jasper Crowley. Enfin, elle se renseignerait sur la façon dont on acquiert des terres qui reviennent au gouvernement en raison de taxes non acquittées.

Le maître chanteur lui avait accordé deux semaines, ce qui n'était pas énorme, mais elle était motivée. Et, s'il s'avérait que Shane était bien le propriétaire de son ranch, elle se plierait aux exigences de Maverick. Cinquante mille dollars, ce n'était pas une modique somme, mais elle avait bien davantage sur son compte d'épargne, et elle était prête à payer le triple pour empêcher un homme aussi avide que Shane Delgado de mettre la main sur ses terres.

En outre, si elle y était vraiment contrainte, elle renoncerait à son adhésion au Texas Cattleman's Club. Elle y était entrée de la même façon que les anciens membres : en transformant Hope Springs en un ranch prospère et en prouvant qu'elle était une vraie éleveuse. Elle aurait la rage au cœur d'être obligée par Cecelia, Simone et Naomi de renoncer au club dont elle méritait de faire partie, mais elle consentirait au sacrifice si, en contrepartie, elle pouvait continuer à s'occuper de son camp pour adolescents en difficulté.

Elle sentit sa gorge se nouer à l'idée de devoir affronter les sourires triomphants du trio. Combien de fois à l'école n'avait-elle pas affronté des pestes comme ces trois-là, tout en conservant sa fierté intacte ? À l'époque, ce genre de filles moquait son style bohémien et harcelait tous ceux qui avaient le courage de lier amitié avec elle. De son côté, elle manipulait leurs petits amis pour qu'ils les laissent tomber et racontait à toute l'école leurs manœuvres traîtresses.

Brandee n'était pas fière de ces manigances mais, à partir du moment où elle avait vécu seule avec sa mère, la situation était devenue souvent intenable à la maison, ce qui ne lui permettait pas de prendre de la hauteur.

C'était grâce aux ouvriers qui travaillaient sur le ranch de son père qu'elle avait, très jeune, appris à se défendre. Ils la considéraient comme leur petite sœur et lui prodiguaient des conseils pour prendre le dessus sur toute situation. Ces conseils lui avaient également servi par la suite quand, après la mort de son père, elle avait dû faire face au défilé des petits amis de sa mère.

Tous n'étaient pas des sales types, mais il lui avait fallu apprendre rapidement à se préserver de certains, de sorte qu'elle était passée maître dans le domaine de la manipulation.

Et maintenant elle comptait bien déployer ces talents chèrement acquis pour sauver son ranch et envoyer au diable quiconque se mettrait en travers de son chemin.

Planté au beau milieu du spa qui deviendrait la perle du Bellamy, sa future résidence pour touristes fortunés, Shane n'était pas d'humeur joyeuse. Dans quelques mois, Pure serait le spa le plus incroyable de Royal, alliant la modernité et la tradition des thermes romains, dans un environnement offrant à la clientèle des chambres luxueuses et apaisantes où se relaxer.

Mais pour le moment l'endroit s'apparentait à un chaos total.

— Je veux permettre à nos visiteurs de se ressourcer dans un lieu épuré, rappela Shane au chef de projet. Ces pierres, ce n'est pas ce que j'ai commandé. Ce plafond non plus.

— Nous allons vérifier ça et revoir le tout, lui assura son interlocuteur.

À cet instant, le téléphone de Shane vibra, lui rappelant son rendez-vous suivant.

— Nous reprendrons notre discussion demain matin à la première heure, déclara-t-il.

Il abandonnait à contrecœur cette conversation, étant donné qu'il restait plus de cinquante points à revoir, mais il était censé être chez sa mère dans un quart d'heure pour leur dîner hebdomadaire, et elle habitait à vingt minutes de Royal.

Il regagna la sortie du Bellamy, repérant au passage de nombreuses choses qui ne lui convenaient pas. Il avait fait équipe avec l'hôtelier Deacon Chase pour créer ce chef-d'œuvre architectural et l'envergure du projet — tout comme l'argent investi — était énorme.

Construit dans des jardins luxuriants de plus de deux mille hectares, le complexe consistait en deux cent cinquante suites de luxe, au design exquis. Il comprenait aussi un restaurant où l'on cuisinait les produits de la ferme et d'autres aménagements plaisants dont chaque détail devait s'avérer parfait.

Avant de monter dans son pick-up, il envoya un texto à sa mère pour la prévenir de son léger retard, et sa réponse sarcastique le fit sourire. Née Elyse

Flynn, celle-ci avait quitté son Boston natal à l'âge de vingt-deux ans avec un diplôme de géosciences en poche et un contrat de travail pour effectuer des études in situ, près de Royal. C'était ici qu'elle avait rencontré Landon, son père, qui après une cour éclair de six mois l'avait épousée. Ils s'étaient ensuite installés à Bullseye, sur le ranch familial des Delgado.

À la mort de Landon, Shane avait repris la propriété, et Elyse, pour sa part, avait emménagé à Pine Valley, une résidence protégée haut de gamme, avec un club, une piscine et un terrain de golf 18 trous. Bien qu'elle semblât satisfaite dans sa demeure de six mille mètres carrés, dès que Shane s'était lancé dans ses projets immobiliers près de Royal, elle lui avait acheté un lot de terre et avait commencé à concevoir la maison de ses rêves.

À chacune de ses visites, elle lui présentait un nouveau plan. L'année écoulée, elle avait rencontré pas moins de douze designers ! Shane se demandait si le rêve de sa mère se concrétiserait un jour et en même temps il le redoutait, car elle serait alors sans doute l'une de ses plus redoutables clientes.

Quand il entra chez elle, elle se tenait sur le seuil de la bibliothèque, un verre de vin à la main.

— Ah, te voilà enfin ! dit-elle en lui tendant la joue pour qu'il l'embrasse. Viens voir comme Thomas est brillant. Son dernier projet est fantastique.

Thomas Kitt était l'actuel architecte dont Elyse s'était entichée.

— Il a supprimé le mur entre la cuisine et l'arrière-cuisine, et regarde l'espace que j'ai gagné, ajouta-t-elle. Il me propose une cave intégrée, qu'en penses-tu ?

Là-dessus, elle désigna le verre qu'elle avait préparé pour lui ainsi qu'un plat de petits-fours disposé sur la table basse.

Shane se servit, puis s'approcha du tableau magnétique où avaient été dessinés les derniers plans.

— C'est une excellente idée, déclara-t-il. Tu pourrais ainsi stocker une soixantaine de bouteilles supplémentaires.

— Tu as raison ! répondit Elyse avec un grand sourire. Cela me fournirait aussi un prétexte pour un petit voyage dans la vallée de Napa.

— Pourquoi n'attends-tu pas que les premières pierres soient posées ?

Au rythme où sa mère changeait d'idées, il ne voyait pas pourquoi elle retiendrait plus particulièrement ce projet-ci.

— Décidément, tu es aussi pragmatique que ton père, dit-elle, soudain nostalgique. Il aurait été fier de toi.

Cela, Shane en doutait, car son père s'était toujours montré très critique envers lui, lui reprochant de n'avoir comme atouts que sa provocation et son insolence.

Sans remarquer que son fils s'était renfrogné, sa mère enchaîna sur les lampes au design industriel et si moderne qui figuraient dans la brochure que lui avait remise son architecte préféré du moment.

Allons, ne devait-il pas se réjouir de son enthousiasme ?

— Quoi que tu décides, ce sera épatant ! déclara-t-il en déposant un baiser sur son front.

— Je l'espère ! Suzanne s'est tant vantée de la maison qu'elle a fait construire sur ton site que je veux lui montrer de quoi je suis capable, moi aussi.

Ayant grandi entourée de quatre frères, sa mère cultivait un redoutable esprit de compétition, allié à un remarquable appétit créatif que son mari n'avait pas partagé. Celui-ci était bien trop occupé par son ranch et, quand il ne travaillait pas dur à l'extérieur, il s'enfermait dans son bureau pour gérer les comptes.

Au grand désespoir de son père, Shane n'avait jamais

nourri cet amour pour le ranch familial. Peut-être cela tenait-il au fait que Landon l'avait juché sur un cheval alors qu'il savait à peine marcher, espérant lui donner du goût pour le métier. Au contraire, Shane en était venu à haïr tout ce qui y avait trait, d'autant que son père n'avait cessé durant toute son enfance de le solliciter pour des travaux, chaque fois qu'il avait du temps libre.

Adolescent, il avait commencé à se rebeller ouvertement et, à quinze ans, le bras de fer avec son père avait commencé. Il s'était mis à fréquenter des amis plus âgés que lui, et qui possédaient leur propre voiture. Parfois, il ne rentrait pas à la maison le soir et esquivait les corvées, préférant faire la fête avec ses copains. Il avait été forcé d'aider son père depuis ses trois ans, ne méritait-il pas de s'amuser un peu ?

Selon ce dernier, non, assurément !

— Eh bien, que nous as-tu concocté pour le dîner, maman ? demanda-t-il en suivant sa mère dans sa spacieuse cuisine.

— Un saumon glacé à la moutarde accompagné d'abricots.

Bien qu'Elyse ait une domestique à plein temps, elle adorait mitonner des petits plats.

— J'ai obtenu cette recette par le traiteur qui a organisé la dernière réception de Janice Hunt. Je compte faire appel à lui pour le centenaire de Bullseye.

Devant l'expression stupéfaite de son fils, elle haussa les sourcils. À dire vrai, Shane était si absorbé par le Bellamy qu'il en avait oublié l'événement.

— Tu peux me rappeler la date ?

— Le 21 mars. J'ai prévu une dégustation avec Vincent le 24, afin que nous arrêtions nos choix.

— *Nous* ? Tu ne peux pas demander cela à tes amies ?

— Si, mais je te rappelle que c'est *ton* ranch et que nous fêtons *ton* héritage.

— Oui, bien sûr.

Et, bien qu'il n'ait aucune envie d'organiser une grande fête à cette occasion, il adressa son plus beau sourire à sa mère.

— Cent ans, ça représente une sacrée étape et il convient en effet de célébrer cela en grand, concéda-t-il.

Visiblement satisfaite, sa mère sourit. Elyse aimait les mondanités et organisait toujours de grandes réceptions, alors que Shane préférait les barbecues entre amis autour de la piscine. Il se demandait souvent comment une femme aussi citadine, belle et brillante que sa mère avait pu trouver son bonheur auprès du propriétaire de ranch sérieux et revêche qu'avait été son père. Néanmoins, en dépit de leurs différences, ces deux-là s'étaient adorés, c'était évident, et l'amour que Landon avait porté à Elyse était le seul point sur lequel père et fils s'étaient accordés.

À cet instant, l'image de Brandee Lawless s'imposa à son esprit. C'était cette femme qu'il avait envie de prendre dans ses bras pour ne plus jamais la laisser repartir… Il se figura alors jeter son chapeau de cow-boy dans les airs et enfouir les doigts dans sa longue chevelure dorée avant de l'attirer à lui pour lui donner un long baiser torride…

Hélas ! Elle affichait à son égard le même scepticisme que son père, et semblait se demander ce que cachait son charme. Le masque qu'il offrait au reste du monde n'avait jamais pu la duper — ce qui ne manquait pas de le déranger. Lorsqu'elle le regardait, elle paraissait toujours attendre qu'il se dévoile.

« Un jour, les gens se rendront compte que tu mises tout sur l'apparence, mais que tu n'as aucune substance », lui répétait son père.

Jusque-là, Shane avait été chanceux, les apparences avaient suffi à convaincre son entourage. Mais, en ce qui concernait Brandee, il y avait fort à parier que sa bonne fortune commençait à l'abandonner.

# - 3 -

Après une nuit sans sommeil, Brandee avait effectué ses tâches matinales, puis s'était ruée au musée d'histoire de Royal. Elle n'avait pas pris le temps d'avaler quoi que ce soit, si ce n'est un café à emporter insipide.

Alors qu'elle se garait sur le parking, elle ne parvenait toujours pas à éradiquer la colère qui la rongeait depuis que son monde menaçait de s'écrouler.

Il lui semblait impossible que sa vie puisse basculer de cette façon, et que la découverte d'un simple papier administratif la condamne à tout perdre. À l'aube, comme elle fixait le plafond, elle s'était presque convaincue de payer à Maverick la somme qu'il exigeait et de renoncer à être membre du TCC, la sauvegarde de son ranch étant bien plus importante que de l'emporter sur le trio infernal. Toutefois, il n'était pas dans sa nature de renoncer ou de céder au chantage. En outre, même si le document semblait authentique, elle n'avait aucune preuve qu'il l'était, et se trouvait au musée, où tout le monde pouvait le consulter.

Trente minutes plus tard, assise à une table de la petite salle de consultation, elle vit sa pire crainte se concrétiser. Devant elle, dans un sachet en plastique, se trouvait le document dont elle avait reçu la photo.

Incrédule, elle leva les yeux vers Rueben Walker, l'affable conservateur, qui ne devait pas être habitué à recevoir des visiteurs de si bon matin, à en juger par la surprise qu'il avait affichée à son arrivée.

— Donc, vous dites qu'il s'agit d'une partie de la collection que Jasper Crowley a léguée au musée après sa mort ? demanda Brandee.

Combien d'autres bombes à retardement les archives abritaient-elles donc ?

— Tout à fait. Jasper Crowley était l'un des membres fondateurs du Texas Cattleman's Club. Malheureusement, il n'a pas vécu assez longtemps pour assister à l'ouverture des locaux, en 1910.

— Et qu'y a-t-il d'autre, dans sa collection ?

— Les objets habituels. Son acte de mariage avec Sarah McKellan, le certificat de naissance de leur fille, Amelia, l'attestation de décès de Sarah. Elle est morte avant Jasper et il a vécu encore trente ans sans jamais se remarier. Euh… Quoi d'autre ? Diverses factures, la correspondance entre Sarah et sa sœur Lucy, qui habitait à Austin.

Ces informations laissèrent Brandee indifférente, elle était bien plus intéressée par la fille de Jasper, puisque Hope Springs Ranch était son héritage. Pourquoi celle-ci ne l'avait-elle pas réclamé ?

— Et Amelia, que lui est-il arrivé ? S'est-elle mariée ?

À cet instant, une lueur s'alluma dans les yeux bleus de Walker.

— Je ne me souviens de rien à ce sujet, mais vous pouvez consulter par vous-même les archives des journaux. Étant donné l'influence de Jasper, j'imagine que ce mariage, s'il a eu lieu, y aura été largement décrit.

Hélas, Brandee n'avait ni le temps ni la patience de se livrer à ce travail de fourmi.

— Connaîtriez-vous par hasard une personne qui pourrait me prêter main-forte ? demanda-t-elle. Je la dédommagerai, bien sûr.

— J'ai un assistant à temps partiel, qui pourrait vous venir en aide. Il se trouve actuellement dans l'Utah, chez sa sœur.

— Quand revient-il ?

— En milieu de semaine prochaine, si ma mémoire est bonne.

Malheureusement, eu égard au temps que lui accordait Maverick, elle ne pouvait attendre. Serrant les dents, elle étudia les différentes options qui s'offraient à elle…

— Les archives des journaux se trouvent ici ?

— Non, elles sont sur des microfiches à la bibliothèque de la ville.

— Merci pour votre aide.

Peu après, Brandee sortit du musée et traversa la rue pour se rendre à pied à la bibliothèque située à quelques pâtés de maisons. Alors qu'elle approchait du Royal Diner, son estomac gronda, lui rappelant qu'elle n'avait pas pris de petit déjeuner. Si impatiente fût-elle de mesurer l'ampleur de la menace qui planait sur elle, elle résolut de s'y arrêter. En effet, elle ne pourrait pas être efficace le ventre vide.

Pénétrer dans ce restaurant, c'était comme faire un bond dans le passé, jusqu'aux années 1950. Des box étaient alignés le long du mur, leur similicuir rouge contrastant avec le carrelage noir et blanc. Sur le pan opposé se déployait le comptoir, avec ses tabourets assortis aux banquettes.

Comme il fallait s'y attendre, l'endroit était bondé. Brandee repéra tout de suite Adam Haskell, un fermier du coin vivant en paria, dans le sillage duquel flottait en général une fétide odeur d'alcool. En le croisant dans l'espace étroit qui séparait les tables du bar, elle le salua brièvement, tandis qu'il louchait sur son corsage.

Soudain, elle se rendit compte qu'elle se dirigeait droit vers un cow-boy qu'elle ne connaissait pas… et vers Shane Delgado. C'était bien sa veine ! Elle faillit rebrousser chemin, mais elle aurait eu l'air ridicule. Aussi, prenant sur elle, Brandee se glissa-t-elle sur le tabouret à côté.

Shane leva alors les yeux de son smartphone et un sourire éclaira son visage quand il la vit.

— Tiens, bonjour ! Tu es bien matinale…

Sa voix profonde la fit frissonner, tout comme le contact de leurs épaules qui se heurtèrent lorsqu'elle se pencha pour accrocher son sac sous le comptoir. Furieuse contre la réaction de son propre corps, Brandee jeta un rapide coup d'œil à Shane.

— Je ne suis pas en état de me disputer avec toi, le prévint-elle d'un ton plus brutal que d'ordinaire. Pourrait-on avoir une discussion normale, sur le temps ou le prix de l'essence ?

— Il fera dans les dix degrés cette semaine, avec une pluviométrie pouvant atteindre les 30 %, répliqua-t-il, de toute évidence amusé par son inconfort.

— Un peu de pluie nous fera du bien, observa-t-elle.

Comme Heidi apportait son petit déjeuner à Shane, Brandee en profita pour commander des œufs brouillés et des pommes de terre sautées avec du bacon. L'instant d'après, elle avait un mug de café devant elle.

— Tout est à votre goût ? demanda la serveuse à Shane, les yeux brillants.

De toute évidence, elle flirtait avec lui.

— C'est parfait, comme toujours.

— Voilà qui fait plaisir à entendre, répondit Heidi avant de les laisser.

Brandee soupira.

— Tu n'as pas avalé une bouchée. Comment sais-tu que c'est parfait ?

— Je prends mon petit déjeuner ici deux fois par semaine et c'est toujours le cas.

Sur ces mots, Shane piqua sa fourchette dans ses œufs au plat.

— Qu'est-ce que tu as aujourd'hui ? ajouta-t-il en croquant dans son toast à pleines dents.

— Rien, répondit-elle en haussant les épaules. Pourquoi cette question ?

— On dirait que ma vue t'est encore plus insupportable que d'habitude, répondit-il, un sourire aux lèvres.

Brandee sentit les battements de son cœur s'accélérer.

— Ce sont les œufs. Je n'aime pas quand ils sont coulants.

— Vraiment ? C'est comme ça que je les préfère, moi. Ce doit être en raison de mes origines irlandaises.

— Tu es irlandais ?

— Du côté de ma mère. Elle vient de Boston.

— Oh ! fit-elle d'un ton plein de sous-entendus.

— Oh quoi ?

— Je me suis toujours demandé d'où te venait ton accent.

— Ah bon ? Il t'arrive de penser à moi ? reprit-il, l'air ravi.

— À ton accent, corrigea-t-elle. Il évoque la côte Est.

Shane hocha la tête.

— C'est la faute de ma mère. Même après avoir passé près de quarante ans au Texas, elle prononce toujours les *r* différemment.

— Comment se fait-il qu'elle soit venue vivre au Texas ?

Brandee se rendit soudain compte que c'était la conversation la plus normale qu'elle ait jamais eue avec Shane. En général, ils communiquaient par joutes verbales, quand ils ne se disputaient pas franchement.

— Elle est venue dans la région après la fac pour étudier les réserves pétrolières et y a rencontré mon père. Six mois plus tard, ils étaient mariés et, depuis, elle n'est jamais repartie.

Shane sauça son assiette avec son toast et poursuivit :

— Elle est retournée à Boston après la mort de mon père, et y est restée presque un an, mais Royal lui manquait.

— Je suis sûre que c'est toi qui lui manquais.

Shane hocha la tête.

— C'est vrai, je suis la prunelle de ses yeux.

— Forcément !

Brandee remercia alors Heidi pour l'assiette qu'elle venait de déposer devant elle, résolue à manger et cesser de discuter.

— Elle n'a jamais voulu se remarier ? demanda-t-elle néanmoins sur une impulsion.

Même si elle ne l'aurait avoué pour rien au monde, cette conversation sur la mère de Shane l'intéressait beaucoup. Veuve depuis dix ans, Elyse Delgado avait accompagné plusieurs fois son fils à divers événements qui s'étaient tenus au TCC depuis que Brandee avait acheté son ranch. En raison de sa relation conflictuelle avec Shane, Brandee n'avait jamais réellement discuté avec Elyse, se contentant de la saluer. Pourtant, elle la connaissait de réputation et aurait été ravie d'échanger avec elle, si la présence de son fils ne l'en avait pas dissuadée.

— Elle est sortie avec deux ou trois hommes, mais cela n'a rien donné de sérieux. Même si elle adorait mon père, ma mère semble apprécier son actuelle indépendance.

— Je comprends, murmura Brandee. Moi-même, je suis heureuse de pouvoir gérer mon ranch à ma façon, sans avoir à rendre des comptes.

— À t'entendre, on pourrait croire que tu n'envisages

pas de te marier un jour. Ce serait vraiment dommage, déclara Shane.

Sa remarque la hérissa. Nul doute qu'il n'avait pas cherché à la blesser mais, dans son univers dominé par les hommes, le machisme était monnaie courante et elle y était particulièrement sensible.

— Je n'ai pas besoin d'un homme pour m'aider ou me réaliser, affirma-t-elle d'un ton sec.

Il leva les mains en un geste défensif.

— Ce n'est pas ce que je voulais dire.

— Vraiment ? Tu ne te demandes pas comment je fais pour gérer Hope Springs Ranch toute seule ?

À son expression, elle comprit qu'il se posait en effet la question et ne lui laissa pas le temps de répondre.

— Grâce à ce que mon père m'a appris, je sais mieux m'occuper d'un ranch que la moitié des hommes de la région.

— Je n'en doute pas.

— Mais tu penses malgré tout que j'aurais besoin de quelqu'un.

— Exact.

Il lui décocha un sourire on ne peut plus sexy.

— Quelqu'un qui t'embrasserait éperdument, pour atténuer un peu le côté tranchant de ton caractère.

À la seconde même, Shane regretta ses propos. Brandee s'était retranchée dans l'attitude glaciale qu'il ne lui connaissait que trop bien. Alors qu'ils avaient un échange des plus aimables, il avait fallu qu'il gâche tout ! Mais elle l'avait agacé, à prétendre qu'elle n'avait pas besoin d'un homme, sans qu'il sache trop pourquoi, d'ailleurs.

— Je ne suis pas tranchante, et mon caractère n'a nul besoin d'être adouci, décréta-t-elle d'un ton neutre dont il ne fut pas dupe. Interroge qui tu veux en ville : on te dira que je suis certes déterminée, mais toujours polie.

— Sauf quand je suis dans les parages.

Son expression se détendit.

— Tu as le don pour faire ressortir le pire en moi.

Et réciproquement, songea Shane.

— J'aimerais que nous puissions améliorer nos rapports, dit-il simplement.

Pour cela, il lui faudrait déjà apprendre à tenir sa langue !

— Pourquoi ?

— Parce que tu m'intéresses.

Pour la retenue, c'était encore une fois raté !

— Ah bon ? Parce que je vois clair dans ton jeu, c'est ça ?

— J'avoue que tu représentes un défi pour moi.

En général, la vie lui souriait sans qu'il ait à déployer des trésors d'énergie mais, en ce qui concernait Brandee, il était persuadé que la récompense valait bien un petit effort de sa part.

— Je commence à me demander si ce n'est pas un jeu pour toi de chercher à me convaincre de te vendre Hope Springs.

— Je ne peux pas nier que ta propriété me permettrait d'agrandir mon complexe, mais ce n'est pas la seule chose qui m'intéresse chez toi.

— C'est quoi, alors ? Le fait que je ne coucherai jamais avec toi ?

Il fit mine d'être surpris.

— Comme tu y vas ! Je n'en suis encore qu'à la première étape avec toi, en l'occurrence te faire la cour.

— *Me faire la cour ?* répéta-t-elle, visiblement amusée. Tout de suite les grands mots, Shane Delgado !

— Tu m'accuses souvent d'être beau parleur. C'est

vrai que j'aime bien discuter de tout et de rien, mais cela ne signifie pas pour autant que je ne sois pas sincère.

Repoussant son assiette à moitié terminée, Brandee plongea les yeux dans les siens.

— Arrête-moi si je me trompe, mais tu aimerais que nous sortions ensemble ?

Et elle éclata de rire avant qu'il n'ait le temps de répondre.

À vrai dire, la pensée lui avait souvent traversé l'esprit, sans qu'il s'y attarde. Il y avait trop de tension entre eux, et il était arrivé à un stade de sa vie où il avait au contraire envie de prendre son temps avec une femme. Il préférait une lente combustion à un feu de Bengale.

— Ne nous emballons pas, fit-il d'un ton désinvolte pour contrer son scepticisme. Nous pourrions commencer par décréter un cessez-le-feu pendant une semaine, pour voir où cela nous mène.

Un sourire sincère éclaira alors ses traits et Shane se rendit compte qu'elle était soulagée, ce qui égratigna un peu son ego. Avait-elle été consternée qu'il voie en elle la possibilité d'une idylle ? La plupart des femmes en auraient été ravies, mais Brandee était atypique et il ne pouvait pas s'y prendre avec elle comme avec les autres.

— Est-ce que cela signifie que tu n'essayeras pas d'acheter mon ranch pendant une semaine ? demanda-t-elle.

En dépit de son sourire, elle paraissait sérieuse.

— Tout à fait.

— Disons deux semaines, alors ? renchérit-elle.

Et, à sa grande surprise, elle lui tendit la main comme s'ils venaient de passer un accord légal. Jamais encore ils ne s'étaient serré la main, et le contact de sa peau le troubla malgré lui.

Le plaisir se propagea immédiatement dans tout son

bras pour traverser son torse comme une flèche, au point qu'il retint de justesse une exclamation de surprise.

Sa poigne était déterminée, pensa-t-il, toujours sous le coup de l'émotion. Sa paume était légèrement rugueuse, mais le dos en était doux comme de la soie, un cas d'étude en matière de contrastes, comme le reste de sa personne d'ailleurs.

Un curieux désir s'empara de lui, alors qu'elle retirait sa main de la sienne. Comme elle descendait de son tabouret, elle le frôla, et il sentit la courbe de ses seins à travers leurs vêtements…

— À bientôt, Delgado, lança-t-elle.

Et, avant qu'il n'ait le temps de réagir, elle se dirigea vers la caisse. Fasciné, il se contenta de la regarder partir, ravi de profiter de la vue de ses fesses rondes parfaitement moulées dans son jean, et qu'elle balançait par ailleurs de façon lascive. Cette femme savait décidément soigner ses sorties !

Resté seul, il appela la serveuse pour qu'elle lui resserve un café. Il avait un rendez-vous imminent, mais devait d'abord reprendre ses esprits.

— Un autre café, Shane ? lui demanda Heidi quand il eut terminé sa tasse.

— Non, je dois m'en aller. Combien je te dois ?

— La note est déjà réglée. Par Brandee.

Shane ne put s'empêcher de sourire. Brandee avait ainsi voulu lui signifier qu'elle était indépendante et son égale ! Elle avait donc un point d'avance sur lui.

— Merci, Heidi, dit-il.

Et, pour affirmer de manière bien inutile sa virilité, il laissa un pourboire de dix dollars sous le sucrier avant de se diriger vers la porte.

Une fois dans son SUV, il repensa à son geste. Aurait-il donné un pourboire aussi élevé, si Gabe ou Deacon avait réglé pour lui ? Probablement pas. De toute évidence, cela le tracassait qu'une femme ait payé sa part, à moins qu'il ne soit tout simplement troublé par Brandee elle-même, comme à chacune de leurs rencontres.

Pourquoi avait-il rejeté si vite l'idée de sortir avec elle ? De toute évidence, leurs étreintes seraient torrides et, une fois que leur liaison serait terminée, leur relation n'en serait pas pire. Il n'avait donc rien à perdre, mais avait tout à gagner dans cette histoire, à savoir deux ou trois mois de franc divertissement au lit.

Alors qu'il se dirigeait vers le Bellamy, Shane réfléchit à la meilleure stratégie pour aborder Brandee. Les moyens auxquels il avait habituellement recours ne fonctionneraient pas avec elle, d'autant qu'elle lui avait assuré ne pas être intéressée par les imbroglios romantiques. Enfin, était-ce bien ce qu'elle avait dit ?

Soudain, il perçut l'ampleur de la tâche qui l'attendait, mais n'eut pas envie de reculer pour autant. Plus il y pensait, plus il était déterminé à convaincre Brandee de leur laisser une chance.

Cependant, une question demeurait : comment un homme propose-t-il un rendez-vous à une femme qui se montre d'emblée réticente ?

La réponse s'imposa subitement à lui, tel le soleil perçant les nuages. Il devait viser le projet que Brandee avait le plus à cœur, c'est-à-dire son programme pour les adolescents en difficulté. Shane se renseignerait sur ce qui lui manquait et le lui procurerait. Et alors elle lui mangerait dans la main…

Ragaillardie par son petit déjeuner avec Shane, Brandee salua plusieurs personnes sur le chemin qui la menait à la bibliothèque mais, quand elle fut arrivée, sa bonne humeur s'envola d'un coup. Il lui fallait de nouveau se concentrer sur sa quête de la vérité : Shane était-il vraiment un descendant direct d'Amelia Crowley, comme l'affirmait Maverick ?

Cela lui prit cinq heures et elle faillit abandonner à trois reprises, mais ses recherches finirent par payer quand elle retrouva la trace de Jasper Crowley. Partant du jour où ce dernier avait rédigé le fameux document, elle parcourut un millier de microfiches et dénicha une brève référence à Amelia, signalant que celle-ci s'était enfuie avec un certain Tobias Stone.

Elle concentra ensuite ses recherches sur le nom de famille de ce dernier, et trouva un certificat de naissance au nom de leur fille, Beverly. Les Stone ne s'étaient pas installés au Texas, mais deux États plus loin.

Elle sauta dix-sept ans et reprit la lecture des journaux de l'époque pour découvrir que Beverly Stone avait épousé un certain… Charles Delgado, et à partir de là tout coula de source.

Au moins, elle était fixée. Elle avait sous les yeux la preuve indéniable que Shane Delgado était légalement le propriétaire du terrain où elle avait construit son ranch. Toute autre femme aurait éclaté en sanglots et se serait apitoyée sur son sort, mais Brandee regardait fixement et sans pleurer le certificat de naissance de Shane : c'était la dernière pièce du puzzle.

Adressant un hochement de tête bien plus solennel qu'à son arrivée à l'employée des lieux, elle sortit de la bibliothèque. À l'extérieur, le coucher de soleil saupoudrait la rue d'or. Ses recherches lui avaient pris toute la journée et elle était encore plus épuisée que si elle avait marqué une centaine d'animaux. Elle avait besoin d'un bon bain pour faire retomber la tension dans ses épaules et d'un grand verre de vin pour noyer ses émotions.

Mais, avant tout, elle devait cesser de penser à

Shane Delgado et à ce titre concernant Hope Springs. Malheureusement, une fois dans son bain, alors que le vin commençait à l'étourdir un peu, cela s'avéra impossible. Songer à cet homme dans sa baignoire remplie de mousse était pourtant contre-productif, tout comme de ressasser leur conversation au Royal Diner. Sans cesse, elle repensait à la lueur qui s'était allumée dans ses yeux lorsqu'il avait parlé de son besoin d'être embrassée.

Agacée, elle soupira. Ce n'était pas en fantasmant sur les lèvres bien dessinées de Shane et ses mains vigoureuses qu'elle allait résoudre son problème actuel ! Elle ferma les paupières… pour revivre leur poignée de main, et des picotements lui parcoururent aussitôt la paume. La sensation avait été délicieuse, et Brandee était fort perturbée d'avoir tant apprécié le contact. D'autant qu'elle aurait bien aimé laisser ses doigts courir sur les larges épaules et les abdominaux bien fermes de Shane.

Dans un suprême effort, elle rouvrit les yeux et chassa ces rêveries sensuelles. Si Shane n'était pas directement responsable de son pire cauchemar, elle ne pouvait imaginer un instant s'engager de façon sérieuse avec lui…

Mais, au fond, avait-elle besoin d'une relation durable ? Après tout, il lui fallait peut-être juste écouter ses désirs et savourer sa féminité. Elle s'y était refusée jusque-là, mais il serait sans doute agréable de se reposer sur l'épaule de quelqu'un pendant quelque temps. Pourquoi pas Shane Delgado ? L'idée de tenter l'aventure avec lui était enivrante…

L'eau du bain avait considérablement refroidi quand elle eut passé en revue le corps impressionnant de Shane… Une heure s'était écoulée, et elle émergea enfin de l'eau.

Alors qu'elle s'essuyait, le téléphone sonna dans son bureau. Il était très rare qu'on l'appelle si tard au ranch, c'était même inédit. Après avoir enfilé à la hâte un caraco à œillets et un caleçon assorti, pyjama qu'elle avait elle-même conçu, elle regagna le vestibule pour aller écouter son message.

« J'ai entendu dire que tu recherchais deux chevaux pour ton camp d'été… »

La voix qui venait de s'élever dans la pièce était celle de Shane Delgado.

« Je t'en ai trouvé un qui pourrait convenir. Il appartient à Liam Wade. C'est un ancien champion bien dompté, qu'il ne peut plus présenter aux compétitions, car il a de mauvais jarrets. Liam souhaite le confier à une personne de confiance et, comme en plus il est intéressé par la cause que tu défends, il aimerait te le donner. »

C'était exactement ce qu'elle recherchait ! Sans hésiter, elle saisit le combiné pour appeler Shane et, genoux remontés sous le menton, attendit qu'il décroche, tout en se demandant ce qu'il espérait en retour…

Au bout de trois sonneries, il prit l'appel.

— J'imagine que le cheval t'intéresse, lança-t-il d'emblée.

Un frisson la parcourut au son de sa voix chaude et profonde.

— Beaucoup, reconnut-elle. Merci d'avoir contacté Liam Wade.

— Ce fut un plaisir.

— C'est très gentil à toi.

À cet instant, elle se rappela qu'il avait le pouvoir de détruire tout ce qu'elle avait et, pourtant, elle lui était reconnaissante.

— J'imagine que je te suis redevable…

— Non, tu ne me dois rien.

Sa réponse l'alarma immédiatement. Il ne réclamait aucun dîner ni aucune faveur sexuelle en échange ? Curieux… Quel nouveau jeu avait-il donc mis au point ? Elle repensa tout de suite à Maverick… Non, Shane ne pouvait être lié à ce chantage : s'il avait su qu'elle occupait illégalement ses terres, il aurait formulé clairement son intention de les récupérer.

— Eh bien, merci, marmonna-t-elle, gênée.

— Ravi de t'avoir aidée.

Après avoir raccroché, elle fixa pendant dix bonnes minutes le téléphone. *Ravi*, vraiment ? Cela sonnait aussi faux que son « Tu ne me dois rien ». Que mijotait-il, au juste ? Perplexe, elle retourna dans sa chambre, où elle alluma la télévision, sans qu'aucun programme retienne son attention.

Désemparée, elle se prépara une infusion de camomille mais, après l'avoir bue, elle eut encore moins envie de dormir. Elle lança une machine, fit un peu de ménage pour se fatiguer, même si May, sa cuisinière et femme de ménage, venait deux fois par semaine.

Au beau milieu du salon, elle s'immobilisa soudain et le balaya du regard, au bord du désespoir… Puis elle maudit Maverick. Si elle trouvait qui se cachait derrière ce complot, elle ferait payer les maîtres chanteurs, mais en attendant elle devait décider quelle attitude adopter. S'écroulant sur son canapé, elle s'enveloppa dans le plaid…

Elle n'avait pas le choix : elle verserait les cinquante mille dollars et résilierait son adhésion au Texas Cattleman's Club, car même si elle enrageait de devoir céder elle ne pouvait risquer de perdre sa maison. En imaginant la satisfaction que ressentirait le trio infernal, elle serra les dents.

Et si le fameux Maverick n'était autre que ces trois

pestes ? En outre, rien ne lui garantissait qu'une fois la première somme versée le chantage s'arrêterait : devrait-elle payer *ad vitam aeternam* ? Être sans cesse aux aguets, de peur d'être démasquée ?

De nouveau, ses pensées se tournèrent vers Shane. Et si elle le poussait à renoncer à ses droits sur Hope Springs ? Un élan de culpabilité la saisit à cette pensée. Son père, Buck Lawless, n'aurait pas apprécié qu'elle s'abaisse à ce genre de manœuvres, mais il n'avait pas su dans quel enfer sa mort l'avait plongée. Alors que tout le monde la protégeait au sein du ranch où il était contremaître, elle avait du jour au lendemain connu une existence bien plus chaotique. Notamment parce que les nombreux petits amis de sa mère avaient manqué de bienveillance à son égard.

Elle ne s'enorgueillissait pas de savoir manipuler les émotions et les désirs des autres, mais elle était heureuse d'avoir survécu à cette sombre période et de détenir aujourd'hui un ranch aussi prospère que celui que son père avait rêvé pour elle.

Shane ne serait pas affecté par toute cette affaire, dans la mesure où il ignorait avoir des droits sur Hope Springs Ranch. Elle devrait simplement s'assurer qu'on ne lui dessille pas les yeux avant qu'elle ne trouve une façon d'en rester propriétaire sans qu'aucune menace ne plane plus sur elle.

# - 4 -

À Bullseye Ranch, Shane était assis sur son canapé, boots posées sur la table basse en bois, un verre de scotch à la main, auquel il n'avait pas touché. Près de vingt-quatre heures s'étaient écoulées depuis qu'il avait appelé Brandee pour l'informer qu'il lui avait trouvé un cheval ; depuis, il n'avait cessé de penser à elle. Elle semblait sur ses gardes au téléphone, comme si elle imaginait qu'il exigerait quelque chose en retour. Ce n'était pas vraiment la réaction qu'il avait espérée, mais c'était du Brandee tout craché.

Pourquoi ne pouvait-elle pas accepter simplement un geste de gentillesse ? Certes, il n'avait pas agi par pur altruisme. Il attendait bien une petite compensation mais, contrairement à ce qu'elle pensait, ses motivations étaient d'ordre privé, non professionnel. Seulement, pourrait-elle jamais le croire ?

Soudain, on sonna à la porte. Qui cela pouvait-il bien être ? Il n'attendait personne. Posant son verre, il alla ouvrir.

À sa grande stupeur, il découvrit Brandee sur le seuil. Vêtue de son jean habituel, elle portait à la main une bouteille enveloppée dans du papier de soie. Elle sourit, visiblement ravie de son effet de surprise.

— Je t'ai apporté un petit cadeau pour te remercier,

expliqua-t-elle en lui tendant la bouteille. Je sais que tu aimes le scotch et tu devrais apprécier celui-ci.

— Merci.

Il l'invita à entrer et fut un peu dérouté quand elle passa devant lui.

— Tu as une belle maison, dit-elle.

Mains fourrées dans ses poches arrière, elle avança jusqu'au salon.

— Je n'y suis pour rien, c'est ma mère qui s'est chargée de refaire la décoration de cette pièce.

— Elle aurait dû être décoratrice d'intérieur.

— C'est ce que je lui ai toujours dit, renchérit-il.

Puis il retira le papier qui entourait la bouteille et siffla en découvrant l'étiquette.

— Waouh ! C'est une marque de choix. Merci beaucoup.

— Je t'en prie. J'ai pris mes renseignements auprès du barman du TCC et suivi ses recommandations.

— Tu veux le goûter avec moi ?

— Juste un doigt, alors. Je dois reprendre le volant.

Shane sortit deux verres à whisky du placard et lui en tendit un.

— À quoi buvons-nous ? demanda-t-elle en croisant son regard.

Fasciné par la lumière changeante que reflétaient ses yeux gris-bleu, il répondit par la première absurdité qui lui traversa l'esprit.

— La paix dans le monde ?

— Bien, à la paix dans le monde, répéta-t-elle.

Et elle choqua son verre contre le sien.

Avant de goûter son scotch, Shane le fit tournoyer, le sentit… Un alcool de cette qualité méritait qu'on prenne son temps pour l'apprécier. Il en prit une gorgée qu'il fit rouler sur sa langue, savourant les saveurs de citron, de poire, de pomme et de prune que lui avait conférées le fût de cerisier dans lequel il avait vieilli. Puis venaient une note chocolatée et une pointe de réglisse.

— Fantastique ! s'exclama-t-il.

L'air intéressé, Brandee observait son verre.

— Je n'ai jamais été une grande amatrice de scotch mais, à la façon dont tu le bois, j'ai l'impression d'avoir manqué quelque chose. Tu m'inities ?

Elle n'aurait pu prononcer de paroles plus douces à son oreille.

— Avec grand plaisir. Il faut d'abord le faire tournoyer dans le verre, puis le humer. Contrairement au vin, ce que tu sens correspond à ce que tu vas goûter.

Elle suivit ses instructions, prenant son temps.

— Et maintenant ?

— Tu bois une bonne gorgée... Voilà. Tu la gardes en bouche, et tu commences à en percevoir les nuances... Parfait. Prends une grande inspiration, avale et entrouvre les lèvres. Ensuite, attends.

Elle n'avait pas cligné des yeux, ce qui était bon signe : elle ne trouvait pas l'alcool trop fort. Alors, elle afficha un air songeur, puis une lueur s'alluma dans ses prunelles.

— J'y suis ! C'est de la mandarine et de la prune.

— Bravo ! La deuxième gorgée est meilleure encore.

Comme ils en avalaient une nouvelle tous les deux, le plaisir de Shane fut redoublé, car il partageait cette fois l'expérience avec Brandee. Elle ne grimaça pas comme beaucoup de ses connaissances féminines l'auraient fait à sa place. Non, elle s'en remettait à ses conseils pour explorer toutes les subtilités du whisky.

Un quart d'heure plus tard, ils avaient atteint un niveau d'intimité inédit depuis leur rencontre, quatre ans auparavant. Il découvrait ce soir un nouvel aspect de sa personnalité, sociable et délicieux, de sorte qu'il se félicitait de l'avoir mise en contact avec Liam. La convaincre qu'ils pouvaient dîner ensemble serait sans doute plus facile qu'il ne l'avait cru.

— Je ne suis pas venue te rendre visite ce soir uniquement pour te remercier, déclara-t-elle quand elle eut terminé son scotch.

Il attendit en silence qu'elle continue, se demandant ce qui allait suivre. Pourvu qu'elle ne lâche pas une bombe !

— J'ai repensé à ce que tu m'as dit hier, au Royal Diner.

Elle s'était exprimée avec lenteur, comme si elle avait beaucoup réfléchi à ce qu'elle allait lui annoncer.

— Sur le fait que tu avais besoin d'être embrassée ? demanda-t-il.

Et un sourire lui vint aux lèvres comme elle fronçait les sourcils.

— Sur notre trêve de deux semaines, trancha-t-elle. Je sais qu'après cette parenthèse tu recommenceras à me harceler pour que je te vende mon ranch.

À cet instant précis, il se fichait pas mal de cette acquisition. Seulement, s'il cessait de la harceler à ce sujet, elle l'oublierait, tout simplement !

— Tu as une solution à me proposer ?

— Tout à fait. J'ai pensé à un pari.

Excellent ! Elle parlait à présent le même langage que lui.

— Quelle sorte de pari ?

— Si je l'emporte, tu acceptes de renoncer pour toujours à Hope Springs Ranch.

— Et si je gagne ?

— Je te vends mon ranch.

Un long silence s'installa alors entre eux. À moins qu'elle ne fût convaincue de triompher, c'était là une offre bien généreuse. Que mijotait-elle ?

— Donc, si je te suis bien, après avoir refusé pendant

des années de me vendre ta propriété, tu es soudain prête à prendre le risque de la perdre ?

Il secoua la tête.

— Je ne te crois pas. Tu aimes trop ce ranch pour t'en séparer si facilement.

— D'abord, pourquoi penses-tu que tu vas gagner ce pari ? Tu n'en connais même pas les termes.

— Ensuite ? fit-il en haussant les sourcils.

— J'ai dit que je te le vendrais, mais je n'ai pas précisé le prix.

Il savoura le défi d'avoir pour adversaire une femme si intelligente.

— Je t'en offre dix millions, déclara-t-il aussitôt. C'est bien plus que ce qu'il vaut.

Elle plissa les yeux. Personne ne lui en proposerait une telle somme et tous deux le savaient.

— Parfait. Dix millions !

Vu la vitesse à laquelle elle accepta son offre, Shane se demanda dans quel guêpier il s'était mis.

— Et les conditions de ce pari ?

— Elles sont très simples, répondit-elle, sourire à l'appui. Tu t'installes pendant deux semaines chez moi et tu m'aides sur le ranch. Entre les vêlages et mes projets liés au camp d'ados, je suis complètement débordée.

Il en aurait presque ri de soulagement, car il ne s'était pas du tout attendu à une telle proposition. Pensait-elle vraiment que deux semaines de travail manuel allaient lui faire peur ? OK, il se salissait rarement les mains, mais cela ne signifiait pas pour autant qu'il était paresseux ou incompétent. Il savait par quel bout manier un marteau.

— Si tu as besoin de quelqu'un qui sait se servir d'un outil puissant, je suis ton homme, fit-il en lui décochant un sourire lascif.

— En l'occurrence, il s'agit de m'aider pour le stage de la semaine prochaine.

Maintenant, il saisissait sa logique. Elle avait l'intention de faire appel à son altruisme. Elle s'imaginait sans doute que, confronté à des adolescents en difficulté, il préférerait renoncer à l'achat de son ranch. Eh bien ! Elle allait perdre son pari, car il était tout à fait capable de s'occuper d'une poignée d'adolescents turbulents, qui avaient juste besoin que des adultes leur fixent des limites.

— C'est tout ?

Il devait manquer quelque chose, mais quoi ?

— Je m'installe chez toi et je t'aide ?

Vivre avec Brandee, c'était comme un rêve qui devenait réalité, et cela valait largement quelques jours de dur labeur, durant lesquels il tenterait en outre de la persuader qu'ils pourraient faire un petit bout de chemin ensemble.

— Je vois à quoi tu penses, reprit-elle alors, et en effet tu auras amplement le temps de me convaincre de coucher avec toi.

Ces mots firent aussitôt monter en lui un désir irrépressible. Tout son corps en fut ébranlé. Il s'efforça de garder une respiration régulière, en dépit des pensées qui l'assaillaient.

— Tu appelles cela un pari ? demanda-t-il sans savoir où il trouvait la force de plaisanter. Mais c'est un jeu d'enfant, Brandee !

— Il ne faut jamais vendre la peau de l'ours avant de l'avoir tué, répliqua-t-elle avec un sourire. Le challenge, ce n'est pas de me convaincre de coucher avec toi. Tu avais raison quand tu m'as dit que je manquais de compagnie masculine.

Shane s'éclaircit la voix.

— J'ai dit que tu avais besoin d'être embrassée.

Elle roula les yeux.

— Oui, c'est vrai que je n'ai pas eu de rendez-vous avec un homme depuis une éternité. Et j'admets que l'idée de sortir avec toi m'a traversé l'esprit une fois ou deux.

— Toi, on peut dire que tu sais flatter l'ego d'un homme ! renchérit-il sur le ton de la dérision.

— Allez, Shane, avoue que toi aussi tu adores jouer. Je pensais que tout cela irait dans le sens de ce à quoi tu aspires.

— C'est-à-dire ? Vas-tu enfin me dire comment je peux gagner ce pari ?

— Avant que je te vende ma propriété pour dix millions de dollars, il faudra d'abord que je te dise « je t'aime ».

Il savait bien qu'elle allait lâcher une bombe, mais il n'avait pas prévu l'ampleur de sa déflagration.

— Et toi, que dois-tu accomplir pour gagner ?

— C'est simple, répondit-elle avec un sourire diabolique. Il faut que j'arrive à te faire dire que tu m'aimes.

Debout sur sa galerie, le cœur battant bien plus vite que d'ordinaire, Brandee regardait Shane sortir ses affaires du coffre de son SUV. Il tenait son sac de voyage d'une main et son ordinateur de l'autre. C'était la fin de l'après-midi, le lendemain de ce pari ridicule qu'elle lui avait lancé. Et, voilà, il s'installait chez elle…

C'était incontestablement l'idée la plus stupide qu'elle ait jamais eue. Elle aurait été plus avisée de payer la somme exigée par Maverick et de résilier son adhésion au TCC. Mille fois plus avisée, oui ! Mais comment aurait-elle pu expliquer ce revirement à Shane ? Nul doute qu'il y aurait vu sa peur d'y perdre son cœur.

De toute façon, elle n'avait pas à s'inquiéter de ce qui allait se passer. Dans sa vie, il n'y avait de la place que pour son ranch et son programme pour ados en difficulté. Dans deux ans peut-être, quand tous ses projets auraient abouti, elle pourrait recommencer à sortir avec des hommes. Toutefois, elle avait découvert que, dès qu'elle se mettait à penser à la façon de séduire Shane, une vanne s'ouvrait en elle, y déversant une sensation aussi inconfortable que la solitude…

— Salut, ma coloc, lança-t-il d'un ton décontracté.

Et, alors qu'elle avait descendu quelques marches pour aller à sa rencontre, elle les remonta au fur et à mesure qu'il s'avançait, un sourire de vainqueur aux lèvres.

— Bienvenue à Hope Springs Ranch, dit-elle pour donner le change.

— Ravi d'y être.

— Je vais te montrer ta chambre, nous dînons à 19 heures, le petit déjeuner est servi à 6 heures. Je ne sais pas quelles sont tes habitudes mais, ici, nous nous levons de bonne heure.

— Ce qui suppose de se coucher tôt. Cette perspective ne me pose pas grand problème… En revanche, il faudra que j'apprenne à me lever à l'aube.

Brandee laissa échapper un soupir tranquille. Les insinuations bien peu subtiles de Shane allaient rapidement la lasser. Il serait sans doute préférable qu'elle couche avec lui tout de suite pour y mettre un terme.

— Je suis certaine que tu y arriveras, dit-elle en l'entraînant à l'intérieur.

Elle lui fit faire le tour du propriétaire, puis lui indiqua sa chambre.

— Je t'ai mis dans la suite réservée aux invités. Tu disposes de ta propre salle de bains et d'un accès direct au patio.

Il entra et inspecta les lieux d'un air satisfait.

— C'est mignon, chez toi, dit-il en posant son bagage sur le lit double.

La suite se déclinait dans les mêmes tons neutres que le reste de la maison ; elle n'était pas immense, mais elle l'avait meublée avec grand soin.

— J'espère que ce sera assez confortable pour toi, répliqua-t-elle.

Elle imaginait aisément la splendeur de sa chambre à Bullseye, après avoir vu son salon.

— Ne te fais aucun souci, j'y serai parfaitement bien. Et toi, où dors-tu ?

Il n'y avait aucune insinuation dans sa voix, et pourtant elle sentit son corps réagir comme s'il venait de la prendre dans ses bras. Pour masquer son émoi, elle glissa les mains dans ses poches. Elle n'arriverait à rien avec lui, s'il remarquait avec quelle facilité il parvenait à la provoquer.

— Je vais te montrer.

Bien que fort réticente à l'idée de l'introduire dans son espace privé, elle le conduisit cependant à l'autre bout de la maison, puisqu'elle avait expressément demandé à l'architecte d'isoler sa chambre de la suite réservée aux invités.

Une fois que Shane eut pénétré dans son sanctuaire et ouvert de grands yeux enthousiastes, elle mesura pleinement l'ampleur de son erreur. Car, contre toute attente, sa présence dans sa chambre lui plaisait. Pour un peu, elle lui aurait demandé de prendre place dans l'un des fauteuils placés devant la cheminée, et se serait assise à côté de lui. Là, elle aurait posé les pieds sur ses genoux, pour qu'il les lui masse de ses doigts vigoureux.

— C'est mignon, dit-il.

Apparemment, c'était son adjectif préféré pour qualifier tout ce qui était lié à la décoration, si bien qu'elle se mit à rire pour dissiper son malaise.

— J'ai manqué quelque chose ? demanda-t-il aussitôt.

— Tu dois rendre ta mère folle.

— Pourquoi ?

— Elle adore la déco, et j'imagine comme elle doit apprécier tes commentaires, quand elle te demande ton avis…

Elle marqua une pause pour l'imiter au mieux.

— … « C'est mignon. »

Alors qu'elle riait de nouveau, il la fixa un instant comme s'il ne la reconnaissait pas, puis un sourire éclaira son visage.

— Je tâcherai d'être plus précis, à l'avenir, promit-il.

— Je suis certain que ta mère appréciera, rétorqua-t-elle.

Jugeant qu'ils avaient passé assez de temps dans sa chambre, elle se dirigea vers la porte. Mais, soudain, il la saisit par le bras pour plaquer son corps contre le sien.

— Hé ! protesta-t-elle, tandis que tout son être se détendait, bien malgré elle.

— Hé quoi ? répéta-t-il.

Posant la bouche contre sa tempe, il ajouta :

— Cela fait des années que j'ai envie de t'embrasser. Tu ne crois pas qu'il est temps de mettre un terme à ce supplice ?

Elle ne s'était pas attendue à une attaque aussi rapide, ce qui la déstabilisa, sans compter qu'elle sentait monter en elle le désir irrépressible de lui céder. Elle tenta pourtant de résister.

— J'ai besoin d'un verre de vin ou deux pour me mettre dans l'ambiance, déclara-t-elle en caressant, du bout des doigts, ses épaules bien carrées.

— Pas besoin de vin, puisque je suis là.

Et il glissa la main au bas de ses reins, faisant courir des étincelles sur sa peau…

Elle retint un gémissement, mais elle brûlait d'envie de frotter son corps contre le sien. Que devait-elle faire ? Toute pensée cohérente l'avait désertée.

Cependant, rassemblant toute la force de sa volonté, elle posa la main sur son torse avant de le repousser.

— Non, il ne se passera rien, Delgado.

À cet instant, Shane passa la main dans ses cheveux courts, un sourire effronté aux lèvres.

— Cette nuit ou jamais ?

— Cette nuit.

Lui mentir n'aurait eu aucun sens. Eu égard à ce jeu de séduction entre eux, ils ne passeraient pas quinze jours ensemble sans finir par s'arracher frénétiquement leurs vêtements respectifs, mais elle refusait de lui céder dès son arrivée.

— Très bien, fit-il. Tu la joues à la loyale, ça me va !

Elle reprit sans tarder le chemin de la cuisine et il lui emboîta le pas. Lorsqu'elle lui avait exposé les conditions du pari, elle n'avait pas pensé aux conséquences d'une cohabitation avec Shane. Or, elle n'avait vécu avec personne depuis qu'elle avait quitté la maison maternelle, douze ans plus tôt, et la présence d'un homme chez elle, dans son intimité, lui mettait soudain les nerfs à vif.

— Je vais ouvrir une bouteille de vin, décréta-t-elle. Tu veux m'accompagner ou tu préfères autre chose ? Bière, whisky ?

— Du vin, c'est parfait. La bière, ce sera après une journée de travail sur le ranch.

— On dirait que tu as hâte d'y être.

Ce dont elle doutait fort, puisqu'il ne donnait pas l'impression d'aimer le dur labeur.

— Certaines tâches sont plus intéressantes que d'autres, sur un ranch, louvoya-t-il.

Comme il restait une demi-heure avant le dîner, elle mit ce temps à profit pour allumer un feu dans la cheminée du patio couvert, où elle apporta le vin et les verres.

Il ne fallut pas attendre longtemps pour que de longues flammes dorées crépitent dans le foyer et éclairent l'espace salon.

S'asseyant sur un siège en face de Shane, elle glissa les pieds sous les jambes et se mit à siroter son vin.

— À Bullseye, tu diriges les choses de loin, n'est-ce pas ? lui demanda-t-elle.

Avec près de sept mille hectares de terre, Shane disposait d'une immense superficie pour faire paître tranquillement son cheptel, ce qui lui conférait une flexibilité dont elle ne jouissait pas : elle devait toujours finir par vendre du bétail pour libérer de l'espace.

— Il est vrai que j'apprécie la latitude que le ranch m'offre.

— Je vois ça.

— Je ne veux pas consacrer toute ma vie au ranch comme mon père, et finir prématurément dans une tombe.

À ces mots, son air de séducteur déserta son visage. Alors qu'il se renfrognait, une lueur de ressentiment brilla dans ses yeux. Son attitude arrogante cachait-elle quelque chose qu'il ne souhaitait pas montrer au monde ? se demanda-t-elle soudain, intriguée.

Quoi qu'il en soit, elle ne pouvait pas succomber au charme de Shane, son ranch était en jeu. Mais si c'était lui qui tombait amoureux ? Cette idée était aussi folle qu'irrationnelle !

Non, Shane Delgado ne lui volerait pas son cœur. Elle n'était pas en danger, seul son ranch l'était.

# - 5 -

Shane n'avait pas l'habitude d'être obsédé par une femme, mais il ne s'était toujours pas remis du choc qu'il avait ressenti en prenant Brandee dans ses bras, la veille. Après une nuit sans sommeil, il se leva à 5 heures et l'odeur du café et du bacon frit lui chatouilla aussitôt les narines. Elle l'avait prévenu que le petit déjeuner était à 6 heures, ce qui lui laissait le temps de prendre une douche.

Une fois séché, il enfila son jean préféré, une chemise à manches longues et des boots confortables, bien résolu à prouver à Brandee que, même s'il préférait gérer son ranch depuis son bureau, il était tout à fait capable de supporter une dure journée de labeur.

Quand il entra dans la cuisine, Brandee était déjà aux fourneaux, une douce lumière auréolant sa chevelure dorée. Une spatule dans une main et une tasse de café dans l'autre, elle faisait des pancakes tout en dansant au rythme d'une chanson de country qu'elle fredonnait en même temps.

Comme si ce spectacle n'avait pas suffi à le rendre fou, il fallait qu'elle porte une tenue des plus sexy — une chemise de nuit en coton blanc très décolletée sous un minikimono en soie bleu roi.

Elle n'avait pas remarqué sa présence, aussi pouvait-il l'observer librement. Soit elle avait oublié qu'elle avait un invité, soit elle n'imaginait pas qu'il ferait son apparition avant l'heure dite. En effet, il était impensable qu'elle lui ait sciemment offert une image si peu contrôlée d'elle-même.

Le doux balancement de sa poitrine sous le fin coton l'hypnotisait littéralement. Et puis, jamais il ne l'avait vue aussi détendue… et joyeuse. Aïe ! Il était dans de beaux draps… Si c'était un aperçu de ce qu'elle était dans la vraie vie, alors il était en danger. Car il s'était fait une promesse : ne pas tomber éperdument amoureux d'elle. Il devait reprendre la main, même si à cet instant il ignorait comment.

— Tiens, tu aimes Florida Georgia Line ! lança-t-il en prenant place sur un tabouret devant l'îlot. J'aurais parié que tu étais plutôt fan de Faith Hill ou de Miranda Lambert.

Malgré sa surprise manifeste de le découvrir là, la repartie fusa.

— Pourquoi ? Parce que je suis blonde ou que je suis une femme ?

— Les deux, sans doute.

Inclinant la tête de côté, elle le regarda d'un air compatissant, avant d'émettre sa sentence :

— Étant donné ta façon de penser, je ne suis pas étonnée que tu n'arrives pas à garder une femme très longtemps.

— Tu as du café ? répondit-il en haussant les épaules.

— Bien sûr.

Alors qu'elle tendait le bras pour prendre un mug, son geste fit remonter sa chemise de nuit et son kimono pour dévoiler davantage encore ses cuisses. Il lui fallut une bonne poignée de secondes pour retrouver le fil de la conversation…

— Qui te dit que j'ai envie de garder une femme ?

— Tu n'en as pas marre d'être célibataire ?

— Je n'ai pas encore rencontré celle qui me donnera envie de changer de statut.

Se penchant pour faire glisser le mug vers lui, elle exposa cette fois son charmant décolleté à sa vue et Shane sentit immédiatement sa bouche s'assécher. Pourquoi le spectacle de Brandee dans sa cuisine le troublait-il tant ?

— Et quelles conditions cette perle devra-t-elle remplir ?

— Il lui faudra savoir cuisiner, annonça-t-il.

En fait, il s'en fichait, il avait juste envie de voir la colère briller dans les yeux de Brandee.

Sans répondre à sa provocation, elle sortit des œufs du réfrigérateur et les lui tendit.

— Désolée, je ne sais pas préparer les œufs coulants comme tu les aimes. Donc soit tu les manges brouillés, soit tu t'en occupes.

Elle le défiait, et il décida de relever le défi.

— Et elle devra savoir s'y prendre au lit, précisa-t-il encore.

— Naturellement.

Il fit le tour de l'îlot, tandis qu'elle sortait une autre poêle à son intention.

— Donc, dès l'instant où une femme te comble en dessous de la ceinture, tu es satisfait, c'est ça ?

Elle cassa deux œufs dans un bol et les fouetta.

— Exactement.

Il se mordit la langue en se rappelant leur pari. Il était censé faire en sorte qu'elle tombe amoureuse de lui !

— Il faut aussi qu'elle ait du cœur et veuille des enfants, enchaîna-t-il. Qu'elle soit belle, bien sûr, passionnée par ce qu'elle fait, et qu'elle ait du tempérament.

— La liste est longue.

— Sans doute.

Mais cette description correspondait à Brandee, sauf

pour la question des enfants. Il ignorait en effet si elle en voulait ou non.

— Tu veux des enfants ? demanda-t-elle alors.

— Oui, répondit-il avec assurance, même s'il n'avait jamais vraiment réfléchi à la question. J'étais enfant unique et je regrette de n'avoir pas eu quelques frères avec qui me disputer.

Son kimono avait un peu glissé sur son épaule ; elle avait par ailleurs calé une mèche blonde derrière son oreille, révélant une boucle en forme de fleur… Difficile de rester concentré sur les œufs qu'il était censé casser dans la poêle, alors qu'il aurait tant aimé plaquer ses lèvres contre sa nuque ! Aurait-elle frissonné, comme la veille au soir ?

— Tu prépares ce festin tous les matins ? reprit-il, brisant le silence.

— En général, oui. Le petit déjeuner est le repas le plus important et tu verras que, d'ici midi, tu auras brûlé toutes tes calories.

À l'éclat qui scintillait dans ses yeux, il n'en doutait pas. Quel plan avait-elle conçu aujourd'hui pour le tourmenter ? Sans doute devrait-il monter à cheval toute la matinée pour conduire vers les bâtiments adéquats les vaches prêtes à vêler.

Il avait vu juste. Brandee lui avait réservé une bête nerveuse et, comme il ne s'était pas livré à ce genre de travail depuis fort longtemps, Shane craignit un instant de ne pas être à la hauteur. Mais les gestes acquis autrefois lui revinrent rapidement et il prit même bientôt un certain plaisir à l'exercice.

— Pas mal, dit Brandee en refermant la barrière.

La dernière vache gravide venait de rentrer dans le corral.

— Merci, dit-il. J'avais oublié combien c'était plaisant.

— Un bon cheval fait toute la différence, souligna-t-elle.

Juchée sur un élégant alezan, Brandee semblait née pour être cow-boy, avec son chapeau qui avait vécu et sa chemise en coton bleu pâle.

— Y a-t-il encore beaucoup de bêtes sur le point de mettre bas ? s'enquit-il alors.

— Une trentaine la semaine prochaine, et quinze autres dans deux semaines, indiqua-t-elle.

— Et ce n'est pas encore la haute saison, pour les naissances. Combien y en aura-t-il, en mars ?

— Sans doute autant que de vaches, c'est-à-dire environ sept cents. Cela implique beaucoup de surveillance, mais j'emploie des journaliers.

— C'est tout de même un sacré travail.

Elle haussa les épaules.

— Il vaut mieux être vigilant pour éviter les accidents et les pertes. En général, les miennes sont de 4 %.

Et, au grand sourire qu'elle afficha, il comprit qu'elle était satisfaite de ses résultats.

— Je fais mon maximum, car c'est toujours un crève-cœur de voir des petits veaux mourir, précisa-t-elle.

Au fil des ans, Shane s'était accoutumé à la froideur de Brandee, de sorte qu'il la reconnaissait à peine sous les traits de cette femme passionnée par son travail. Visiblement, elle était une éleveuse-née. Chaque fois qu'il lui demandait de vendre, il ne menaçait pas seulement son gagne-pain, mais aussi son bonheur, comprit-il tout à coup.

— Mon père piquait une crise, quand un vêlage se passait mal, reprit-elle. Je n'aurais pas aimé être celui qui n'avait pas réussi, malgré ses efforts, à sauver la petite bête.

— Où vit ton père, à présent ?

Elle enfonça son chapeau sur son front, lui dissimulant son expression.

— Il est mort quand j'avais douze ans, dit-elle d'une voix altérée.

Tiens, ils avaient cette triste expérience en commun ! Encore qu'à en juger par le ton de sa voix cette disparition avait été plus pénible pour elle.

— Moi aussi, j'ai perdu mon père jeune, dit-il alors. Le tien possédait également un ranch ?

— Non, il était contremaître, répondit-elle en fixant l'horizon, mais il rêvait d'en posséder un que nous aurions géré ensemble.

À cet instant, il eut envie de déclarer forfait concernant le pari. Il ne le gagnerait pas, car jamais elle ne lui vendrait son ranch. Mais il se rappela à temps qu'il y avait tout de même de bonnes chances pour qu'il parvienne à coucher avec elle, au cours des deux semaines où il séjournerait à Hope Springs Ranch. Et n'était-ce pas pour cette raison qu'il avait relevé le défi ?

Vers 14 heures, Brandee décida de faire une petite sieste afin de pouvoir affronter les longues heures qui l'attendaient. Cette nuit, elle devrait surveiller ses bêtes : lors de la saison des naissances, qui durait quatre-vingt-dix jours, elle assurait une garde par semaine, et ne voyait pas pourquoi elle aurait modifié ses habitudes à cause de Shane.

Entrant par la porte arrière, elle enleva ses boots et se rendit pieds nus dans la cuisine pour prendre des crackers au fromage et une pomme. Tout en mangeant, elle savoura la tranquillité de sa maison. Partager son espace avec Shane n'était pas aussi perturbant qu'elle l'avait imaginé. Toutefois, elle était habituée à vivre seule depuis si longtemps qu'elle avait besoin de calme, et ce dernier la troublait bien trop pour sa tranquillité.

Le fait qu'il sente divinement bon et bâille de façon adorable n'arrangeait rien ! Oui, il avait beaucoup bâillé ces trois derniers jours, pensa-t-elle en souriant, mais elle devait reconnaître qu'elle ne l'avait pas ménagé. Le soir, il avait visiblement du mal à se concentrer sur ses mails et à gérer à distance les travaux du Bellamy.

Aujourd'hui, elle lui avait accordé sa journée pour qu'il se rende sur le site, et traite les problèmes pour lesquels sa présence était requise. Comme il ne rentrerait pas avant le dîner, elle décida de prendre un bon bain chaud avant de se mettre au lit pour deux petites heures de sieste bien méritées.

Depuis qu'elle avait reçu la menace de Maverick, elle dormait mal et, bien qu'elle fût épuisée, ses soucis la taraudaient. Heureusement, même si elle s'était interrogée au départ sur le bien-fondé de son pari, la présence de Shane au ranch apportait finalement un agréable changement à sa routine.

Quatre heures plus tard, elle se prépara une salade Caesar, Shane l'ayant appelée pour la prévenir qu'il dînerait en ville en raison d'un rendez-vous tardif. Il n'était chez elle que depuis trois jours, mais elle remarquait déjà son impact positif sur son camp pour ados.

Il s'était rendu sur place pour évaluer la situation et, la veille au soir, avait étudié les plans et le budget avec elle, lui promettant qu'il allait l'aider à retrouver un équilibre financier. Elle devait admettre qu'elle était heureuse d'avoir un coéquipier comme Shane Delgado, même s'il cherchait à la faire tomber amoureuse de lui pour gagner son pari.

Il n'avait pas retenté de l'embrasser, pourtant, tous les matins, elle préparait son petit déjeuner en kimono pour le provoquer. Son manque de réaction la vexait, mais il n'était pas question de lui avouer qu'elle souhaitait désespérément qu'il se montre plus entreprenant, après l'intransigeance dont elle avait fait preuve envers lui.

Shane rentra comme elle s'apprêtait à sortir pour veiller les bêtes. Elle ne prendrait la relève que dans une heure, mais elle voulait qu'on lui fasse un compte rendu de ce qui s'était passé dans l'après-midi. Il parut surpris de la voir dans ses vêtements de travail, qui plus est emmitouflée dans une veste épaisse.

— Tu rentres juste ?

— Non, je repars.

Prenant son chapeau accroché au mur, elle s'en coiffa.

— C'est mon tour de garde, cette nuit. Je dois surveiller les vaches qui vont mettre bas sous peu.

— Et tu fais ça toute seule ?

Elle se hérissa, avant de comprendre que ce n'était pas de la condescendance, mais de l'inquiétude qui résonnait dans sa voix.

— Oui, et depuis trois ans. Tout ira bien.

— Donne-moi une seconde pour me changer, et je t'accompagne.

Sa proposition l'étonna.

— Non, tu dois être épuisé.

— Et alors ?

— Ça va être long ; je vais rester de quatre à six heures en selle, en fonction de la façon dont la nuit va se dérouler.

— Et tu ne m'en crois pas capable ?

Dès qu'on égratignait son ego, il réagissait comme un taureau dans l'arène.

— Bien sûr que si, seulement tu as travaillé toute la journée et je ne pensais pas que tu aurais envie de monter la garde toute la nuit.

— Tu me prends pour un faible ?

— Certainement pas !

Elle savait qu'il pouvait travailler dur, elle était juste perplexe quant au fait qu'il ait envie de veiller avec elle.

— Alors qu'est-ce qu'il y a ?

— Je me suis dit que… enfin, que surveiller des vaches au clair de lune ce n'est pas un travail auquel tu es accoutumé.

— Donc, tu me prends pour un faible.

OK. Elle s'enfonçait. Elle aurait dû accepter sa proposition et rire quand il serait tombé de cheval parce qu'il ne pouvait plus garder les yeux ouverts.

— Écoute, on ne va pas en faire toute une histoire. J'ai juste cru que tu préférerais te reposer pour être en forme demain, voilà !

— Pendant que toi tu veilles toute la nuit ?

— J'ai fait la sieste cet après-midi.

Sa colère commençait à l'amuser.

— Très bien, viens avec moi si tu veux, conclut-elle. Je ne dirai plus rien.

Poussant un soupir de frustration, il regagna sa chambre pour se changer, tandis qu'elle allait remplir une deuxième thermos de café. Elle sourit en songeant à la nuit qui l'attendait en compagnie de Shane. Finalement, travailler avec lui était plus agréable qu'elle ne l'avait imaginé, d'autant qu'ils discutaient ensemble économie et stratégie.

Il se prépara en un temps record, comme s'il craignait qu'elle ne parte sans lui. Elle lui tendit alors un foulard et le regarda en silence enfiler ses boots.

— Prêt ? demanda-t-elle quand il se redressa.

— Prêt !

Ils prirent un véhicule pour se rendre aux bâtiments, où Jimmy, le contremaître, leur annonça que la vache H545 avait mis son veau au monde sans problème.

— Un mâle, précisa-t-il en buvant une gorgée du café que Brandee venait de faire.

— Nous avons donc cinquante-cinq mâles et cinquante-deux femelles pour l'instant, renchérit-elle. Il faut surveiller une bête en particulier, ce soir ?

— La H729 semble agitée, comme si le travail avait commencé. Son terme est dépassé d'une semaine et, l'année dernière, elle avait eu quelques problèmes ; il faudrait donc la garder à l'œil.

— Très bien, Jimmy, merci.

La lune s'était levée, déversant une lumière argentée sur la prairie qu'ils parcouraient à présent à cheval. Les vaches gestantes étaient debout ou allongées en groupe, et Brandee repéra facilement la H729, qui était énorme et s'était isolée. Elle la désigna du doigt à Shane.

— Elle agite la queue, ce qui signifie qu'elle a des contractions, dit-elle. Je ne crois pas qu'elle vêlera cette nuit, mais on ne sait jamais.

— Elles réservent souvent des surprises ?

— Plus souvent que je n'aimerais, hélas ! Car à chaque fois cela me rend folle de perdre les petits. Cela arrive quand ils se présentent par le siège ou que la mère est trop épuisée pour pousser jusqu'à la fin.

— Combien de fois devez-vous intervenir ?

— Par des nuits comme celle-ci, c'est rare. Mais, lorsqu'il tombe une pluie glaciale ou qu'il vente, nous sommes débordés.

Comme Shane bâillait et se frottait les yeux, elle l'observa à la dérobée. Il avait vraiment un visage intéressant qu'elle ne se lassait jamais de contempler. Il n'affichait pas une beauté classique, mais avait des traits affirmés qu'elle appréciait particulièrement.

— Quoi ? demanda-t-il d'un ton sec.

— Rien. Je pensais juste qu'il était agréable de ne pas être seule, cette nuit.

— Je suis content d'être là, moi aussi.

Bien sûr, il n'avouerait pas qu'il avait envie de

dormir. Les hommes de la trempe de Shane n'aimaient pas afficher leurs faiblesses. Brandee préférait ne pas le contrarier, car elle préférait son sourire à sa mine renfrognée.

— Tu sais, je ne crois pas qu'il se passe grand-chose cette nuit, dit-elle, prudente. Tu peux vraiment rentrer, si tu veux.

— Je n'aime pas l'idée de te laisser seule.

— Je fais cela depuis que j'ai dix ans.

— Pas seule.

— C'est vrai. J'accompagnais mon père, parfois, le week-end.

— Et ta mère était d'accord ?

— Elle ne vivait pas avec nous.

— Oh… Tes parents étaient divorcés ?

— Non, ils ne se sont jamais mariés.

— Comment se fait-il que tu aies vécu avec ton père et pas ta mère ?

Son père lui vouait un amour si inconditionnel qu'elle ne s'était jamais posé la question avant qu'il ne disparaisse. Mais après elle avait compris…

— Elle ne voulait pas de moi.

Elle ne cherchait pas à éveiller sa sympathie, c'était juste un fait. D'ailleurs, elle ne supportait pas qu'on émette le moindre jugement sur la situation.

Il haussa les épaules.

— Il faut dire que tu es parfois insupportable.

Comme elle lui fut reconnaissante de cette repartie ! Elle détestait qu'on la prenne en pitié. Shane avait beau avoir la réputation d'un séducteur, à la façon dont il la regardait maintenant, il était évident qu'il était attentif aux autres.

— Exact, dit-elle d'une voix traînante. D'ailleurs, ma mère me l'a souvent répété après la mort de mon père, quand j'ai emménagé chez elle.

Les yeux plissés, il n'était visiblement pas dupe de son ton nonchalant.

— Apparemment, la maternité ne l'intéressait pas, constata-t-il.

Brandee poussa un lourd soupir, avant de lui faire un aveu.

— J'ai été la plus grosse erreur de sa vie.

# - 6 -

Shane sentit sa fatigue s'envoler d'un coup lorsque Brandee évoqua sa relation difficile avec sa mère. Bien qu'il ait grandi avec ses deux parents, il comprenait parfaitement ce qu'elle avait pu ressentir enfant, étant donné la déception infinie qu'il avait lui-même représentée pour son père.

— Pourquoi dis-tu cela ? demanda-t-il.

— Parce que juste après ma naissance elle m'a tendue à mon père, puis est partie de l'hôpital sans se retourner. Quand l'assistante sociale l'a contactée après le décès de mon père, j'ai été vraiment surprise qu'elle me prenne chez elle, mais j'ai ensuite compris pourquoi. Elle voulait mettre la main sur mon héritage, en l'occurrence cinquante mille dollars qu'elle a dépensés en six mois.

— Et tu n'as rien eu ?

— Pas un centime.

— Donc ton père est mort quand tu avais douze ans et ta mère a dilapidé ton héritage ?

— Oui, c'est ça.

Elle avait confirmé d'un ton neutre, mais il doutait fort qu'elle n'ait pas été affectée. Quel enfant abandonné ne souffre pas d'avoir été rejeté ? Elle avait dû se forger une carapace pour protéger son cœur, de sorte qu'il se retrouvait aujourd'hui devant une tâche impossible.

S'il comprenait mieux les conditions du pari, il n'était pas question qu'il la laisse tomber amoureuse de lui.

Après un ultime tour, Brandee déclara que tout était calme et qu'ils pouvaient faire une pause dans le bureau du ranch. Ils y prirent un café et, tandis qu'elle mettait à jour le nombre de naissances, il en profita pour effectuer quelques recherches sur elle, sur son smartphone.

— Tiens, tu as lancé une ligne de vêtements ? demanda-t-il en tournant vers elle l'écran de son téléphone.

Elle considéra la photo qu'il lui présentait. Vêtue d'une robe dos-nu faite au crochet, elle avait une écharpe autour du cou et un bandeau dans les cheveux.

— Une fille doit aussi payer ses factures.

— À dix-huit ans ?

— Dix-sept, en fait. J'avais triché sur mon âge, car il fallait être majeur pour ouvrir un compte professionnel et vendre en ligne.

— D'après les journaux, tu as très bien réussi.

— Il y avait un créneau à prendre dans le style bohémien, rétorqua-t-elle.

Et elle lui adressa un bref sourire, sans doute pour masquer sa fierté.

— Tu as revendu ta société pour une somme considérable, enchaîna-t-il.

— Afin d'acheter Hope Springs Ranch.

Il la scruta attentivement.

— Pourquoi n'as-tu pas gardé les deux ?

— Parce que je rêvais de posséder un ranch et que je ne pouvais pas mener les deux activités de front.

Sur ces mots, elle se leva et remit son chapeau.

— Nous devons reprendre notre ronde.

De nouveau juché sur sa monture, un vent glacé soufflant à présent sur les pâturages, Shane considérait la femme qui chevauchait près de lui. Sur les photos illustrant son site, elle paraissait bien plus insouciante et heureuse qu'elle ne l'était aujourd'hui. Pourquoi avait-elle choisi de gérer un ranch, ce qui représentait un rude travail, au lieu de continuer son activité lucrative dans le domaine de la mode ?

Cherchait-elle à perpétuer le mode de vie de son père ? À la façon dont elle parlait de lui, c'était sans doute un bon vivant, avec un cœur aussi grand que le ciel du Texas.

Comme il l'enviait d'avoir eu un tel père !

— N'est-ce pas la vache que l'on a vue en début de nuit ? lui demanda-t-il soudain en désignant une bête qui venait de s'allonger.

— C'est possible, allons voir de plus près.

Ils s'approchèrent et comprirent qu'elle était en plein travail. Alors, Shane se rendit compte que, même s'il avait été élevé sur un ranch, il avait assisté à très peu de mises bas. Et encore, il s'agissait de juments, pas de vaches. Il attendit donc que Brandee lui donne ses ordres.

Mains sur les hanches, elle observait attentivement l'animal de derrière, sans paraître inquiète.

— Regarde, on voit le sac amniotique, observa-t-elle.

De fait, grâce à la lune haute dans le ciel, il distingua le sac opaque qui contenait le veau. Ça alors ! Il ne s'était pas attendu à un tel événement.

— Tu t'attendais à quoi, au juste ? demanda-t-elle, comme si elle lisait dans ses pensées.

— Je pensais que nous allions nous promener dans la prairie, pendant que tu me maintiendrais à distance en me racontant comment tu as brisé le cœur de tes anciens amants.

Bras croisés, elle pivota sur elle-même pour lui faire face.

— Pourquoi crois-tu que je suis une briseuse de cœurs ?

— Désolé, je suis fatigué, je ne sais plus ce que je dis.

Désireux de changer de sujet, il désigna la vache.

— Tu es sûre que tout va bien pour elle ?

Hélas, la bête semblait s'être liguée contre lui pour laisser la nature suivre tranquillement son cours ! Brandee continuait à le regarder comme un policier scrute un suspect qu'il soupçonne de mentir.

— Pourquoi me prends-tu pour une briseuse de cœurs ? répéta-t-elle.

— Mais non, enfin, pas vraiment…

En fait, il en savait très peu sur sa vie privée. À sa connaissance, elle n'était sortie avec personne depuis son arrivée à Royal et, en dépit de son corps très féminin, il l'avait toujours prise pour un garçon manqué. Sans qu'il sache vraiment pourquoi, il s'était mis en tête qu'il était le seul homme à être attiré par elle.

— Précise ta pensée, insista-t-elle.

— C'est son sabot que je vois ? questionna-t-il à brûle-pourpoint.

Sa deuxième tentative pour la divertir dura quelques secondes, le temps qu'elle vérifie.

— Oui, c'est bien ça, fit-elle avant de braquer à nouveau les yeux sur lui. Donc, selon toi, je suis le genre de femmes à jeter les hommes après usage ?

— Non !

— Dans ce cas, pourquoi crois-tu que j'aie l'habitude de rompre en brisant le cœur de mes partenaires ?

Visiblement, il avait mis le doigt sur un sujet sensible, aussi afficha-t-il un grand sourire charmeur pour dissiper l'irritation de Brandee.

— Tu devrais être flattée que je voie en toi une femme si désirable qu'aucun homme ne souhaite se séparer d'elle.

— Parce que tu imagines que je suis sensible à la flatterie ? rétorqua-t-elle.

Décidément, il ne cessait de s'enfoncer… Qu'était-il arrivé au beau parleur désinvolte qu'elle l'accusait d'être ?

— La vache est censée se redresser ? demanda-t-il, cherchant encore une fois à se dérober.

— Parfois, elles ont besoin de se dégourdir les pattes, répondit-elle sans accorder la moindre attention à l'animal. Elle peut se lever et s'allonger plusieurs fois de suite.

— Je crois que notre dispute la perturbe, déclara-t-il, espérant éveiller chez elle un sursaut d'inquiétude envers la bête.

— Nous ne nous disputons pas, corrigea-t-elle, d'un ton décontracté. Nous parlons de l'opinion que tu as de ma personne. Et tu m'expliques que, selon toi, c'est moi qui mets toujours fin à une relation, et pas l'inverse.

Ce fut alors que, sous son regard intense, la réponse lui vint spontanément.

— Je crois que tu as du mal à trouver un homme qui soit à la hauteur de ton père.

De toute évidence, elle ne s'était pas attendue à cette déclaration brute. Elle détourna les yeux pour fixer le sol, silencieuse. Et à cet instant il redouta d'avoir visé un peu trop juste.

Toujours silencieuse, Brandee considérait la vache, le rebord de son chapeau jetant une ombre sur son visage. Si Shane ne parvenait pas à en lire l'expression, il ne la sentait pas en colère, plutôt pensive.

— Je n'ai jamais blessé personne de manière volontaire, dit-elle enfin d'une voix si basse qu'il dut tendre l'oreille. C'est juste que je ne suis pas douée, comme petite amie.

Le mettait-elle en garde ? Dans ce cas, elle devrait se montrer plus persuasive.

— Voilà qui nous fait un nouveau point commun. On m'a déjà dit que j'étais nul, comme petit ami.

Tous deux à présent fixaient la vache. Celle-ci fit encore quelques pas, puis s'arrêta, prise d'un spasme, mais rien ne se passa.

— Est-ce normal ? s'enquit-il. On dirait qu'elle n'arrive pas à expulser son petit.

— Nous devrions voir des progrès notables dans la demi-heure qui va suivre, expliqua-t-elle. Si, d'ici là, nous n'apercevons pas la tête du veau, c'est qu'il y a un problème.

À son grand étonnement, il sentit son estomac se nouer. Mais, devant le calme manifeste de Brandee, il se retint d'exprimer ses craintes.

— Comment fais-tu pour rester sereine ?

— J'ai vu environ sept cents vaches vêler durant deux saisons. Pourtant, je t'assure que je ne pense jamais que tout est joué.

— Ton métier est bien plus compliqué que le mien, constata-t-il.

*Et peut donner lieu à de bien plus grands chagrins.*

Shane ne se voyait pas passer ses nuits à surveiller la naissance de petits veaux. Il préférait largement acheter des animaux âgés de dix-huit mois pour les revendre une fois adultes, de sorte qu'il pensait rarement à son cheptel.

— Pas forcément, dit-elle. Il te faut suivre de près le marché et vendre au meilleur moment, afin d'optimiser le broutage de tes prés. Et tant de variables entrent en jeu, notamment la pluie et le prix de la nourriture, quand les prairies ne sont pas suffisamment fournies.

— Mais, toi, tu dois te préoccuper de tout cela et en plus des vêlages et de la croissance des veaux pour qu'ils soient aussi forts que possible. Sans compter les pertes à cause des accidents et des prédateurs.

La vache s'était de nouveau allongée, et on voyait le museau du veau. Bientôt, ce fut tout son visage qui apparut. Shane se figea quand la bête commença à pousser pour de bon.

— Elle a l'air de fournir de gros efforts. C'est toujours normal ?

— Mais oui ! C'est un sacré travail, tu sais. Elle s'en sort bien.

Comme il aurait aimé la prendre dans ses bras pour qu'elle lui communique un peu de son calme. D'ailleurs, le miracle qui s'accomplissait devant eux lui donnait envie de se rapprocher d'elle, mais il garda néanmoins ses distances afin de ne pas perturber la fragile camaraderie qui venait de naître entre eux.

Il crut que c'était terminé, mais la vache se releva et il poussa un grognement de frustration.

— Ce n'est rien, fit Brandee, l'air amusé. Il arrive qu'une bête ait envie de finir la mise bas en se levant.

Une fois l'animal debout, le bébé se mit à se balancer sous elle. Alors ce fut plus fort que lui : il saisit la main de Brandee, regrettant qu'elle porte des gants. Malgré tout, il sentit ses doigts se refermer sur les siens.

Après avoir repris plusieurs fois son souffle, la vache poussa une dernière fois et le petit veau tomba sur l'herbe avec un bruit sourd. Shane fit la grimace, tandis que Brandee se mettait à rire.

— Tu vois, je t'avais dit que tout se passerait bien, déclara-t-elle.

Déjà, la vache léchait son nouveau-né. Ce dernier se mit alors à respirer de façon régulière, et sa mère poursuivit sa besogne. À ce moment-là, Brandee s'appuya un peu plus fort contre lui et il constata qu'ils se tenaient toujours par la main.

— Incroyable, murmura-t-il.

Il ne savait plus très bien s'il parlait de la naissance du

veau ou du simple plaisir de sentir la main de Brandee dans la sienne.

L'arrachant soudain à ses réflexions, Brandee se hissa sur la pointe des pieds et l'embrassa.

Alors qu'ils baignaient dans la lumière de la lune, entourés de bêtes endormies, le moment avait paru idéal à Brandee pour céder aux émotions indomptables qui la traversaient. Comme Shane se raidissait, elle manqua se raviser, mais il l'enlaça pour l'attirer vivement contre lui.

Soulagée, elle noua les bras autour de son cou, tandis qu'un flot de désir la submergeait. Shane l'embrassait avec un abandon surprenant pour un séducteur de sa trempe. Il paraissait aussi surpris qu'elle par leur étreinte.

Pourtant, tous deux savaient parfaitement ce qui allait se passer en acceptant ce pari. Ne voulaient-ils pas le gagner l'un comme l'autre ? Pour sa part, Brandee était prête à tout pour qu'il tombe amoureux d'elle, elle avait bien trop à perdre dans le cas contraire. Mais, de son côté, Shane la harcelait depuis des années pour qu'elle lui vende son ranch, et nul doute qu'il sortirait les armes les plus redoutables pour que ce soit elle qui s'éprenne de lui.

Cette pensée doucha son exaltation et elle s'écarta brusquement de lui. Son cœur battait à tout rompre, mais elle perçut néanmoins le bruit de sabots qui se rapprochaient. Il n'était pas rare qu'après un vêlage d'autres vaches viennent rendre visite au nouveau-né. En l'occurrence, elles étaient une demi-douzaine.

— Il regarde autour de lui, constata-t-elle en désignant le veau. Bientôt, il va tenter de se lever.

En général, cela se produisait dans l'heure suivant la naissance. Dans les douze heures d'après, il convenait ensuite de s'assurer qu'il n'avait pas de problème pour téter sa mère.

— Nous pouvons rentrer, conclut-elle en dévisageant Shane.

La chaleur de leurs corps mêlés lui manquait déjà.

— Je suis content de t'avoir accompagnée, dit-il alors qu'ils revenaient vers l'étable.

— Tu peux recommencer quand tu veux.

— Tu assures souvent la surveillance de nuit ?

— Une fois par semaine.

— Mais tu n'y es pas obligée. C'est par goût, n'est-ce pas ?

— Tout à fait.

Comment lui expliquer que, du haut de son cheval au beau milieu de la nuit, entourée de vaches gravides, elle avait l'impression que le monde était parfait ?

Sur une impulsion, elle ajouta :

— Quand je suis ici, il me semble que mon père me sourit de là où il se trouve et je sais qu'il est heureux.

— Parce que tu as réalisé son rêve ?

— Oui.

— Mais toi, quel est le tien ?

— Le même, répondit-elle sèchement.

Et sa bonne humeur s'envola comme une feuille morte entraînée par une bourrasque.

— J'ai toujours voulu m'occuper d'un ranch, précisa-t-elle encore.

— En être propriétaire, rectifia-t-il, sans quoi tu n'aurais pas fait un détour par la mode pour acheter ton propre ranch. Tu te serais plutôt fait engager par un éleveur.

— Je n'aurais pas trouvé de place, aucun rancher ne m'aurait prise au sérieux.

C'était un métier dominé par les hommes, l'ignorait-il ?

— Tu as sans doute raison, concéda-t-il.

Une fois à l'étable, elle insista pour que Shane rentre se coucher, désireuse de procéder à une ultime inspection des veaux nouvellement nés. Pourtant, quand les phares de sa voiture s'éloignèrent, un sentiment de solitude l'étreignit. C'était ridicule ! Cachant un bâillement derrière sa main, elle entra dans le bâtiment.

Cayenne avait une semaine, et un employé l'avait retrouvé tout seul dans la prairie, abandonné par sa mère ; aussi l'avait-il ramené afin qu'il soit nourri au biberon. Depuis, le petit veau dévorait. Elle l'observa un instant, en se demandant si sa mère le reprendrait quand ils se retrouveraient. Parfois, une vache ne prenait pas soin de ses petits, et il était donc inutile de la garder.

Elle repensa soudain à sa conversation avec Shane, au sujet de sa propre mère qui l'avait abandonnée. Elle s'était confiée naturellement à lui, alors qu'il était rare qu'elle s'en ouvre à autrui. De la même façon, elle n'avait jamais parlé à personne d'autre qu'à Chelsea, sa meilleure amie, du vol de son héritage par sa mère.

À présent, elle se sentait vulnérable aux yeux de Shane. C'était pour cette raison qu'elle s'était indignée lorsqu'il l'avait accusée de briser les cœurs. Elle avait voulu retrouver un terrain qu'elle connaissait bien avec lui, celui de la querelle, pour éviter qu'il ne voie dans son passé une arme à retourner contre elle.

Et puis, son commentaire avait touché une corde sensible en elle. Oui, elle s'était déjà servie des hommes et les avait rejetés ensuite. Et d'ailleurs elle comptait bien procéder de la même façon avec lui. Il lui faudrait le séduire, afin qu'il renonce à toute réclamation légale concernant Hope Springs Ranch. Franchement, n'était-elle pas affreuse ?

Bien sûr, lui aussi était résolu à lui prendre son ranch mais, le problème, c'était qu'il ignorait le réel motif du pari. Assurément, il n'était pas juste de lui cacher les informations relatives à ses droits légaux sur sa propriété, néanmoins, si elle les lui révélait, elle perdrait tout…

Elle agissait donc par nécessité absolue, afin de se protéger. Tel un chaton poursuivi par un gros chien, elle devait sortir les griffes pour l'emporter.

Quand elle rentra enfin chez elle, l'odeur du bacon lui chatouilla agréablement les narines et son estomac se mit à gronder de plaisir. Elle retira ses boots, sa veste et son chapeau au son de la musique country, puis s'arrêta sur le seuil de la cuisine sans que Shane remarque sa présence.

Son cœur fit un bond dans sa poitrine lorsqu'elle le découvrit dans un bas de pyjama lui tombant sur les hanches, un T-shirt bleu clair moulant son torse comme une seconde peau. Malgré elle, elle s'imaginait couler les mains sous le coton pour palper sa peau chaude et satinée…

— Salut, dit-elle d'une voix douce.

Il pivota sur les talons. Le sourire qui éclaira alors son visage lui valut un délicieux frisson. Elle en fut d'ailleurs si troublée qu'elle dut s'appuyer un instant contre le chambranle de la porte. Il était parfait dans son rôle de colocataire sexy et il était urgent qu'elle aussi renforce son jeu.

— Je prépare le petit déjeuner comme tu l'aimes.

Soulevant la poêle, il lui montra les œufs brouillés.

— Il y a aussi des toasts, du bacon et du café, ajouta-t-il.

Et c'était lui qui avait cuisiné… Consciente de ses cheveux emmêlés et de l'odeur de cheval attachée à ses vêtements, Brandee se demanda si elle ne devait pas avant toute chose aller prendre une douche.

— Ça a l'air délicieux, dit-elle.

Et son estomac gronda bruyamment.

— Je te prépare sans attendre une assiette, dit-il, un rire dans la voix. Tiens, voilà déjà le café. Assieds-toi avant de tomber à la renverse.

Elle se garda bien de lui dire que c'était lui qui la faisait vaciller, et non la fatigue. Acceptant son café, elle alla s'asseoir sur un tabouret autour de l'îlot et avala une longue gorgée du breuvage bien noir qu'il avait préparé.

— C'est du déca, précisa-t-il alors en posant une assiette devant elle. J'imagine que tu vas te reposer un peu avant d'y retourner.

— Merci pour l'attention, dit-elle en mordant dans son toast. Comme pour le petit déjeuner. Tu n'étais pas obligé.

Il haussa les épaules avec nonchalance.

— J'ai pensé que tu serais affamée. Comment va le petit veau ?

— Lors de ma dernière inspection, il semblait apprécier son repas.

— J'en suis ravi.

Il s'assit sur le tabouret à côté du sien et, quand il plaça les pieds nus sur les barreaux de son siège, elle eut la sensation qu'il envahissait son espace.

— Merci d'avoir accepté ma présence, cette nuit, dit-il en la regardant longuement, avant de saisir sa fourchette.

— Je t'en prie.

Alors qu'ils mangeaient en silence, Brandee sentit son malaise grandir. Après l'expérience qu'ils avaient partagée cette nuit et la gentillesse de Shane, ce matin, elle commençait à le voir sous un autre jour. Pendant des années, elle avait cru qu'il n'était qu'un égocentrique obsédé par l'argent, mais elle percevait maintenant une facette plus douce chez lui, et même une pointe de vulnérabilité, qui le rendait plus attirant à ses yeux.

Dangereusement attirant.

Il était impératif qu'elle se concentre sur ses objectifs et ne cède pas aux émotions qui la tourmentaient. Lui remettre les clés de son cœur aurait représenté une grossière erreur, car elle y aurait tout perdu : sa maison, son gagne-pain et, bien pis, le respect d'elle-même. Oui, il aurait été stupide de s'éprendre d'un homme qui ne lui donnerait aucun amour en retour. Or, stupide, elle ne l'était pas.

# - 7 -

Il était presque 18 heures quand Shane revint de sa visite sur le site destiné au camp pour adolescents. De délectables odeurs l'assaillirent dès qu'il pénétra dans la maison. C'était du bœuf mijoté aux oignons, songea-t-il en retirant sa veste et ses bottes maculées. Puis il entra dans la cuisine, où la gouvernante de Brandee s'affairait derrière les fourneaux.

— Ça sent divinement bon. Qu'est-ce que c'est ? demanda-t-il.

— Le dîner, répondit May avec un petit sourire impertinent.

Cette sympathique quinquagénaire se comportait avec Brandee comme une tante affectueuse. Et le traitait comme ce que la vie avait apporté de meilleur à son employeuse.

— C'est-à-dire ?

— Du bœuf Wellington aux pommes de terre et aux asperges.

L'eau lui monta instantanément à la bouche.

— Et que fêtons-nous ?

— La Saint-Valentin, lui annonça May en désignant la table soigneusement dressée. Vous aviez oublié ?

Son cœur s'affola quand il porta les yeux sur la porcelaine, l'argenterie, le cristal, les chandeliers…

— J'ai été un peu pris, ces derniers temps, marmonna-t-il.

Entre Hope Springs, le Bellamy et Bullseye, il n'avait pas eu une minute à lui. Et maintenant il se maudissait d'avoir raté l'occasion que représentait cette journée la plus romantique de l'année pour séduire Brandee.

De toute évidence, celle-ci n'avait pas commis la même erreur.

May secoua la tête, comme si Shane venait de lui prouver pourquoi la gent masculine avait un sérieux problème.

— Eh bien, il est trop tard maintenant, dit-elle. Le dîner sera servi dans une demi-heure.

Et elle fronça les sourcils en inspectant son jean sale.

Comprenant ses insinuations, Shane fila sous la douche et, un quart d'heure plus tard, émergeait de sa suite vêtu d'un pull gris et d'un jean noir.

Comme il regagnait la cuisine, il y trouva Brandee, occupée à ouvrir sa cave réfrigérée.

— Comment s'est passée ta journée ? lui demanda-t-elle avec un grand sourire.

— Très bien. Productive. May est rentrée chez elle ?

— Tout à fait. Tim et elle vont passer une soirée en tête à tête.

— Oui, c'est la Saint-Valentin, j'avais oublié, dit-il d'un air contrit.

— Moi aussi, renchérit-elle en prenant une bouteille de vin. Mais pas May…

Avec ses longs cheveux dorés retombant en cascade sur ses épaules, son haut vaporeux et son short en coton à taille basse qui dévoilait ses cuisses bronzées, elle se trouvait à mi-chemin entre un ange sexy et une voisine sympathique.

— Tu peux ouvrir la bouteille pendant que je vais

chercher des verres ? fit-elle. Le tire-bouchon se trouve dans le tiroir, sur ta droite.

— J'imagine que, comme moi, tu te moques de cette fête romantico-commerciale, dit-il alors.

Il aurait dû être soulagé que cette table si soignée soit une idée de May, mais il sentait bien que le danger n'était pas écarté pour autant.

— Peut-être sommes-nous tous les deux cyniques vis-à-vis de l'amour, dit-elle en lui lançant un regard de derrière ses longs cils.

Il s'affaira à ouvrir la bouteille.

— T'es-tu jamais demandé si tu étais faite pour une relation à long terme avec un homme ? questionna-t-il d'un ton désinvolte.

Il était conscient de l'incongruité de sa question, mais il n'imaginait pas Brandee s'en offusquer pour autant.

— Je me pose cette question constamment, répondit-elle d'un ton tranquille.

Le minuteur du four bipa. Il était temps d'en retirer le bœuf Wellington.

— Ma vie privée n'est pas ma priorité, poursuivit-elle. Même si Chelsea me casse régulièrement les pieds avec ça.

— Ma mère aussi. Je crois qu'elle veut des petits-enfants.

Il arrivait à un âge où il devait se décider. À trente-cinq ans, il avait certes encore le temps, mais il n'avait pas envie de fonder une famille après la quarantaine.

— J'imagine qu'elle doit désespérer.

— Pourquoi ? Parce que je n'ai encore trouvé personne ?

Brandee secoua la tête.

— Non. Parce que je ne vois pas quelle femme pourrait être plus importante à tes yeux que ta chère liberté.

— Tu peux parler, mademoiselle l'indépendante ! Ne me dis pas que tu es impatiente de partager ta vie avec quelqu'un. Tu es mariée avec ce ranch et ton camp pour ados. De quoi as-tu peur, au fond ?

— Peur ? Qui a parlé de peur ?

Elle avait beau crâner, il avait bien vu des ombres danser dans ses yeux lorsqu'elle avait évoqué l'abandon de sa mère.

— Oublie ce que j'ai dit, cela ne me regarde pas.

Il était clair que, s'il poursuivait dans cette voie, il allait l'agacer et ce n'était certainement pas son but, ce soir.

— Et si tu nous servais le vin, pendant que je vais chercher la nourriture ? enchaîna-t-elle.

À son ton, elle était manifestement ravie qu'il n'insiste pas.

Dix minutes plus tard, ils dînaient tout en discutant de son camp pour ados, un sujet qui était cher à Brandee. Shane était certain qu'en l'aidant dans ses projets il gagnerait son affection. Bien sûr, c'était de la manipulation, mais ne voulait-il pas acheter sa propriété ? C'est l'objectif de ce pari, la raison pour laquelle il avait accepté d'emménager provisoirement chez elle.

Ignorant la voix de sa conscience, il se rappela qu'elle travaillait aussi dur que lui à le faire tomber amoureux d'elle. Il sourit en songeant qu'elle avait perdu avant même de commencer.

— Ce week-end, j'accueille des lycéens pour un stage avec des chiens de sauvetage. C'est Megan Maguire de Royal Safe Haven qui me les prête. Chelsea viendra aussi, et d'autres volontaires seraient les bienvenus…

Sur cette déclaration, elle lui adressa un regard entendu. Pitié ! Il n'avait aucune envie de passer une journée avec une bande de jeunes bourrés d'hormones. Cependant, il tenait aussi à gagner son pari et, comme il avait raté l'occasion de la Saint-Valentin, il devait impérativement se rattraper.

— Pourquoi pas, en effet ?

— Parfait. Et tu pourrais peut-être demander à Gabe de se joindre à nous ?

Si en retour elle se montrait tendre avec lui, il n'hésiterait pas à tordre le bras de son ami pour qu'il soit de la partie.

— Je suis sûr qu'il sera partant.

Après le dîner, elle lui proposa de prendre un verre de scotch dans le patio, et cette fois elle prit place juste à côté de lui, sur le canapé, ses pieds ramenés sous ses jambes.

Tandis que les flammes crépitaient dans la cheminée, Shane l'écoutait parler des retrouvailles du petit veau et de sa mère, tout en sirotant son scotch. L'alcool, le feu, le désir, tout contribuait à le chauffer à blanc… Il tenta de se persuader que tout cela n'était qu'une mise en scène, orchestrée par Brandee pour gagner son pari. Pourtant, il mourait d'envie de l'attirer sur ses genoux pour l'embrasser.

— Tu sais que c'est la Saint-Valentin, aujourd'hui, murmura-t-elle en inclinant la tête de façon adorable.

Comme elle fixait sa bouche, un violent désir l'étreignit. Elle jouait avec lui ! Il n'était pas dupe, et elle le savait bien. Mais quel homme aurait été capable de résister à cette ode à la féminité qu'elle incarnait, aussi douce que pimentée ?

— Tout à fait, répondit-il.

Il n'osait pas porter son verre à sa bouche, redoutant qu'elle ne voie le léger tremblement de sa main.

— Une journée dédiée aux amoureux, insista-t-elle.

— Et à la romance, rétorqua-t-il sur le même ton.

Il verrait bien où ce jeu de séduction les mènerait.

— Nous savons tous deux que c'est inévitable.

— Que toi et moi sortions ensemble ?

— Exactement.

Sur ces mots, elle se pencha vers lui comme pour l'embrasser, mais effleura en réalité sa joue de sa bouche. Elle sentait le chocolat et le scotch, un mélange de fragrances qui mettait tous ses sens en émoi.

— Je n'arrête pas de penser à toi, chuchota-t-elle alors d'une voix sensuelle, affolante…

Il serra plus étroitement son verre.

— Moi aussi, répliqua-t-il. Quand je suis au lit, je t'imagine près de moi, ta longue chevelure éparse sur l'oreiller…

Corps offert, peau rosie de plaisir…

— Tu me souris, poursuivit-il, excitée par toutes les choses incroyables que je te fais.

— Hum, pas mal, renchérit-elle d'une voix rauque en traçant des petits cercles sur sa nuque. Je me vois souvent sur toi, tes mains plaquées contre mes seins, pendant que je te chevauche.

Shane laissa échapper un râle. Son corps n'avait pas attendu longtemps pour répondre !

— Tu me rends fou, murmura-t-il. Tu le sais ?

Posant son verre, il enserra son visage entre ses paumes. Brandee ne lui opposa aucune résistance quand il l'attira à lui pour l'embrasser, mais elle ferma les paupières, un sourire rêveur aux lèvres.

Leurs souffles se mêlèrent et il savoura cette merveilleuse sensation. Ce n'était pas la première fois qu'ils s'embrassaient, mais cela n'en restait pas moins un moment capital. Par ce baiser, il devait évaluer ce qu'elle éprouvait pour lui. À moins que ce ne fût le contraire.

Car il ne pouvait s'empêcher de se demander ce qui le préoccupait le plus. L'état émotionnel de Brandee ou le sien ?

— Rentrons, suggéra-t-elle tout à coup d'une voix

langoureuse. J'ai une superbe idée pour le reste de la soirée.

Dès qu'ils s'éloignèrent des flammes, l'air frais de février entra en contact avec sa peau, faisant frissonner Brandee. Elle avait mis des vêtements destinés à en dévoiler le plus possible dans les limites de la décence, et sa petite manœuvre avait visiblement réussi. Pourtant, même si Shane avait tout de suite accepté sa proposition, elle ne s'en sentait pas moins vulnérable.

Au cours de leur dîner romantique, le contrôle de la situation lui avait peu à peu échappé. Shane était bien sûr responsable de son trouble. Non seulement il était doté d'un charme irrésistible, mais il lui portait une attention touchante, tout en s'intéressant à son camp. Il avait paru réellement impressionné par l'envergure du programme que Megan et elle avaient mis au point pour responsabiliser les adolescents.

Il avait achevé de la séduire en lui révélant un aspect sensible de sa personnalité. Alors qu'elle évoquait un jeune garçon que son père avait obligé à s'inscrire au football tandis qu'il rêvait de jouer de la guitare et d'écrire des chansons, Shane avait changé de visage. À l'empathie qu'elle avait alors lue dans son regard, elle avait compris que, comme elle, il enfouissait les blessures du passé sous une apparente confiance en lui.

Une fois à l'intérieur de la maison, un petit malentendu s'ensuivit. Il avait cru qu'elle allait l'inviter dans sa chambre, mais elle ne commettrait pas deux fois la même erreur. Cette pièce, c'était son sanctuaire, l'endroit où elle pouvait baisser la garde. Or, elle ne pouvait pas montrer son véritable visage à Shane.

— Allons prendre une douche dans ta suite, suggéra-t-elle. J'ai eu un réel plaisir à concevoir cette salle de bains et je ne l'ai même pas encore utilisée.

— Le pommeau effet pluie est fantastique, renchérit-il immédiatement.

Elle n'avait pas lésiné sur les moyens avec les quatre jets encastrés et la chromothérapie intégrée, incluant des séquences de lumière colorée en fonction de l'humeur.

Il posa la main sur ses reins pour l'entraîner vers sa suite, et une onde de chaleur la submergea. Comment cet homme, qui avait le pouvoir de la destituer de tout ce qu'elle possédait, pouvait-il l'exciter aussi follement ? Ils s'étaient à peine embrassés et elle avait déjà envie qu'il la prenne ! C'était insensé, un peu effrayant même.

Tandis que Shane réglait la douche, elle inspira profondément, luttant contre la panique... Comment allait-elle prétendre qu'il s'agissait juste de sexe, alors que son cœur battait violemment dans sa poitrine et que tout son corps vibrait de désir ? Elle s'embraserait dès qu'il poserait la main sur elle...

À cet instant, Shane se retourna vers elle. Alors qu'elle plongeait son regard dans le sien, elle recula d'un pas, et se retrouva tout habillée dans la douche. Surprise, elle sentit soudain l'eau chaude ruisseler sur son visage. Shane n'hésita pas à la rejoindre.

Lorsqu'il l'enlaça par la taille pour la plaquer contre son torse, elle referma la porte sur ses émotions et s'abandonna au plaisir de ses caresses... Elle s'empressa de lui retirer son pull, afin de contempler son corps musclé.

Brandee frissonna au moment où, de ses pouces, il effleurait sa poitrine, puis elle trembla tout entière alors qu'il léchait l'eau qui lui coulait dans le cou. Excitée comme jamais, elle perçut soudain son érection contre son ventre… Qu'attendait-il pour passer aux choses sérieuses ?

Impatiente, elle finit par prendre la situation en main et retira son haut — non sans mal, car il était tout mouillé. Enfin, les paumes de Shane caressaient sa peau. Débarrassée de sa blouse, elle se retrouva en soutien-gorge et en short devant lui, et attendit.

La respiration aussi saccadée que la sienne, Shane fit glisser les bretelles de son soutien-gorge sur ses épaules, sans la lâcher du regard. Elle le dégrafa fébrilement, puis posa les mains de Shane sur ses seins…

Alors il la fit reculer jusqu'au mur et, coincée entre ce corps solide et le carrelage, elle laissa libre cours à la faim insensée qui explosait dans ses veines. Enroulant une jambe autour des hanches de Shane, elle noua les bras autour de son cou. Enfin, il s'empara de sa bouche et leurs langues se mêlèrent fiévreusement…

Ils échangèrent un long baiser torride, tandis que l'eau roulait sur eux. Il palpait sa poitrine, ses fesses et, bientôt, son short glissa le long de ses jambes. Il émit un grognement de plaisir en découvrant son string en satin, mais celui-ci rejoignit rapidement son short par terre.

Nue devant lui, Brandee ressentit un léger embarras, elle qui n'avait pourtant aucun problème avec son corps. N'avait-elle pas posé pour sa propre ligne de sous-vêtements ?

Se retenant de se couvrir les seins, elle se mordilla les lèvres. En réalité, ce n'était pas sa nudité qui la gênait, mais plutôt le désir ardent qu'elle lisait dans les prunelles de Shane.

— Ce que tu es belle, dit-il en essuyant l'eau sur son visage. Et tu es à moi…, ajouta-t-il avec un sourire de prédateur.

Elle n'avait pas prévu cette provocation, aussi

dissimula-t-elle son plaisir en posant les mains sur ses hanches.

— Et si tu enlevais ton jean ?

Les yeux rivés aux siens, il obtempéra avec lenteur, et elle retint son souffle. Il était encore plus beau et vigoureux qu'elle ne l'avait imaginé avec ses cuisses musclées. À la vue de son érection, elle se réjouit de pouvoir s'adosser au mur, car cette virilité à l'état pur lui donnait juste le vertige.

— Viens, souffla-t-elle.

Et elle se demanda comment sa voix pouvait être aussi calme et sexy, alors qu'elle avait perdu tout contrôle.

Sans la moindre hésitation, il se colla contre elle, et plaqua ses mains sur les carreaux, de chaque côté du visage de Brandee. Puis, pressant son membre contre son ventre, il reprit sa bouche en un baiser possessif.

C'était précisément ce dont elle avait besoin : qu'il mène la danse — pour l'instant.

Bientôt, elle l'enlaça par le cou, afin de garder l'équilibre, tandis qu'il enfouissait la tête dans son cou tout en glissant la main entre leurs corps, pour s'assurer qu'elle était prête pour lui…

Elle laissa échapper un gémissement fiévreux sous la pression de ses doigts, puis se cambra contre sa main, brûlant de le sentir en elle, avide qu'il l'entraîne vers l'orgasme…

Il lui était réellement difficile de rester maîtresse de ses émotions, alors que Shane semblait si bien contrôler les siennes. Désireuse de rétablir un certain équilibre entre eux, elle recouvrit son érection de sa paume, et il se mit à trembler.

— Waouh ! parvint-il à marmonner.

— Il nous faut un préservatif. Tout de suite.

— Dans mon jean, indiqua-t-il d'un ton urgent.

— Tu avais donc des arrière-pensées !

Et cette petite plaisanterie lui permit de souffler un peu et de retarder l'orgasme qui s'annonçait déjà en elle…

— Depuis mon arrivée, avoua-t-il.

Elle se mordit les lèvres pour juguler la frustration qui s'emparait d'elle alors qu'il s'éloignait quelques secondes pour aller chercher le préservatif.

— Donne, dit-elle dès qu'il revint.

Il fit la grimace lorsqu'elle glissa le préservatif sur son membre et, si elle en avait été capable, elle se serait amusée à le torturer un peu. Mais en l'occurrence c'était impossible, tant pis pour les préliminaires !

Sans prévenir, il la souleva de terre et la plaqua contre le mur. Ce fut alors que dans le miroir au-dessus des doubles vasques elle aperçut le reflet de Shane, son dos, ses doigts dans sa chevelure… Elle se tendit.

— Regarde-moi, lui ordonna-t-il d'un ton rauque.

Elle n'obtempéra pas : elle le voulait en elle, sans qu'il voie l'effet qu'il produisait sur ses sens. Elle n'avait pas prévu d'être aussi troublée, cette expérience était bien plus qu'un simple rapport sexuel entre adultes consentants.

Oui, tout comme elle avait aimé sa présence dans sa chambre, puis dans la prairie la nuit, elle fantasmait à présent sur une intimité bien plus puissante encore que celle de leurs corps.

— Brandee, je veux que tu voies l'effet que tu me fais, insista-t-il d'une voix râpeuse qui mit à mal sa volonté.

Incapable de résister, elle céda et leurs regards s'enchaînèrent…

Une seconde plus tard, il allait et venait en elle, et elle s'abandonna à lui avec volupté…

# - 8 -

Sans doute Shane regretterait-il d'avoir demandé à Brandee de le regarder. Maintenant que ses grands yeux gris-bleu étaient arrimés aux siens, le désir qu'il éprouvait pour elle était presque douloureux. Pourtant, il tenait à prendre son temps pour graver dans sa mémoire chaque halètement, chaque frémissement du corps fiévreux de cette femme hors du commun.

Il la sentit soudain se tendre, les yeux écarquillés, les ongles enfoncés dans sa chair… Quand une première vague de plaisir la submergea, il se retint d'accélérer la cadence pour la rejoindre, mais ralentit au contraire le rythme afin d'assister au fabuleux spectacle de sa jouissance…

Lui qui croyait avoir tout vécu en matière de sexe eut la sensation grisante et folle de plonger d'une falaise dans un gouffre sans fond…

Quelques instants plus tard, appuyant la tête contre les carreaux, Brandee lui adressait un sourire rêveur, paupières closes.

— Tu as joui vite…, murmura-t-il avec une certaine fierté.

— Il y avait longtemps… Et il faut avouer que tu es doué.

— Tu n'as encore rien vu…

Elle fit glisser ses mains sur ses épaules, dans ses cheveux, puis pressa sa bouche contre la sienne.

— Eh bien, prouve-moi tes talents, fit-elle, provocante.

Grisé par ses paroles, il la bâillonna de ses lèvres. De toute évidence, ce premier orgasme n'avait pas apaisé le feu qui la dévorait, car elle lui rendit son baiser avec ardeur.

Il se remit à chalouper en elle, de nouveau résolu à prendre son temps. Il n'avait jamais tenu une femme aussi féline dans ses bras, aussi sensible et entière. Elle saluait chaque coup de reins par des chuchotements d'encouragement à lui faire perdre la tête… Mais il tint bon jusqu'à ce qu'il sente sourdre un nouvel orgasme en elle… Il céda à l'urgence du plaisir qui montait en lui au moment où elle se cambrait, aux prises avec la jouissance…

Quand il revint à lui, l'eau ruisselait toujours sur eux, leurs souffles étaient encore saccadés, et il jubilait… Il savait que lui faire l'amour s'apparenterait à une expérience extraordinaire, mais il avait sous-estimé l'effet que cette expérience aurait sur son psychisme.

— Repose-moi avant qu'il ne nous arrive quelque chose, dit-elle d'un ton neutre.

Trop tard, pensa-t-il. *Quelque chose* d'immense et d'inoubliable s'était déjà produit. Puissant et effrayant. Il était à la fois impatient de recommencer, et terrifié… Mais, avant tout, il devait impérativement reprendre des forces, et pas seulement physiques.

Il reposa Brandee, ferma les jets d'eau. Mais à peine l'eut-il quittée des yeux qu'elle se précipitait hors de la douche. Une fraction de seconde plus tard, elle lui lançait une serviette qu'il rattrapa de justesse. La réalité venait de reprendre ses droits, songea-t-il, un rien mélancolique.

Brandee avait déjà enfilé un peignoir, et les pointes

de sa chevelure ruisselaient encore d'eau quand elle tournoya pour lui faire face. Prenant une autre serviette, elle l'enroula autour de sa tête puis, emmitouflée de coton blanc, le regarda nouer sa propre serviette autour de sa taille.

— Waouh ! dit-elle en éclatant de rire. Je savais que ce serait fantastique, entre nous, mais tu as dépassé mes espérances.

Sa gaieté nonchalante ne rencontra aucun écho en lui. Il fut au contraire dépité de constater que cette merveilleuse expérience ne l'avait pas affectée autant que lui.

— C'est tout moi, dit-il d'un ton un peu sec. Satisfaction garantie.

— Je te mettrai cinq étoiles en ligne, déclara-t-elle en bâillant. Eh bien, quelle journée ! Et dire que j'ai encore un peu de travail à faire. À demain, Delgado.

Il avait cru qu'il y aurait un deuxième round, mais elle avait déjà disparu, hélas ! Déstabilisé, il sortit à son tour de la salle de bains. S'il lui courait après, elle prendrait l'avantage ; or, il ne devait pas oublier le pari.

Peu de gens savaient qu'il était bien différent de l'image qu'il affichait, celle d'un homme plein d'humour autour duquel les autres gravitaient. S'il avait rattrapé Brandee, il n'aurait pas été capable de jouer le rôle qu'elle lui connaissait, cette version séduisante et effrontée de lui-même qui était aussi sa marque de fabrique.

Brandee lui avait fait tourner la tête, puis s'était dérobée, le laissant sur sa faim. Mais ce n'était pas tant son corps que ses émotions qui étaient en tumulte. Il avait cru qu'ils referaient l'amour, et passeraient ensuite la nuit ensemble.

Blottis l'un contre l'autre.

Poussant un juron, il ouvrit son portable, incrédule.

Brandee avait indéniablement gagné cette partie — à lui de s'assurer que cela ne se reproduirait pas.

Le lendemain, il avait rendez-vous avec Gabe au TCC pour prendre un verre avant d'aller dîner. En attendant son ami, il passa un coup de fil professionnel qui se déroula moins bien que prévu.

— Je vous ai dit la semaine dernière que je voulais que ça change, hurla-t-il dans son portable. Qu'est-ce que vous attendez ?

Et il raccrocha.

— Ça chauffe, observa Gabe à voix basse en s'asseyant à côté de lui. Tu t'es levé du mauvais pied ?

Son ami n'était pas loin de la vérité. En fait, il n'avait pas dormi, car il n'était pas parvenu à trouver le sommeil. Après le brusque départ de Brandee, il avait travaillé jusqu'à 2 heures, puis s'était allongé sur son lit, se repassant en boucle leurs étreintes sous la douche…

Jamais une femme ne s'était enfuie aussi vite après l'amour. En général, si quelqu'un ramassait ses vêtements et filait, c'était lui.

— Désolé, marmonna-t-il. Les travaux prennent du retard au Bellamy, alors que nous ouvrons dans deux mois.

— La routine, en somme. Curieux ! D'habitude, tu ne t'en prends pas à tes entrepreneurs.

Il n'était pas question qu'il explique à Gabe la raison de son état, même s'il s'agissait de son meilleur ami.

— Je suis un peu tendu en ce moment, reconnut-il avant d'avaler une gorgée de scotch. À force d'aider Brandee au ranch, j'en perds de vue certains détails, au Bellamy. En fait, je suis en colère contre moi-même.

— Oh !

Oui, c'était tout ce qu'il concéderait.

— Quoi, oh ? demanda-t-il malgré lui.

— C'est à cause de ce pari que tu as fait…

Gabe scruta le fond de son verre, comme s'il pouvait y déchiffrer le mystère de la vie.

— Eh bien quoi, ce pari ? marmonna Shane d'un ton sec.

Pourquoi diable insistait-il, alors qu'il ne souhaitait pas s'étendre sur le sujet ? Était-il en train de perdre la tête ? À moins qu'il ne cherchât inconsciemment à recueillir quelques conseils avisés de Gabe. Quoi qu'il en soit, ce qui s'était passé, ou plutôt ce qui ne s'était *pas* passé, entre Brandee et lui le rongeait.

— C'est juste que je te connais bien, Shane. Je t'ai déjà vu avec d'autres femmes, mais celle-ci te rend différent… Tu l'aimes bien. Vraiment bien…

Son premier instinct fut de nier.

— Et donc, où veux-tu en venir ? s'entendit-il pourtant répliquer.

— Eh bien, mettons que tu gagnes le pari et qu'elle tombe follement amoureuse de toi, que feras-tu ?

— On continuera à sortir ensemble, j'imagine.

— Tu imagines ?

Gabe secoua la tête avant de poursuivre :

— Tu crois vraiment qu'elle voudra encore fréquenter un homme qui lui aura tourné la tête afin de pouvoir lui ravir ce ranch qu'elle aime tant ?

— Rien ne m'oblige à l'acheter.

D'ailleurs, après avoir passé quelque temps sur sa propriété, il n'avait plus envie de l'acquérir pour y construire des résidences de luxe destinées aux touristes.

— Je lui dirai que j'ai changé d'avis, ajouta-t-il.

— C'est le cas ?

— C'est possible.

— T'arrive-t-il parfois de répondre clairement à une question ?

— Ça dépend.

— Et que se passera-t-il, si c'est Brandee qui gagne ?

— Impossible ! Il se peut que cette femme me plaise beaucoup, mais cela n'ira pas bien loin. Nous nous ressemblons trop ; ni elle ni moi ne sommes intéressés par une relation sérieuse. Nous en avons discuté et sommes d'accord là-dessus. Coucher ensemble, c'est génial, en revanche, l'amour, c'est…

Il s'apprêtait à dire *rasoir*, mais se ravisa en repensant aux nombreux dîners dans le patio et aux longues conversations près du feu. Il avait pris grand plaisir à tous ces moments en sa compagnie.

— L'amour, c'est… ? l'encouragea Gabe.

— Trop compliqué, trancha-t-il, et tu sais parfaitement que je préfère les relations occasionnelles et faciles.

Gabe hocha la tête en terminant son verre.

— Tant que tu sais ce que tu fais et que tu assumes les conséquences de tes actes, j'estime avoir rempli ma mission.

— Je t'absous de toute responsabilité concernant les faux pas que je pourrais éventuellement commettre avec Brandee.

Son ami acquiesça de nouveau du menton, sans paraître soulagé pour autant.

— Une dernière chose avant de clore le sujet, reprit Shane en se rappelant sa promesse. Brandee m'a demandé si tu voulais bien venir l'aider demain à gérer un stage qu'elle organise pour des ados en difficulté. Megan Maguire de Safe Haven amènera ses chiens de sauvetage, afin d'occuper les gosses.

— Pas de problème ! Dis-moi juste à quelle heure je dois être sur place.

*
* *

Brandee inspectait le foyer du camp pour vérifier que tout était prêt. Il était près de 10 heures et un bus d'adolescents devait arriver d'un moment à l'autre. Megan était déjà là, avec ses quinze chiens, un pour chaque enfant ; ceux-ci couraient actuellement dans le paddock.

— Merci pour ta présence, dit Brandee à Gabe, qui avait lui aussi répondu à l'appel.

— Tout le plaisir est pour moi.

Chelsea et lui avaient installé et dressé les tables, tandis que Megan et elle s'étaient occupées des chiens et avaient disposé les obstacles pour la course prévue en fin d'après-midi.

Megan devait tout d'abord exposer les avantages liés au dressage d'un chien de sauvetage, tant pour l'animal que le propriétaire. Ensuite, ils passeraient aux travaux pratiques dans le paddock. Certains enfants en étaient à leur deuxième expérience.

— Shane n'est pas là ? s'étonna Gabe.

— Il a promis de passer, mais il avait des choses à régler au Bellamy, répondit-elle.

— Pourvu qu'il ne soit pas retenu toute la journée là-bas.

À cet instant, le bus apparut dans l'allée et elle s'abstint de répondre. Ils avaient pu effectuer les préparatifs sans Shane et il n'y aurait pas grand-chose à faire pendant l'exposé de Megan, mais elle espérait qu'il serait présent au déjeuner.

— C'est parti ! déclara Megan.

Les yeux verts de la belle rousse reflétaient un bel optimisme. Avec sa générosité et sa patience à toute épreuve, elle était la personne la plus adorable que Brandee ait jamais rencontrée.

— J'espère que ce groupe sera aussi intéressé que le dernier, ajouta-t-elle.

— Moi aussi ! renchérit Brandee. Nous nous étions vraiment bien amusés.

— Sur les dix chiens que j'avais amenés, trois ont été adoptés peu après. Cette journée de dressage avait vraiment été utile.

— J'en suis ravie. Les ados l'étaient eux aussi, puisque certains se sont réinscrits aujourd'hui.

Elle avait d'ailleurs été étonnée, car il s'agissait de jeunes filles qui n'avaient pas paru particulièrement enthousiastes. Peut-être leurs parents les avaient-ils forcées à revenir. Une chose était sûre, le visage que Nikki Strait et Samantha, sa meilleure amie, affichèrent en descendant du bus était aussi fermé que la dernière fois. Elles ne semblaient guère motivées, hélas…

— Bienvenue à Hope Springs Camp, déclara Brandee quand les adolescents furent réunis. Megan Maguire et moi vous remercions d'être venus aujourd'hui nous aider à dresser les chiens.

Quelques-uns sourirent, certains scrutèrent les environs, d'autres ricanèrent — bref, des comportements normaux pour cet âge.

Elle leur indiqua le programme de la journée, puis ils se rassemblèrent dans le foyer, où Megan commença son exposé sur le dressage. Brandee surveilla alors discrètement les enfants qui écoutaient d'une oreille attentive et ceux qui s'ennuyaient. À son grand étonnement, Nikki et Samantha entraient dans la première catégorie.

Tandis que Megan emmenait les enfants dans le paddock, Brandee s'occupa de réchauffer les plats cuisinés par May, en l'occurrence ses fameuses lasagnes, qu'elle servirait avec une salade, des brownies étant prévus en dessert. La dernière fois, le chili de May avait eu un grand succès.

Soudain, elle pensa au mois suivant… Avec la

menace de Maverick qui planait au-dessus du ranch et eu égard au comportement ambigu de Shane, parfois distant, parfois séducteur, serait-elle seulement encore là dans quelques semaines ?

Un groupe d'adolescents bien plus animé qu'à l'arrivée revint du paddock : c'étaient les bienfaits des activités avec les chiens.

Shane n'était toujours pas là lorsque les tables furent débarrassées et que le dressage à l'aide de clickers commença. Brandee avait renvoyé Gabe et Chelsea des cuisines et enveloppait les derniers restes quand Shane fit son apparition, un peu avant 13 heures.

— Comment se déroule cette journée ? s'enquit-il.

Il prit un brownie et, s'appuyant contre le comptoir, mordit dedans.

— Mmm, c'est délicieux, ajouta-t-il.

— Tout se passe au mieux, répondit-elle.

Elle était un peu déçue qu'en dépit de sa promesse il n'ait pas pu se libérer pour l'aider avant.

— Je ne pensais pas que tu serais retenu toute la matinée, poursuivit-elle. As-tu déjeuné ?

— Oui, j'ai grignoté quelque chose en ville.

— Ah bon ? Je croyais que tu te rendais sur le site du Bellamy.

— Tout à fait, mais David et moi devions discuter, aussi sommes-nous allés déjeuner au Royal Diner.

Il jeta un coup d'œil aux adolescents, à l'extérieur.

— Je suis là à présent, enchaîna-t-il. En quoi puis-je t'être utile ?

— Tu peux récurer les plats qui sont dans l'évier, lança-t-elle. Je laisse toujours le pire pour la fin.

Et, sur ces mots, elle le quitta pour rejoindre les autres. Alors qu'elle lui jetait un coup d'œil par-dessus son épaule, elle le vit rouler les yeux et relever ses manches. Puis il s'approcha de l'évier, comme si un cobra allait en surgir. Elle doutait qu'il ait jamais fait la vaisselle, et devrait sans doute vérifier si ses poêles étaient impeccables.

Dans le paddock, elle fut surprise de constater que Megan avait cette fois confié un labrador à Nikki, et que cette dernière semblait ravie de s'en occuper. Le chiot, quant à lui, lui obéissait déjà quand elle lui ordonnait de se coucher ou de se lever. Son enthousiasme avait été bien moins évident la fois précédente.

— Comment as-tu réussi ce miracle ? demanda-t-elle en se glissant près de Megan.

Celle-ci lui sourit.

— Nikki et sa mère sont venues à plusieurs reprises au chenil pour m'aider et elle sait vraiment s'y prendre avec les chiens. Je crois que la dernière fois je ne lui avais juste pas donné le bon animal.

Subitement, elle avisa Justin Barnes. Isolé dans un coin, l'adolescent passait plus de temps à caresser le chien qui lui avait été confié qu'à le dresser.

— Qui est cet enfant, là-bas ? fit la voix de Shane dans son dos.

— Justin. C'est le garçon dont je t'ai parlé. Celui que son père oblige à jouer au foot, alors qu'il voudrait apprendre la guitare.

— On dirait que lui et moi avons quelque chose en commun.

Elle sauta sur l'occasion.

— Tu pourrais peut-être aller lui parler ?

— Mon adolescence est loin derrière moi, mais pourquoi pas ?

— Merci, dit-elle.

L'agacement que lui avait valu son arrivée tardive s'évapora d'un coup.

— Je finirai la vaisselle, ajouta-t-elle dans la foulée.

— C'est fait.

— Déjà ?

— Oui, il suffisait d'un peu d'huile de coude. Pourquoi sembles-tu étonnée ? Ce n'est pas très flatteur pour mon ego.

— Oh ! je ne m'inquiète pas trop pour ton ego !

C'était un échange coutumier entre eux, mais cette fois-ci Brandee eut subitement envie d'une relation un peu plus substantielle… Allons ! Que lui prenait-il ? Était-elle donc intéressée par une liaison avec Shane Delgado ? À cette pensée troublante, elle sentit son estomac se nouer.

— Tu as raison, ça me fera du bien à moi aussi de parler avec ce garçon, concéda-t-il.

Elle le regarda rejoindre Justin tout en riant d'elle-même. Tomber amoureuse de Shane, même sans ce pari, serait un désastre. Ils se ressemblaient tant par leurs mauvais côtés, et étaient si différents pour les bons… Mais, s'il valait mieux qu'ils en restent à des échanges superficiels, rien ne les empêchait de continuer à s'amuser au lit. C'était ce que tous deux recherchaient et l'arrangement lui convenait.

En saluant Gabe d'un signe de la main, Shane comprit que son ami était soulagé de ne plus être le seul homme du camp.

Prenant un siège pliant, il le porta jusqu'à la hauteur de l'enfant, et s'assit près de lui.

— Salut, dit-il en caressant le chien à la robe caramel. Comment ça va ?

— Bien, marmonna Justin.

— Il s'appelle comment ?

— *Elle* s'appelle Ruby.

— Eh, salut, Ruby ! dit-il.

Il continua à flatter un peu la chienne, puis s'adossa à sa chaise.

— Moi, c'est Shane.

— Justin.

Une fois les présentations faites, tous deux jaugèrent l'animal, qui semblait attendre quelque chose, son regard passant de l'un à l'autre.

— Qu'est-ce que tu es censé faire ?

— Du dressage avec ce clicker.

— Ça marche comment ?

— Ruby !

La chienne leva la tête vers lui, il émit un petit clic avec l'appareil et lui donna une friandise.

— Oh ! super !

Justin hocha la tête.

OK… Il n'y a rien d'évident à communiquer avec les ados, et il en conçut un plus grand respect pour Brandee. Se penchant en avant, il frotta ses mains l'une contre l'autre.

— Elle m'a fait faire la vaisselle, murmura-t-il. Tu le crois, toi ?

— Qui ?

— Brandee. Elle me confie toujours des tâches que je n'ai pas envie de faire.

— Pas de chance.

Il lui jeta un long regard en biais.

— Pourquoi tu l'écoutes ? ajouta Justin.

— Parce qu'elle est jolie et que je l'aime bien. Cela dit, je ne sais pas si c'est réciproque. Parfois, j'ai l'impression que, quoi que je fasse, ce ne sera jamais assez. Tu vois ce que je veux dire ?

— Mouais.

Un silence s'ensuivit.

— C'est comme avec mon père, reprit l'adolescent. Il me fait jouer au foot, alors que je déteste ça.

— Ah bon ? Le mien était pareil.

Et, après toutes ces années, il ne pouvait pas croire qu'il lui en veuille encore autant ! Aux yeux de Landon Delgado, rien n'était jamais assez bien.

— Il voulait que je reprenne le ranch familial, mais ça ne m'intéressait pas du tout, précisa-t-il.

— Et que voulais-tu faire, à la place ? demanda Justin, soudain intéressé.

— Tout sauf m'occuper d'un ranch !

— Et tu fais quoi, aujourd'hui ?

— J'ai encore le ranch, mais je me suis spécialisé dans l'immobilier. Par exemple, Heritage Estates, c'est moi. Et, en ce moment, je fais construire un hôtel de luxe hors de la ville, le Bellamy.

— Finalement, tu as écouté ton père, si tu as toujours le ranch.

— La propriété appartient à ma famille depuis un siècle, expliqua Shane. Je la gère de loin, et je mène ma vie comme je l'entends… tout en respectant le vœu de mon père, tu as raison, puisque je n'ai pas vendu le ranch après sa mort.

— Ce n'est pas aussi facile pour moi.

— Quelle activité te plairait, en dehors du foot ? demanda Shane, même s'il connaissait la réponse.

— Jouer de la guitare et composer.

— Cool ! Tu as une guitare ?

— Oui, c'est mon père qui me l'a offerte.

— Ah bon ? Et il ne veut pas que tu en joues ?

— Il préfère que je pratique le foot, déclara-t-il, sur la défensive.

— Tu sais pourquoi ?

— Parce qu'il jouait au foot au lycée, ce qui lui a permis d'obtenir une bourse pour aller à la fac. Mais, moi, je ne suis pas aussi bon que lui et aucune équipe à la fac ne voudra de moi.

— Ton père a peut-être peur de ne pas pouvoir te payer tes études ?

— J'imagine, dit Justin en haussant les épaules. Mais je ne suis pas certain de vouloir étudier ; je veux écrire des chansons et faire carrière dans la musique.

— Tu es déterminé, c'est bien. À ton âge, je ne savais pas du tout ce qui m'intéressait. Finalement, j'ai suivi des études de commerce.

Et, après l'obtention de son diplôme, il avait fondé sa société immobilière grâce à l'argent hérité de sa grand-mère. Son père ne lui avait pas adressé la parole pendant un mois quand il l'avait découvert.

— La fac, ça coûte cher, et je ne sais pas si j'ai envie de m'y inscrire.

Shane voulut lui répondre qu'il était toujours préférable d'avoir un diplôme en poche, au cas où la musique ne marcherait pas, mais, devant la détermination qu'il lisait sur le visage du jeune garçon, il comprit que pour ce dernier c'était la musique ou rien. Il n'y avait plus qu'à espérer que l'adolescent avait un talent à la mesure de son ambition.

— Tu sais, si ton père s'obstine avec le foot, c'est qu'il s'inquiète pour ton avenir. Pourquoi n'accepterais-tu pas d'essayer le foot, et lui en retour pourrait t'aider à pratiquer la guitare ?

— C'est ce que tu as fait avec ton père ?

Pas vraiment, mais à quoi bon entrer dans les détails ?

— Nous avons trouvé un accord : je gardais le ranch et je trouvais une façon de le gérer tout en me livrant à mes activités immobilières.

— Est-il fier de toi ?

La question lui fit l'effet d'un coup de poing.

— Il est mort avant que mon entreprise ne décolle, mais je pense qu'il en avait perçu le potentiel et était impressionné.

Shane n'éprouvait pas la moindre culpabilité en mentant au jeune garçon. Certes, il n'avait pas su communiquer avec son père, mais cela ne signifiait pas pour autant que Justin aurait le même problème. Et, si, adolescent, on lui avait donné le conseil qu'il venait de prodiguer à Justin, il aurait sans doute eu une meilleure relation avec son père.

— J'essayerai alors, concéda Justin.

— Bravo ! Tiens, je te donne ma carte. N'hésite pas à m'appeler si tu souhaites en reparler avec moi, ou bien que je discute avec ton père.

— Merci.

L'air un peu moins sombre, Justin glissa la carte dans la poche arrière de son jean, et parut soudain plus intéressé par le dressage du chien.

Puis Shane alla d'enfant en enfant pour discuter, si bien qu'au bout de trente minutes, quand Megan annonça la fin de la séance, il connaissait l'histoire de chacun.

— Comment t'y es-tu pris ? lui demanda Brandee lorsqu'elle le rejoignit. Ils avaient tous le sourire en te regardant t'éloigner, même Justin.

— Donc, tu viens seulement de te rendre compte que je suis un type bien ?

Sur ces mots, il lui adressa un grand sourire tout en cognant gentiment son épaule contre la sienne.

— Je pensais pourtant qu'après avoir vécu une semaine avec moi tu avais attrapé le virus, ajouta-t-il.

— Quel virus ? répliqua-t-elle d'un ton dubitatif.

— Le virus Shane.

Dardant sur elle son regard le plus sensuel, il poursuivit :

— Il accélère les battements de ton cœur, rend les mains moites et crée en toi un désir fou pour les baisers torrides.

Elle fit la moue.

— Je suis certaine d'être immunisée contre ça.

Malgré tout, elle ne paraissait pas aussi confiante qu'auparavant.

— On dirait que tu me lances un nouveau défi, rétorqua-t-il.

— Pas du tout.

— Ce qui est étrange, c'est que tu présentes déjà les symptômes.

— Vraiment ?

Profitant que tout le monde avait les yeux rivés sur Megan, il se pencha vers elle pour effleurer son oreille de sa bouche, car elle était particulièrement sensible à cet endroit. Puis il l'attira vers lui, son assaut lui arrachant une petite exclamation.

Une seconde plus tard, il la relâchait.

— Dis-moi que ton cœur ne bat pas comme un fou, fit-il en la gratifiant d'un petit sourire.

— Tu n'es pas aussi séduisant que tu le crois, lui assura-t-elle.

Et elle fit mine de redoubler d'attention pour les activités qui se déroulaient sous leurs yeux, en l'occurrence des sauts d'obstacles pour les chiens.

Il la laissa avoir le dernier mot : la contrarier n'était pas le bon moyen pour gagner son cœur.

— Tu crois qu'il y a quelque chose entre Gabe et Chelsea ? demanda Brandee après que deux autres chiens eurent effectué leur parcours.

Shane suivit son regard, et nota que les deux se tenaient un peu en retrait.

— Quelque chose comme quoi ?

— Comme s'ils étaient attirés l'un par l'autre.

— Peut-être.

Il leur accorda une plus grande attention… Oui, elle avait raison, même si Gabe et Chelsea n'en avaient pas encore conscience. L'espace d'une seconde, Shane envia l'esprit de camaraderie qui semblait régner entre eux.

Avec le pari qui planait au-dessus de leurs têtes, Brandee et lui ne pouvaient pas se permettre une telle décontraction, mais c'était tout aussi bien. Leurs joutes verbales étaient plutôt excitantes, tout comme leurs ébats. Il aimait la façon dont elle le défiait. Leurs querelles ne faisaient qu'exacerber la fièvre, entre eux.

De toute manière, il ne souhaitait pas nouer une relation à long terme, mais juste s'amuser et gagner son pari. Quand il quitterait Hole Springs Ranch, sa vie reprendrait son cours normal.

Et s'il avait envie de la revoir ? se demanda-t-il tout à coup. Il scruta son profil. Accepterait-elle de poursuivre leur relation pour voir où cela les mènerait ? Ou bien seul le pari comptait-il, pour elle ?

Le cours qu'avaient pris ses pensées lui déplaisait, tout comme ce petit élancement, du côté du cœur. En réalité, les paroles prononcées par Gabe quelques jours plus tôt ne cessaient de le hanter : « Tant que tu sais ce que tu fais et que tu assumes les conséquences de tes actes… »

Hélas, il avait l'impression que plus le temps passait, moins il savait ce qu'il faisait. Quant aux conséquences de ses actes, elles seraient certainement bien plus complexes que prévu.

# - 9 -

Brandee invita Chelsea, Gabe et Shane à dîner au Texas Cattleman's Club pour les remercier de leur concours, grâce auquel la journée avec les adolescents avait été un succès.

Une fois de retour au ranch, Shane et elle s'installèrent dans le patio, près du feu. Une infusion à la main, elle plaça ses pieds sous ses jambes.

— Bien que tu sois arrivé en retard, ta présence a été salutaire, déclara-t-elle. Tout comme celle de Gabe. Les garçons ont été moins chahuteurs que d'habitude. Megan espère que certains enfants adopteront des chiens. Le courant passe particulièrement bien entre Seth Houser et le petit terrier à poils doux dont il s'occupe depuis trois mois, maintenant.

— Je dois avouer que j'ai été médusé par le duo que formaient Tinkerbell et Jenny, renchérit Shane.

— Megan est très douée pour assortir l'animal à son futur maître éventuel.

Le silence retomba, seul le crépitement des flammes animait l'obscurité. Elle sentit alors la tension monter entre eux. La dernière fois qu'ils avaient discuté dans le patio, cela avait fini sous la douche.

Le lendemain de leurs ébats, Brandee était rentrée très tard de sa journée de travail. N'avait-elle pas cherché à l'éviter ? s'interrogea-t-elle tout à coup. Ce qu'elle avait éprouvé quand il l'avait pénétrée, la première fois, l'avait bouleversée, elle y repensait souvent. Elle avait su que faire l'amour avec lui lui plairait, mais elle n'avait pas mesuré à quel point. Jamais elle n'avait connu des étreintes aussi passionnées avec un homme.

Et, depuis, elle ne cessait de les revivre, encore et encore… Elle préférait toutefois oublier la façon dont elle s'était enfuie pour se réfugier dans sa chambre, afin que Shane ne se rende pas compte de sa vulnérabilité totale. En fait, elle avait eu si peur que ce soit lui qui, une fois satisfait, s'éclipse sans crier gare qu'elle avait préféré prendre les devants.

Mais, à présent qu'elle était remise de ses émotions, elle était prête à réitérer l'expérience. Alors que le désir l'assaillait, elle sourit à Shane. Elle allait lui suggérer d'aller faire un tour dans sa suite, quand il déclara :

— Je comprends pourquoi tu trouves ça si gratifiant.

— Pardon ? demanda-t-elle, confuse.

— Ton travail avec les adolescents.

Se résignant à refréner sa libido, elle concéda :

— Ceux que tu as vus aujourd'hui ne sont pas forcément représentatifs des enfants que j'accueille. Il y en a avec qui ce n'est pas aussi facile.

— En tout cas, tu as un bon contact avec eux.

— Peut-être parce que je sais ce que c'est, les problèmes à la maison… Ce n'est pas facile de vivre avec une mère qui ne vous garde que pour vous voler votre argent.

— Je n'arrive pas à imaginer une chose pareille.

Et il rapprocha son épaule de la sienne, de sorte qu'elle se sentit soudain plus en sécurité.

— De mon côté, j'étais loin d'être la fille idéale, tu sais… Comme elle me criait toujours dessus, j'ai fini par me rebeller.

— De quelle façon ?

— Rien de très original : je me suis mise à sortir, à boire, à fumer… Mes résultats scolaires en ont pâti et je me suis rendu compte qu'elle s'en fichait et que c'était avant tout à moi que je faisais du mal. Alors je me suis ressaisie, tout en évitant la maison le plus possible.

— Quand j'étais ado, je préférais moi aussi passer le plus de temps possible hors de chez moi. Ainsi, j'évitais les corvées, ce qui rendait mon père fou de rage. Il me répétait que je n'arriverais à rien dans la vie, mais je ne le croyais pas.

Sur ces mots, il fixa les flammes et elle garda le silence, ne sachant comment enchaîner. Il y avait tant d'amertume, dans sa voix ! Par ailleurs, elle ne comprenait pas qu'il puisse avoir en horreur le ranch paternel. Cela faisait un sujet de plus qui les éloignait l'un de l'autre, et une raison supplémentaire pour elle de ne pas s'attacher à lui.

— Qu'est-ce que tu détestais tant, dans le travail sur le ranch de ton père ? demanda-t-elle, curieuse.

— Honnêtement, je ne saurais dire… Mais je ne comprenais pas pourquoi il travaillait si dur, alors qu'il aurait pu obtenir des résultats plus efficaces en s'y prenant différemment. Seulement, il refusait de prendre en compte mes suggestions.

— Comment as-tu fini par devenir promoteur immobilier ? questionna-t-elle.

— Grâce à un ami que j'ai rencontré à l'université, répondit-il avec une grande satisfaction dans la voix. Et toi, comment en es-tu arrivée là ?

— J'ai commencé à travailler dès mes seize ans. Le soir et le week-end, je m'occupais du stock dans une épicerie. Rapidement, j'ai pu acheter ma première voiture, elle était cabossée et pas vraiment aux normes, mais synonyme pour moi de liberté. J'ai fait en sorte que ma mère ne l'apprenne pas.

— Pourquoi ?

— Elle l'aurait donnée à l'un de ses petits amis au look et au surnom impossibles. Elle hébergeait toujours ces paumés, alors qu'elle habitait dans un minuscule deux-pièces… Elle était coiffeuse sans perspective d'évolution, et avait le chic pour attirer les losers, des gars assez inoffensifs malgré tout. Jusqu'à ce qu'elle s'amourache d'un type violent.

— Vraiment ?

— Oui, hélas ! Il trempait dans le trafic de drogue. Ce qui fait qu'il avait toujours de l'argent, mais qu'il était aussi vraiment dangereux. C'était le pire de tous.

— Et, avec toi, comment se comportait-il ?

— Au début, il me laissait tranquille, mais ses amis me mettaient mal à l'aise. J'avais dix-sept ans alors… Cela dit, j'avais déjà l'habitude des mains baladeuses et des réflexions déplacées.

Elle le vit se crisper.

— Ils t'ont fait du mal ? questionna-t-il tout à trac.

— Si la question est : t'ont-ils violée ? La réponse est non.

Il parut se détendre.

— Et donc, qu'est-ce qui s'est passé ?

— Un jour, je me croyais seule, et j'ai pris une douche, ce que je ne faisais jamais en présence de ces voyous, pour ne pas attirer leur attention. En général, je préférais me laver chez des amies.

Elle marqua une pause… Elle évoquait rarement cette affreuse période de sa vie, seule Chelsea était au courant.

— Bref, le petit ami de ma mère, ce crétin, était en fait à la maison et quand je suis sortie de la douche, enveloppée dans une serviette de toilette, et que j'ai vu cette lueur libidineuse dans ses yeux, je suis immédiatement rentrée dans la salle de bains, où je me suis enfermée à double tour. Il a cogné une demi-heure contre la porte jusqu'au retour de ma mère.

— Et tu lui as tout raconté, j'imagine ?

— Non, à quoi bon ? Elle m'aurait accusée de l'avoir provoqué. Alors j'ai décidé de prendre un garde du corps, dit-elle en s'efforçant de plaisanter.

— C'est-à-dire ?

— J'ai séduit le garçon le plus sportif et musclé du lycée, et je lui ai dit : « Oh ! Cal, toi qui es si fort, tu ne pourrais pas intimider l'affreux bonhomme qui vit avec ma mère et qui n'arrête pas de me peloter ? »

— Et ça a marché ?

— Parfaitement. Le copain de ma mère était costaud, mais mon petit ami était une armoire à glace.

— Et grâce à lui tu as pu finir tranquillement le lycée, c'est ça ?

Elle se mit à fixer l'obscurité, hésitant à lui mentir.

— En fait, j'ai arrêté avant…

— Pourquoi ?

— Deux mois avant le bac, ma mère a compris que son type avait des vues sur moi et, au lieu de le mettre dehors, elle s'est retournée contre moi. Alors je me suis enfuie pour de bon.

La première impulsion de Shane fut d'injurier cette mère indigne, mais il n'en fit rien. Brandee guettait sa réaction, aussi devait-il se montrer prudent pour éviter de la blesser.

— Waouh, c'est dur ! dit-il.

Elle paraissait si vulnérable, tout à coup, comme si elle était de nouveau cette enfant abandonnée, la plus grosse erreur de sa mère. D'instinct, il lui saisit la main et enchevêtra ses doigts aux siens pour lui apporter un peu de réconfort.

— Où es-tu allée ? demanda-t-il.

— J'aurais pu me rendre chez ma grand-mère dans le Montana, mais je lui en voulais de ne pas m'avoir recueillie juste après la mort de mon père.

Elle étreignait plus fort sa main.

— Qu'as-tu fait, à la place ?

Elle se détendit un peu, et répondit :

— J'ai demandé à une amie de m'héberger, et j'ai trouvé un emploi de serveuse. Mais j'avais bien sûr d'autres projets en tête. Comme j'étais douée pour le crochet et la couture, j'ai acheté une machine à coudre d'occasion, et j'ai commencé à créer des vêtements et à les vendre en ligne. Je travaillais non-stop…

— Et, ta mère, elle ne t'a pas recherchée ?

— Si… Ou plutôt elle a envoyé son petit ami à mes trousses, si bien que j'ai dû encore fuir en catastrophe. Je suis allée jusqu'à Waco, où j'ai vécu deux semaines dans ma voiture.

— À dix-sept ans ?

— Tu ne t'es jamais dit que j'étais plus forte que j'en avais l'air ? répliqua-t-elle en éclatant de rire. En fait, je venais d'avoir dix-huit ans.

— Et après ?

— À partir de là, mon histoire devient rasoir, car j'ai retrouvé une place de serveuse, une chambre où vivre et un deuxième emploi dans un atelier de couture. Le patron m'autorisait à me servir des machines à coudre, après la fermeture. Rapidement, la vente de vêtements et d'accessoires en ligne m'a rapporté suffisamment d'argent. Alors j'ai arrêté de faire la serveuse et je me suis acheté un studio… À l'époque, mes affaires me rapportaient dix mille dollars par mois.

Ce chiffre le stupéfia.

— C'est énorme pour une opération menée en solo !

— Je ne dormais plus, ne mangeais presque pas,

et ne quittais ma machine à coudre que pour acheter des fournitures.

— Au bout de combien de temps l'affaire est-elle devenue trop énorme pour que tu puisses la gérer seule ?

— À l'âge de vingt ans, j'avais quatre salariées, mais je les payais en espèces, et j'avais peur que cela finisse par se retourner contre moi. J'ai donc demandé conseil à ma banque, et là les choses ont vraiment décollé pour moi…

— Quel parcours ! s'exclama-t-il d'un ton admiratif. Si peu conventionnel. Et maintenant tu t'occupes d'un ranch…

— Je préfère. Je me serais ennuyée, si j'étais restée chef d'entreprise ! Gérer des millions, c'est assommant. Je passais mon temps derrière un écran…

— Et donc, tu trouves plus drôle de parcourir les prairies la nuit pour surveiller tes vaches gravides ?

— Exactement ! J'ai revendu mon affaire à une Californienne… Tout ça me semble un peu surréaliste, notamment la vitesse à laquelle l'argent est rentré, alors qu'au début je vendais de simples bandeaux réalisés au crochet.

— Et tu n'as jamais regretté d'avoir vendu ta société ?

— Non, ce n'était pas mon rêve, mais Hope Springs Ranch, si. Je crée encore quelques modèles de vêtements, chaque année, cela me permet de rester dans le coup, mais pas plus. Et, maintenant, je compte consacrer davantage de temps à mon projet pour les adolescents.

Il laissa son regard tomber sur sa bouche entrouverte… et glissa, quelques instants plus tard, la main sous la masse de sa chevelure afin de l'attirer à lui. De ses lèvres, il frôla ensuite les siennes, puis tous deux se jetèrent l'un sur l'autre…

Langues mêlées, souffles courts, ils s'embrassèrent avec passion. Il la jucha prestement sur ses genoux et sentit avec délice ses seins s'écraser contre son T-shirt en coton. Sans attendre, elle enfouit les mains dans ses cheveux, et il caressa de sa bouche sa nuque toute douce, en marmonnant son prénom. Même s'il l'avait désirée ces derniers jours, il avait sous-estimé la force du désir qui le tenaillait.

— J'ai envie d'être en toi, dit-il, haletant, en déboutonnant son corsage. Tu ne ressembles à aucune femme que j'ai connue.

Elle enleva bien vite son chemisier et le jeta par terre.

— Tu es plutôt beau gosse toi aussi, Delgado, répondit-elle en enserrant son visage, les yeux rivés aux siens. Avec toi, je découvre des sensations inconnues.

Elle reprit sa bouche pour lui offrir un baiser à couper le souffle. Il plaqua les mains sur ses reins, savourant sa chaleur soyeuse, tout comme son dos délicat et les fossettes juste au-dessus de ses fesses.

Cette fois, il était bien résolu à prendre son temps pour découvrir ce qui l'excitait le plus chez elle. Il la fit doucement pivoter, puis pressa le torse contre son dos, avant de nicher son érection entre ses fesses, ce qui lui permit de caresser ses seins, son ventre, ses cuisses, tandis qu'elle chaloupait contre lui.

Il dégrafa son soutien-gorge et, au contact de l'air frais de la nuit, les pointes de ses seins durcirent immédiatement. Elle inclina la tête contre son épaule et murmura « oui », d'une voix infiniment douce.

— Recommence, dit-elle. J'aime la sensation de tes mains sur mon corps.

— Avec plaisir.

Et il prit ses seins en coupe, les palpa gentiment, attentif à ce qu'elle aimait, chaque gémissement qu'elle poussait aiguisant son propre désir. Elle se cambra quand il glissa les doigts sous ses leggings, puis frôla les rebords de sa culotte…

— Enlève ça, dit-il d'une voix rocailleuse.

— Tout de suite.

Et quelques secondes plus tard, quand il aperçut son string en dentelle blanc, il en oublia sa résolution de la faire attendre.

Il glissa promptement la main sous l'élastique, puis la posa sur son sexe. Elle écarta un peu plus les jambes, le souffle saccadé…

Tous deux soupirèrent de concert quand il se mit à titiller son clitoris. Il devina le rythme qu'elle aimait en fonction de ses déhanchements, du tremblement de ses jambes. À moitié nue contre lui, les yeux clos, elle s'abandonnait en toute liberté et en était d'autant plus troublante.

Lorsqu'il plongea les doigts au cœur de sa féminité, elle frissonna, les sourcils froncés, concentrée sur son plaisir. Et soudain un cri lui échappa… Elle plaqua alors la main sur la sienne, le guidant dans ses mouvements, tandis qu'un orgasme lent et puissant, à ce qu'il pouvait en juger, soulevait son être… Il la contempla jusqu'à ce qu'elle rouvre les paupières.

— Nous devons poursuivre à l'intérieur, chuchota-t-il, au supplice.

— Une seconde, je ne suis pas certaine de pouvoir marcher.

Ça, c'était un peu fort ! C'était tout de même lui qui agonisait de désir.

Sans mot dire, il la souleva dans ses bras…

— Dans ta chambre ! s'écria-t-elle avant qu'il ne fasse un pas. S'il te plaît… Je t'imagine tout seul dans ton grand lit depuis ton arrivée, et je pense à tout ce que j'aimerais te faire sur ce lit.

Comme il la comprenait ! Lui aussi s'était repu des mêmes fantasmes.

— Dans ce cas, nous allons nous raconter tour à tour

les scénarios que nous avons écrits chacun de notre côté et les mettrons en scène, décréta-t-il en entrant dans sa chambre par la double-fenêtre qui donnait sur le patio.

— J'ai l'impression que la nuit va être longue.

— Je l'espère.

Et, cette fois, il allait faire en sorte qu'elle n'ait pas la force de le quitter avant qu'il ne soit prêt à la laisser partir.

# - 10 -

À 9 heures le dimanche matin, le Royal Diner était généralement bondé, aussi Brandee était-elle arrivée une heure plus tôt pour être certaine d'avoir un box. Quand Chelsea se glissa en face d'elle sur la banquette, elle reposa le journal dans lequel elle était plongée.

— Merci d'avoir accepté ce petit déjeuner, lui dit-elle. J'avais vraiment besoin de sortir de chez moi, le pari avec Shane ne se passe pas comme je l'espérais.

— Je t'avais bien dit que c'était une mauvaise idée.

Brandee fit la grimace.

— Disons que je suis dans une situation désespérée, et que je n'arrive plus à réfléchir.

— Donc tu as finalement succombé au magnétisme animal qui émane de lui ?

— Je n'ai succombé à rien, rétorqua-t-elle. Mais nous nous amusons bien, tous les deux.

Très bien, même.

— À d'autres ! s'exclama Chelsea en éclatant de rire. Tu fais la fille décontractée, mais je t'ai bien observée, hier. Quand il parlait aux enfants, tu étais aux anges. Je t'assure, c'est pire que tu ne crois…

Elle n'était pas prête à l'admettre et encore moins devant sa meilleure amie, qui plus est dans un lieu public.

— Non, il s'agit juste de sexe, entre nous. J'étais

restée hors circuit depuis un peu trop longtemps et force est d'avouer que Shane est assez doué…

Chelsea secoua la tête, dubitative.

— C'est pour ça que tu as l'air si fatiguée, ce matin ?

— Pas du tout, j'ai bien dormi.

Ce qui était vrai. Après qu'ils avaient fait l'amour jusqu'à épuisement, elle avait sombré dans un profond sommeil, ce qui ne lui était plus arrivé depuis que Maverick lui avait envoyé cette affreuse menace. Blottie dans les bras de Shane, dont le souffle chaud lui caressait la tempe, elle avait soudain pris la mesure de tout le temps qu'elle avait passé seule. Elle qui pensait avoir judicieusement placé toute son énergie dans le ranch avait en réalité adopté un rythme frénétique pour oublier sa solitude.

— Merci pour ton aide, hier, reprit Brandee une fois qu'elles eurent passé commande. Sans toi et Gabe, j'aurais été dépassée. Shane m'a été bien utile aussi, bien sûr, quand il a daigné nous rejoindre. J'espère juste que ce n'était pas mon dernier stage…

— Des nouvelles de Maverick ?

— Non, mais je dois donner ma résiliation au TCC et verser l'argent dans deux jours. Et je ne sais pas si Shane va renoncer à toute demande sur Hope Springs Ranch d'ici là.

— Tu ne penses pas qu'il est en train de tomber amoureux de toi ?

À cette question, son cœur se serra douloureusement.

— Je ne sais pas… Tu crois que oui ? Un petit peu ? questionna-t-elle, très inquiète.

— Difficile à dire, avec Shane. Il sait aussi bien cacher ses sentiments que toi.

Chelsea la scruta intensément par-dessus le rebord de son mug et ajouta :

— Mais, à la façon dont il te regardait durant le dîner hier, il m'a paru plus qu'intéressé.

Ces paroles ne parvinrent pas à rassurer Brandee complètement.

— C'est déjà ça, j'imagine.

— Le problème, reprit Chelsea, c'est que ce pari va vous empêcher d'être sincères l'un envers l'autre.

Repensant à sa conversation de la veille avec Shane puis aux fiévreuses étreintes qui avaient suivi, Brandee n'en était pas aussi certaine. Jamais elle n'avait connu une telle intimité avec un homme. Peut-être les confidences échangées sur leurs parents avaient-elles fissuré leurs armures respectives.

— J'aimerais vraiment annuler le pari, admit-elle alors. Ce qui a commencé comme un jeu devient trop compliqué.

— Eh bien, annule-le !

— Et comment vais-je expliquer ce revirement à Shane ?

— Tu peux lui avouer qu'il te plaît et que tu voudrais faire table rase du passé.

— Impossible ! s'écria Brandee. Il pensera qu'il a gagné et je devrai lui vendre Hope Springs.

En outre, elle risquait gros à le laisser prendre l'avantage. Elle s'exposerait notamment au rejet, ce qui allait à l'encontre de l'instinct de protection qu'elle avait développé dès l'âge de douze ans. Certes, elle ne voulait plus être cette femme-là, dissimulée derrière une bravade de façade, mais elle était terrifiée de faire le grand saut dans la sincérité.

Chelsea poussa un soupir de frustration.

— C'est ce que j'essaye précisément de te dire. Baisse un peu ta garde et fie-toi à ton instinct. Je suis sûre que Shane partage tes sentiments.

— Et si ce n'est pas le cas et qu'il a juste mieux simulé que moi ?

— Et si lui aussi est vraiment amoureux de toi, mais qu'il ne veut pas le montrer parce que cela signifierait que tu aurais gagné le pari ? rétorqua Chelsea. Shane adore les défis. Tous les deux, vous vous méfiez l'un de l'autre depuis le début, mais vous êtes de la même étoffe. Franchement, cette menace de Maverick aura au moins eu le mérite de vous rapprocher.

Brandee regarda son amie, stupéfiée par ses propos. Pourtant, elle ne pouvait nier que sa vie était un peu plus belle depuis ce pari.

Des éclats de colère s'élevèrent soudain d'une table voisine et Chelsea, qui tournait le dos à la scène, jeta un coup d'œil par-dessus son épaule.

— De qui s'agit-il ? s'enquit Brandee.

— Adam Haskell et Dusty Walsh, qui d'autre ?

À cet instant, leur dispute recouvrit toutes les conversations.

— Tu es un ivrogne et un ignorant, criait Walsh.

— Il n'a pas tort, marmonna Chelsea.

— Ce Walsh ferait mieux d'apprendre à se mêler de ses affaires, marmonna Brandee.

Quand elle avait acheté le ranch, il était passé chez elle pour l'informer que les femmes n'y connaissaient rien à l'élevage.

— Assez, vous deux ! s'écria Amanda Battle en sortant de derrière le comptoir. Je ne veux pas de bagarre chez moi. Sortez !

— Je n'ai pas fini mon repas, geignit alors Walsh. Et ce n'est pas moi qui ai commencé.

Difficile d'imaginer qu'un homme comme lui fût parent avec Gabe, pensa Brandee. Heureusement, Amanda n'était pas du genre à se laisser impressionner. Dotée d'un fort caractère et femme du shérif de surcroît, elle pouvait se prévaloir d'une certaine autorité.

— Je te conseille de venir à la caisse, Karen va te préparer l'addition.

Et l'affaire fut close.

Après quoi, on leur servit leur petit déjeuner : des œufs, des céréales et une gaufre, ainsi que du café et du jus d'orange. Elles se mirent à manger de bon appétit et Brandee reprit alors le fil de leur conversation.

— Tu sais, j'ai beaucoup réfléchi à ce que la menace de Maverick m'a fait découvrir…

— Et tu estimes qu'il n'est pas vraiment fair-play de ne pas informer Shane et sa famille qu'ils sont les héritiers légaux de tes terres ?

— Oui. En même temps, je ne peux pas cracher sur dix millions de dollars… Seulement, il faudra que je m'assure ensuite que la propriété leur revient.

Chelsea poussa un soupir.

— Quelle affaire !

— Tu l'as dit ! approuva Brandee.

— Tu crois toujours que le trio infernal se cache derrière ce mystérieux Maverick ?

— Je ne vois pas qui d'autre pourrait vouloir me faire chanter. Mais je t'avoue que ça me semble tout de même un peu extrême de leur part…

— Tu ne les as pas épargnées non plus ! Et puis, cinquante mille dollars, c'est une belle somme, bien sûr, mais ce n'est pas non plus une fortune.

— Donc, cette menace viserait uniquement à m'éjecter du TCC… Tu sais, je pense que je vais céder au chantage de Maverick.

— Et le pari ?

— Shane et moi savions depuis le début qu'il nous mènerait à une impasse.

— Donc aucun de vous ne va reconnaître qu'il est amoureux de l'autre ?

— Non.

— Et pourtant je suis certaine qu'il t'aime !

— Je ne peux pas prendre ce risque, Chels, dit-elle en poussant un soupir de frustration. L'enjeu est trop important.

— D'autant que tu es éprise de lui !

— Sans doute…

Malgré tout, elle devait garder le contrôle, sans quoi, tout lui échapperait pour de bon.

La pluie se mit à tomber vers 15 heures, cet après-midi-là. Et c'est au son rythmé des gouttes de pluie que Brandee s'endormit dans la suite d'amis, bercée par les battements du cœur de Shane sous son oreille… Il pleuvait toujours quand elle se réveilla quelques heures plus tard, encore lovée dans ses bras.

Ils n'avaient pas bougé pendant leur somme, collés l'un à l'autre, et elle en éprouvait un bonheur indicible. Alors qu'elle était d'ordinaire toujours en action, effectuant dix tâches à la fois, Shane avait le don de l'apaiser et de lui faire apprécier l'instant. Un baiser ou une caresse de sa part, et le reste du monde s'évanouissait…

— Encore dix minutes…, murmura-t-il en resserrant son étreinte.

— Je ne vais nulle part…

Il fit alors courir sa bouche sur sa joue, son cou.

— Je sens que tu es sur la brèche, en train de penser à tout ce que tu as à faire dans les douze heures qui viennent.

— Détrompe-toi, je pense juste aux douze minutes à venir…

Et elle se cambra quand, de sa langue, il se mit à titiller ses seins, avant de plaquer sa bouche dessus…

Au bout de vingt minutes, elle parvint à échapper à ses mains rusées et à ses baisers brûlants. Encore vacillante, elle entra dans la douche.

Ils dînèrent rapidement d'un chili concocté par May. Il leur fallait de l'énergie pour la longue et froide nuit qui les attendait. De nombreuses vaches étaient en effet sur le point de vêler, et la pluie tombait toujours sans relâche…

À 3 heures du matin, Hope Springs Ranch comptait deux génisses et trois bœufs supplémentaires ; par un temps plus clément, Brandee se serait abandonnée à la joie de ces mises bas réussies. Seulement, le vent glacé qui soufflait à présent, en plus de la pluie, les frigorifiait. Cependant, une vache n'avait pas encore vêlé, et elle s'inquiétait beaucoup pour cette jeune bête qui allait donner la vie pour la première fois.

— Il faudrait l'emmener à l'étable, cria-t-elle pour couvrir le bruit de la pluie.

L'animal avait perdu les eaux et en était au stade des contractions, mais la mise bas ne connaissait pas d'avancée significative. Brandee décida donc d'emmener la vache à l'abri. Shane et elle encadrèrent la bête avec leurs chevaux, et le trajet jusqu'à l'étable lui parut durer une éternité !

Une fois la vache en sécurité dans la paille, Brandee enfila un gant et l'examina pour vérifier la position du petit veau, redoutant qu'il ne se présente par le siège. Hélas, c'était bien le cas !

— Bon sang !

— Que se passe-t-il ?

— C'est un siège… Tiens, donne-moi cette chaîne, là-bas.

— Ne vaudrait-il pas mieux appeler un vétérinaire ?

— Si les choses se compliquent, oui. Normalement, je devrais pouvoir retourner le petit, la manœuvre va juste prendre un peu de temps, mais elle en vaut la peine.

— Dis-moi ce que je peux faire pour t'aider.

Face au sérieux de sa question, elle sentit son cœur palpiter un peu plus vite. Elle scruta un instant ses épaules bien carrées.

— Tu vas me montrer toute ta virilité.

Il haussa un sourcil perplexe.

— C'est-à-dire ?

— Tu devras tirer de toutes tes forces quand je te le dirai.

Et, après s'être assurée qu'il était bien d'accord, elle se concentra sur sa tâche. Malheureusement, la boucle de la chaîne glissa sur le sabot qu'elle apercevait. Elle décida donc de l'attraper avec la main, et dut s'y reprendre à trois fois avant d'y parvenir.

Déglutissant avec difficulté, elle se tourna vers Shane.

— À toi, dit-elle. Il faut tirer fort mais lentement, d'un côté puis de l'autre.

Quand le veau fut enfin bien placé, ils étaient en sueur, mais pas au bout de leurs peines.

— On doit maintenant retourner la vache pour qu'elle accouche du côté droit, c'est ce qui est le plus confortable pour elle.

Ils s'y employèrent en douceur, avant d'accorder de nouveau toute leur attention au petit veau. Brandee fixa cette fois les chaînes à l'os du canon, et à chaque contraction s'efforça de tirer… Sans succès.

— Laisse-moi faire, dit Shane.

Et il s'assit à côté d'elle. Mais il ne réussit pas mieux.

Brandee sentit la frustration l'envahir.

— Et mince ! Je ne veux pas utiliser la vêleuse ! s'exclama-t-elle.

Pourtant, elle ne voyait pas comment le petit veau

pourrait échapper aux forceps… Subitement, elle eut envie de pleurer, de se réfugier dans les bras de Shane et de sangloter tout son soûl. Mais elle serra les dents. Jamais elle n'avait été si affectée lors d'un vêlage, elle devait se ressaisir.

— Allez, on va y arriver, lui assura Shane en lui donnant gentiment un coup d'épaule.

Tous deux se concentrèrent, plus que jamais attentifs à tirer lors des contractions. Et soudain, tel un bouchon de champagne sur le point de sauter, la partie inférieure du veau apparut, et il finit par sortir tout entier.

— Est-il vivant ? demanda Shane d'un ton inquiet.

— Bien sûr que oui ! Sortons vite d'ici pour que la mère puisse le renifler et le laver avec sa langue.

Et de fait, après quelques secondes d'hésitation, celle-ci se mit à lécher son petit veau.

Shane fit alors un clin d'œil à Brandee.

— On dirait qu'on a fait du beau travail, toi et moi.

— Effectivement !

À cet instant, les autres employés les rejoignirent et félicitèrent Shane en lui tapant dans le dos, car c'était la première fois qu'il participait à un vêlage.

— On peut les laisser prendre la relève maintenant, déclara Brandee. J'ai vraiment envie de prendre une douche et un petit déjeuner copieux.

— Bon programme, approuva-t-il.

Vingt minutes plus tard, Brandee enfilait des leggings et un pull ample, puis enveloppait ses cheveux dans une serviette, avant de se rendre dans la cuisine, où Shane avait déjà préparé le café.

Elle l'observa quelques secondes, à son insu. Détestait-il autant s'occuper d'un ranch qu'à son arrivée ? Elle avait vu la joie empreindre ses traits, un peu plus tôt dans l'étable, quand le petit veau était sorti, et elle pensa soudain qu'il serait vraiment doux de l'avoir comme partenaire… Hélas, un gouffre de la taille de Hope Springs Ranch les séparait !

— Tu as faim ? lui demanda-t-il quand il l'aperçut.

Alors, elle comprit qu'il était l'incarnation de toutes ses envies, tous ses espoirs et fantasmes. Elle le rejoignit en un éclair pour enfouir les doigts dans ses cheveux.

— Oui, de toi, murmura-t-elle.

# - 11 -

Shane enlaça Brandee, tandis que leurs bouches s'unissaient en un baiser brûlant et passionné. Elle était douce, délicieuse, sexy, et il aimait la façon dont elle remuait les hanches, comme si un désir incendiaire la consumait. D'autorité, il la plaqua contre le comptoir.

Le gémissement qu'elle laissa échapper lorsqu'il palpa ses seins éveilla une faim sauvage chez lui. Après tout, l'îlot de la cuisine était bien assez spacieux pour leurs ébats.

— Allons dans ma chambre, dit-elle avant qu'il ne la soulève.

Il se figea. La semaine dernière, elle lui avait bien fait comprendre que cette pièce lui était interdite, non ? Qu'est-ce qui avait donc changé, depuis ? Il enserra son beau visage entre ses mains tout en plongeant les yeux dans les siens. Loin de se dérober, elle soutint son regard avec confiance et sincérité. Alors, il sentit quelque chose céder en lui…

— Tu es la femme la plus merveilleuse que je connaisse, murmura-t-il en lui volant un baiser empreint de respect.

Et, pour éviter qu'elle ne change d'avis, il l'entraîna aussitôt dans la chambre.

Fébriles, ils se déshabillèrent et s'écroulèrent sur le lit. Bientôt, il se retrouva sur le dos, tandis que Brandee, un sourire triomphant aux lèvres, le chevauchait. Elle prit ses seins en coupe pour les lui offrir et il les mordilla avec plaisir…

Il voulait que cette nuit-là soit inoubliable. Enfouissant la main dans sa chevelure, il la fit rouler sous lui et, de nouveau, ils s'embrassèrent… La fièvre semblait à présent avoir cédé la place à une curieuse intimité, infiniment troublante. Il laissa glisser la bouche le long de son cou, en aspira la peau délicate. Brandee frissonna.

— Ça te plaît, hein ?

— Comme beaucoup de choses que tu me fais.

— Comme ça ?

Il glissa la main sur son ventre et elle écarta les jambes, déjà impatiente, mais il immobilisa son geste.

— Non, comme ça, dit-elle en lui saisissant la main pour la plaquer plus bas.

Puis elle se cambra contre sa paume. Il caressa alors son sexe offert, et sa langue se substitua bientôt à ses doigts…

Elle se tendit soudain. Dans ses gémissements, il entendait son plaisir. Il n'y avait pas son plus agréable et son propre désir augmenta encore. Au cours de la semaine passée, il avait appris ce qu'elle aimait…

Le corps encore secoué des spasmes de la jouissance, elle lui désigna la table de nuit, sur laquelle se trouvait une boîte de préservatifs. Shane sourit. Elle avait donc prévu de l'inviter dans sa chambre. La forteresse qu'elle avait érigée autour de son cœur commençait-elle à se fissurer ? Allait-il gagner le pari ?

Cette pensée le glaça. Si Brandee tombait amoureuse de lui et qu'il lui prenait ce ranch qu'elle aimait tant, lui pardonnerait-elle jamais ?

Enfilant le préservatif, il se plaça au-dessus d'elle et elle s'offrit à lui, tandis qu'il prenait sa bouche… D'un coup de reins, il la pénétra et son cœur l'élança à la vue de la vulnérabilité qui empreignait soudain ses traits.

Il reprit son souffle, puis se mit à aller et venir lentement en elle, savourant pleinement le délice de leur étreinte.

— Plus vite, Delgado, ordonna-t-elle, impatiente, tout en enfonçant les ongles dans sa chair.

Et elle enroula une jambe possessive autour de sa taille pour l'inciter à s'enfouir plus profondément en elle.

— Tu es pressée ? Je pourrais continuer toute la nuit comme ça, tu sais.

Il mentait, car déjà les prémices du plaisir l'envahissaient… Accélérant la cadence, il la sentit bientôt se raidir sous lui, cependant qu'elle respirait de façon saccadée.

L'orgasme les saisit au même instant… Il avait découvert qu'avec un peu de concentration il pouvait synchroniser leur jouissance, mais ce soir il se retint encore un peu, pour l'admirer aux prises avec la volupté.

Le moment était parfait et, dans un éclair de lucidité, il se rendit compte qu'il avait été pris à son propre jeu. Il était tombé amoureux d'elle. Éperdument. Cette constatation le prit de court, et il se laissa happer par un orgasme fulgurant… Alors, dans la brume enivrante qui l'enveloppait, sa perception changea peu à peu…

Ce n'était plus une femme qui jouissait dans ses bras, mais la sienne. Il ne pouvait plus imaginer sa vie sans elle, il voulait partager son lit chaque nuit, chevaucher à ses côtés dans les prairies, rire, plaisanter, travailler avec elle. Oui, même travailler. Il voulait passer tout son temps avec Brandee…

Maintenant allongé sur le dos, Brandee pelotonnée contre lui, Shane était encore sous le coup de l'aveu qu'il venait de se faire à lui-même. Saturé de plaisir, il était incapable du moindre mouvement, mais son cerveau fonctionnait à plein régime.

À la respiration régulière de Brandee, il comprit qu'elle s'était finalement endormie. Aussi, rassemblant tout son courage, il quitta la chaleur du lit, résolu à mettre un point final à l'histoire inachevée qui se dressait en travers de la leur.

Il lui fallait agir vite tant qu'il avait les pensées claires, car ensuite le doute mettrait à mal sa motivation.

À son arrivée au ranch, Brandee lui avait montré les contrats établis par son avocat, concernant leur pari. Il les avait apportés au sien pour s'assurer que tout était en règle, et de fait il n'y avait rien à redire. S'il signait les documents, il acceptait de lui laisser le ranch. Si c'était elle qui le faisait, elle le lui vendrait pour dix millions de dollars.

Une fois dans le bureau de Brandee, il ouvrit le tiroir où ils se trouvaient, alluma la lampe, prit un stylo et apposa sa signature. Au moment où il ajoutait la date, il comprit qu'il venait aussi de lui déclarer son amour, ce qui était un acte complètement inédit pour lui. En général, il rompait dès que sa partenaire commençait à tirer des plans sur la comète.

Sauf que Brandee n'était pas une femme comme les autres. Elle représentait bien plus pour lui que toutes ses relations précédentes, infiniment plus. Avec son indépendance féroce, son implacable besoin de se protéger, cette passion qu'elle mettait dans tout ce qu'elle entreprenait, elle était unique.

Il éteignit la lumière mais, une seconde après, le portable de Brandee s'éclairait, et le message qui s'afficha attira son attention.

Payez demain ou Delgado reprendra possession de vos terres.

Confus, il regarda fixement le texto. Ces mots n'avaient aucun sens… Ce ranch était à elle, à moins que… Aurait-il eu des droits dont il n'avait pas connaissance sur cette propriété ? Stupéfait, il s'écroula dans le fauteuil face au bureau, ralluma la lampe, puis ouvrit son tiroir à dossiers.

Ce fut son sens de l'organisation qui la perdit, car il trouva rapidement celui qui concernait ce curieux message et la propriété.

Il crut que son cœur allait cesser de battre quand il parcourut les photocopies des certificats de naissance, véritable arbre généalogique de sa famille, ainsi que l'attestation de Jasper Crowley par laquelle celui-ci remettait à sa fille ses terres, Hope Springs Ranch… Alors, il comprit : Brandee avait l'intention de lui cacher que la propriété appartenait à sa famille.

Laissant tout en plan, il se leva d'un bond, décidé à lui demander des comptes. Mais une fois dans la chambre il s'immobilisa devant sa silhouette endormie. Il l'aimait et c'était pour cette raison qu'il avait signé le document.

À cette pensée, il tressaillit. Aucune des humiliations proférées par son père ne l'avait atteint aussi profondément que de découvrir qu'il avait été instrumentalisé par la femme qu'il aimait.

Déchiré entre l'envie de la réveiller pour qu'elle s'explique et celle de fuir au plus vite avant de proférer des paroles qu'il regretterait, il ramassa bien vite ses vêtements et, tout en les enfilant, se dirigea vers la porte arrière. Il mit ses boots, sa veste, où se trouvaient les clés de son pick-up, et sortit dans le froid de la nuit.

Brandee se réveilla, le corps encore endolori. Elle se sentait délicieusement bien, enveloppée dans la couette comme dans un cocon. La chambre était plongée dans le noir et, en jetant un coup d'œil au réveil, elle lut qu'il était 5 h 43.

Soudain, le vide de la pièce la frappa. Aucune chaleur près d'elle, aucune respiration un peu forte… Inutile de tendre la main pour vérifier : Shane avait fui avant le lever du jour et elle ne pouvait l'en blâmer. Après la naissance difficile du veau, complètement galvanisés, ils avaient partagé une intimité inédite entre eux.

Elle eut alors envie de partir à sa recherche, car elle brûlait de revoir dans ses yeux la lumière si émouvante qui y dansait la veille. Mais cet éclat y serait-il encore ? De toute évidence, Shane éprouvait des sentiments pour elle, mais ceux-ci suscitaient chez lui un malaise égal au sien…

Elle était pour sa part d'autant plus terrifiée par les sensations qu'il lui inspirait que son ranch était en jeu. Cette passion valait-elle la peine qu'elle perde ses terres ?

Repoussant les couvertures, elle alla prendre une douche pour couper court à ces ruminations. Quinze minutes plus tard, vêtue d'un jean et d'un pull lâche, elle se dirigeait vers la cuisine, espérant que l'odeur du café ferait venir Shane.

Sa décision était prise : elle allait lui révéler toute la vérité au sujet de Maverick, Hope Srings Ranch et le chantage. Au cours d'un bon petit déjeuner, elle lui expliquerait la problématique, à savoir sa peur de perdre le ranch après tout le mal qu'elle s'était donné pour le faire fructifier. Elle verrait bien alors s'il accepterait de le lui laisser, sachant qu'en contrepartie elle s'engagerait à le léguer à sa mort à la famille de Shane.

Pendant que le café coulait, elle se rendit dans son bureau pour rassembler les documents liés à l'affaire, et ce fut alors qu'elle découvrit le dossier grand ouvert sur le bureau, ainsi que quelques feuilles éparses par terre…

Saisie d'horreur, elle se précipita dans la suite de Shane : elle était vide ! Elle se rua aussitôt vers la porte arrière pour découvrir que la veste de Shane et ses boots avaient disparu. Ainsi que son pick-up, constata-t-elle une fois dehors. Ses jambes tremblaient tant qu'elle s'écroula sur le banc, à l'extérieur, pour reprendre son souffle…

Il savait. Elle avait tout gâché. Elle n'avait pas pu sauver son ranch, et avait blessé l'homme qu'elle aimait.

Il lui fallut dix bonnes minutes pour se ressaisir, et revenir dans son bureau, où se trouvaient les maudits documents. Pourquoi avait-il fouillé dans ses dossiers ? Avait-il des soupçons ? Ses yeux tombèrent soudain sur son téléphone, qui lui fournit la réponse. Toutefois, qu'était-il venu faire dans son bureau ? continua-t-elle à se demander en rangeant ses papiers. Là encore, l'énigme se résolut rapidement. Elle vit en effet qu'il avait apposé sa signature au bas du document par lequel il renonçait à toute demande sur le ranch.

Elle avait gagné !

Légalement, cela importait peu que Shane sache, il ne pouvait plus lui prendre ses terres.

Mais, moralement, l'affaire était insupportable !

S'emparant du document, elle enfila son manteau et, quelques secondes plus tard, démarrait son pick-up. Même si elle n'avait plus d'aveu à faire à Shane, la solution qu'elle entendait lui proposer tenait toujours. Ce serait sans doute plus compliqué, puisqu'il avait tout découvert par lui-même avant qu'elle ne puisse lui parler, mais Shane n'en restait pas moins un homme d'affaires. Il comprendrait la valeur du compromis qu'elle allait lui soumettre et soupèserait le pour et le contre avant de s'engager dans une coûteuse bataille judiciaire.

Elle sonna et attendit longtemps dans le petit matin glacé qu'il vienne lui ouvrir. Refusait-il même de la voir ? Lorsqu'il ouvrit enfin la porte, il était douché, vêtu d'un costume, et affichait un visage de marbre.

Dans un effort surhumain, elle brandit le document qu'il avait signé.

— Il faut que l'on parle.

— Il n'y a rien à dire. Tu as gagné. J'ai signé. Tu peux garder le ranch.

Son cœur manqua un battement. Focalisée sur la manière de le convaincre du bien-fondé de la proposition qu'elle comptait lui faire, elle en avait oublié qu'il pouvait se sentir floué et profondément blessé.

— Je n'ai pas gagné, Shane. Et il y a beaucoup à dire. Je sais ce que tu dois penser de moi…

— J'en doute fort.

— Tu crois que je t'ai trompé et tu as raison. Mais j'ai perdu le ranch, et en fait j'ai tout perdu.

Comme il restait silencieux, elle résolut de tout lui expliquer.

— Écoute, Shane, j'ai subi un chantage, tu comprends ? Un certain Maverick m'a envoyé le document de Jasper Crowley.

— Oh ! vraiment ? On t'a fait chanter ? répliqua-t-il.

Son ton prouvait clairement qu'il n'en croyait rien.

— Maverick exigeait cinquante mille dollars et que je résilie mon adhésion au Texas Cattleman's Club.

En prononçant à haute voix les termes du chantage, elle en saisit tout à coup le ridicule. Jamais elle ne pourrait convaincre Shane qu'elle proférait la stricte vérité.

— J'aurais dû faire ce qu'on exigeait de moi, mais j'ai vraiment pensé que c'était…

OK, accuser Cecelia, Simone et Naomi n'allait guère arranger les choses, d'autant que Shane semblait les apprécier. Et puis, rien ne prouvait que c'était bien elles qui se cachaient derrière l'odieux chantage.

— Bon, reprit-elle, j'aurais dû tout t'expliquer depuis le début. On aurait peut-être trouvé une solution ensemble.

Elle fit un pas dans sa direction.

— Quand je t'ai proposé ce pari, je ne te connaissais pas encore, je savais juste que tu rêvais depuis des années de mettre la main sur mon ranch. Je n'avais donc pas confiance en toi.

— Comptais-tu me dire la vérité, un jour ?

— La nuit dernière…

La peur de se ridiculiser, d'être rejetée, l'étreignit violemment et broya son cœur entre ses doigts impitoyables, la rendant muette.

— Quoi, la nuit dernière ?

— C'était formidable, dit-elle d'une voix à peine audible.

— Effectivement, puisque je t'ai ensuite concédé tous les droits sur des terres appartenant à *ma* famille.

Pourquoi avait-il laissé le papier derrière lui ? Il aurait tout à fait pu le déchirer après ce qu'il avait découvert. Mais il n'en avait rien fait. Pourquoi ?

— Non, ce n'est pas pour cela qu'elle était fantastique…

Alors, puisant dans tout son courage, elle ajouta :

— Je crois que je suis tombée amoureuse de toi, Shane.

Son visage demeura impassible. Seul un éclat furtif dans son regard traduisait son trouble.

— Est-ce le moment où je dois dire que je ne vais pas te poursuivre en justice ?

Sa gorge était nouée. Avait-il réellement l'intention de lui intenter un procès ?

— Non. Je te parle de ce que je ressens, pas du pari !

Et, sur ces mots, elle déchira avec autant de fébrilité que de méticulosité le document qu'il avait signé.

— C'est censé m'impressionner ? Tu crois que ce bout de papier m'aurait empêché d'aller en justice ?

Brandee secoua la tête.

— Je n'imaginais pas que tout cela prendrait de telles proportions.

— Évidemment ! Tu avais confiance en toi, tu croyais dur comme fer pouvoir me flouer, répliqua-t-il d'un ton si glacial qu'elle se sentit vaciller.

— Je ne croyais rien du tout, Shane ! Te tromper me déplaisait, mais le ranch représente toute ma vie. Ce n'est pas juste une question d'argent, c'est par rapport à mon père, au camp pour les ados… Je suis vraiment désolée pour la façon dont je m'y suis prise. Je ne voulais pas te blesser.

Il la fixa durement, le temps de quelques battements de cœur.

— Tu ne m'as pas blessé, Brandee, déclara-t-il d'un ton sec.

Et il lui claqua la porte au nez.

# - 12 -

Cinq jours et quatre nuits solitaires plus tard, Shane se glissa sur un tabouret près de Gabe au Texas Cattleman's Club. Il avait besoin d'un café car, depuis la terrible scène qui l'avait opposé à Brandee, il n'était plus que l'ombre de lui-même.

Sans prêter attention au barman à qui il venait de passer commande, il déversa sa mauvaise humeur sur son ami.

— Bon, je suis là, tu es content ? dit-il d'un ton bourru. Qu'est-ce qu'il y avait de si important ?

Du menton, Gabe désigna une table dans l'angle. Une blonde qu'il ne connaissait que trop bien y était assise, seule, penchée au-dessus d'un verre vide. Ses longs cheveux lui cachaient une partie du visage, dissimulant son expression, mais le langage de son corps ne trompait personne : elle était complètement désespérée.

— Oui, et alors ? enchaîna-t-il d'un ton impatient.

Shane n'avait pas particulièrement l'âme charitable, aujourd'hui, pas plus qu'il n'avait de temps à perdre loin du Bellamy, perpétuelle source de nouveaux problèmes.

— Tu ne crois pas que quelque chose cloche ? renchérit Gabe en regardant de nouveau dans la direction de Brandee.

Si, évidemment, mais ce n'était pas son problème, pensa Shane.

— Ce n'est quand même pas pour cette raison que tu m'as sommé de venir ici ? Car, si c'est le cas, tu viens de me faire perdre une heure.

Gabe ouvrit de grands yeux étonnés.

— Je crois que tu devrais lui parler, rétorqua-t-il.

— Comme je te l'ai dit hier et avant-hier, et avant avant-hier, j'en ai assez de ressasser ce qui s'est passé, déclara Shane d'un ton sec. Elle m'a dupé, point.

— Pour garder son ranch, renchérit tranquillement Gabe. Elle allait tout perdre. Comment te serais-tu comporté à sa place, si tu avais été sur le point d'être dépossédé de Bullseye ?

La comparaison n'était guère judicieuse…

— J'aurais dit *bon débarras*, trancha-t-il en avalant une gorgée de café. Je l'aurais vendu il y a des années, si ma mère n'y était pas autant attachée.

— Tu ne penses pas ce que tu dis.

— Si.

Il associait le ranch à son père et le souvenir de ce dernier lui était très pénible. Shane n'avait jamais été à la hauteur de ses espérances et, en un sens, sa mort l'avait soulagé. Cependant, en l'admettant, il se conformait à cette mauvaise image que son père avait de lui, celle du fils indigne. Il sentit la culpabilité l'envahir tout entier, et ses morsures étaient si cuisantes que la tête lui tournait.

— Je ne t'ai jamais vu dans cet état, déclara Gabe en s'adossant à son siège, comme pour mieux l'observer. Tu es vraiment bouleversé.

— Tu as raison, approuva-t-il. Je te rappelle qu'elle comptait me tromper sur ce qui revient à ma famille.

— Mais tu as dit que ces terres n'avaient pas été réclamées et que…

— Ce qui me sidère, c'est la façon dont elle s'y est prise !

Brandee avait fait en sorte qu'il tombe amoureux d'elle. Rien que ça ! Et elle avait réussi, car il s'était bel et bien épris d'une menteuse.

Il fit signe au serveur. Peut-être qu'un alcool fort l'aiderait.

— Donnez-moi un *shot* de Patrón Silver, ordonna-t-il.

À cause d'elle, il ne pouvait plus boire de scotch. Cette boisson était désormais liée au plaisir qu'il avait éprouvé en l'initiant à sa dégustation, et lui rappelait aussi la surprise qu'il avait eue lorsqu'elle avait déversé un *shot* sur son corps pour le lécher… Bref, le sotch le ramenait à leurs brûlantes étreintes et c'était insupportable !

Il avala d'un trait sa tequila et en commanda immédiatement une autre.

— Tu comptes rouler sous la table ? demanda Gabe d'un ton amer.

— Pourquoi pas ?

Toutefois, au lieu de vider son verre, il se contenta de le fixer.

— Et toi, que vas-tu faire ? poursuivit-il. Me regarder boire ou t'assurer qu'elle rentre sans problème chez elle ?

— J'ai déjà fait ce qu'il fallait pour Brandee.

Et il désigna l'entrée, où venait d'apparaître Chelsea.

— Si tu veux noyer ton chagrin, soit, ajouta Gabe, je resterai pour te ramener chez toi.

Shane fit tournoyer son verre, les yeux toujours rivés à sa tequila. Il avait passé les quatre dernières soirées à s'enivrer et, ce matin, en se réveillant avec une nouvelle gueule de bois, il avait estimé qu'il devait cesser de se morfondre.

— Pas la peine. Je m'en vais.

Mais, avant qu'il n'ait le temps de s'esquiver, Chelsea était parvenue à mettre Brandee debout, et les deux femmes se dirigeaient maintenant vers la porte. Il nota que cette dernière, en dépit de tout ce qu'elle avait dû consommer, ne vacillait pas sur ses pieds.

Fort peu désireux de la croiser, il tourna le dos aux deux femmes en attendant leur départ. Mieux valait éviter de la suivre du regard, comme il en mourait d'envie. Tous le remarqueraient, y compris Brandee.

Un coup d'œil dans sa direction lui apprit toutefois qu'elle avait troqué son jean contre une de ces tenues vaporeuses et romantiques qui affolaient ses sens. Celle-ci était d'un rose pâle et donnait l'impression qu'il aurait suffi d'une bourrasque pour l'emporter bien loin d'ici.

Frustré qu'elle ait encore tant de pouvoir sur lui, il se rappela que c'était une femme forte, indépendante, qui n'avait besoin de personne pour veiller sur elle.

— Regardez-vous, avec vos petits airs suffisants ! Eh bien, bravo, vous avez eu ce que vous vouliez !

La voix de Brandee venait de s'élever par-dessus toutes les autres et les conversations se turent.

Gabe jeta un coup d'œil interrogateur à Shane.

— Tu sais pourquoi elle s'en prend à Cecelia, Simone et Naomi ?

Secouant sèchement la tête, il se mit de nouveau à scruter son verre, même s'il l'intéressait bien moins que la scène qui se déroulait à côté de lui.

— Je ne vais plus m'opposer à vous, puisque je rends ma carte de membre. Voilà, vous avez les coudées franches.

Brandee ne semblait pas vraiment ivre, plutôt hystérique et à bout de nerfs.

— Nous ne savons pas de quoi tu…, commença Cecelia Morgan.

— Quel profit tirez-vous de vos manigances, si ce n'est celui de ruiner la vie des autres ? l'interrompit Brandee.

Ses mots résonnaient, pareils à des coups de tonnerre dans la salle. Et, comme aucune des trois femmes ne répondit, elle poursuivit :

— Vous avez dû penser que ce serait très drôle mais, le chantage, c'est vraiment lamentable. Un jour, vous regretterez d'avoir si mal agi.

En entendant le mot « chantage », Shane se retourna vivement. Brandee toisait les trois femmes qui, sous le choc, étaient restées bouche bée.

— Rappelez-vous ce que je viens de vous dire ! ajouta Brandee en levant vers elles un index menaçant.

Puis Chelsea l'entraîna vers la porte. Alors seulement, le trio laissa échapper un rire nerveux.

— Je ne vois pas du tout de quoi elle parle, déclara Simone d'une voix aiguë. Elle a perdu la tête, c'est évident.

— Ça devait arriver, approuva Naomi.

Seule Cecelia s'abstint de tout commentaire. Quelques instants plus tard, les trois femmes reprenaient leur conversation, tandis qu'autour d'elles les commentaires allaient bon train. Nul doute que, dès le lendemain, tout le club serait au courant du comportement et des accusations violentes de Brandee.

— Elle croit que ces trois-là l'ont fait chanter, c'est ça ? demanda Gabe. Tu savais que Brandee allait résilier son adhésion au TCC ?

— Je ne vois pas en quoi c'est nécessaire. Je lui ai signé ce fichu document par lequel je renonce à tous mes droits sur son ranch.

Cependant, quand Brandee était venue chez lui pour lui demander pardon, il avait refusé de l'écouter.

— Tu m'as bien dit qu'elle l'avait déchiré, non ? reprit Gabe.

— Oui, répondit-il, agacé.

Et un élan de culpabilité l'assaillit. Assez ! Il ne voulait pas se sentir responsable de l'état de Brandee.

— Cela n'a rien à voir avec moi, marmonna-t-il.

— Excuse-moi, mais cela a *tout* à voir avec toi, et tu aurais dû intervenir.

— Pardon ?

Gabe ne parut pas du tout perturbé par son ton belliqueux.

— Tout le monde te prend pour un chic type, ce que tu es quand il s'agit de faire la fête. Mais lorsqu'il faut aider les autres…

Shane entendit clairement les échos des critiques paternelles dans les paroles de Gabe.

— Vas-y, dis-le ! siffla-t-il. Dis qu'on ne peut pas compter sur moi dans les moments difficiles.

— Disons que tu es doué pour déléguer.

Shane se rappela l'expression de Megan Maguire quand elle avait remarqué sa présence au stage pour ados de Brandee — celle de la surprise.

Il retint un soupir. Certes, les stratégies de Brandee pour conserver ses terres n'étaient pas très différentes de la façon dont il menait ses affaires. Lui aussi dissimulait quelquefois une vérité ou deux. Quant au reproche de Gabe sur le fait qu'il cherchait toujours des volontaires pour effectuer son travail à sa place, il n'était pas non plus infondé…

En l'accusant de manquer de courage, son père n'avait peut-être pas complètement tort. Seulement voilà, qu'était-il censé faire ? Changer en profondeur ? Il avait trente-cinq ans et était bien trop accroché à ses habitudes.

— Comment se fait-il que subitement je sois le méchant de l'histoire ? questionna Shane. Et qu'est-ce qui te prend de me juger ?

— Je veux juste souligner que, même si Brandee

t'a manipulé, il t'est arrivé de faire la même erreur. Elle n'est pas parfaite, tu ne l'es pas, mais à deux vous pourriez l'être. C'est en tout cas l'impression que l'on a, en vous voyant ensemble.

Sur ces paroles, Gabe se leva pour se diriger vers la porte, l'abandonnant à son triste sort, c'est-à-dire l'esprit rempli de récriminations et une sensation de vide chevillée au cœur.

Ce ne fut qu'une fois dans la voiture de Chelsea que Brandee mesura la portée de ce qu'elle venait de faire. Enfouissant le visage dans ses mains, elle marmonna des jurons incohérents.

— Pourquoi ne m'as-tu pas arrêtée ? demanda-t-elle à sa meilleure amie, quand la voiture démarra.

— Tu plaisantes ? Tu leur as assené des vérités que la moitié des membres mouraient d'envie de leur dire. Tu as vu leurs têtes ?

— Non, je voyais rouge, c'est tout ! rétorqua-t-elle. Emmène-moi à l'aéroport, je vais prendre un avion pour m'installer là où personne n'a jamais entendu parler de moi.

Chelsea se mit à rire.

— Quelle idée ! Tu vas être une héroïne.

— Non, tu te trompes. Personne ne mérite qu'on lui parle sur ce ton. J'espérais…

Elle s'interrompit pour déglutir. Son programme pour ados n'était plus qu'une chimère, maintenant que Shane se savait le propriétaire de son ranch.

— J'espérais offrir un camp d'été à des adolescents, afin qu'ils parviennent à surmonter leurs problèmes par des méthodes positives, et qu'est-ce que je fais ? Je me donne en spectacle au Texas Cattleman's Club en vociférant contre ces trois-là comme une marchande de poisson ivre.

Et ce n'était pas les rires de son amie qui allaient améliorer son humeur.

— Arrête de rire !

— Désolée, mais elles le méritaient. Surtout si l'une d'entre elles est Maverick.

— Tu crois vraiment qu'elles sont derrière ce chantage ?

— Quelqu'un doit vérifier.

— En tout cas, ce ne sera pas moi, car je vais tranquillement aller m'allonger sur une plage et siroter des cocktails fruités et forts.

— Tu as un nouveau copain ? Tu pars avec lui ?

Malgré les circonstances, Brandee ne put retenir un petit rire. Chelsea faisait référence aux paroles d'une chanson de Dierks Bentley, *Somewhere on a beach*. Sur une impulsion, elle enchaîna avec les paroles suivantes et, quelques instants plus tard, les deux amies chantaient de concert, de toute la force de leurs poumons.

Elles s'arrêtèrent bientôt chez Chelsea, où Brandee accepta de passer la nuit. Elle ne pouvait plus supporter de se retrouver seule dans son beau ranch taillé sur mesure, d'où il lui faudrait bientôt déménager.

À présent, assise dans un coin du canapé, enveloppée dans une couverture et un chocolat chaud à la main, elle regardait un mini-marshmallow y fondre tout en réfléchissant à sa situation. Ce ne serait pas la première fois qu'elle perdrait tout, et elle était bien plus aguerrie et nantie qu'à dix-huit ans : elle n'aurait pas à dormir dans sa voiture !

— Je vais encore devoir repartir de zéro, déclara-t-elle d'un ton décidé qui lui avait fait défaut, ces derniers temps.

— Je crois que tu devrais te battre pour ton ranch,

décréta alors Chelsea. Poursuis Shane en justice pour qu'il apporte la preuve que la propriété lui appartient.

Non, elle n'avait pas la force de l'entraîner dans une bataille juridique, et elle était encore bien trop traumatisée par la façon dont il lui avait claqué la porte au nez.

— Je vais y réfléchir.

Chelsea lui lança un regard inquiet.

— Cela ne te ressemble pas de laisser tomber.

— Je sais, mais en l'occurrence je ne suis pas sûre de moi.

— Brandee, tu ne peux pas renoncer à une propriété qui vaut dix millions de dollars.

— Cela paraît fou quand tu le formules ainsi, mais c'est pourtant mon intention. D'un point de vue légal, je pourrais le poursuivre en justice, et j'obtiendrais probablement gain de cause. Pourtant, cette terre appartient à la famille de Shane.

— Que vas-tu faire ?

— Vendre mon cheptel et recommencer ailleurs.

Cette perspective la peinait bien plus qu'elle ne voulait l'admettre mais, après cinq jours de réflexion, elle commençait à s'y faire.

— Je ne plaisantais qu'à moitié concernant la plage déserte…

— Non, tu ne peux pas envisager sérieusement de quitter Royal.

Au ton désespéré de Chelsea, Brandee fit la grimace.

— Je ne sais pas si j'ai très envie de rester ici, après ce qui s'est passé…

À la simple idée de croiser Shane et de se heurter à sa dureté, elle sentait son sang se figer dans ses veines.

— De toute façon, tout cela va prendre un peu de temps, il faudra que je trouve un acheteur pour le cheptel et que je règle les choses au ranch. En outre, le Bellamy requiert toute l'attention de Shane en ce moment, donc il n'aura pas le temps de s'occuper de Hope Springs tout de suite.

— Pourquoi ne pourriez-vous pas trouver un arrangement qui vous serait bénéfique à tous les deux ?

— Tu as bien vu qu'il m'ignore, non ?

Et elle secoua la tête comme pour chasser le chagrin qui était dernièrement son éternel compagnon.

— Désormais, il me déteste et cela ne risque pas de changer, conclut-elle.

— Nous vous avions mis en garde contre Brandee Lawless, non ?

Shane ne pipa mot.

— Vous avez entendu de quelle façon elle s'est adressée à nous ?

— Elle avait manifestement trop bu, alors que le *happy hour* a à peine commencé.

Il se rappela ce qui était arrivé à Wesley Jackson. Ce dernier avait soupçonné à l'époque que les rumeurs à son sujet venaient du TCC, et plus particulièrement de Cecelia. Un hacker anonyme avait en effet affirmé sur les réseaux sociaux que Wes était un pique-assiette, ce qui avait été fort préjudiciable à ses affaires. Or, ce qui arrivait à Brandee se situait dans la même veine.

— Dès l'instant où nous avons été admises comme membres, elle n'a eu de cesse de chercher à nous en éjecter.

— Ce n'est pas vrai, intervint alors Shane d'un ton menaçant. Elle n'était pas d'accord avec les transformations que vous vouliez apporter au club, comme beaucoup d'autres membres, d'ailleurs.

— Parce qu'elle a activement contribué à braquer les gens contre nos projets, observa Naomi.

— Cela n'en fait pas votre ennemi, répliqua Shane.

Tout le monde ne cautionne pas les changements que vous voulez introduire.

— Bah ! Peu importe, puisqu'elle a remis sa carte de membre.

— Et maintenant qu'elle est partie, vous verrez, les autres nous suivront, prédit Cecelia.

— On dirait que tout se déroule selon vos plans, mesdames, déclara tout à coup Shane.

Puis il posa les mains sur la table, les regarda l'une après l'autre, comme Brandee avant lui.

— Si je découvre que l'une d'entre vous est derrière tout ce qui est arrivé à Brandee, c'est à moi que vous devrez en répondre.

Il les fixa encore d'un air sévère, avisant leur expression soudain effrayée. D'instinct, elles s'adossèrent à leur chaise comme pour mettre un peu de distance entre elles et lui. Satisfait qu'elles aient saisi le message, il se redressa en heurtant la table, afin de faire trembler légèrement la porcelaine qui s'y trouvait, et que ce qu'elle contenait se répande éventuellement sur la nappe.

— Mesdames, dit-il en hochant la tête.

Et il se dirigea vers la sortie.

Des bourrasques glacées l'accueillirent à l'extérieur, mais il repéra sans mal le véhicule de Brandee, garé un peu plus loin.

Elle allait prendre le volant dans son état ? Génial ! pensa-t-il avec dérision.

Il s'approcha vivement de son pick-up : il était vide… Brandee était partie depuis longtemps. Poussant un soupir, il se dirigea vers le sien.

Tout en parcourant les routes familières qui le menaient au Bellamy, il tenta d'écarter Brandee de ses pensées, sans y parvenir. Il ne parvenait pas à oublier la scène où elle s'en était prise à Cecelia, Simone et Naomi.

L'éclat avait manifestement choqué de nombreuses personnes présentes au bar.

Le visage que Brandee affichait en public était fort différent de celui qu'elle montrait en privé. En effet, pas une fois durant les années où il l'avait harcelée pour qu'elle lui vende son ranch elle n'avait perdu le contrôle d'elle-même, et c'était précisément en raison de son attitude décontractée qu'il n'avait pas hésité à revenir à la charge. En la côtoyant de plus près pendant quinze jours, il avait compris qu'elle déployait beaucoup d'énergie à peaufiner son image professionnelle. Grâce à ses efforts, elle était respectée dans ce club dominé par les hommes.

Aujourd'hui, elle avait tout fait voler en éclats. Perplexe, il se souvint de ses paroles. Pourquoi avait-elle rendu sa carte de membre ? Croyait-elle vraiment qu'il avait l'intention de lui prendre le ranch ? Puis il la revit en train de déchirer le document qu'il avait signé, et par lequel il renonçait à toute réclamation sur ses terres. Elle était si entêtée qu'elle devait avoir pris la résolution de les lui rendre, qu'il le veuille ou non.

Qu'adviendrait-il d'elle, alors ? Où irait-elle ? Le ranch représentait toute sa vie, mais nul doute qu'elle envisageait malgré tout de brader son cheptel.

Après s'être assuré que tout avançait désormais selon ses vœux au Bellamy, Shane rentra chez lui. Surpris, il découvrit la voiture de sa mère garée dans l'allée, ainsi qu'une camionnette de traiteur. Il fronça les sourcils. Tout de même, s'il avait prévu une réception, il s'en serait souvenu !

Et tout à coup il poussa un juron. Oui, il se rappelait à présent de quoi il s'agissait. Il avait promis à sa mère de l'aider à choisir un traiteur pour la fête qui devait avoir lieu dans quatre semaines à Bullseye, en vue du centième anniversaire du ranch. Il avait juste oublié de noter ce rendez-vous chaque fois que sa mère l'avait mentionné, c'est-à-dire à quatre reprises, tout de même !

Il pénétra bien vite chez lui et constata que la table était dressée.

— Bonjour, maman, lança-t-il.

Sur ces mots, il contourna la table pour embrasser la joue qu'elle lui tendait.

— Tu es en retard, le réprimanda-t-elle sur un ton contrarié.

Étant donné la tête qu'elle faisait, il aurait besoin d'un bon verre.

— Je suis désolé.

— Puisque tu es là à présent, commençons.

Il avait nourri l'espoir que sa mère avait déjà goûté chaque plat sans lui et pris ses décisions, mais, non, elle l'avait attendu. Il contempla alors la vaste gamme de nourriture étalée devant lui et retint un soupir. Les mises en bouche allaient des côtelettes individuelles de porc glacées au miel jusqu'à des pâtisseries fort bien décorées. Trois flûtes de champagne avaient également été placées devant Elyse, et elle en tenait une quatrième à la main. D'un geste, elle l'invita à prendre place.

— Vincent, veuillez servir du champagne à mon fils pour qu'il puisse donner son opinion sur le deuxième que vous avez ouvert, car j'hésite.

— Je suis certain que tu feras le bon choix, maman, dit-il.

Il n'était pas du tout d'humeur à se livrer à cette dégustation.

— Je te prie de t'asseoir et de me donner ton avis sur ce que nous allons servir à ta réception.

Si son ton n'avait pas été impératif, il aurait sans doute souligné que cette fête ne relevait pas de son initiative et qu'il se fichait pas mal de ce qu'on y servirait. Mais, comme il s'était déjà aliéné Gabe, aujourd'hui, et avait ruiné tout espoir de bonheur quelques jours plus tôt auprès de la femme qu'il aimait, il jugea préférable d'avoir au moins encore une personne dans son camp.

Il leur fallut une demi-heure pour tout tester et quinze minutes pour réduire la sélection à dix plats. Parmi ceux-ci, certains n'avaient pas emporté l'entière approbation de sa mère, qui les jugeait peu élaborés, mais elle avait néanmoins accepté de les retenir, car lui les trouvait délicieux. Était-ce une façon pour sa mère de lui montrer qu'elle avait apprécié son aide, ou bien s'agissait-il d'une manigance destinée à le rendre plus docile encore, la prochaine fois qu'elle requerrait son aide ?

Que lui arrivait-il, bon sang ? À force de se prêter à ses petits jeux, voilà qu'il soupçonnait sa mère d'adopter le même comportement que lui.

Ces réflexions le ramenèrent à Brandee. Au fond, était-elle la seule à blâmer pour la façon dont elle avait cherché à le duper ? S'il avait été comme Gabe, plus juste et loyal, ne serait-elle pas venue directement le trouver pour négocier un arrangement qui aurait été bénéfique aux deux parties ? Au lieu de quoi, parce qu'il aimait tisser sa toile autour des autres, elle avait recouru aux mêmes armes contre lui.

— Je suis navré d'avoir oublié cette dégustation, dit-il à sa mère, tandis que Vincent débarrassait la table.

Elle avala une gorgée de champagne avant de pousser un soupir.

— Je suis habituée, depuis le temps.

Il grimaça et, la petite leçon de Gabe toujours en tête, demanda :

— Je suis si terrible que ça quand il s'agit de rendre service ?

— Tu es mon fils et je t'aime, lui assura sa mère en lui tapotant la main. Mais, lorsqu'on te demande de faire quelque chose dont tu n'as pas envie, tu n'es pas très fiable.

Ces paroles l'atteignirent bien plus qu'il ne l'aurait cru. Il venait de se rendre compte qu'il n'était pas un enfant modèle et en éprouva un sentiment de honte.

— Papa me criait toujours dessus mais, toi, tu ne me disais jamais rien, déclara-t-il alors comme pour lui-même.

— Il était trop dur avec toi, et cela ne servait qu'à tuer en toi toute envie de gérer le ranch. J'estimais donc inutile de joindre ma voix à la sienne.

De là où il se trouvait, Shane distinguait le portrait familial qui avait été fait quand il avait dix-sept ans. Affichant un air heureux, son père se tenait bien droit, un bras passé autour des épaules de sa femme rayonnante, tandis que lui arborait une expression où se lisait une certaine rancœur. Le week-end où la photo avait été programmée, il aurait dû participer à une expédition de chasse avec ses amis, aussi ce cliché lui semblait-il résumer à lui seul ce qu'il ressentait depuis ses dix ans…

Après le départ du traiteur, il discuta encore près d'une heure avec sa mère du prochain voyage de celle-ci à Boston, à l'occasion de l'anniversaire de son frère Gavin, qui fêtait ses soixante ans. Avec Jennifer, sa belle-sœur, elle lui avait organisé une fête surprise ayant pour thème les tropiques, dans la mesure où Gavin prenait aussi sa retraite à la fin du mois et où sa femme et lui s'envolaient pour Belize, où ils passeraient leurs vacances.

— Je dois m'en aller à présent, déclara sa mère. J'ai promis à Jennifer de l'appeler pour mettre au point les derniers détails.

Elle déposa un baiser sur sa joue.

— Merci de m'avoir aidée, ce soir, ajouta-t-elle.

— Ce fut un plaisir, maman.

De fait, après avoir surmonté ses premières réticences, il avait passé un agréable moment en compagnie de sa mère.

— Tes talents d'organisatrice sont insurpassables et ce centenaire sera fantastique, poursuivit-il. Si tu as encore besoin de mon concours, n'hésite pas.

Sa mère ne cacha pas sa surprise.

— Tu es sincère ?

— Tout à fait. Envoie-moi une liste.

— Merci, dit-elle en lui tendant la joue pour qu'il l'embrasse à son tour.

Une fois sa mère partie, Shane se rappela qu'il devait passer chez Brandee pour y reprendre ses affaires. Dans son impatience à fuir Hope Springs Ranch, il y avait tout laissé.

Comme il s'y attendait, son pick-up n'était pas garé dans l'allée. Il était 19 heures et le soleil était couché, mais une douce lumière éclairait sa demeure, comme si l'astre déclinant y avait trouvé refuge. Shane descendit de son véhicule et se dirigea vers la porte d'entrée, se remémorant la première fois où il avait franchi son seuil. Tant d'événements s'étaient produits, depuis…

Il appuya sur la sonnette, mais personne ne vint lui répondre. Il frappa, sans plus de succès. L'évitait-elle ? Ou bien avait-elle consommé trop d'alcool après que son amie l'eut déposée chez elle ? Subitement inquiet, il voulut vérifier par lui-même si elle allait bien et introduisit alors dans la serrure la clé qu'il ne lui avait pas encore rendue.

En franchissant le seuil, il redouta un instant qu'elle ne fonce sur lui en hurlant… Mais, non, ce n'était pas son style, exception faite de l'esclandre d'aujourd'hui au TCC.

Toutefois, il n'avait pas de souci à se faire, car il aurait juré que la maison était vide. Il se rendit dans la chambre d'amis et fut surpris de constater qu'elle était dans l'état où il l'avait laissée. En effet, personne n'avait touché à ses affaires. Il les rassembla rapidement, évitant de regarder l'immense douche et le lit imposant. La gorge nouée, il poussa un juron.

Que s'était-il imaginé, bon sang ? Qu'ils se marieraient et vivraient toujours heureux ? Pourtant, même avant qu'il ne découvre les mensonges de Brandee au sujet du ranch, la partie était loin d'être gagnée. Ne lui avait-elle pas répété maintes fois qu'elle s'en sortait très bien sans l'aide de personne, et qu'elle ne voulait ni partenaire ni relation amoureuse sérieuse ? Ils se seraient sans doute entendus pendant quelque temps, mais ils auraient fini par s'éloigner. Tous deux, en effet, étaient bien trop indépendants.

Désireux de s'en aller au plus vite, il se dirigeait vers le vestibule lorsqu'une sonnerie familière s'éleva dans la cuisine. Il s'immobilisa. Bien sûr, il n'aurait pas dû se préoccuper de ce téléphone qui sonnait, mais ce fut plus fort que lui, il voulait savoir qui appelait. Brandee ne mettait-elle pas un point d'honneur à être toujours disponible pour son personnel ?

Il trouva le smartphone sur l'îlot. Le portable oublié ici, aucun des employés de Brandee ne pourrait la joindre.

Il se pencha vers l'écran… Bonne intuition, c'était son contremaître ! Que devait-il faire ? Appeler Chelsea chez laquelle Brandee se trouvait sûrement ou décrocher pour savoir ce que Jimmy voulait, puis téléphoner à Chelsea ?

Il opta pour la deuxième solution.

— Allô, Jimmy, c'est Shane. Brandee n'est pas ici, et elle a laissé son téléphone à la maison. Vous avez besoin de quelque chose ?

— Est-ce qu'elle revient bientôt ?

— Je ne crois pas, dit-il en se rappelant son état.

Elle est allée en ville et, selon toute vraisemblance, elle va passer la nuit chez Chelsea. Il y a un problème ?

— Non, mais une demi-douzaine de vaches doivent vêler cette nuit et elle nous avait dit d'appeler au cas où nous aurions besoin d'aide. Ce n'est pas grave, nous allons nous débrouiller.

Pendant cet échange, ses yeux tombèrent sur un tableau de photos qu'il n'avait pas encore vues, où figuraient tous les adolescents du camp et leurs chiens, avec un grand « merci » au milieu. Le tout formait un joyeux pêle-mêle, et il était certain que Brandee avait adoré ce cadeau.

Il ferma les paupières. Avec le ranch, elle avait déjà fort à faire et, pourtant, les moments qu'elle passait avec les adolescents comptaient énormément pour elle. En outre, elle avait bon espoir que le programme ramènerait ces enfants sur la bonne voie. Lui aussi, après avoir assisté au stage, partageait son optimisme envers ces jeunes gens difficiles.

— Vous voulez que je vous donne un coup de main ? demanda-t-il alors.

Il n'avait aucune envie de passer une nuit blanche dans les prairies glacées de Hope Springs Ranch, mais il savait aussi que cela rendrait un fier service aux employés de Brandee.

— Ce n'est pas de refus, dit Jimmy. Enfin, vous êtes sûr ? Ça ne sera pas vraiment une partie de plaisir entre le froid et le nombre de vaches prêtes à mettre bas.

— Pas de problème, je vous rejoins dans dix minutes, lui assura-t-il.

Là-dessus, il se dirigea vers la porte arrière et, à sa grande surprise, se sentit d'humeur bien plus légère en enfilant une veste épaisse et des bottes. Après tout, aider les autres en valait peut-être la peine.

# - 13 -

Se réveillant en sursaut, Brandee tâtonna autour d'elle, en quête de son portable. Jimmy était censé l'appeler dans la nuit pour faire le point avec elle, et ils décideraient alors si son aide était requise ou non. N'avait-elle donc pas entendu la sonnerie ? Cela ne lui était encore jamais arrivé.

Et voilà, six jours après le règlement de comptes avec Shane, elle se désintéressait déjà du ranch. Avait-elle donc renoncé si facilement à son rêve ? Son père n'aurait pas été très fier d'elle… Mais n'avait-elle pas les poings liés ? Sans le ranch, à quoi lui servait son bétail ? Son capital dépendait de la propriété et, sans celle-ci, elle n'avait aucun endroit où faire paître ses vaches et ses veaux. Par conséquent, il ne lui restait plus qu'à les vendre…

Elle s'aperçut tout à coup que son téléphone n'était pas sur sa table de nuit et pour cause ! Elle n'était pas dans sa chambre : elle avait passé la nuit chez Chelsea, après avoir fait un scandale au Texas Cattleman's Club. Mortifiée, elle enfouit la tête dans l'oreiller.

Par chance, elle ne remettrait jamais les pieds là-bas et, pendant le mois qu'il lui faudrait pour vendre et régler ses affaires, elle n'aurait qu'à se faire très discrète pour ne pas croiser un de ses membres.

Devrait-elle vraiment déménager de Royal ? À cette

pensée, son cœur se serra. Elle y avait lié de si fortes amitiés…

Deux semaines plus tôt, elle s'estimait libre comme l'air mais, après avoir vécu deux semaines avec Shane, elle avait compris qu'elle était moins affranchie qu'elle ne le pensait, concernant ses relations amoureuses.

Elle alluma la lampe de chevet, et constata que son téléphone n'était pas par terre, ni entre les draps… Elle sentit poindre un élan de panique. Du calme ! s'ordonna-t-elle aussitôt. Son amie dormait encore, mais elle pouvait tout à fait appeler son contremaître de la ligne fixe.

Il répondit à la troisième sonnerie.

— Salut, patronne !

— Jimmy ! s'exclama-t-elle. J'ai égaré mon portable, désolée, je n'ai pas pu appeler plus tôt. Tout va bien ?

— C'était une nuit un peu délicate, mais les garçons et moi nous en sommes bien sortis.

— Ouf, je suis soulagée ! Et je regrette vivement de n'avoir pu être à vos côtés.

— Pas de problème. Shane nous a dit que vous étiez chez Chelsea.

— Comment se fait-il que vous ayez parlé à Shane ? demanda-t-elle, aussitôt contrariée.

Avait-il déjà pris possession du ranch ?

— C'est lui qui a répondu à mon appel.

— Savez-vous pourquoi il avait mon portable ?

L'avait-elle laissé au Texas Cattleman's Club ?

— Il m'a dit que vous l'aviez oublié à la maison, répondit Jimmy d'un ton soudain soucieux. Tout va bien, Brandee ?

La fureur l'empêcha d'abord de répondre. Que faisait Shane chez elle, nom d'un chien ?

— Oui, ça va aller, Jimmy, finit-elle par lâcher. Je serai à Hope Springs dans deux heures au plus tard.

Elle ne pouvait décemment pas réveiller Chelsea pour qu'elle la reconduise au club où l'attendait son pick-up, il était bien trop tôt. Elle devait donc ronger son frein.

À cet effet, elle fit du café, puis fouilla dans les placards de Chelsea pour préparer le petit déjeuner. Tout en s'affairant, elle se rendit compte qu'elle n'était pas tout à fait prête à renoncer au ranch…

À 7 heures tapantes, elle posa une tasse de café sur la table de nuit de Chelsea, avant de la réveiller gentiment.

— Quelle heure est-il ? marmonna son amie.

— 7 heures.

Chelsea poussa un grognement.

— J'ai préparé du café, s'empressa de préciser Brandee d'un ton contrit.

— Et tu en as avalé combien de tasses ?

— Je t'ai apporté la dernière.

— Quoi ? Tu as bu toute la cafetière ?

— Je n'avais rien d'autre à faire… J'ai laissé mon portable au ranch et je crois que les gars ont passé une rude nuit. Il faudrait que j'y sois le plus vite possible.

Se redressant dans le lit, Chelsea saisit la tasse de café.

— Donne-moi dix minutes et je te conduis jusqu'à ton pick-up.

— Merci.

Elle tut à son amie son échange avec Jimmy, tout comme ses craintes.

Une heure plus tard, alors qu'elle se dirigeait vers les étables en tenue de travail, Brandee avisa la présence d'un pick-up familier devant le bâtiment réservé aux animaux qui requéraient une attention spéciale.

Elle coupa son moteur, incrédule. Qu'est-ce que Shane faisait ici ?

Quand elle pénétra dans l'étable, elle le vit appuyé contre la rambarde de l'enclos où se trouvaient le veau qu'ils avaient aidé à naître, quelques jours auparavant, et sa mère.

— Salut ! dit-elle en se glissant à ses côtés. Que fais-tu ici ?

— Jimmy m'assure que ces deux-là peuvent déjà regagner les pâturages.

— Alors tu es venu leur dire au revoir ?

Son ton n'était pas aussi léger et insouciant qu'elle aurait aimé, il portait au contraire le poids de la peur et de la mélancolie.

— Quelque chose dans ce goût-là, marmonna-t-il.

Ne sachant plus trop sur quel pied danser, elle garda le silence, attendant qu'il reprenne la parole. Elle aurait pu légitimement le sommer de s'expliquer sur sa présence ici, mais sans doute s'estimait-il déjà en droit d'aller et venir sur le ranch comme bon lui semblait. Frustrée, elle aspira une grande bouffée d'air mais, avant qu'elle ne lui dise sa façon de penser, il se redressa.

— Bien, il est sans doute préférable que je parte, décréta-t-il.

Se tournant vers elle, il toucha le bord de son chapeau en guise de salut, et pivota sur ses talons.

Dépitée, elle le regarda s'éloigner, avec la sensation d'avoir manqué l'occasion de réparer les choses entre eux, ce qui était parfaitement ridicule. Shane la détestait. Elle l'avait dupé et il ne lui pardonnerait jamais.

Une boule se forma alors dans sa gorge, son souffle se fit plus court, et soudain une larme roula sur sa joue. Elle se revit à douze ans, apprenant le décès de son père. À l'époque, face à l'avenir incertain qui l'attendait, elle avait enfourché son cheval et chevauché toute la journée, retraçant les chemins que son père et elle aimaient parcourir ensemble.

Qui allait s'occuper d'elle, désormais ? s'était-elle demandé. Pour la première fois de sa vie, l'abandon de sa mère l'avait frappée de plein fouet. Elle avait pleuré toutes les larmes de son corps, après quoi, elle s'était sentie bien vide, mais aussi toute neuve. Elle avait chassé la mélancolie pour faire preuve de détermination et d'opiniâtreté.

Elle était un peu dans le même état, aujourd'hui : vide, mais résolue à prendre son destin en main.

Laissant la vache et son veau, elle rejoignit son équipe. Tous accusaient des marques de fatigue, mais étaient souriants, de toute évidence satisfaits d'avoir mené leur tâche à bien. Elle se dirigea alors vers le bureau du ranch, où se trouvait Jimmy, son contremaître. Une tasse de café près de l'ordinateur, il mettait à jour les comptes des naissances.

— Rentrez dormir, je prends le relais, dit-elle.

— Merci, je suis plus épuisé que je ne le croyais.

— Désolée pour mon absence.

— Tout s'est déroulé sans problème. Shane nous a été d'un grand secours.

— Il est resté toute la nuit avec vous ? demanda-t-elle, sidérée.

Et son cœur fit un bond dans sa poitrine.

— Oui, il est venu après avoir répondu au téléphone, vers 19 heures.

Shane avait donc passé douze heures ici ! Pourquoi ne lui en avait-il rien dit ? Attendait-il qu'elle le remercie ? Forcément, c'était la moindre des politesses, et elle comprenait mieux qu'il soit parti si vite. Une fois de plus, elle avait tout gâché…

Assez ! Elle s'était assez morfondue, elle pouvait encore le remercier, il n'était pas trop tard pour cela. Elle devait juste trouver une façon de lui prouver à quel point elle avait apprécié son intervention.

*
* *

Shane ne regrettait pas réellement d'avoir promis à sa mère de l'aider pour le centenaire de Bullseye, mais il commençait à redouter ses textos. Dans son dernier message, elle lui précisait qu'elle l'attendait au ranch pour une requête un peu vague, selon lui.

Il gara son pick-up près de la Lexus de sa mère et gravit d'un bond la volée de marches. Dès qu'il entra chez lui, il la repéra dans le salon.

— Maman, commença-t-il, est-ce que cela ne pouvait pas attendre que…

Il s'interrompit en découvrant que sa mère n'était pas seule.

— Ah, te voilà ! dit celle-ci en se levant. Parfait.

Coi, Shane considéra Brandee et sentit son cœur se serrer, comme pris dans un étau de glace.

— Que fait-elle ici ? s'exclama-t-il brutalement.

— Shane, ne sois pas grossier, je te prie ! Ce n'est pas ainsi que je t'ai élevé.

Elyse plaqua les mains sur ses hanches et, fixant son fils, poursuivit :

— Brandee est venue me voir pour me raconter cette affaire troublante à propos de son ranch qui appartient en fait à notre famille.

— Éclaircissons tout de suite un point, déclara-t-il en rivant son regard à celui de Brandee. Es-tu venue voir ma mère dans l'espoir qu'elle intervienne en ta faveur ?

— Non, certainement pas ! s'écria Elyse.

— C'est une idée de Gabe, affirma Brandee, sur la défensive. Il m'a dit que tu écouterais ta mère.

Était-ce une conspiration ? D'un pas vif, il s'avança vers le bar et se servit un *shot* de scotch. Il le porta à ses lèvres et… reposa immédiatement le verre. Il en prit un autre, et y mit deux glaçons qu'il recouvrit de vodka.

— J'ai apporté une bouteille de scotch pour te remercier de ton aide, l'autre nuit, dit alors Brandee.

Sur ces mots, elle la posa sur le comptoir.

— Je ne veux pas de tes remerciements, déclara-t-il en fixant son présent. En outre, à cause de toi, je ne peux plus boire de scotch, tu m'as gâché mon plaisir.

Sur ces mots, il avala une gorgée de vodka et fit alors appel à toute la force de sa volonté pour ne pas grimacer.

Brandee esquissa un sourire, cherchant visiblement à le séduire.

— C'est un Glengoyne de trente-cinq ans d'âge, reprit-elle en désignant son cadeau. Seules cinq cents bouteilles ont été mises sur le marché.

— Tu ne peux pas me soudoyer pour que je t'aime.

Face à son ton agressif, toute la lumière de ses yeux s'éteignit, et elle redevint la pâle version d'elle-même qu'il avait découverte au bar du TCC. Cette femme à l'air abattu, affaissée devant un verre vide.

— Shane Robert Delgado, viens tout de suite avec moi !

Sans vérifier que son fils la suivait bien, Elyse se dirigea vers la porte-fenêtre qui donnait sur la terrasse de la piscine. Excédé, Shane obtempéra.

— Comment oses-tu parler ainsi à Brandee ? s'exclama sa mère dès que la porte se fut refermée derrière lui. Elle est amoureuse de toi.

— Elle a essayé de nous tromper au sujet de nos terres.

Il voulait paraître en colère, mais n'en avait plus l'énergie, de sorte que l'accusation perdit de son impact.

— Honnêtement, je m'en fiche ! répliqua Elyse. Nous sommes à la tête d'une fortune, et Bullseye est l'un des ranchs les plus grands des environs. En outre, cette propriété n'a pas été réclamée depuis plus de cent ans et Brandee l'a achetée en bonne et due forme. Si quelqu'un nous a trompés, c'est la personne qui a acheté ces terres sans prendre la peine de rechercher les éventuels héritiers.

— Donc que veux-tu que je fasse ? Que je redevienne son ami ?

— J'aimerais que tu cesses de t'apitoyer sur ton sort et que tu dises à cette jeune femme tout ce qu'elle représente pour toi.

— Qu'est-ce qui te fait croire qu'elle représente quoi que ce soit pour moi ?

— D'après ce que j'ai entendu dire, tu t'es comporté de façon détestable la semaine dernière. Et je pense que ton attitude s'explique uniquement par le fait que tu aimes cette femme et qu'elle t'a blessé.

Furieux, il soutint le regard de sa mère, tandis que la tempête grondait en lui. Oui, il aimait Brandee, mais il n'en éprouvait aucune joie, c'était plutôt un sentiment de terreur qui l'habitait actuellement.

— Maintenant, je vais rentrer chez moi, enchaîna Elyse d'un ton calme et pragmatique. Et toi, tu vas dire à cette jeune femme que tu l'aimes. Après quoi, vous vous assiérez tous les deux tranquillement autour d'une table et trouverez un arrangement au sujet de son ranch qui appartenait à notre famille. Parce que, si vous n'y parvenez pas, elle m'a prévenue qu'elle vendrait le tout et quitterait Royal. Alors tu ne la reverras plus jamais et je ne crois pas que ce soit ce que tu souhaites.

Après que sa mère l'eut laissé, Shane contempla longtemps la vue panoramique qui s'offrait à lui depuis la piscine. Quand il se décida enfin à rentrer, il trouva Brandee près du bar, là où il l'avait laissée.

— Tu es encore ici…

— Je suis venue avec ta mère et elle a refusé de me ramener chez elle où se trouve mon pick-up… Écoute, je suis sincèrement désolée de t'avoir caché la vérité, et je me conformerai à toutes tes exigences concernant les terres.

— Je me fiche pas mal de ces terres et je ne vais certainement pas t'en chasser ni te prendre tout ce que tu as si durement construit.

Il poussa un soupir. C'était le moment ou jamais de mettre de côté son amertume et d'être heureux. Il avait perdu son père avant de faire la paix avec lui et, depuis, leur discorde le hantait.

S'il perdait Brandee, sa vie serait un enfer.

— Ce que je souhaite plus que tout, c'est…

Il se couvrit les yeux des mains. Il devait lui dire ce qu'il avait sur le cœur. Maintenant, pour ne pas avoir de regrets. Laissant retomber ses bras, il plongea le regard dans le sien, conscient du désir qui devait s'y refléter.

— … c'est toi.

Aussitôt, il vit des larmes briller dans les yeux de Brandee, qui le scrutait avec la plus grande attention.

— Tu en es bien certain ? murmura-t-elle d'une voix vibrante d'espoir.

— Je n'ai jamais été aussi sûr de moi.

Alors, franchissant la distance qui les séparait, il la prit dans ses bras et, pour la première fois depuis une semaine, son univers lui sembla parfait.

— Je t'aime et je ne peux supporter de passer une autre seconde sans toi, poursuivit-il.

Sur ces mots, il captura sa bouche, et le petit sanglot qui s'en échappa se transforma en un soupir de bonheur.

Quand il la relâcha pour que tous deux puissent reprendre leur souffle, elle enserra son visage de ses mains.

— Donc tu n'es plus en colère contre moi ? demanda-t-elle, les yeux embués de larmes.

— Pourquoi le serais-je ? Parce que tu as voulu sauver ton ranch et tes rêves ?

Il secoua la tête.

— Je ne crois pas l'avoir jamais été, poursuivit-il. Je suis tombé amoureux de toi et, lorsque j'ai découvert ces documents, j'ai cru que tu t'étais jouée de moi depuis le début.

— J'aurais dû te parler du chantage après que nous avons fait l'amour pour la première fois, reconnut-elle. Je me rendais bien compte que j'étais en train de tomber amoureuse de toi, mais je ne savais pas si je pouvais vraiment me fier à mes sentiments. Et puis, il y avait ce stupide pari…

Elle soupira.

— Tu n'étais pas la seule aux prises avec tes contradictions, renchérit-il. J'avais perdu toute envie d'acheter ton ranch après la tornade et je n'ai accepté ce pari que pour passer du temps avec toi. Dès le début, j'avais l'intention de perdre.

— Pardon ? dit-elle d'un ton incrédule. Dans ce cas, pourquoi t'es-tu tant battu pour l'emporter ?

— Tu es sérieuse ? fit-il en riant. Le véritable enjeu pour moi consistait à te faire tomber amoureuse.

— Je t'aime ! déclara Brandee en pressant sa joue contre son torse. Et je suis très heureuse que Maverick m'ait fait chanter, sans quoi je ne t'aurais jamais invité à emménager chez moi.

— Tu as raison, je lui offrirai un verre la prochaine fois que je le croiserai, avant de lui casser la figure, bien sûr.

— On ne sait pas qui c'est. D'ailleurs, il s'agit peut-être d'une femme.

— J'ai demandé à Gabe de mener l'enquête. Il trouvera.

Et, sur cette affirmation, il la souleva dans ses bras.

— Mais, en attendant, je voudrais voir si tu es la même dans mon lit que dans le tien.

En riant, Brandee s'accrocha à son cou.

— Je ne vois pas pourquoi je serais différente.

Elle se trompait car, une fois qu'il lui eut retiré son haut en dentelle et son jean, il constata que les ombres qu'il avait si souvent aperçues dans ses prunelles avaient disparu. Tout ce qu'il y voyait désormais, c'était la lumière de l'amour. Brandee n'avait plus besoin de cacher ses sentiments, tous deux venaient de franchir le premier pas vers une nouvelle relation, pleine d'amour et de vie. Et, avec sa fière chevelure blonde et ses yeux bleu-gris, c'était la femme la plus merveilleuse du monde.

— Tu es particulièrement belle, aujourd'hui, dit-il en caressant sa joue.

Elle l'attira à elle.

— Tu n'es pas mal non plus, Delgado, chuchota-t-elle.

Et, tout sourire, ils unirent leurs lèvres…

TERESA SOUTHWICK

# Un époux pour la vie

*Traduction française de*
JULIA LOPEZ-ORTEGA

Passions

HARLEQUIN

*Titre original :*
JUST A LITTLE BIT MARRIED

# - 1 -

Lincoln Hart regarda la femme qu'il n'avait pas revue depuis dix ans. Rose était encore plus belle qu'alors, à cette époque où, pourtant, elle pouvait lui couper le souffle avec un simple sourire. Dix ans… Lorsqu'il était tellement amoureux que son absence le plongeait dans un manque douloureux.

Il prit une profonde inspiration, puis prononça les mots qu'il avait soigneusement préparés.

— Rose, je sais que cela risque d'être un choc, mais tu dois savoir que nous ne sommes pas divorcés.

Il lança un regard inquiet autour de lui. Il y avait peut-être dans la pièce un objet contondant susceptible de lui atterrir en pleine tête.

Mais Rose se limitait à le fixer, lointaine, glaciale.

*Rose*.. Son prénom lui-même était plein de grâce. Elle avait changé, gagné en maturité par rapport à la toute jeune femme qu'il avait quittée. Elle serait sûrement plus dure à son égard, aussi, mais il ne pouvait pas lui en vouloir.

Après ce qu'il venait de lui annoncer, elle allait le détester plus encore qu'elle n'avait dû le faire dix ans plus tôt. Et pourtant elle avait dû le haïr terriblement.

— Et c'est tout, pas même un « bonjour » ? répondit-elle enfin.

Il vit l'hostilité dans son regard bleu profond céder la place à la méfiance.

À partir de maintenant, il devait faire très attention à tout ce qu'il disait.

— J'ai pensé qu'il valait mieux que je te donne d'abord l'information principale, au cas où tu aurais voulu me claquer la porte au nez avant que j'aie le temps de t'expliquer la raison de ma visite.

— Tu viens pour m'annoncer que nous sommes toujours mariés, c'est bien cela ? Je ne te crois pas. À quel genre de jeu joues-tu ?

— Je n'invente rien, et je suis autant sous le choc que toi, je t'assure.

— J'en doute, dit-elle en portant la main à son front.

Elle paraissait soudain fatiguée, troublée.

Il tendit la main vers elle et lui prit le bras, comme s'il craignait qu'elle ne se sente mal.

— Allons nous asseoir.

Visiblement, son contact lui fit l'effet d'un électrochoc, car elle repoussa vivement sa main. Il s'était plus ou moins attendu à être rejeté et comprenait sa réaction. Toute cette histoire était sa faute depuis le commencement. La seule raison qu'il avait de se réjouir était que sa famille n'ait jamais rien su de ce mariage express.

Ses frères, Sam et Cal, n'auraient sinon pas fini de le railler. Quant à sa mère, Katherine, et à Hastings, son mari, sans oublier Ellie, sa jeune sœur, ils auraient été tellement déçus de sa façon de prendre les choses en main. Mais tout cela n'avait plus d'importance, maintenant. Rose et lui avaient un problème et il devait le résoudre.

— Nous ferions bien de nous asseoir…

— N'essaye pas de te montrer prévenant avec moi, Linc. Nous savons bien tous les deux ce qu'il en est !

— Ce qui s'est passé a été douloureux pour toi, Rose, mais je ne suis pas une mauvaise personne pour autant.

Pour sûr, il n'était pas l'homme qu'elle avait cru épouser, mais il n'était pas un sale type non plus.

Il détourna son regard pour lui laisser le temps de réfléchir à ses mots.

Ils se tenaient dans l'entrée minuscule de l'appartement de Rose, au-dessus de son bureau où elle travaillait en tant que décoratrice, dans un vieil immeuble en briques rouges de l'une des petites rues de la ville de Prosper, Texas. Si son petit deux-pièces dégageait tant de charme, c'était certainement grâce à son indéniable talent pour mettre les lieux en valeur. Les murs du séjour étaient d'un beige doré très clair, à l'exception d'un mur kaki qui par contraste faisait ressortir les autres teintes. La cuisine et le séjour étaient séparés par un canapé. Des tentures, des bibelots, des lampes et quelques coussins ajoutaient de la couleur par touches informelles. Tout était cosy et chaleureux. Elle avait très bon goût, il n'y avait rien à dire.

— Est-ce que tu as des questions ? demanda-t-il enfin, se tournant de nouveau vers elle. Je suis prêt à te répondre.

— Depuis quand sais-tu que nous ne sommes pas divorcés ? demanda-t-elle en replaçant une longue mèche de ses cheveux brun foncé derrière l'oreille.

— Mon avocat est décédé il y a peu, et j'ai dû embaucher quelqu'un pour s'occuper de mes dossiers personnels en urgence. Lorsque mon nouveau juriste a fait un tour des documents officiels, il a trouvé un certificat de mariage, mais pas d'acte de divorce. En approfondissant, il a découvert qu'aucun tribunal n'avait statué.

— Comment est-ce possible ?

Elle était très tendue, c'était évident. Mais comment

lui en vouloir ? Il avait le souvenir de l'assurance avec laquelle il lui avait promis, à l'époque, qu'il s'occuperait de tout.

— Je suppose que mon avocat n'a pas fait le nécessaire. Il faut avouer que je l'avais embauché à la moitié des tarifs officiels. Et il n'a fait que la moitié du travail…

— Pourquoi, Linc ? Ta famille est millionnaire et Hart Industries doit avoir un escadron des meilleurs avocats du monde qui travaille pour son compte. Faire des économies de bouts de chandelles pour recruter un incompétent ne ressemble pas à vos méthodes !

Il n'était qu'à peine surpris qu'elle mette dans le mille aussi facilement. Il n'avait pas prévu de lui parler de tout cela, mais elle avait sans doute le droit de savoir, après tout ce temps.

— Eh bien, peut-être que c'est parce que, justement, je ne suis pas de cette famille…

— Pardon ? Qu'est-ce que tu essayes de me dire ?

— Hastings Hart n'est pas mon père.

— C'est vraiment n'importe quoi, tu ne sais plus quoi inventer !

— C'est pourtant vrai, Rose. Hastings et Katherine me l'ont confirmé. Je l'ai découvert juste après notre mariage.

— Comment cela ?

— Mon père biologique est venu me rendre une visite surprise, il m'a avoué qu'il avait eu une liaison avec ma mère…

— Tu m'avais décrit tes parents comme très unis, dit-elle d'un ton sceptique et accusateur à la fois.

— C'était ce qu'ils laissaient paraître, mais ce n'était pas si simple. Mes frères aînés avaient neuf mois d'écart, c'était beaucoup de travail, presque comme s'ils avaient été jumeaux, d'après ma mère. Elle était débordée à s'occuper d'eux nuit et jour et Hastings était assez peu présent. Il faisait de nombreux voyages d'affaires, travaillait énormément pour construire ce qui est devenu Hart Industries.

— Alors ta mère s'est tournée vers un autre homme ? J'ai du mal à y croire !

— Ma mère et Hastings étaient séparés et avaient décidé de divorcer, ce qui fait que ce n'était pas vraiment une liaison extraconjugale.

— Et tu n'as jamais su ? Jamais rien suspecté ?

Bon, visiblement elle avait du mal à croire son histoire, qui était pourtant vraie.

— Non, jamais. Lorsque ma mère a su qu'elle était enceinte, elle a parlé à Hastings. Ils se sont retrouvés et ont réglé leurs différends. Hastings s'est engagé à me donner son nom et ils ont tous les deux décidé qu'il n'y avait aucune raison que je le sache.

— Et qu'en disait ton père biologique ?

— Il était avocat associé dans un cabinet très conservateur qui se spécialisait dans le domaine des divorces. Avoir une aventure avec une cliente et la mettre enceinte lui aurait coûté sa carrière à coup sûr, alors il a souhaité garder le secret lui aussi.

— Pourquoi venir t'en parler toutes ces années après, dans ce cas ?

— Une prise de conscience sur le tard. Il n'a jamais eu d'autre enfant et a dû avoir quelques regrets en avançant en âge…

— Tu n'en es pas certain ?

— Nous n'avons eu qu'une rapide conversation. Je ne savais pas vraiment s'il me disait la vérité, jusqu'à ce que ma mère et Hastings confirment que, les menteurs, c'était bien eux…

— Et, depuis, n'as-tu pas eu l'occasion de lui demander des détails ?

— Non. Ce pauvre type n'a pensé qu'à lui en venant

m'annoncer ce qui allait me gâcher la vie. Il ne s'est pas demandé un seul instant ce que cette révélation signifierait pour moi.

— Oh ! Lincoln… Je comprends que ça a dû être très difficile à vivre pour toi.

On aurait presque dit que, dans sa voix, la compassion l'emportait sur la colère et le ressentiment. Mais c'était impossible, elle était sous le choc, c'était tout.

— Disons que, lorsqu'on découvre que nos parents nous ont menti au sujet du Père Noël, ce n'est pas grand-chose à côté du fait de découvrir que notre père n'est pas celui qu'on croyait.

Sur le moment, il n'avait eu qu'une idée en tête : protéger Rose de lui-même, puisqu'il ne savait plus qui il était.

Il se rappelait cet instant comme si c'était hier. Elle avait été embauchée par Hart Industries dans la filière immobilière dont il allait prendre la tête. Ils s'étaient follement épris l'un de l'autre et vivaient une romance passionnée qui les avait emportés jusqu'à Las Vegas où ils s'étaient mariés. Il n'avait jamais été aussi heureux de toute sa vie. Et, en un rien de temps, le paradis était devenu l'enfer.

Il releva la tête et croisa son regard.

— Tu pensais que tu avais épousé un Hart, mais ce n'était pas le cas.

Elle sembla enfin comprendre ce qu'il essayait de lui expliquer.

— Parce que tu crois que cela aurait eu la moindre importance à mes yeux ?

Une sensation intense prit possession de lui, lui rappelant la flamme qu'il avait connue dix ans plus tôt. Puis il se remémora l'angoisse et la douleur dans la voix de Rose lorsqu'elle l'avait supplié de lui dire pourquoi il partait. Il n'avait pas eu la moindre conscience de ce qu'il lui faisait alors, et c'était un euphémisme… Il avait aussi quitté les Hart en s'exilant de longues années.

— Et pourquoi confier ton divorce au premier venu, si c'était si urgent à tes yeux ?

— Je ne trouvais pas juste de faire appel aux avocats d'entreprise des Hart au vu de la situation. J'ai eu besoin de tourner complètement la page à l'époque et c'est ce que j'ai fait : j'ai tout quitté. Tout et surtout tout le monde. Pendant deux ans.

Il s'était enfui en Europe avec un sac à dos comme unique bagage. La vérité était qu'il s'était traîné de bar en bar et de pays en pays… Mais il n'avait jamais oublié qu'il était un enfant illégitime qui aurait toujours besoin de faire ses preuves plus que les autres.

— Et ton père ? Ton père biologique ?

— Qu'est-ce que tu veux savoir ?

— Comment est-il ?

— Bonne question. Je te l'ai dit, je ne le vois pas, et d'ailleurs je crois que je préfère ne pas parler de lui du tout. Je l'ai fait pour t'expliquer les raisons de mon attitude à l'époque.

— Je comprends, mais n'attends pas de moi que je te pardonne, lança-t-elle.

— Ce n'est pas ce que j'attends, dit-il sans cesser de la regarder, se remémorant combien ils avaient été unis, comme deux moitiés d'un même ensemble. J'ai simplement pensé que tu devais savoir au plus vite pour le divorce.

— Oui, ça a de l'importance, reconnut-elle, d'autant que j'aurais pu le découvrir prochainement et de manière encore plus brutale.

— Ah oui ?

— Je suis en couple et… c'est du sérieux, dit-elle en faisant quelques pas vers le canapé voisin. Dernièrement, nous avons évoqué la possibilité de nous marier.

Il resta sans voix. Elle allait se marier ? Il n'avait aucun droit de ressentir de la jalousie. Pourtant elle était bel et bien là, brûlante, fulgurante. Et cela lui faisait un mal fou.

Se laisser emporter par ses émotions ne ferait qu'empirer la situation. Il se ressaisit.

— J'imagine qu'il aurait été délicat de découvrir que tu étais déjà mariée au moment de publier les bans, en effet, reconnut-il.

— Merci de ta sollicitude !

Sa voix était sur la défensive à nouveau et il décida de poursuivre :

— Tu ne lui avais jamais dit que tu avais été mariée par le passé ?

— Nous ne sommes restés mariés qu'un quart d'heure, tout au plus ! C'était il y a bien longtemps et cela ne m'a pas semblé assez important pour que je lui en parle.

Il se souvenait bien de son regard qui s'assombrissait, à l'époque, lorsqu'elle était troublée. Le même regard qu'elle avait à présent.

— En tout cas, tu n'as jamais eu besoin de vérifier.

— Toi non plus, répliqua-t-elle.

— C'est vrai. Bon, quoi qu'il en soit, mon nouvel avocat, Mason, va prendre le dossier en charge et t'enverra les documents pour signature. Ensuite, tout cela sera véritablement derrière nous.

Du moins sur le papier. Car il découvrait que ses sentiments étaient bien moins clairs qu'il ne le pensait.

— Je peux savoir comment tu m'as retrouvée ? demanda-t-elle, les sourcils froncés.

— Comment veux-tu que je t'aie retrouvée ? J'ai regardé sur Internet, évidemment !

Il avait d'ailleurs approfondi ses recherches, découvrant une partie de sa vie, ses études, les cinq années passées dans un grand cabinet de design à Dallas avant de lancer sa propre entreprise il y a deux ans. Et il avait aussi appris qu'elle traversait une mauvaise passe, professionnellement parlant. Voilà pourquoi elle avait déménagé et quitté Dallas, pour s'installer à plus de quatre-vingts kilomètres de la grande ville, dans une localité où les logements et les bureaux étaient moins chers.

Apparemment, elle n'avait pas d'employés, et son bureau semblait assez modeste.

Cela confirmait bien que son activité était tout sauf florissante. Elle avait pourtant bonne réputation, d'après ce qu'il avait pu voir, mais elle risquait la faillite, à moins qu'elle ne décroche vite un gros contrat.

— Pour tout te dire, Rose, il y a une autre raison à ma présence.

— Vraiment ? Je ne vois pas ce qu'il te fallait d'autre…

— Une bonne raison, fais-moi confiance.

— Tu veux rire ? Tu as le culot de me demander de te faire confiance alors que ça a été la plus grande erreur de toute ma vie ?

— Tu as raison, dit-il, refusant de lui laisser voir qu'elle l'avait touché en plein cœur. Mais il n'empêche que je voudrais te proposer quelque chose.

— Ah bon ? Et quoi ?

— La décoration de mon appartement à Blackwater Lake, dans le Montana.

— Et qu'est-ce qui devrait m'inciter à accepter ?

— Le fait que Blackwater Lake va bientôt devenir la ville préférée de la jet set lorsque son nouvel hôtel, dont je suis actionnaire principal, aura ouvert. Il est entré dans la dernière phase de construction et aura aussi besoin des services de professionnels de l'aménagement intérieur. Le gérant que j'ai nommé pourrait être convaincu par ton travail une fois que tu auras aménagé mon appartement. Et je pourrais appuyer ta candidature.

— J'ai besoin de comprendre ton intérêt dans tout cela, Lincoln…

— Aucune contrepartie.

… Mais une éventuelle rédemption à terme ? Il y avait pensé.

— Je n'ai pas besoin que tu viennes me faire la charité…

— Ce n'est pas de cela qu'il s'agit, dit-il en glissant les doigts dans sa poche. Je sais que je ne mérite pas que tu me rendes service, mais je te le demande, pourtant. Réfléchis-y !

— Pourquoi ?

— Parce que tu es douée, dit-il en sortant une carte de visite de son portefeuille avant de la poser sur sa table basse. Appelle-moi d'ici quelques jours quand tu auras pris ta décision. Et, si jamais tu ne m'appelais pas, sache que ce sera moi qui décrocherai mon téléphone.

— Très bien.

Il n'avait pas envie de partir, mais il ne devait pas insister plus longtemps. Le plus troublant restait qu'il n'avait jamais prévu de lui proposer un contrat. Cette idée était née en la voyant.

Si elle acceptait son offre, elle devrait partir à Blackwater Lake avec lui et il avait vraiment envie que cela se produise. En souvenir du bon vieux temps. Pour sa réussite à elle. Pour essayer de s'amender, afin qu'il puisse se pardonner à son tour.

Car, au bout du compte, cela avait aussi à voir avec lui, ce qui faisait sans doute de lui le même genre d'égoïste que son père.

***

— Comment ça, tu es mariée ? Et surtout comment se fait-il que je n'en ai jamais rien su ? Je n'arrive pas à croire que tu ne m'aies pas invitée à ton mariage, enfin !

Rose fixait du regard sa meilleure amie, Vicki Jeffers. Après le départ de Lincoln, elle s'était mise à pleurer, laissant libre cours aux larmes qu'elle avait retenues pendant leur entretien. Revoir cet homme qu'elle avait passionnément aimé avait été un choc… Il était un fantôme sorti du passé et elle avait le plus grand mal à se remettre de sa visite. Elle avait aussitôt éprouvé le besoin d'en parler avec son amie, qui avait accouru chez elle sans la moindre hésitation. Et, maintenant, elle allait devoir lui raconter tous les détails de cette histoire compliquée qu'elle aurait aimé enfouir à tout jamais.

— Je ne suis pas vraiment mariée, disons plutôt que je ne suis pas encore divorcée, dit-elle en reprenant une gorgée du vin que Vicki avait apporté pour l'occasion.

C'était une bonne bouteille, de celles qu'elle ne pouvait s'offrir. L'activité qu'elle avait lancée dix-huit mois plus tôt n'avait pas exactement démarré sur les chapeaux de roues et elle avait du mal à honorer ses factures, ce qui ne lui laissait aucun budget pour de coûteuses bouteilles de cabernet.

— Donc tu es mariée depuis dix ans, reprit son amie, songeuse.

— Pas vraiment, non plus.

— Eh bien, si, vraiment, contra Vicki, car, si tu n'es pas divorcée, tu es toujours mariée et cela fait donc dix ans !

— Notre mariage a duré de l'ordre de la nanoseconde, cela ne compte pas.

— Je comprends bien, mais légalement tu es sa femme depuis tout ce temps, reprit Vicki avant de remonter les genoux contre sa poitrine sur le canapé, se préparant à une longue conversation. Et si tu me racontais tout ça depuis le commencement ?

Elle poussa un long soupir. Oh ! si seulement elle arrivait à se libérer de toutes les émotions qui la bouleversaient !

— C'était l'été avant que je n'entre à l'université. J'avais décroché un emploi de bureau à Hart Industries. Lincoln Hart venait de finir son master en gestion des affaires et prenait son poste à la tête de l'une des branches de l'entreprise familiale, créée par son père.

*Enfin, son père…*

— Et que s'est-il passé ? Ne me dis pas qu'il a profité de son avantage hiérarchique pour obtenir tes faveurs ?

— Mais non, où vas-tu chercher tout ça ?

— Je suis avocate, c'est tout ! Déformation professionnelle.

— Une avocate trop cynique…, soupira-t-elle. Il s'est comporté en parfait gentleman et, pour tout te dire, nous sommes tombés éperdument amoureux et nous nous sommes mariés aussitôt lors d'un séjour à Las Vegas.

— Et pourquoi n'en avoir jamais parlé ensuite ? Je croyais que nous partagions tous nos secrets ? Tu ne m'as jamais dit que tu étais Mme Rose Hart, en fait !

Ce nom avait une consonance heureuse à son oreille, mais elle n'avait même pas eu le temps de faire changer ses papiers officiels.

— Lincoln a décidé de rompre du jour au lendemain et m'a assuré qu'il s'occuperait du divorce, que je n'aurais rien à faire de mon côté. Il me semble qu'il m'avait dit que son avocat me contacterait s'il avait besoin de documents de ma part et, n'ayant pas eu de nouvelles, j'ai imaginé que tout était réglé.

— Et tu ne t'es pas demandé pourquoi tu ne recevais aucun acte de jugement ensuite ?

— Je ne savais même pas que j'aurais dû en recevoir, pour tout te dire…

Pas seulement… Pour être honnête, elle était à l'époque dans le déni le plus complet et en grande souffrance. La douleur de la séparation était au-delà de tout ce qu'elle avait connu et elle avait mis longtemps à s'en remettre. Elle était restée sidérée un certain temps, sans comprendre ce qui s'était réellement passé, pourquoi il l'avait quittée, alors qu'il disait l'aimer… Maintenant, elle connaissait les raisons de son départ, mais la situation n'était pas plus claire pour autant.

— J'étais si jeune, tu comprends, à peine une adulte, expliqua-t-elle.

— Assez âgée pour te marier, pourtant.

— Il m'a littéralement envoûtée, je n'étais pas capable de lui dire « non », et il…

— Oui ? insista Vicki, visiblement préoccupée par son hésitation. Qu'est-ce qu'il a fait ?

— Ce n'est pas ce que tu imagines… C'est juste qu'il était incroyablement charmant, et si tendre, et moi je… Je n'avais jamais eu d'autre homme dans ma vie.

Était-il nécessaire d'ajouter qu'il était beau et irrésistible et incroyablement sexy ?

Vicki manqua de s'étouffer avec son verre de vin.

— Tu veux dire que tu étais encore vierge au moment du mariage ? Comment est-ce que c'est possible ?

— Je n'avais que dix-huit ans, il n'y a rien d'étrange à cela, enfin !

— Tu as accepté d'épouser un homme sans même avoir fait l'amour avec lui avant ? reprit Vicki.

Elle baissa les yeux en acquiesçant d'un hochement de tête.

— Ma mère m'avait dit qu'il fallait savoir se préserver pour le « bon ». Elle l'avait elle-même appris à ses dépens en se retrouvant seule avec un bébé. Moi.

— Ah, je comprends mieux…

— Elle m'avait convaincue de ne pas faire l'amour avec un homme avant qu'il n'ait décidé de me passer la bague au doigt. C'est pour cela que j'ai cru que j'avais trouvé l'homme idéal lorsque Lincoln m'a fait sa demande.

— Et tu crois qu'il ne t'a épousée que pour cela ? demanda Vicki en ouvrant de grands yeux.

— C'est ce que j'ai pensé après son départ et les dix dernières années.

Mais cela n'avait aucun sens. Elle se rappelait chaque mot qu'il avait prononcé avant de sortir de sa vie. Il avait prétendu qu'ils n'appartenaient pas au même monde, ce qui pour elle voulait dire qu'elle venait d'une famille modeste et qu'elle n'avait pas de fortune personnelle. Elle comprenait maintenant qu'il avait en fait voulu parler de lui, alors qu'il venait de découvrir que son père n'était pas celui qu'il croyait.

Vicki l'incita du regard à continuer son récit.

— En fait il a connu une grande crise d'identité, à ce moment-là.

— Oh ! je veux bien croire que ce soit compliqué de se répartir les millions de dollars en famille quand on fait partie de Hart Industries !

Justement… Si Vicki savait…

Elle n'osait pas faire part des révélations de Lincoln à son amie, si proche soit-elle.

— Les choses ne sont jamais aussi simples que cela, lança-t-elle, volontairement évasive.

— Il est tout de même possible de songer qu'il t'a fait sa demande alors qu'il espérait obtenir de toi une faveur, qu'il a reçue avant de te dire *adiós*, corrige-moi si je me trompe, souligna Vicki.

— Tu n'as pas tort.

Et, pourtant, il y avait autre chose encore…

— Et pourquoi ce divorce n'a-t-il pas été prononcé ? Il n'y a pas assez d'avocats chez Hart Industries pour s'occuper de cela ?

— Bien sûr que si. Tu n'as peut-être pas tort sur le fait que mon vœu de chasteté jusqu'au mariage a sans doute hâté sa demande, mais que puis-je y faire, aujourd'hui ?

Elle était bien résolue à ne pas adopter l'attitude de victime que sa mère Janie avait eue toute sa vie.

— Et qu'as-tu ressenti alors, en le revoyant ? demanda son amie en vidant son verre.

— C'était assez surréaliste. Il n'a pas changé, à part les dix ans de plus, mais qui lui vont plutôt bien.

Elle en venait à le regretter car, bien malgré elle, il lui faisait toujours le même effet qu'à l'époque et, à sa vue, la plaie mal cicatrisée d'alors s'était hélas rouverte.

Ses yeux étaient toujours d'un bleu hypnotique. Il était grand, plutôt mince, avec de larges épaules. Il avait un magnétisme presque animal, surtout.

— Tu veux dire qu'il y avait toujours une petite étincelle entre vous ?

Bonne question. Elle réfléchit. Non, impossible. Bien sûr, elle le trouvait toujours très attirant. Et, évidemment, elle avait ressenti du regret et de la douleur pour ce qui s'était passé. Mais en vrai… ce qui l'avait envahie, c'était plutôt de la colère. Une colère qui ne l'avait jamais quittée, finalement. Lorsqu'il était parti, il avait laissé un grand vide dans sa poitrine et le ressentiment s'y était niché au fil du temps.

— Non, pas d'étincelle.

— Donc il est venu en personne pour t'informer que votre divorce n'était pas prononcé… Cela signifie que votre dixième anniversaire de mariage est pour bientôt !

— Je ne suis pas certaine que nous soyons prêts à organiser une fête pour l'occasion, tu m'excuseras !

L'ironie était bon signe, cela signifiait qu'elle était prête à rebondir.

— Je me demande ce qu'on s'offre pour un tel anniversaire…

— Avec un peu de chance, dans mon cas, un divorce !

Vicki sourit, l'air toujours surpris par ce qu'elle venait d'apprendre.

— Comment as-tu pu garder ce secret pendant tout ce temps, ma chérie ?

— Tu n'as jamais fait quelque chose dont tu as tellement honte que tu préfères n'en parler à personne ?

— Si, bien sûr, mais jamais rien d'aussi spectaculaire. Et puis tu as fini par connaître toutes mes dépravations et les garder secrètes, malgré tout…

— Je suis désolée, Vicki.

— N'essaye pas de m'amadouer avec tes grands yeux bleus, tu es désolée uniquement parce que tu as dû me l'avouer au bout du compte !

— Au départ, je voulais surtout tirer un trait sur tout cela. J'espérais entrer à l'université et laisser cette mésaventure derrière moi… Et après nous nous sommes rencontrées toutes les deux et nous sommes devenues amies. Je ne t'en ai pas parlé tout de suite et puis, au fil du temps, je n'ai plus su quand ni comment aborder le sujet… D'autant que je pensais que le divorce était prononcé et que tout cela était réglé, au moins administrativement. Personne n'aurait jamais dû l'apprendre !

Et elle pensait que, si personne n'était au courant, ce serait peut-être un peu moins douloureux…

— D'ailleurs, c'est probablement une bonne chose que tu aies appris cela avant d'envisager de te marier avec Chandler ! Imagine ce qui se serait passé si vous aviez découvert ensemble que tu étais encore mariée !

— Oui, c'est ce que Lincoln a dit.

— Tu lui as parlé de Chandler ? C'est parfait, s'il sait que tu as quelqu'un dans ta vie, au moins ne s'imaginera-t-il pas que tu as passé toutes ces années à l'attendre !

Si elle ne l'avait pas revu, elle aurait sans doute pensé la même chose, mais le flot de sensations et les souvenirs qui ne cessaient de l'envahir lui rappelaient qu'elle avait cru un bref instant au bonheur parfait avec lui.

Ce bonheur qui l'avait ensuite désertée… Elle en venait parfois à se demander si elle avait vraiment accepté son départ. Sans peut-être même s'en rendre compte, elle ne l'avait jamais surmonté.

Vicki posa son verre vide sur la table basse.

— Comment est-ce que Chandler prend tout cela ?

— Il ne le sait pas.

— Tu ne lui as pas encore dit ?

— Non.

— Ce secret commence à devenir sacrément dérangeant ! Pourquoi est-ce que tu ne lui en as pas parlé ?

— Je ne le sais que depuis quelques heures, se défendit Rose.

— Mais tu m'as bien appelée ! Tu aurais pu appeler Chandler aussi !

— J'ai eu besoin de faire le point avant de lui annoncer tout cela, et puis… Et puis il y a autre chose qui rend tout cela plus compliqué encore.

Elle adorait son amie, toujours très concrète et rationnelle, mais elle la détestait parfois d'être aussi pertinente…

— Je ne vois pas comment c'est possible…

— Lincoln m'a proposé un contrat pour décorer son appartement. Une mission très importante car elle pourrait être une vitrine pour mon travail en vue d'autres contrats.

— Et ? demanda Vicki d'un ton suspicieux.

— Si cela se passe bien, il y aurait une chance que je puisse décrocher un contrat pour un hôtel que les Hart font construire dans le Montana. Ce serait une opportunité inespérée.

— Visiblement, tu n'as pas dit « non ».

— Tu es avocate, imagine que quelqu'un t'offre un travail de cet ordre, est-ce que tu y renoncerais seulement à cause de la personne qui te le propose ?

— Je vois ce que tu veux dire, admit Vicki en se radoucissant.

— Ce serait un boulot très prometteur, et lucratif. C'est la chance de ma carrière… Tu sais comme moi que si je ne signe pas un contrat très vite Tucker Designs mettra la clé sous la porte.

— Peut-être pas…

D'un regard, elle l'interrompit.

— Je suis à deux doigts de la faillite, Vicki. Tu as vu mes comptes, je ne veux même pas penser à un nouvel emprunt à l'association de soutien aux petites entreprises… Et puis il y a ma mère. Elle m'a élevée seule et a travaillé si dur toute sa vie, je voudrais qu'elle puisse se reposer maintenant. Qu'elle profite un peu de la vie, tu comprends ?

— Oui, mais…

— Comment crois-tu que Chandler le prendrait ? demanda-t-elle.

— Laisse-moi réfléchir… Tu envisages d'annoncer à Chandler que tu vas te rendre dans le Montana avec l'homme que tu as épousé il y a dix ans, et dont tu n'es pas encore tout à fait divorcée, pour un contrat de travail ?

Elle hocha la tête.

— Oui.

— Je crois que n'importe quel homme serait fou de jalousie à cette idée…

— Oui, c'est ce que j'ai pensé aussi. Qu'est-ce que je dois faire à ton avis ?

C'était de cela surtout qu'elle avait eu envie de parler avec son amie. Elle lui avait raconté tout le reste pour lui permettre de comprendre le contexte…

Il ne fallut guère de temps à Vicki pour lui répondre.

— Il faut que tu en parles à Chandler et surtout que tu renonces au contrat.

Elle manqua à son tour de s'étouffer avec le vin. Elle ne s'était pas attendue à cette réaction de la part de son amie.

— Vraiment ? Mais je croyais que tu avais compris…

— C'est le cas, mais je vois aussi tes yeux lorsque tu me parles de Lincoln Hart. Je te connais depuis assez longtemps et c'est la première fois que je te vois ainsi… Tu peux bien dire ce que tu veux, je suis persuadée que tu as des sentiments pour cet homme, que tu sois prête à le reconnaître ou pas.

— Bien sûr que j'ai des sentiments envers lui. Des mauvais sentiments.

— Fais-moi confiance, accepter ce travail fera renaître tout le reste. Tu t'en sors très bien sans lui, ne lui laisse pas une chance de te blesser à nouveau.

— Il n'en a plus le pouvoir.

— Si tu le dis… Mais en tout cas, mon conseil, c'est d'en parler avec Chandler avant toute chose. Je suis certaine qu'il te dira la même chose : refuse ce contrat.

— Je te remercie de ta franchise.

— Tu peux toujours compter sur moi pour te parler franchement, répondit Vicki. Et n'oublie pas de me faire parvenir les papiers de ton divorce avant de signer quoi que ce soit, hein ?

— Merci, Vicki.

— Tu ne m'en veux pas, tu es sûre ?

— Non, pourquoi ?

— Parce que tu espérais sans doute entendre autre chose de ma part.

— Non, je comptais justement sur cela en faisant appel à toi !

Elle serra son amie dans ses bras. Elle avait confiance en son jugement et savait qu'elle avait sans doute raison, même si elle avait déjà décidé de faire exactement l'inverse de ce que Vicki lui conseillait.

Restait à espérer que Vicki n'aurait pas à lui rétorquer « je te l'avais dit », un jour prochain.

# - 2 -

Il était 18 h 30 et Lincoln se tenait près d'un placard de son bureau, dont il avait sorti un exceptionnel scotch single malt. Il jeta un coup d'œil par-dessus son épaule en direction de Mason Archer, son avocat, qui se tenait sur le pas de la porte.

— Tu vas vraiment t'installer dans le Montana à Blackwater Lake ?

Il n'avait pas très envie de répondre à la question, d'autant qu'elle avait été posée sur un ton d'incrédulité qui l'agaçait. Partir dans le Montana faisait partie de ses priorités, et ce, pour plein de raisons. Des raisons qu'il aurait du mal à faire comprendre à Mason. Il décida de gagner du temps, histoire de mettre de l'ordre dans ses pensées.

— Je t'offre un verre, Mason ?

— Volontiers, répondit Mason en entrant, contournant le large bureau couvert de dossiers pour gagner le canapé en cuir et la table basse de verre et de chrome qui accueillaient les discussions plus informelles.

Après lui avoir tendu un verre de whisky, il prit place à son tour.

— Tu as connu ma sœur, Ellie, je crois ? Elle vit là-bas, tu sais.

— Oui, oui, je l'ai connue, en effet.

À ces mots, il ne put s'empêcher de sourire. Impossible de passer à côté du ton narquois de son collègue et ami.

— Tu n'as toujours pas digéré qu'elle ne cède pas à tes galantes invitations ?

— Comment veux-tu que je prenne le fait qu'elle refuse même un simple dîner en ma compagnie ?

— Elle traversait une période difficile, expliqua-t-il.

Mason travaillait pour Hart Industries, tout comme Ellie à l'époque, et avait eu un faible pour elle.

C'était un temps révolu, mais il ne ratait jamais une occasion de lui rafraîchir la mémoire à ce sujet.

— De toute façon, depuis, elle a rencontré son âme sœur, et ils ont même eu un bébé, je suis heureux pour elle.

— Content de voir que tu as surmonté tout cela.

— Il n'y a jamais rien eu à surmonter.

— Si tu le dis…

Mason soupira.

— N'oublie pas que je pourrais mettre mes compétences au service de bien d'autres clients, si tu persistes à te montrer désagréable ! dit Mason en souriant.

— Tu y perdrais beaucoup !

— Mais la tranquillité d'esprit n'a pas de prix !

— Je parie que je vais te manquer quand je serai dans le Montana.

— Et si tu commençais par me dire pourquoi tu pars ?

Il prit une profonde inspiration.

— J'investis dans l'entreprise de construction de mon beau-frère. Il a besoin de capitaux pour s'accroître à Blackwater Lake. La ville est en pleine expansion et il y a des opportunités à saisir.

La première d'entre elles étant de sortir de l'ombre de la famille Hart, chose qu'il rechignait à avouer ouvertement à Mason. Il avait insisté pour être traité comme n'importe quel employé de la compagnie et non comme un fils. Au cours des dix dernières années, il avait travaillé comme un fou, en particulier pour faire ses preuves, mais aussi afin de s'occuper suffisamment pour ne pas trop réfléchir et envisager à quel point sa vie avait totalement volé en éclats. Lorsqu'il avait vu la colère dans le regard de Rose, l'autre jour, il s'était senti blessé, mais préférait encore cela à de la compassion ou du dédain pour le bâtard qu'il était…

Il ne lui avait rien dit de cela car il savait qu'elle aurait prétendu être tombée amoureuse de l'homme et pas du nom, mais la vérité était qu'il aurait eu l'impression de la tromper sur la marchandise. C'était comme si elle avait épousé le futur souverain d'un royaume avant de se rendre compte qu'on avait échangé à la naissance le prince avec un autre bébé pris au hasard. Tout quitter avait évité que Rose ait à affronter cela. C'était la seule solution à l'époque, mais cela n'enlevait rien aux regrets. L'avantage de cette activité intense était qu'il avait amassé beaucoup d'argent au fil des ans et qu'il pourrait le réinvestir à Blackwater Lake de façon à créer sa propre affaire.

L'autre jour, il avait présenté cette ville à Rose comme le lieu en vue de la jet set, comme l'occasion pour elle de se faire un nom, mais il n'avait pas la certitude qu'elle réponde à sa main tendue. Et ce doute le mettait sur des charbons ardents. Il y avait de gros risques qu'elle l'envoie promener…

La voix de Mason le ramena au présent.

— Des opportunités au fin fond du Montana ? demanda-t-il, son verre à la main. Pour qui aime vivre dans les arbres, alors !

Diversion, il fallait qu'il fasse diversion.

— Tu sais qu'il y a un aéroport, maintenant ? D'ailleurs tu n'as pas encore de succursale, là-bas, tu ne serais pas tenté ?

— Je ne peux pas exercer comme avocat sans une licence de l'État du Montana.

— Tu pourrais l'obtenir. Je suppose que ce n'est pas la mer à boire et ce serait peut-être une chance à saisir pour toi, mon cher.

— Ou pour toi, répliqua son conseiller.

Mason était un juriste d'exception. Homme de principes, méticuleux, consciencieux et intelligent, il travaillait au départ pour Hart Industries, où ils s'étaient connus, avant qu'il n'ouvre son propre cabinet. Lorsque son avocat était décédé, c'est à lui qu'il avait pensé aussitôt et il avait fait des pieds et des mains pour s'octroyer ses services.

— Je dois reconnaître que ton conseil m'est précieux, mais je pense aussi à ta carrière et à ta réussite, quoi que tu en dises.

Mason éclata de rire, ce qui était plutôt extraordinaire, car il était toujours très sérieux. Trop sérieux, peut-être. Pourtant, il était plutôt bel homme et devait être apprécié par la gent féminine… Il se demanda ce que Rose penserait de lui.

— Tu te préoccupes vraiment de ma réussite ? demanda Mason.

— Blackwater Lake est un bel endroit, les gens y sont agréables, les paysages magnifiques. Il y a beaucoup de choses à faire toute l'année entre le lac et les montagnes, et tu pourrais faire partie de cette nouvelle aventure…

— Corrige-moi si je me trompe, mais à une époque tu ne parlais pas de *Blackdésert* ?

— Les temps ont changé…

Lincoln se le rappelait parfaitement… Ellie était alors enceinte et inquiète après une dispute avec son compagnon, Alex McKnight… Mais depuis les choses s'étaient arrangées, ils s'étaient mariés et avaient une petite

Leah âgée de deux ans. Déménager dans le Montana avait été la meilleure décision de sa vie, répétait Ellie à qui voulait l'entendre. Il était maintenant temps de la prendre au mot.

Mais avant il avait autre chose à dire à Mason.

— Bon, Mason, avant que nous ne dînions, tu veux sans doute savoir comment s'est passé le rendez-vous ?

— Je suppose que tu veux parler de celui avec ta chère et tendre épouse ?

Il fut pris par surprise. Son épouse. Cela faisait dix ans que Rose avait quitté sa vie. Ils avaient connu un mariage express, en tout cas bien trop court pour qu'il se fasse à l'idée qu'elle était sa femme. Il sentit les regrets l'envahir à nouveau. Au cours des années écoulées, aucune de ses petites amies n'avait été aussi importante à ses yeux. Ellie lui disait qu'il se servait des femmes comme de mouchoirs en papier parce qu'il n'était jamais tombé amoureux. La vérité était à l'opposé. Il avait aimé intensément et avait perdu la femme de son cœur, aussi n'était-il pas prêt à prendre le moindre risque de retomber amoureux.

— Lincoln ?

— Euh, oui… Tu me parles de Rose, dit-il en cherchant à clarifier ses pensées. Eh bien, ça s'est mieux passé que je ne le pensais.

Mason attendit un instant.

— Tu peux m'en dire plus ?

— Elle ne m'a rien jeté à la figure, pour commencer…

— Tu es allé chez elle.

Ce n'était pas une question.

— Comment le sais-tu ?

— Je devine qu'elle n'a pas voulu briser ses affaires.

— Ah…

Il n'avait pas pris cela en considération en choisissant de se rendre chez elle. La seule chose à laquelle il avait pensé, c'était qu'elle ne serait jamais d'accord pour un rendez-vous avec lui, et que la surprise était sa seule chance de pouvoir lui parler. Mais il était tombé dans son propre piège : il avait été saisi par le flot d'émotions et de souvenirs qui l'avait aussitôt assailli en la revoyant.

— Et, à part ça, que t'a-t-elle dit ?

— Elle ne m'a pas cru. Je lui ai expliqué ce qui s'était passé et elle a voulu comprendre comment un tel micmac avait pu se produire… Ensuite elle m'a semblé plutôt compatissante quand je lui ai parlé de mon père…

Parler de compassion était tellement plus facile que de formuler le mot pitié qui lui venait à l'esprit. Comment pourrait-il savoir maintenant si elle serait restée, en découvrant la vérité ? Il avait pris la décision à sa place.

— Qu'est-ce qu'elle a dit ?

Lincoln planta son regard dans celui de Mason.

— Elle m'a dit que j'aurais dû lui en parler.

— Tu n'as pas idée de l'effort que je fais pour ne pas te répondre « évidemment » !

— Ne crois pas que cela fasse la moindre différence, je vois très clairement ce que tu penses. Et personne ne conteste le fait que je me suis comporté comme un imbécile.

— Il n'est pas trop tard pour changer.

— Parfois, si.

— Tu as dix ans de plus, c'est autant de sagesse…

— Oui, mais l'âge ou la sagesse ne peuvent défaire ce que j'ai fait autrefois à cette femme. Il faudrait déjà que je puisse réparer mes erreurs.

— Est-ce qu'elle t'a réclamé un dédommagement ? demanda Mason, les sourcils froncés.

— Non, mais j'ai essayé de lui proposer une forme de compensation.

— Combien est-ce que tu lui as proposé ?

— Il ne s'agit pas d'argent directement, mais d'un contrat.

— Un contrat ?

— Elle a un bureau de design et décoration, et j'ai découvert qu'elle était en difficulté. Son entreprise a besoin d'un coup de pouce.

— Pourquoi ne pas lui donner de l'argent ? insista Mason, sans la moindre nuance de jugement dans la voix.

— Je veux l'embaucher pour décorer mon appartement à Blackwater Lake et lui donner une chance de décrocher d'autres projets ensuite.

Mason hocha la tête.

— C'est malin. Si elle est occupée par un contrat rentable, elle t'évitera peut-être les affres d'un procès en dommages et intérêts.

— Ce n'est pas ma démarche, contesta-t-il. Et puis, en tout cas, elle n'a pas encore accepté ma proposition.

D'ailleurs, il commençait à se demander si Rose n'avait pas prévu d'ignorer son offre. Il ne savait pas si le laps de temps écoulé était suffisant pour lui permettre de prendre sa décision, mais de son côté il avait besoin de savoir. Il décida de lui octroyer vingt-quatre heures de plus avant de la recontacter.

— Tu es un chic type, en fait, mon cher Linc ! lança Mason avec un clin d'œil.

Il répondit sur le même ton.

— Ne le dis à personne, surtout ! Non seulement on ne te croira pas, mais en prime ce serait mauvais pour ma réputation, si cela venait à se savoir.

Et puis il savait que Rose, elle, n'y croirait jamais. Il lui avait brisé le cœur. C'était impardonnable… Plus il y pensait et plus il espérait pouvoir s'amender par ce contrat de travail. Il pourrait peut-être même en revoir les contours pour que ce soit plus attrayant pour elle et…

Son téléphone portable se mit à sonner et il jeta un coup d'œil à l'écran. Quelle surprise ! Il décrocha aussitôt.

— Rose…

— Bonjour, Lincoln, j'ai bien réfléchi à ta proposition de l'autre jour.

Sa voix avait une tonalité toute professionnelle, à peine réchauffée par une très légère hésitation.

— Oui ? répondit-il.

— Eh bien, je voudrais que nous en discutions plus en détail.

— Très bien, nous pouvons dîner ensemble, d'ici…, commença-t-il en jetant un coup d'œil à sa montre. D'ici une heure ?

— Ce soir ? demanda-t-elle.

— Oui, je n'ai rien de prévu, ajouta-t-il avec un clin d'œil à l'intention de Mason.

— Disons plutôt demain chez moi, cela me conviendrait mieux.

Est-ce qu'elle avait un rendez-vous ce soir ? Sans doute avec l'homme auquel elle était « presque » fiancée ? Il sentit sa gorge se nouer.

— Ah, tu avais déjà quelque chose de prévu ?

— Non mais…

— Puisque tu es libre, je passe te prendre dans une heure, insista-t-il.

Il sentit son hésitation à l'autre bout de la ligne.

— Dans ce cas, je te retrouverai directement au restaurant. Il n'y en a qu'un à Prosper, tu ne peux pas le rater.

— Très bien, à tout de suite, alors.

Une fois qu'il eut raccroché, Mason se racla la gorge.

— Si j'ai bien compris, je viens de me faire remplacer

par ton épouse pour le dîner … Comment est-ce que je dois le prendre ?

— Allons, Mason, nous savons toi comme moi que les avocats n'ont pas de cœur ! lança-t-il en souriant. Tu as dit toi-même que mon idée était maligne, il faut que j'arrive au moins à la concrétiser.

Quant au fait qu'il ressente un frisson de plaisir à l'idée de dîner avec Rose ce soir, son avocat n'avait pas franchement besoin de le savoir…

Rose ne savait comment interpréter l'attitude de Lincoln, qui semblait non seulement prêt, mais même franchement décidé, à la voir le plus tôt possible. Elle avait la sensation qu'il avait sauté sur l'occasion pour l'inviter.

Elle avait d'abord pensé arriver la première au restaurant, mais un appel de dernière minute pour une demande de devis l'avait retardée. Elle aurait aimé être celle qui l'observerait depuis la table alors qu'il entrait dans le restaurant et longeait le grand comptoir pour la retrouver tout au fond de la salle. Dans un monde parfait, ils seraient arrivés ensemble, mais ce monde-là n'existait pas… Il se serait agi d'un monde où elle aurait gardé le contrôle sur ses émotions et n'aurait pas tremblé de tous ses membres à l'idée de revoir l'homme qui l'avait quittée autrefois.

Elle était donc en retard et c'était elle qui traversait toute la salle pour aller le retrouver sous son regard impassible, bien à l'abri, assis à leur table.

Si seulement elle savait ce qu'il avait en tête… Et, pourtant, elle avait appris à se moquer de ce que Lincoln Hart pouvait bien penser, même si Vicki était convaincue du contraire !

Elle se glissa sur la banquette rouge et soutint finalement son regard.

— Pardon, je suis en retard.

— Pas de problème, répondit-il en écartant la tasse de café qu'il avait eu le temps de boire en l'attendant.

En fait, elle ne se sentait pas même vraiment coupable de l'avoir fait patienter.

— J'ai eu un appel professionnel.

— Je comprends, dit-il. J'espère que ce n'était rien de grave ?

Elle fit « non » de la tête.

— Tant mieux.

Seigneur, il était encore plus séduisant avec les années en plus, c'était si injuste ! Elle n'avait pas le souvenir que ses yeux aient été d'un bleu si intense, ni ses épaules aussi larges. Peut-être était-ce sa chemise blanche aux manches retroussées sur les avant-bras qui lui donnait cette impression. Oh ! combien elle aimait le voir en chemise blanche à l'époque. Hélas, ce souvenir n'allait pas l'aider à retrouver son calme…

— Je suis content que tu aies appelé, dit-il.

— Hein ? Euh, oui, merci pour ce rendez-vous, fit-elle en se rendant compte que son regard avait commencé à divaguer, suivant le col de sa chemise pour descendre le long de la boutonnière, et qu'elle en était venue à imaginer sa peau nue sous le tissu.

Franchement, où avait-elle la tête ? Il fallait qu'elle se ressaisisse, et tout de suite.

— Tu voulais que nous discutions de ma proposition ?

Voilà sa planche de salut : le contrat qui allait peut-être changer sa situation professionnelle.

— Oui.

Avant qu'ils n'aient le temps de poursuivre, une serveuse se présenta à leur table. Elle était affamée jusqu'à ce qu'elle se retrouve face à Lincoln et que son estomac se noue. Un sandwich et une salade lui suffiraient. Il commanda un hamburger et des frites, son appétit étant visiblement peu affecté par sa présence.

Une fois qu'ils furent seuls à nouveau, elle reprit la discussion :

— Où se trouve précisément ton appartement, celui que tu veux faire décorer ?

— À Blackwater Lake, dans le Montana. C'est une ville de montagne très pittoresque, on la compare souvent à Aspen, dans le Colorado.

— Et qu'entends-tu par décoration : peinture, mobilier ? Tu as une thématique en tête ?

Il acquiesça.

— Il me faudra tout ça : les sols, les agencements, les couleurs… Pour l'instant, c'est une coquille vide.

À l'entendre, elle devinait que l'argent n'était pas un problème. Il fallait dire que sa famille était richissime. Que le sang des Hart coule dans ses veines ou pas, il restait un des leurs. Comment aurait été sa vie, si elle était restée avec lui ? Il serait malhonnête d'affirmer qu'elle n'avait pas été un peu éblouie par les paillettes et le glamour qui entouraient le nom des Hart, mais elle savait que ce n'était pas pour cela qu'elle était tombée amoureuse de Lincoln.

— Tu veux donc parler de tous les aménagements intérieurs, incluant les placards, la robinetterie, et autres équipements ?

— Oui.

— Donc tu n'y vis pas, pour le moment ?

— Non.

Elle lui laissa le temps de compléter sa réponse en lui disant où il habitait en attendant, mais il ne le fit pas.

— Est-ce qu'il y a des facilités d'hébergement à Blackwater Lake ?

— C’est moi qui prendrai tout cela en charge. Tes dépenses seront intégralement couvertes.

Et, maintenant, elle devait lui poser la question qui la taraudait depuis plusieurs jours.

— Quel est ton intérêt dans cette affaire, Lincoln ?

Il ne changea pas d’expression.

— Je m’assure d’avoir un appartement parfaitement décoré. Qu’est-ce qu’il pourrait y avoir d’autre ?

— C’est ce que j’ai besoin de savoir, j’ai connu une grande désillusion avec toi, je veux m’assurer que je ne remets pas les pieds en terrain miné.

— Je comprends, mais tu as ma parole que je ne veux tirer profit que de tes compétences en matière de décoration pour rendre mon appartement plaisant et agréable à vivre.

— Cela implique que tu ne me laisseras pas en plan en cours de route sous de faux prétextes ?

Il fronça les sourcils, signe qu’elle avait fait mouche.

— Il n’y a jamais eu de faux prétextes.

— Je ne te crois pas.

— Je n’ai aucun moyen de te convaincre, dit-il, l’air amer. Mais laisse-moi te dire que j’ai fait des recherches sur ton entreprise. J’ai vu que tu étais dans une situation délicate et le contrat que je te propose serait une vraie vitrine pour décrocher des projets à l’avenir. Je me sens terriblement mal à cause de la peine que je t’ai faite, et il est vrai que c’est là une façon d’essayer de m’amender.

Ses mots la touchèrent en plein cœur. Pour le meilleur et pour le pire. Elle était soulagée d’entendre qu’il se sentait coupable de l’avoir quittée, mais en retour il se plaçait en position de pouvoir total. Son entreprise avait besoin d’un contrat et il venait le lui offrir sur un plateau.

— Bien, je vais établir un devis avec une estimation

de mon temps de travail et de mes honoraires, et tu me diras si cela te convient.

— Cela me conviendra.

— Tu n'en sais rien.

— Je n'ai pas besoin d'en savoir plus, dit-il en prenant une gorgée de café sans la quitter du regard.

Il était un homme d'affaires et n'avait pas pour habitude de signer des contrats les yeux fermés, elle le savait.

— Et si mes charges étaient disproportionnées ?

— J'ai confiance en toi.

— Eh bien, c'est à sens unique, car je n'ai pas confiance en retour.

— Tu as été très claire à ce sujet et je comprends parfaitement ta position, ajouta-t-il, toujours aussi raisonnable, au point d'en devenir irritant. Je serai heureux de payer tes honoraires.

— J'espère que tu es conscient que je ne suis pas à vendre, Linc !

C'était déjà la sensation qu'elle avait eue au terme de leur mariage fugace à Las Vegas. Il ne cilla pas en entendant ces mots. Mais elle sentit qu'elle avait fait mouche à nouveau. Et elle en était ravie. Ce n'était pas très fair-play, mais elle n'avait pu s'en empêcher. Jamais elle n'avait osé parler ainsi à quiconque…

— Je vais reformuler, dans ce cas. Je suis prêt à payer tes honoraires en tant que décoratrice d'intérieur et je m'engage à payer tes dépenses dans le cadre de notre contrat purement professionnel, pendant tout le temps où nous serons à Blackwater Lake.

— Est-ce que tu y vas aussi ? Il nous suffirait de communiquer par e-mails…

— J'ai du travail sur place, de toute façon.

Bien sûr, elle avait songé qu'il serait peut-être présent mais, lorsqu'il le dit haut et fort, elle en prit conscience avec une acuité toute différente. Côtoyer Lincoln Hart, l'homme qui avait piétiné son cœur, tous les jours ? Si elle envisageait de se rétracter, il fallait que ce soit maintenant.

De fait, elle n'avait que peu de marge de manœuvre, à moins de se résoudre à voir son entreprise péricliter sans même avoir essayé de se battre. Elle leva les yeux vers lui.

— C'est d'accord.

— Parfait, dit-il, l'air visiblement très satisfait.

— Je suis contente que tu aies souhaité que nous nous voyions en face à face. Il était important pour moi que tu saches que je ne signais pas les yeux fermés et que tu avais perdu ma confiance. Cette fois, c'est moi qui décide des termes et conditions du contrat, souligna-t-elle, non sans songer qu'elle n'avait en réalité que bien peu de pouvoir face à lui.

La serveuse revint avec un plateau et déposa les assiettes devant eux.

— Est-ce que vous désirez autre chose ?

— Du ketchup ! répondirent-ils en chœur.

— Vous êtes faits pour vous entendre, dit la femme, souriante, en pointant du doigt un petit service à condiments. Il est déjà sur la table.

Il leva les yeux vers elle une fois la serveuse repartie.

— Tu te souvenais que j'aimais le ketchup avec mes frites ?

— Oui, j'ai surtout le souvenir que tu ne pouvais pas les manger sans !

— C'est vrai. Certaines choses ne changent pas.

Pourtant d'autres choses changeaient, surtout lorsque l'homme que vous aviez aimé de toute votre âme vous laissait tomber du jour au lendemain… La colère revint la traverser, mais elle la contrôla. Il n'était pas question de perdre son calme devant lui.

— Où en est notre divorce ?

— Mon avocat y travaille.

— J'espère que tu as embauché quelqu'un de compétent et que tu le payes au juste prix, cette fois-ci.

Il ne sembla pas s'offusquer de son ton sarcastique, car il lui sourit.

— Avec ce que je le paye, Mason pourrait régler les frais d'université de plusieurs enfants, acquérir des résidences secondaires et peut-être même s'offrir un bateau…

— Est-ce que Mason a des enfants, au moins ?

— Il n'est pas marié et, non, il n'a pas d'enfants.

— Dis-moi au moins si la dissolution de notre mariage est en bonne voie ?

— En effet, dit-il en prenant une bouchée de son hamburger. Tu souhaites accélérer le processus pour une raison spécifique ?

— Rien de plus que ce que je t'ai déjà dit, dit-elle en picorant dans son assiette du bout des lèvres. Je n'aime pas laisser des dossiers en suspens.

Il déposa sa fourchette et s'essuya les lèvres avec sa serviette avant de sortir une carte de son portefeuille.

— Voici les coordonnées de mon avocat, tu as toute liberté de le contacter quand bon te semble pour suivre l'avancement du dossier. Ton avocat peut aussi faire de même, bien entendu.

— Très bien, dit-elle en empochant la carte. Tant que tout se passe sans accroc.

— Qu'est-ce qui pourrait arriver ? demanda-t-il.

— Que tu disparaisses à nouveau, par exemple ?

— Ne t'inquiète pas, je compte rester dans les parages jusqu'à ce que tout soit réglé.

C'était déjà un bon début, mais ils partaient de si loin qu'il n'était pas difficile de progresser.

En tout cas, elle venait de décrocher un contrat et

c'était une bonne nouvelle, mis à part le fait qu'elle allait devoir travailler pour l'homme à qui elle était encore un peu mariée…

Est-ce qu'elle était nerveuse ?

Pas plus que si elle s'apprêtait à faire un grand saut dans l'inconnu en compagnie de quelqu'un qui lui avait déjà lâché la main en plein vol…

# - 3 -

Lincoln regarda Rose, confortablement installée dans un fauteuil en cuir à côté du sien, et ne put retenir un soupir de satisfaction. Le jet Gulfstream avait décollé sans encombre et atteint sa vitesse de croisière. Il n'était pas mécontent d'avoir pu louer cet avion privé qui lui permettait de voyager dans les meilleures conditions et accessoirement d'impressionner un peu Rose au passage.

— Est-ce que c'est l'avion de ton père ?

— Si tu veux parler de Hastings Hart, ce n'est pas mon père et cet avion n'appartient pas à son entreprise.

— Tu es vraiment susceptible sur le sujet de ton père, on dirait ! C'est donc ton avion ?

— Non, pas encore. Pourquoi me trouves-tu susceptible ? demanda-t-il, intrigué par sa remarque.

— Tu es terriblement sur la défensive. Tu as découvert la vérité à l'âge adulte alors que tu n'avais jamais eu le moindre soupçon auparavant, ce qui suppose que tu te sentais aimé et qu'il y avait un vrai lien entre vous. Ce genre d'attaches ne disparaît pas du jour au lendemain.

— Tu ne peux pas comprendre.

— Si tu le dis…

Comment aurait-elle pu, alors que lui-même n'y parvenait pas ? Le léger sourire qu'il vit sur ses lèvres l'irrita : de toute évidence, elle le croyait chatouilleux. Et il ne cessait de lire le reproche dans ses yeux…

Il était tenté de lui expliquer que c'était pour son bien qu'il l'avait quittée à l'époque, mais ce serait aussi inutile aujourd'hui que ça l'avait été quelques jours plus tôt, il le savait.

— Je ne me souvenais pas que tu étais aussi désagréable ! lança-t-il, sarcastique.

— Sans doute parce que je ne l'étais pas, répliqua-t-elle, amusée. Ce n'était que le début de notre relation et ton départ brutal ne m'a pas laissé le temps de te révéler ma vraie personnalité !

— Eh bien, ça promet, si tu comptes systématiquement me rappeler mes torts… Le voyage va être long !

Ils s'étaient mis d'accord sur un premier mois d'évaluation du travail et de mise en œuvre des chantiers préliminaires avec des allers-retours ponctuels au Texas. Il avait quatre semaines à passer auprès d'elle, quatre semaines à recevoir ses piques… Mais c'était sans doute là le prix de la rédemption. Et si cela pouvait apaiser Rose…

— J'ai subi pendant dix ans les conséquences de ton attitude, Lincoln, tu peux sans doute supporter quelques reproches en retour.

Il haussa les épaules.

— Une question, Rose : que pense ton fiancé du fait que tu partes travailler avec celui qui est encore ton mari dans le Montana ?

Elle se départit aussitôt de son air arrogant et sembla chercher une réponse qui ne venait pas. Signe qu'il venait peut-être de toucher un point sensible.

— Rose ?

— Oui ?

— Est-ce que tu as dit à…, commença-t-il avant de se demander quel était le prénom de l'intéressé.

— Chandler, compléta-t-elle.

— Est-ce que tu as dit à Chandler que tu partais travailler dans le Montana ?

Elle détourna le regard vers le hublot avant de le retourner vers lui.

— Oui, bien sûr.

— Lui as-tu dit que tu partais avec moi ?

— Aussi, mais je ne lui ai pas parlé de notre passé commun.

— Vous êtes presque mariés et tu gardes ce genre d'informations secret ?

— Je t'interdis de me juger, Lincoln, tu ne sais strictement rien de moi.

Elle se trompait, il l'avait connue intimement, au point de pouvoir lire en elle à livre ouvert. Elle était douce et innocente. Généreuse et aimante. Il n'y avait pas de cynisme en elle, alors. Le fait qu'elle se soit endurcie depuis était un coup dur. Une autre faute à amender.

Pourtant, l'idée qu'il y ait un accroc dans sa relation le réjouissait au fond, il ne pouvait pas le nier.

— Comment est-ce que je dois interpréter le fait que tu caches des détails de notre relation à ton fiancé ?

— Tu peux bien tirer toutes les conclusions fantaisistes que tu veux, je ne vais pas t'en empêcher, lança-t-elle en le fixant avec une lueur de provocation dans le regard.

Très bien. Si elle cherchait l'affrontement, elle le trouverait, il ne comptait pas lâcher le morceau aussi vite.

— Qu'est-ce que tu lui as dit, alors ? Tu as bien été obligée de lui expliquer ton départ. Je suis sûr qu'à sa place je noterais ton absence.

Personnellement, lui, il en avait conscience tous les jours depuis dix ans.

— Je lui ai simplement dit que j'avais décroché un contrat de travail.

Au ton de sa voix, il ne parvenait pas à déterminer

si elle se sentait prise en faute ou si elle se méfiait de lui. Cela méritait d'être éclairci.

— Et il ne trouve rien à y redire ?

— J'ai beaucoup de chance, Chandler est un homme attentionné et compréhensif. Il me soutient beaucoup dans ma carrière.

— Je vois, cet homme est un saint !

Il savait bien que tous les couples faisaient des compromis, il lui suffisait de penser à sa mère et Hastings. Mais comment pouvait-on laisser la femme aimée partir avec un autre homme ? Même pour des raisons purement professionnelles, et même s'il s'agissait de l'homme duquel elle était en train de divorcer ?

C'était incompréhensible.

À moins que…

— Est-ce que Chandler sait seulement que tu as été mariée, et que tu l'es encore ?

— Oh ! je t'en prie, je ne suis pas…

— Ne joue pas sur les mots, si nous n'avons pas divorcé, nous sommes techniquement mariés, lança-t-il d'un ton victorieux qu'il ne parvint pas à refréner. Tu ne lui as rien dit, c'est ça ?

— Je ne me souvenais pas non plus que tu étais aussi désagréable, répliqua-t-elle avant de pousser un long soupir. En effet, je ne lui ai jamais parlé de notre mariage.

Il eut envie de lui demander pourquoi. Craignait-elle que cela ne nuise à leur relation ? Un homme qui l'aimait sincèrement aurait compris. Il se rappela comme il l'aimait et ce qu'il ressentait à l'époque. S'il avait été à la place de son fiancé et avait découvert qu'elle était encore mariée à un autre par erreur, il aurait aussitôt recruté le meilleur avocat de la planète pour pouvoir l'épouser. Cela aurait été ce qu'il y avait de plus important à ses yeux.

— D'un autre côté, ajouta-t-il avec une fausse légèreté, vu qu'il ne sait pas que tu as été mariée, cela t'évite la peine d'avoir à lui annoncer que tu n'es pas divorcée !

Elle soupira à nouveau.

— Non seulement tu es désagréable, mais en plus tu te comportes comme un imbécile !

— Est-ce une façon de parler à ton nouveau client ?

— Nous savons toi et moi que tu n'es pas exactement un client comme les autres. J'ai l'impression que tu as autre chose en tête que d'avoir mon expertise professionnelle sur ton appartement. Je ne sais pas encore de quoi il s'agit, mais je ne suis pas dupe.

— Je vois que tu es encore plus créative que je l'imaginais ! lança-t-il. Je suis impatient de découvrir tes projets de décoration.

— Tu prends certaines choses au sérieux, parfois, rassure-moi ?

— Bien sûr.

— Quoi, par exemple ?

— Les affaires.

— Ce n'est pas ce que je te demandais et tu le sais bien. Parle-moi de toi, tiens, je réalise que je n'ai pas la moindre idée de ce que tu es devenu, alors que tu en sais déjà beaucoup trop sur ma vie.

— Je ne sais que ce que tu as été disposée à me révéler…

— C'était une erreur de ma part, reconnut-elle, mais nous pouvons la réparer. Parle-moi de ta compagne.

— Qu'est-ce qui te fait penser que j'en ai une ?

Elle lui adressa un regard dubitatif.

— Je te préviens que je suis très persévérante et que je ne te laisserai pas t'en tirer aussi facilement !

— Très bien, me voilà prévenu. Qu'est-ce que tu veux savoir, Rose ?

Elle l'observa quelques instants.

— Depuis que tu m'as quittée, est-ce que tu as envisagé de te remarier ?

— Depuis toi je n'ai jamais pensé au mariage à nouveau, non.

Il n'avait jamais laissé aucune femme se rapprocher de lui à ce point, le mariage était une option qu'il avait décidé d'éliminer de ses perspectives d'avenir.

— Je vois, mais cela soulève plus de questions que cela ne donne de réponses.

Elle glissa une longue mèche de ses cheveux bruns derrière l'oreille sans le quitter du regard.

— Est-ce toujours à cause de ce que tu as découvert sur tes parents ? Ou est-ce que ton expérience du mariage avec moi a été terrible au point de briser tes illusions à tout jamais ?

Il avait été brisé, c'était vrai, mais pas à cause d'elle. Il avait fait la seule chose qu'il avait envisagée pour pouvoir la protéger des turbulences par lesquelles passait sa vie. Il avait fini par remettre un peu d'ordre dans tout cela, même si l'équilibre était précaire, mais au moins ne l'avait-il pas entraînée avec lui.

— Tu sais mieux que quiconque que je ne suis pas un bon parti…

— Au moins tu reconnais ta responsabilité, dit-elle, légèrement radoucie. Mais, au bout de dix ans, je ne sais comment interpréter le fait que tu sois célibataire.

— Disons que je fais œuvre de charité… Est-ce que tu veux boire quelque chose ? Le bar est approvisionné, allons voir ce que nous pouvons y trouver.

— Tu crois vraiment que ta tentative de diversion peut passer inaperçue ? Même si tu profites de ma curiosité de néophyte, je ne suis pas dupe !

— Je n'aurais jamais imaginé que c'était la première fois que tu voyageais en jet, tu avais l'air si à l'aise.

— Eh bien, il faut croire que je cache bien mon

jeu ! J'avoue que j'étais extatique à l'idée de faire cette expérience.

Ce n'est qu'à cet instant qu'il se rendit compte qu'il adorait la taquiner. Et qu'il aimait sa franchise. Il n'avait jamais rencontré quelqu'un qui soit capable de reconnaître en toute simplicité le plaisir d'une découverte comme celle-là. L'enthousiasme dont elle témoignait face aux nouvelles expériences était absolument enchanteur et faisait affluer les souvenirs de leur relation. Lorsqu'il pouvait lui faire découvrir tous les plaisirs de la vie.

Et de l'amour, aussi.

Il avait dû renoncer à elle et à son corps… Tout ce qu'il pouvait espérer, maintenant, c'était de partager avec elle une collation au bar pendant le vol.

Le voyage se termina rapidement grâce à quelques verres de vin rouge. Il n'aurait jamais imaginé que passer un peu de temps avec elle, à bavarder pendant ce trajet en avion, pourrait lui donner autant de plaisir.

En fait, sa seule présence le grisait. Et ce n'était pas bon du tout. Combien serait-il prêt à endurer sur son chemin de rédemption ?

Le Gulfstream atterrit dans le nouvel aéroport de Blackwater Lake, où une Mercedes les attendait. Il chargea les valises dans le coffre tandis que Rose prenait place sur le siège passager. Il prit le volant et se dirigea vers le centre-ville en lui décrivant les environs au fil du chemin.

— C'est une toute petite ville, nota-t-elle. Oh ! l'hôtel Lodge de Blackwater Lake ! Je suis allée voir son site Internet, il semble très chic.

— Pour le moment, c'est le seul hôtel de la ville, dit-il en longeant la bretelle d'accès.

— Ce n'est pas là que nous descendons ?

— Non.

Il vit son visage se contracter.

— Est-ce que je t'ai bien précisé à quel point je déteste les surprises ? glissa-t-elle alors. Tu m'avais dit que tu prendrais soin des questions de logement.

— Oui, bien sûr.

— Tu envisages de me faire planter ma tente dans un camping ? Dans ce cas, tu peux aussi bien me raccompagner à l'aéroport, je prends le prochain vol pour le Texas !

— Ne t'inquiète pas, là où nous allons la vue est imprenable et nous ne manquerons pas d'espace.

— Je me moque de la vue et de l'espace si je ne suis pas assurée d'avoir un toit et une salle de bains !

— Rassure-toi, c'est aussi prévu, tu peux me faire confiance.

— Justement, je croyais avoir été claire sur le fait que ce n'était pas le cas.

Eh bien, il comptait tout mettre en œuvre pour changer cet état de fait.

Rose ne savait que penser depuis que Lincoln avait laissé derrière eux l'unique hôtel de Blackwater Lake. Au bout de quelques minutes, il avait tourné sur la droite avant de se garer au bout d'une longue allée qui montait jusqu'à une grande maison. Le paysage lui coupa le souffle : le soleil se couchait derrière les montagnes majestueuses et, autour d'eux, une pelouse d'un vert éclatant était délimitée par des buissons fleuris luxuriants. Les lieux étaient d'une beauté saisissante et elle sentit la tension l'abandonner quelque peu.

Il avait arrêté la voiture le long d'une allée pavée de briques qui menait jusqu'à une double entrée aux vitres ovales.

— Je pense que cela entre dans le cadre que tu as

défini. Il y a un toit et une salle de bains. Mais le reste n'est pas mal non plus.

— Cette maison n'est pas la tienne, n'est-ce pas ? Alors comment est-ce que tu comptes…

— C'est la maison de ma sœur, expliqua-t-il. Elle vit ici avec son mari et leur fille.

— Pourquoi ?

— Parce qu'ils habitent ici, commença-t-il, le regard amusé.

— Non, pourquoi est-ce que nous sommes ici et pas dans un hôtel ?

— Comme je te l'ai dit, il n'y en a qu'un à Blackwater Lake et il était complet. La fin du printemps est sans doute la plus belle saison pour venir découvrir ces montagnes et Blackwater Lake est en train de devenir une destination assez prisée.

Elle le scruta. Il semblait extrêmement satisfait de son petit effet, mais elle avait l'impression d'avoir été roulée dans la farine et elle n'aimait pas cela le moins du monde.

— Je ne sais pas ce que tu mijotes, mais…

— Ah, voilà ma sœur, dit-il en tendant la main vers le perron.

Une fillette se précipita vers eux, suivie par un couple.

Il sortit de voiture et fit le tour pour lui ouvrir. Seigneur, mais dans quelle situation s'était-elle fourrée ? Elle ne s'était pas particulièrement préparée à rencontrer sa famille…

— Tu aurais pu me prévenir, marmonna-t-elle en descendant de voiture.

— Si je l'avais fait, aurais-tu accepté ?

Bonne question. En tout cas, il ne lui avait pas donné le loisir de décider. Une fois encore.

— Linc ! s'exclama sa sœur en le serrant dans ses bras.

Il l'enlaça et la souleva du sol, un large sourire aux lèvres.

— Salut, p'tite sœur, tu as l'air en pleine forme !

— Toi aussi, dit-elle avant de s'adresser à elle en souriant. Bonjour, je suis Ellie McKnight.

— Rose Tucker, répondit-elle en lui serrant la main tandis que les deux hommes se saluaient à leur tour.

— Voici Alex, mon beau-frère, et ma petite nièce, Leah.

— Enchantée, Alex et Leah.

Ellie prit la fillette dans ses bras.

— Chéri, pourquoi est-ce que tu n'aides pas Lincoln à rapporter les valises à la maison ?

— Oui, bien sûr.

— Rose, bienvenue chez nous.

— Merci, j'apprécie votre hospitalité, mais je pense chercher un autre…

— Certainement pas, nous sommes heureux de recevoir du monde. Nous pouvons peut-être nous tutoyer ? Je suis ravie que tu aies accepté notre invitation !

Ellie se montrait si chaleureuse envers elle, il aurait sans doute été un peu brutal de lui déclarer qu'elle n'avait jamais accepté son invitation, pour la bonne raison qu'elle n'en avait pas eu connaissance, aussi garda-t-elle pour elle ce point de détail. Lincoln, en revanche, l'entendrait bientôt à ce sujet !

Ellie la fit entrer et découvrir un salon, puis une salle à manger et une vaste cuisine ouverte sur un grand séjour familial. Il y avait une grande cheminée en pierre à côté de ce qui ressemblait à un home cinéma, avec des canapés en cuir et des fauteuils confortables ainsi qu'un épais tapis en laine recouvert d'une multitude de jouets d'enfant. Lorsque sa mère la déposa au sol, Leah alla aussitôt y retrouver ses jeux.

Les hommes les rejoignirent sans tarder.

— Les valises sont au pied de l'escalier, dit Alex à Ellie. Je ne savais pas ce que tu avais prévu pour loger nos invités ?

— Merci, mon chéri, nous verrons cela tout à l'heure, j'imagine que Lincoln et Rose ont besoin de respirer un peu avant de défaire leurs valises ?

Justement, voilà le problème. Elle ne voyait pas comment elle allait pouvoir respirer ! Depuis que Lincoln lui avait avoué dans l'avion qu'il n'avait plus jamais envisagé le mariage, elle avait du mal à se détendre. Que voulait-il dire par là ? Avait-il gardé un mauvais souvenir de leur courte union ? Elle sentit le ressentiment poindre et pourtant elle ne parvenait pas à oublier l'air blessé qu'il avait eu à cet instant. Et voilà qu'il l'invitait à résider chez sa sœur, maintenant… Elle était complètement perdue…

— Rose, Linc, est-ce que je peux vous servir un petit apéritif ? demanda Ellie.

— J'espère vraiment que tu ne t'es pas compliqué la vie, dit-elle.

— Oh ! je te rassure tout de suite, ce sont quelques biscuits salés avec du fromage et ensuite Alex nous fera des grillades. Rien d'extravagant !

Lincoln tourna le regard vers elle.

— Que dirais-tu d'un verre de vin, Rose ?

— Avec plaisir. Ellie, as-tu du vin blanc ?

— C'est comme si c'était fait ! répondit Ellie. Linc, je te sers une bière ?

— Je m'occupe des boissons, dit Alex.

Elle prit place à table à côté de Lincoln et observa Ellie et Alex qui s'occupaient ensemble des préparatifs. Ils étaient si charmants et si attentionnés l'un envers l'autre qu'il était dur de ne pas être envieux en les regardant échanger un mot gentil, une caresse… Le regret s'insinua aussi en elle. Elle en voulait à Lincoln de ce qu'il leur avait fait.

Lorsque tout le monde fut servi, Ellie leva son verre.

— Je vous propose qu'on boive à ma santé !

Lincoln rit.

— Et pourquoi donc devrions-nous faire cela ?

— Parce que j'ai réussi à te convaincre de venir t'installer à Blackwater Lake et que c'est une sacrée performance. Tu me remercieras bientôt !

Alex trinqua avec sa femme.

— Pour ma part je remercie le ciel chaque jour de t'avoir mise sur mon chemin, ma chérie !

Elle aurait eu bien envie de les détester, mais c'était impossible. Ils étaient si sincères et si chaleureux à son égard qu'il n'y avait rien à faire. Elle trinqua avec eux.

— À ma sœur préférée, déclara Lincoln.

— Facile, tu n'en as pas d'autre !

— Je me disais bien qu'il devait y avoir une raison à cela, parce que tu es aussi sacrément pénible !

— C'est celui qui le dit qui l'est ! dit-elle alors, en portant son verre à ses lèvres. Rose, nous allons nous entendre, je le sens, poursuivit Ellie amusée. Lincoln m'a dit que vous étiez amis, comment vous êtes-vous rencontrés ?

— Au travail, coupa-t-il, avant qu'elle ne puisse ouvrir la bouche.

Il lui fallut quelques instants pour saisir qu'Ellie n'avait aucune idée du fait qu'elle et son frère avaient été mariés. Il y avait fort à parier qu'elle n'était pas la seule de sa famille à l'ignorer.

— Est-ce toi qui as décoré les bureaux de Linc à Dallas ?

— Non, répondit-il à sa place.

Elle ne put s'empêcher de ressentir une certaine

satisfaction. Il semblait plus qu'embarrassé par le tour que prenait cette conversation. Visiblement, il n'avait pas anticipé les questions de sa sœur… Après tout, il n'avait que ce qu'il méritait, et elle le laisserait se débrouiller avec tout cela !

Il eut la chance que Leah vienne faire diversion en rejoignant sa mère et en se pendant à sa jambe pour réclamer quelques biscuits apéritifs. Ellie la prit dans ses bras.

— On dirait que quelqu'un a faim, dit Ellie en déposant un baiser sur la joue potelée de sa fille avant de la tendre à son père. Je préfère éviter qu'elle se coupe l'appétit avec des biscuits, est-ce que tu peux l'installer dans sa chaise haute pendant que je lui réchauffe quelque chose ? Nous la ferons dîner avant nous.

— Je te tiens, ma petite, dit Alex en chatouillant Leah. Je la ferai dîner si tu veux.

— Très bien, comme ça, je pourrai montrer le quartier des invités à Rose et Lincoln, s'ils veulent se rafraîchir.

Ils partirent tous trois vers l'étage, emportant leurs valises au passage. Arrivée au bout d'un couloir, Ellie indiqua les portes qui donnaient sur les deux chambres qui partageaient une salle de bains.

— Rose, je t'ai installée dans celle qui a la fenêtre côté montagnes. La ville de Dallas est si plate que j'ai pensé que tu serais heureuse de profiter de la vue. Lincoln, tu auras l'autre ! dit-elle alors qu'un cri perçant s'élevait de la cuisine. Oh-oh, je crois que je ferais bien de descendre donner un coup de main à Alex. Vous nous retrouvez pour dîner quand vous êtes prêts ?

Ils acquiescèrent tandis qu'Ellie les laissait devant les chambres.

— Alors comme ça ta sœur ignore que nous étions mariés ? dit-elle une fois Ellie hors de portée.

— Oui.

— Tu m'as gardée secrète, alors ?

— Non. Ce n'était pas vraiment un secret.

— Lorsqu'on cache une information à ses proches, et en particulier à sa sœur préférée, on peut supposer qu'il s'agit d'un secret…

— Tout cela était compliqué à l'époque.

— Tu avais honte de moi ?

— Non, répondit-il aussitôt, d'une voix claire. Non, pas de toi. De moi. Tout est ma faute. J'ai coupé les ponts avec tout le monde, à cette époque. Il n'y avait rien à dire.

— Et maintenant nous voici à Blackwater Lake, chez ta sœur, alors que tu n'avais pas même jugé nécessaire de m'en parler…

— Je comprends que tu sois fâchée…

— C'est un peu léger pour décrire ce que je ressens.

— Écoute, Rose, je me suis comporté comme un imbécile à l'époque.

— À l'époque seulement ?

— Je t'ai présenté mes excuses et je m'occupe du divorce. Je reconnais ma responsabilité humblement.

— Oui, c'est vrai.

— Ellie et moi sommes proches, c'est elle qui m'a convaincu de revenir lorsque je me suis enfui.

— Et tu ne voudrais pas que ta sœur chérie découvre quel genre d'imbécile tu as pu être ! lança-t-elle avec sarcasme.

— Je ne suis pas très fier de l'imbécile que j'ai pu être, c'est vrai. Et tu as raison : tu me rendrais un fier service si tu acceptais de garder pour toi les détails de notre relation.

Elle n'était pas mécontente. Le grand Lincoln, si sûr de lui, pouvait donc se montrer sous un jour plus incertain et embarrassé.

— C'est sans doute un moment assez désagréable

pour toi, si tu comprends seulement aujourd'hui qu'on récolte bien ce que l'on sème…

— Qu'est-ce que tu veux dire ? demanda-t-il, la mâchoire crispée.

— Que je n'ai aucune confiance en toi.

— Et tu vas me dénoncer à ma sœur ?

Elle haussa les épaules avant de se rendre dans la salle de bains et de refermer la porte derrière elle. Tout cela était parfait. Elle allait lui facturer les yeux de la tête pour son travail, ce qui en soi était déjà une bonne nouvelle, mais elle aurait en plus la monnaie de sa pièce pour ce qu'il lui avait fait endurer il y a dix ans.

## - 4 -

Le matin suivant leur arrivée chez sa sœur, Lincoln attendit un certain temps que Rose ait fini d'utiliser la salle de bains. Il avait voulu se montrer galant en lui cédant la priorité, mais plus le temps passait et plus il se demandait si elle n'en profitait pas en le faisant lanterner à dessein.

Il frappa doucement à la porte.

— Rose ? Est-ce que tu envisages de sortir d'ici la fin du millénaire prochain ?

— Tu peux entrer, répondit-elle.

Il s'exécuta et se retrouva face à elle qui se maquillait, revêtue simplement d'un peignoir de satin rose noué à la taille et dont le décolleté soulignait sa poitrine. Pendant un moment qui s'éternisa, il ne put faire autre chose que la fixer, convaincu qu'il ne parviendrait pas à proférer le moindre son. Ses jambes étaient lisses et bronzées. Il en redécouvrait toute la longueur car son peignoir s'arrêtait largement au-dessus de ses genoux. La vue de ses pieds nus, aux ongles vernis de rose, termina de l'achever.

— On croirait que tu ne m'as jamais vue en train de me maquiller, dit-elle sans quitter le miroir des yeux. Ce n'est pourtant pas le cas.

Elle avait raison. Il l'avait déjà vue se préparer et faire ces petits gestes du quotidien, mais c'était tellement plus intense à cet instant, sans qu'il sache bien pourquoi. Il préféra esquiver sa remarque.

— Je ne savais pas que tu passais autant de temps dans la salle de bains !

— Eh bien, tu n'es pas resté assez longtemps avec moi pour tout connaître de moi, il faut croire. Tu l'as sans doute échappé belle.

Alors qu'elle était penchée à passer la brosse de son mascara sur ses longs cils, il laissa son regard s'attarder sur ses seins tendus sous le tissu de son peignoir et eut soudain l'envie irrésistible de la prendre dans ses bras. Il s'imagina la soulever de terre et l'emmener vers son lit, où il pourrait laisser libre cours à ses désirs les plus fous.

S'il n'avait déjà connu le grain de sa peau, son odeur ou son goût, il aurait peut-être pu repousser la tentation. Mais il savait tout cela. Il ne l'avait jamais oubliée et bien souvent, depuis qu'il l'avait quittée, il avait été à deux doigts de lâcher prise et de revenir vers elle pour la supplier de lui pardonner et de le reprendre.

Ce qui le retint à cet instant fut la même chose qui l'avait retenu alors : le désir profond de la protéger de lui, de celui qu'il était devenu, cet homme sans nom. Sans compter que depuis longtemps il ne devait plus lui inspirer grand-chose d'autre que du mépris et que toute tentative d'approche se solderait très probablement par une gifle.

Et il ne lèverait pas même le petit doigt pour l'en empêcher.

Elle le fixa.

— Je vais finir de me préparer dans ma chambre si tu as besoin de…

— Non, ça va, tu as tes affaires ici, dit-il en pointant son impressionnante trousse de toilette du doigt. Et un sacré paquet d'affaires, d'ailleurs !

— Je n'ai aucune raison de me priver de tous ces petits coups de pouce à la nature.

— Tu n'en as pas besoin, pourtant, tu es belle au naturel.

Elle tourna la tête vers lui, les sourcils froncés.

— Je ne disais pas cela pour te soutirer un compliment, tu sais. Nous sommes en train de divorcer, nous avons déjà signé un contrat, tu ne me dois rien de plus que ce qui nous lie professionnellement.

— Je ne me suis pas senti obligé. C'était simplement ce que je pensais.

La vérité était qu'il n'avait pas réfléchi un seul instant avant de dire cela. C'était comme s'il avait oublié tout leur passif l'espace d'une seconde et qu'il s'était retrouvé jeune marié auprès de celle qu'il désirait éperdument et dont il était fou amoureux.

Son regard sur lui sembla s'assombrir encore.

— Ce n'est pas juste, ce que tu fais.

— Étant donné que j'étais parfaitement sincère, je ne vois pas du tout où est le problème.

— Tu me quittes sans m'expliquer quoi que ce soit avant de revenir dix ans après en me disant que je suis belle, qu'est-ce que tu veux que je fasse de cela ?

— Je sais que tu n'as aucune raison de me croire sur parole, mais il faut que tu saches que je suis plutôt quelqu'un de gentil.

— Tu as raison…

Sa réaction inattendue le surprit.

— Tu penses vraiment que je suis gentil ?

— Non, je pense comme toi que je n'ai aucune raison de te croire sur parole, rétorqua-t-elle sèchement avant de se retourner vers le miroir, dans lequel après un dernier regard, elle s'adressa un hochement de tête appréciatif.

— Je te laisse la salle de bains, je ne ferai pas mieux aujourd'hui.

C'était pourtant déjà sacrément séduisant.

Une fois seul, il poussa un long soupir et se dit qu'il devrait prendre une douche un peu plus fraîche que de coutume s'il voulait retrouver toutes ses facultés après cette entrevue avec Mlle Rose Tucker… Même si elle était encore techniquement Mme Lincoln Hart. Ils étaient mariés et il la désirait sans doute plus qu'il ne l'avait jamais désirée. Elle était devenue le fruit interdit et se retrouver dans une telle proximité sans pouvoir la toucher était une véritable torture. C'était sans doute là le prix à payer.

Il ne lui fallut pas longtemps pour se préparer et il prit le chemin de la cuisine rapidement, espérant devancer Rose auprès de sa sœur. Avec tout cela, il en avait presque oublié qu'elle ne lui avait pas promis de garder le secret de leur mariage devant sa sœur. Mieux valait ne pas les laisser toutes les deux en tête à tête trop longtemps.

Lorsqu'il entendit les voix féminines en provenance de la cuisine, il pressa encore le pas. Ellie l'avait toujours regardé avec admiration et le décrivait comme son héros. Lorsque sa vie s'était dérobée sous ses pieds, elle avait été son point d'ancrage et il s'était senti extraordinairement reconnaissant. Il désirait profondément que ce lien si précieux entre eux demeure inchangé.

— Bonjour, mesdames, dit-il en passant le seuil.

— Tiens, te voilà enfin, lança Ellie. Bien dormi ?

— Très bien, mentit-il. Est-ce que j'interromps votre conversation ? De quoi parliez-vous ?

De fait il ne s'était guère reposé cette nuit en songeant à la présence de Rose juste de l'autre côté de la cloison.

— De tout et rien, répondit Rose, debout près d'Ellie devant le plan de travail, un couteau à la main. Des histoires de filles.

— À propos de filles, où est ma nièce chérie ?

— Avec son père. Alex l'a emmenée en ville faire un tour, répondit Ellie en lui tendant une tasse de café fumant.

— Alex a le temps pour cela ? Je croyais qu'il était surchargé de travail ?

— Il commence un peu plus tard un jour par semaine pour passer du temps avec sa fille. Ce sont ses « matins-Leah », comme il les appelle.

— C'est vraiment formidable ! dit Rose.

— Oui, il faudrait que tous les pères s'en inspirent, souligna Ellie.

Il savait que Rose avait été élevée par une mère célibataire et il nota une pointe de tristesse dans son regard.

— Quel genre de père était le tien, Rose ? demanda Ellie.

— C'est une bonne question, répondit-elle d'un ton neutre. Il a totalement disparu de la circulation lorsque ma mère lui a annoncé qu'elle attendait un enfant.

— Il ne sait pas ce qu'il a perdu !

— Ce qu'on ne connaît pas ne peut pas nous manquer, déclara-t-elle avec philosophie.

— Puisque nous en sommes aux confidences, j'étais enceinte avant que nous ne décidions de nous marier avec Alex. Notre relation s'était compliquée très vite, j'étais très amoureuse et j'avais l'impression qu'il ne l'était pas en retour, et j'ai cru qu'il allait m'abandonner avec mon bébé. D'ailleurs, lorsque j'ai appelé Lincoln pour lui en parler, il a été tellement bouleversé qu'il a accouru dès le lendemain !

— Eh bien, qui aurait cru que tu avais un tempérament aussi sensible ? se moqua Rose en lui adressant une œillade lourde de sous-entendus.

— Plus personne, quand il est allé casser la figure à Alex ! répliqua Ellie.

— Vraiment ? demanda-t-elle, le regard sceptique.

— Tu aurais dû voir ça, répondit-il.

— Pour être honnête, ça s'est bien terminé pour tout le monde et Alex lui a pardonné, précisa Ellie. Et j'espère bien que, lorsque vous serez associés tous les deux, tu ne remettras pas en question ses aménagements d'horaires pour raisons familiales !

— Qu'est-ce qui te fait penser que je pourrais les remettre en cause ?

— Tu n'es pas particulièrement connu pour tes positions sur la réduction du temps de travail !

Rose se racla la gorge.

— Peut-être parce que Lincoln n'a jamais eu à penser à personne d'autre qu'à lui en étant seul et sans enfants, souligna-t-elle.

— C'est juste, dit Ellie, en hochant la tête. Linc, as-tu jamais eu besoin de faire passer les besoins de quelqu'un d'autre avant les tiens ?

— Bien sûr !

— Quand donc ? demanda Rose, saisissant l'occasion de le torturer encore un peu.

— J'ai des employés, pour commencer, et lorsque le personnel est satisfait de ses conditions de travail il est plus efficace, c'est une règle basique de management.

— C'est du business, pas de l'empathie, objecta Rose.

— Elle a raison, Linc, si tu avais déjà été en couple pour de vrai, tu saurais ce que cela signifie de faire passer quelqu'un avant soi.

Il encaissa la remarque de sa sœur, saisissant au passage que Rose non plus ne l'imaginait pas capable d'agir avec altruisme. Il avait perdu la confiance de Rose, mais devait préserver la relation avec sa sœur.

— On ne vous a jamais dit que ce n'était pas très juste de se liguer à deux contre un ? lança-t-il.

— Qu'est-ce que tu vas faire, aller te plaindre à papa ? plaisanta Ellie.

— Tu parles duquel, le tien ou le mien ? dit-il en regrettant instantanément sa remarque.

Sa sœur lui adressa un regard blessé.

— Oh ! Linc…

— Pardon, mais que veux-tu ? Hastings n'est pas mon père, c'est quelque chose que j'ai accepté et on ne peut pas changer d'ADN, c'est comme ça.

— Oui, pourtant…

— Aïe ! s'exclama Rose, en laissant tomber le couteau avec lequel elle aidait Ellie à préparer des champignons.

— Rose, tu t'es coupée ? demanda-t-il en se levant d'un bond.

Elle observa son index avec soin puis fit « non » de la tête.

— Je crois que ça ne saigne pas.

— Tant mieux, j'aurais dû te prévenir que ces couteaux étaient très aiguisés, dit Ellie. De toute façon, il y a assez de champignons comme ça, je vais faire cuire l'omelette. Merci pour ton aide, Rose, va donc prendre un café tranquillement avec mon frère, je termine.

— Bien, madame ! répondit-elle en prenant une tasse.

Soudain, il comprit ce qu'elle venait de faire. Il attendit qu'Ellie s'active en cuisine et demanda à mi-voix :

— Tu l'as fait exprès pour changer de sujet ?

— Inutile de me remercier, dit-elle en soufflant sur son café chaud. Même si tu ne le mérites vraiment pas !

Il ne s'y attendait pas. Elle avait compris les enjeux aussitôt et avait évité que la discussion ne s'envenime alors que, quelques secondes plus tôt, elle semblait prendre un malin plaisir à le titiller. Devrait-il se méfier du tour que prenait son projet de rédemption envers elle ?

— Merci en tout cas de ton intervention.

— Je t'assure, ce n'est rien. J'ai simplement fait diversion… Tu m'as tout de même offert un contrat de travail, on peut considérer que nous sommes quittes !

— Non, je suis loin d'être quitte envers toi.

Rose avait, dès le départ, eu la sensation que l'offre de Lincoln était une façon de s'amender envers elle. Elle n'avait pas voulu lui demander confirmation, car elle craignait de découvrir qu'il lui avait offert ce contrat par pitié.

Ils quittèrent la maison d'Ellie juste après le petit déjeuner et elle monta dans sa voiture pour qu'il l'emmène à son appartement. C'était une belle journée qui s'annonçait et, sous le ciel bleu azur, les paysages étaient encore plus impressionnants.

— Tu avais raison…, commença-t-elle.

— Je ne suis pas mécontent de te l'entendre dire ! Mais à quel sujet ? demanda-t-il.

— C'est magnifique ici, la vue sur les chaînes de montagnes depuis ma chambre est vraiment à couper le souffle. Et toute cette végétation, les lacs, c'est… Il n'y a pas de mots !

Il tourna la tête un instant vers elle mais, avec ses lunettes de soleil, elle ne put voir son expression.

— Je suis content que cela te plaise.

Elle reconnut son sourire. C'était ce sourire-là qui la mettait dans tous ses états, autrefois. Et peut-être encore un peu aujourd'hui, hélas !

— Oui, ça me plaît vraiment.

— Peut-être que tu vas pouvoir commencer à me faire confiance sur certaines choses, alors.

— Tu veux rire ? Cela n'a rien à voir avec nous, voyons. Pourquoi est-ce que je devrais te faire confiance ?

Seulement parce que Blackwater Lake est un lieu aussi enchanteur que tu l'avais décrit ?

— Bon, bon, c'est toi qui vois…, dit-il en haussant les épaules. Dommage…

Pourquoi est-ce que cette notion de confiance lui tenait autant à cœur, après tout ? Ils étaient sur le point de divorcer, elle allait travailler pour lui selon un contrat prédéfini et leurs chemins seraient ensuite peu susceptibles de se croiser à nouveau. Seulement voilà, cette pensée qui aurait dû la réconforter lui serra le cœur.

Il salua le gardien d'un geste tout en baissant sa vitre.

— Bonjour, monsieur Hart, bienvenue à vous !

— Merci, Jeff, je vous présente Rose Tucker.

— Enchanté, dit-il en se baissant pour pouvoir croiser son regard par la vitre de la voiture.

— Bonjour ! répondit-elle.

— Vous pouvez noter qu'elle aura un accès complet aux lieux ? Elle est chargée de la décoration de mon appartement.

— Très bien, monsieur Hart, ce sera fait.

— Merci.

— Bonne journée !

Il y avait une superbe pelouse qui s'étendait devant eux, agrémentée de buissons et de plates-bandes de fleurs. Un charmant kiosque s'élevait au centre de ce parc et des lampadaires ouvragés délimitaient les jardins.

— J'ai l'impression d'entrer dans un monde parallèle, tout est si calme et beau ici !

— C'est ce que j'ai ressenti moi aussi.

— Est-ce que tu peux me montrer toute la résidence pour que je voie l'ensemble ? Je voudrais me faire une impression de l'extérieur avant d'envisager ton appartement.

— Comme tu veux, je ne suis pas certain de comprendre toute ta démarche, mais c'est pour cela que je t'ai recrutée, dit-il en avançant le long de l'allée qui faisait le tour du jardin.

Il lui présenta les différents bâtiments, qui incluaient une piscine, une salle de sport, des bureaux et salles de réunion ainsi qu'une cafétéria. Un minigolf avait été créé dans d'autres jardins.

— Voilà, tu as fait le tour, conclut-il en engageant sa voiture dans un garage privé. Je vais te montrer l'intérieur, maintenant.

Elle avait déjà étudié les plans et savait que son appartement était un immense triplex en rez-de-jardin. Ils gagnèrent directement le premier niveau depuis le garage. Il s'agissait d'une grande pièce d'un seul tenant avec une baie vitrée qui ouvrait sur l'extérieur. Il l'accompagna vers un escalier et ils gagnèrent le premier étage, qui était aussi la salle de séjour principale, avec une cuisine et plusieurs grands espaces attenants. Une chambre et une salle de bains venaient compléter ce niveau. Les pièces étaient à l'état brut, sans revêtements ni sur les murs ni sur les sols, ce qui laissait toute latitude pour imaginer des configurations différentes. À l'étage au-dessus, il lui montra une nouvelle chambre qui ouvrait sur une pièce qui ferait un bureau parfait. Un couloir desservait trois autres chambres et une autre salle de bains.

Lorsqu'ils redescendirent, elle observa les dimensions de la cuisine et de la salle de séjour attenante.

— Est-ce que tu reçois beaucoup ?

— Oui et non, pourquoi ?

— Il y aurait la place pour créer un cellier ou une salle d'office.

— Je ne sais même pas ce que peut-être une salle d'office, et j'ai un doute quant à l'usage d'un cellier… Je ne suis vraiment pas quelqu'un qui organise des réceptions.

— Il te suffirait d'embaucher un service de traiteur à domicile.

— Oui, sans doute, mais il n'y a pas ce genre de prestations à Blackwater Lake.

Ils demeurèrent silencieux pendant quelques instants.

— Tu as l'air bizarre, reprit-il soudain, les sourcils froncés. Tout va bien ?

En fait, non. Elle se rendait compte qu'elle avait beau se remémorer la plupart des moments passés avec lui, elle ne le connaissait plus vraiment.

— C'est simplement que… je me disais que nous n'avons pas vécu ensemble suffisamment longtemps pour savoir à quoi aurait ressemblé notre vie…

Mais que lui arrivait-il ? Ces mots étaient sortis de sa bouche sans qu'elle puisse les retenir.

Il fronça encore davantage les sourcils.

Elle fit marche arrière.

— Pardon, je veux surtout dire que je ne connais pas assez tes habitudes pour savoir comment tu vis.

— Et ce sera un problème pour aménager les lieux ?

— Non, pas du tout, c'est mon métier. C'était juste une réflexion…

— Je ne sais pas comment te le dire autrement, Rose, mais je sais quel imbécile j'ai été et je t'ai dit combien j'étais navré. Qu'est-ce que tu attends de plus de moi ?

Elle vit dans son regard qu'il était sincère, mais elle avait tellement souffert, il lui avait fait tellement mal… Elle avait besoin de lui dire tout cela.

— Je crois que je voudrais qu'on me rende les dix années perdues…

— Si seulement je le pouvais, je le ferais aussitôt, dit-il dans un soupir. Si je pouvais faire quoi que ce soit…

— Il y a bien quelque chose…

Il plissa les yeux en adoptant une mimique de petit enfant effrayé.

— Je sens que je ne vais pas aimer cela…

— Sans doute pas, non ! reconnut-elle, amusée par son attitude.

Elle se mit à rire et se rendit compte que cela n'avait pas changé. Il avait toujours été capable de la faire rire quel que soit le contexte.

— Je me pose une question.

— Je t'écoute, dit-il.

— Tu m'as dit qu'Ellie n'était pas au courant à notre sujet. Elle ne sait pas que nous sommes sortis ensemble, que nous nous sommes mariés puis séparés et que nous attendons maintenant que notre divorce soit prononcé. Pourquoi tu ne lui as pas dit alors que vous êtes si proches ?

— Tu es sûre que c'est cela qui te ferait du bien ? Tu ne préfères pas que je me flagelle un peu pour te sentir soulagée ?

Elle sourit à nouveau.

— Tu m'as demandé ce que tu pouvais faire pour moi et je suis curieuse de comprendre cela.

Il plaça les mains sur ses hanches et fixa le sol un moment.

— Je t'ai dit qu'après avoir appris la vérité au sujet de mon père je suis parti pendant deux années.

— Où étais-tu ?

— En Europe.

— Et qu'est-ce que tu faisais ?

Est-ce qu'elle lui avait manqué, avait-il souffert autant qu'elle ?

— J'y ai fait des petits boulots. J'ai un peu trop bu aussi, dit-il, soudain grave. C'est Ellie qui m'a fait rentrer.

— Et tes parents ?

— Mes parents…, soupira-t-il, le regard dur.

Il n'y avait pas une once de bienveillance à leur égard dans ses yeux. Il crispa les mâchoires.

— Comment est-ce qu'Ellie s'y est prise ?

— Elle n'a rien fait. Elle me manquait. Mes frères aussi, mais c'était d'elle que j'étais le plus proche.

— Je t'envie d'avoir tes frères et Ellie. C'est une telle chance d'avoir des frères et sœurs que je ne comprends pas que tu ne leur aies pas parlé de notre mariage.

— Après tout ce temps, je n'en vois pas l'intérêt. Et puis Ellie a toujours eu tellement d'admiration pour moi, je crois que j'ai toujours eu peur de la décevoir… Tu ne connais pas encore ma sœur…, dit-il en souriant en coin.

— Je ne la connais pas, mais je l'apprécie déjà beaucoup. Elle est généreuse, réaliste, drôle, et puis elle t'aime, je le vois bien. Je ne pense pas que tout cela changerait si elle apprenait la vérité.

— Tu dis cela parce que tu as envie de lui en parler.

— Oui, sans doute. Pourquoi est-ce qu'elle ne pourrait pas savoir ?

— Pourquoi est-ce que tu ne lui as pas dit, alors ? Et puis, où est-ce que tu veux en venir, à la fin ?

— J'ai besoin de comprendre pourquoi tu as abandonné tout et tout le monde. Pas seulement moi, mais tes parents qui t'aiment, ta famille. Pourquoi acheter un appartement comme celui-ci, alors que tu aurais pu investir dans une maison et envisager d'avoir une famille à toi, des enfants qui y grandiraient. Tu es célibataire en ce moment, mais cela ne sera pas toujours le cas…

Le sourire s'était complètement effacé de son visage.

— Je n'aurais pas dû t'impliquer dans mes histoires de famille. Mais, s'il faut que je t'explique une chose, c'est que j'ai cru que j'avais une famille et que je savais ce qu'était l'amour jusqu'à ce que je me rende compte que mes parents me mentaient depuis toujours.

— Tu es en train de dire que tu ne crois plus en l'amour non plus ? demanda-t-elle.

— Non, je n'y crois plus.

— Mais, Ellie et Alex, tu ne crois pas qu'ils s'aiment ?

— Eux peut-être, mais je n'y crois plus pour moi. Je ne suis pas comme Ellie. Elle est une Hart. Pas moi.

Il y avait tant de choses qu'elle aurait aimé lui dire. Qu'il n'y avait pas que les Hart qui méritaient de trouver l'amour, pour commencer. Est-ce qu'il ne dramatisait pas sa situation ? Impossible pourtant de le lui dire, il semblait avoir perdu tout sens critique à ce sujet.

— Je comprends, dit-elle avec la sensation qu'il l'abandonnait une nouvelle fois. En tout cas, ton architecte a fait un beau travail. L'orientation de ton appartement est absolument parfaite et la vue est spectaculaire quelle que soit la fenêtre que l'on choisisse.

— C'est Ellie.

— Comment ça ?

— Mon architecte, c'est Ellie. C'est son métier, reprit-il. Et d'ailleurs tu n'as pas répondu à ma question : pourquoi est-ce que tu ne lui as pas dit que nous avions été mariés ?

— Je ne lui ai rien dit encore parce que j'aime l'idée d'avoir un levier sur toi, répondit-elle, amusée.

— Sauf que je pourrais te devancer en lui en parlant moi-même…

Elle haussa les épaules.

— Nous verrons bien lequel de nous deux est en train de bluffer.

C'était assez inédit, songea-t-elle. Pour la première fois, c'était elle qui avait la main dans ses relations avec Lincoln, et elle devait reconnaître qu'elle ne boudait pas son plaisir.

# - 5 -

Le matin suivant, comme il sortait de la douche, Lincoln entendit la porte de la salle de bains s'ouvrir et eut à peine le temps de saisir une serviette pour s'en draper. Il observa Rose, l'air encore endormi, qui avançait comme un zombie et son ventre se serra en la découvrant ainsi, au saut du lit. On aurait dit qu'elle venait de faire l'amour, avec ses cheveux en bataille et ses yeux mi-clos. Il se rappela qu'elle avait toujours eu du mal à émerger tant qu'elle n'avait pas bu son café du matin. Visiblement c'était toujours le cas, car elle ne semblait pas même l'avoir remarqué, alors qu'il était à demi nu à quelques pas d'elle.

Il profita donc de la vue, car elle portait un petit débardeur transparent et un short assorti qui dévoilait ses jambes.

— Bonjour.

Sa voix sembla la tirer de sa torpeur car elle sursauta et tourna vers lui des yeux hagards. La bouche ouverte, elle saisit une serviette et s'en recouvrit.

— Linc ! Qu'est-ce que tu fais là ?

De toute évidence, elle n'avait pas encore totalement assemblé les pièces du puzzle.

— Nous partageons cette salle de bains, tu avais oublié ?

À cet instant, il aurait rêvé de partager un peu plus

qu'une simple pièce, mais ce n'était pas près d'arriver… Même si elle parvenait un jour à lui pardonner, il ne pourrait jamais lui rendre ce qu'il lui avait fait perdre. À l'époque déjà, elle s'était réservée jusqu'au mariage et ses questions de la veille sur la vie de famille lui avaient rappelé qu'elle n'avait pas changé de position.

— Non, bien sûr, pardon d'être entrée sans frapper !

— Non, c'est moi qui aurais dû fermer le verrou de ta porte.

— Je te laisse la place, dit-elle en détournant le regard.

— Non, ne sors pas pour moi, dit-il, toujours aussi troublé par sa présence.

Elle tourna la tête vers lui et il remarqua qu'elle semblait faire un effort pour le regarder droit dans les yeux.

— Non, mais j'ai le temps, termine tranquillement, répondit-elle.

Dans le court intervalle de temps où ils avaient été mariés, ils n'avaient pas partagé tant de matins. Sans doute était-ce pour cela que ses souvenirs étaient si vivaces. Il n'avait pas eu le temps de s'y habituer, de prendre ces moments pour acquis. Il ne s'était jamais expliqué le plaisir qu'elle avait à le regarder se raser, par exemple. Sans doute parce qu'elle avait grandi sans père, donc dans un environnement exclusivement féminin… Et il se rappela comment à l'époque il avait eu le cœur serré à l'idée de cette fillette qui avait grandi sans un père pour la protéger. Il s'était juré de toujours la protéger.

Et ce qu'il avait fait par la suite était aussi dans ce but.

— Je vais simplement me raser et je te cède la place, dit-il en se passant de la mousse sur les joues avant de sortir son rasoir.

— C'est curieux, dit-elle sans cesser de le contempler.

— Quoi donc ?

— Tu es toujours rasé de près alors que la plupart des hommes optent pour le style « barbe de deux jours » dernièrement.

— Je suppose que c'est mon côté traditionnel, dit-il avec quelques difficultés à se concentrer.

L'image d'elle cachant son décolleté derrière sa serviette était vraiment adorable.

— Un côté traditionnel… et pourtant tu n'envisages pas de fonder une famille ou de te marier à nouveau. Tu arrives à séduire malgré cette contradiction ?

— Et si je te disais que le côté traditionnel a jusqu'à présent fait ses preuves ?

Serait-elle jalouse ?

Elle haussa délicatement une épaule.

— Si tu choisis des femmes conventionnelles et en manque d'inspiration, forcément…

Il interrompit le mouvement de son rasoir sur ses joues.

— Et toi, qu'est-ce qui t'inspire ?

Elle sembla frémir, mais joua le jeu et se mit à l'étudier du regard.

— Il y a beaucoup de choses à dire sur un homme qui a des traits harmonieux…

— Mais ?

— Pourquoi « mais » ?

— Parce que tu t'es arrêtée, j'imaginais que tu allais poursuivre par une réserve. Je t'écoute.

— Ce n'était pas vraiment important.

— Pour moi ça l'est.

— Pourquoi ?

— Parce que, s'il est urgent que je me dissimule derrière une barbe, je préfère le savoir !

Elle se mit à rire.

— Ce n'est pas ce que j'allais dire !

— Quoi donc, alors ? Est-ce que si je me laisse pousser la barbe tu oublieras un peu plus vite l'imbécile qui t'a quittée et tu me pardonneras plus facilement ?

Son sourire s'effaça.

— Écoute, Lincoln, je ne suis pas à ta place et je ne peux pas me représenter ce que tu as éprouvé lorsque tu as appris la vérité sur ton père. Je ne vais pas te faire la leçon. Tout ce que je peux te dire c'est que je te crois, je pense que tu avais tes raisons de faire ce que tu as fait. Je ne peux pas te dire mieux à l'heure actuelle.

— Très bien, dit-il, avec le sentiment que sa réponse était à la fois au-delà et en deçà de ce qu'il méritait.

Sans raison, ou pour une raison stupide, cela lui donna de l'espoir. Espoir de quoi, il ne savait pas vraiment. Tout ce qu'il savait de façon certaine, c'était à quel point il avait envie de l'embrasser et à quel point ce n'était pas une bonne idée.

— Bon, tu me diras quand tu auras fini ? conclut-elle en faisant un pas en direction de la porte.

— Attends, dit-il en saisissant une serviette pour essuyer les traces de savon sur son visage. Il y a des points que je veux voir avec toi au cas où je serais déjà parti quand tu descendras déjeuner.

— Tu pars plus tôt, ce matin ?

— Alex et moi avons des choses à voir ensemble, il veut me montrer une propriété et me faire visiter un bureau pour notre entreprise.

— Quand est-ce que tu reviens ?

— Je ne sais pas encore, il est possible que je sois parti pour la journée entière.

Elle hocha la tête.

— J'ai du travail de mon côté maintenant que j'ai vu ton appartement, je vais dessiner des plans préliminaires, pièce par pièce, afin de commencer à poser quelques idées sur le papier.

— Ellie va te montrer où t'installer pour travailler.

— Oui, elle m'a déjà dit qu'elle m'aiderait à m'organiser un bureau.

— N'en profite pas pour lui raconter notre petit secret !

Elle lui jeta un regard narquois.

— Je ne te promets rien…

— Tu aimes beaucoup me faire peur avec cela, n'est-ce pas ?

— Oh ! tu n'imagines pas à quel point ! répondit-elle, un large sourire aux lèvres.

Ils se regardèrent un instant droit dans les yeux, mais aucun des deux ne bougea d'un pouce. Elle perdit son sourire et il vit une étrange lueur dans son regard. Était-ce son imagination ?

En quelques secondes un flot de pensées incroyable traversa son esprit. Il n'avait jamais cessé de désirer cette femme et l'envie de l'embrasser à cet instant devenait plus qu'impérieuse, désespérée…

Bien sûr, elle était en couple, il ne pouvait pas faire mine de l'oublier… Mais quel genre de couple était-ce si elle n'avait pas même évoqué avec son fiancé l'identité de l'homme avec qui elle était partie travailler dans le Montana et qui se trouvait être son mari ?

Il aurait tellement eu envie qu'elle soit vraiment sa femme à cet instant précis. Résister était douloureux… Mais l'embrasser comme il en rêvait remettrait en péril leur fragile trêve et tout ce qu'il avait à se faire pardonner encore. Et il avait beau détester l'idée de Rose dans les bras d'un autre homme, risquer de saboter sa relation n'était pas quelque chose d'envisageable.

— Bien, je te laisse la salle de bains, dit-il sobrement.

***

Rose avait du mal à oublier l'image de Lincoln en train de se raser. Y avait-il au monde quelque chose de plus sexy que la vision d'un homme à demi nu en train de faire glisser la lame acérée de son rasoir sur sa peau ? Elle était fascinée par la façon dont les muscles de ses bras roulaient sous sa peau et avait toujours trouvé très sensuelles les mimiques qu'il faisait avec les lèvres pour atteindre les recoins de sa bouche. Elle avait eu du mal à détacher son regard de lui, ce qui la ramenait dix ans en arrière.

Elle repensa à son entrée de somnambule dans la salle de bains, sans même se rendre compte qu'il était là. Elle se demanda comment elle aurait réagi si cela avait été l'inverse…

Elle entra dans la cuisine, où Ellie était en compagnie de Leah.

— Bonjour, Ellie, dit-elle avant de se tourner vers la fillette. Coucou, ma chérie !

— Bien dormi ? demanda Ellie.

— Très bien, merci.

Ellie lui servit un café avec du lait et un sucre.

— Lincoln m'a dit que c'est comme ça que tu prends ton café.

— Merci. Il m'a dit qu'il devait retrouver Alex de bonne heure aujourd'hui.

Seigneur, elle se sentait rougir. C'était la pensée de Lincoln à demi nu qui lui traversait l'esprit. Pourvu qu'Ellie ne remarque pas son trouble.

— Oui, ils viennent de partir, dit Ellie en s'accoudant sur le plan de travail et posant sur elle un regard assez étrange. Qu'est-ce que tu aimes pour le petit déjeuner ?

— Inutile de te lancer dans des préparatifs pour moi, le café me suffira.

— Mais il ne s'agit pas de toi seule ! Je t'attendais.

— Dans ce cas… Qu'est-ce que je peux faire ?

— Peut-être mettre la table en gardant un œil sur Leah ? suggéra Ellie.

— Pas de problème, c'est dans mes cordes !

Quelques minutes plus tard, la fillette était dans sa chaise haute et elle assise devant des œufs brouillés, des toasts et une salade de fruits.

— Mmm, tes œufs sont si légers, c'est un régal ! Il faut que tu me donnes ton secret.

— Le seul secret est d'avoir quelqu'un pour surveiller ma fille afin qu'ils ne brûlent pas !

De son côté, Leah picorait des petits morceaux de fruits qu'Ellie disposait dans son assiette. Elle observa les interactions entre la mère et sa fille et ressentit une envie profonde à les contempler. Le regret s'insinua en elle, jusqu'à ce qu'Ellie lève les yeux vers elle. Son regard lui dit qu'elle avait vu sa tristesse.

— Il faut que je me mette au travail, dit-elle pour faire diversion. Tu disais qu'il y avait une pièce où je pourrais m'installer ?

— Oui, il y a un bureau libre au bout du couloir. Je t'y installe dès que nous avons terminé.

— Merci beaucoup, c'est vraiment adorable de ta part.

— Je t'en prie. Je ferais tout pour mon frère et ses amis ! D'ailleurs depuis combien de temps vous connaissez-vous tous les deux ?

Que dire, maintenant ?

— Eh bien… Cela doit faire dix ans, à peu près.

— Si longtemps ? C'est incroyable, je ne me souviens pas qu'il ait jamais parlé de toi.

— Moi j'ai beaucoup entendu parler de toi, en revanche, dit-elle (elle avait d'ailleurs toujours été très touchée par la façon qu'il avait d'évoquer sa sœur). À l'époque il avait un problème avec ton fiancé, il me semble.

— Il a eu des problèmes avec à peu près tous mes

petits amis… Alex inclus, d'ailleurs, alors qu'il est devenu mon mari et qu'ils vont s'associer tous les deux ! dit Ellie avant de la fixer d'un regard aussi pénétrant que quelques instants plus tôt. C'est étrange, car Linc me parlait de tout, je ne comprends pas qu'il ne t'ait pas mentionnée. Je me demande si…

Bon sang, Ellie n'était pas prête à lâcher prise.

— Je devrais me sentir offensée d'avoir toujours été aussi inexistante pour lui !

— Mais, justement, je ne peux pas croire que ce soit le cas…

Elle termina la dernière bouchée de son assiette.

— Qu'est-ce qui te fait penser ça ?

— Il s'est montré très précis sur tes goûts en matière de café, presque protecteur dans son insistance. Cela ne lui ressemble pas et encore moins s'il est indifférent.

— Lorsqu'il t'a dit que je venais, qu'a-t-il dit à mon sujet ? ne put-elle s'empêcher de demander.

— Pas grand-chose, reconnut Ellie, mais je n'ai pas insisté non plus. J'étais tellement heureuse à l'idée qu'il vienne s'installer ici.

— Je sais que vous êtes très proches, mais comment se fait-il que tu sois aussi enthousiaste à l'idée qu'il vienne vivre ici ? Ta famille te manque ?

— C'est plus que cela. Lincoln a passé des moments difficiles il y a une dizaine d'années, dit Ellie en la dévisageant comme pour vérifier si elle savait de quoi elle parlait. Si vous vous êtes connus alors, il a dû te dire qu'il avait découvert que nous n'avions pas les mêmes pères ?

Pas à cette époque, songea-t-elle en acquiesçant de la tête… Inutile de compliquer la situation.

— C'est alors qu'il est parti. Il m'a beaucoup manqué.

— Mon frère est tellement borné. Il refuse de parler

à nos parents et ne voit pas non plus son père biologique. Le voilà complètement privé de toute famille…

— Je n'y avais pas pensé en ces termes. Si seulement il m'avait dit les choses en me quittant…

— Hein ? Qu'est-ce que tu viens de dire ? Mon frère t'a quittée ?

— Est-ce que j'aurais parlé à voix haute ? demanda-t-elle en enfouissant le visage dans ses mains.

— Écoute, je vois bien qu'il y a quelque chose entre mon frère et toi. Je l'ai su instantanément en vous voyant. Et encore tout à l'heure tu as rougi quand je parlais de lui.

— Vraiment ?

— Tu étais tellement rouge que tu devais être visible depuis la lune… Mais je préfère te prévenir que si tu comptes prendre ta revanche sur mon frère et le faire souffrir…

— Je n'en ai aucune intention, Ellie. Il m'a fait souffrir à l'époque, mais c'est fini.

— Que s'est-il passé ?

Comment esquiver la vérité cette fois-ci… Elle ne voyait pas d'issue à cette discussion sinon celle de tout raconter à Ellie.

— Eh bien, ce sera sans doute un choc pour toi, mais…

— Je t'écoute.

— D'accord. Pour tout te dire, Linc et moi avons été mariés il y a dix ans de cela.

— Comment ?

— Nous nous sommes rencontrés au travail, et ce fut un coup de foudre. En tout cas pour moi. Nous sommes partis à Las Vegas et c'est là que nous nous sommes mariés. Juste avant qu'il ne me dise qu'il me quittait et que nous allions divorcer.

— Oh, mon Dieu ! dit Ellie en plaçant une main devant sa bouche. Il venait d'apprendre pour son père ?

— Oui. La nuance, c'est qu'il ne m'en a pas parlé à l'époque. Il m'a simplement dit que je serais plus heureuse sans lui.

Ellie se leva et remplit une tasse à bec de lait pour Leah. Elle semblait en pilote automatique.

— Tu as dû te sentir tellement…

— Dévastée… Anéantie. Après un moment la colère s'est installée et c'est ce qui m'a permis de survivre.

— Mais, s'il ne t'a rien dit à l'époque, quand est-ce qu'il t'a parlé, alors ?

— Tout récemment. Il ne l'aurait sans doute jamais fait, mais il a découvert il y a peu que nous n'étions pas vraiment divorcés.

— Comment ? s'exclama Ellie dont la voix remonta dans les aigus au point de faire sursauter Leah, qui fondit en sanglots.

Ellie se leva et prit sa fille dans ses bras pour la réconforter.

— Pardon, ma chérie, je ne voulais pas te faire peur, reprit-elle. Je n'arrive pas à croire qu'il ait fait cela. Comment se fait-il que vous n'ayez pas divorcé ?

Elle expliqua à Ellie les détails de la procédure avortée.

— Je ne lui en veux pas, ou plus, conclut-elle. Il était en état de choc à l'époque, il ne savait pas ce qu'il faisait.

— Comment peux-tu dire cela, c'est le pire des salauds : il va entendre parler de moi, je te le promets !

— Ellie, ce n'est pas nécessaire…

— Si, ça l'est et plus que cela encore ! Tu es en train de me dire que tu pensais être divorcée pendant tout ce temps et qu'il réapparaît tout à coup dix ans après pour t'annoncer que ce n'est pas le cas et que, tiens, au fait, est-ce que tu décorerais mon nouvel appartement, pendant qu'on y est ?

— C'est plus compliqué que cela…

— Mais pourquoi ne pas lui claquer la porte au nez et l'envoyer balader ? C'est ce que j'ai envie de faire maintenant !

— Non, Ellie, s'il te plaît, j'ai vraiment besoin de ce contrat. Linc me l'a proposé pour m'aider à sortir mon entreprise du rouge.

— Je comprends mieux, dit Ellie en hochant la tête. Avant de partir ce matin, il parlait de projets de décoration du hall d'un nouvel hôtel qui va ouvrir à Blackwater Lake. Je suppose qu'il envisage de te présenter à Burke et Sloan Holden, les propriétaires.

Oh ! non ! Elle se sentit terriblement mal tout à coup d'apprendre qu'il avait tenu parole alors que, de son côté, elle avait tout raconté à sa sœur…

# - 6 -

Rose avait passé la journée à espérer que Lincoln ne rentrerait pas trop tard, afin de pouvoir lui toucher un mot avant que sa sœur ne rentre.

Elle avait essayé de l'appeler, mais tombait directement sur sa messagerie. Il l'avait prévenu que dans les montagnes le réseau téléphonique était aléatoire et elle en découvrait l'inconvénient…

Quelle situation… Elle l'avait titillé à plusieurs reprises en suggérant qu'elle allait tout dire à Ellie, mais n'avait pas eu l'intention de le faire réellement. C'était un petit chantage juste pour le plaisir d'avoir un peu d'emprise sur lui. De fait, Ellie n'avait pas eu à insister beaucoup pour obtenir les informations en question. Et voilà le résultat : il allait falloir gérer les conséquences… Elle était sur des charbons ardents en attendant le couperet final.

En tout cas, elle avait au moins réussi à avancer un peu dans son travail, malgré la difficulté qu'elle avait eue à se concentrer. Le bureau que lui avait laissé Ellie avait une fenêtre qui donnait sur le devant de la maison et elle avait passé de longues minutes à regarder vers l'entrée de la propriété, guettant l'arrivée de Lincoln.

Lorsqu'elle entendit un bruit de moteur, elle leva aussitôt la tête et reconnut sa voiture. Il se gara et sortit de son véhicule. Il était si grand, si sexy. Elle retint son souffle en l'observant. Par moments, elle était terrassée par le magnétisme qu'il dégageait et l'aimantait à lui sans qu'elle puisse y résister.

Elle se leva aussitôt et descendit rapidement à sa rencontre. Elle le vit poser son attaché-case au pied de l'escalier et accrocher son blazer bleu marine au portemanteau. Avec un jean délavé et une chemise bleue qui faisait ressortir ses yeux il était irrésistible.

Il lui sourit lorsqu'elle s'avança vers lui.

— Eh bien, quel bonheur !

— De quoi est-ce que tu parles ?

— D'avoir la surprise de te voir venir à ma rencontre alors que je rentre du travail.

— Ce n'est pas ce que tu crois…

— C'est simplement un plaisir de te voir en arrivant, conclut-il. As-tu passé une bonne journée ?

— Oui, dit-elle, mais… Linc, il faut que je te parle tout de suite.

Il leva la main, la coupant.

— Si je peux te donner un conseil d'ami, c'est le genre de phrase que personne n'aime recevoir alors qu'il franchit le seuil de la porte.

— Oh ! inutile de continuer dans ce registre, nous ne sommes pas un couple…

— Bon, laisse-moi me servir une bière.

— C'est urgent, je te demande juste de m'écouter.

Il avança vers la cuisine et elle lui emboîta le pas.

— Tu m'accompagnes ? lança-t-il en ouvrant le réfrigérateur.

Le bruit d'un moteur à l'extérieur la fit sursauter.

— Je n'ai plus le temps, Linc, Ellie sera là d'une seconde à l'autre.

— Oui, elle vit ici, cela semble plutôt logique.

À cet instant, la porte s'ouvrit et sa sœur fit son entrée comme une tornade avec Leah dans les bras.

Elle fonça droit sur Lincoln et lui planta un index accusateur dans la poitrine.

— Lincoln Hart, tu me dois quelques explications immédiatement !

Fin de la partie. Elle soupira.

— Là, tu as vraiment le genre de mots que personne n'aime entendre, dit-elle à mi-voix.

Il la considéra en fronçant les sourcils avant de questionner sa sœur du regard.

— Qu'est-ce que j'ai fait ?

— Ce que tu as fait ? Tu oses me demander ce que tu as fait ? Tu t'es marié ! Il y a dix ans.

Il encaissa l'annonce en serrant les dents, tandis qu'Ellie déposait sa fille au sol, qui partit jouer sur le tapis.

Elle se sentait horriblement mal et aurait tout fait pour pacifier l'ambiance.

— Tout cela est ma faute.

— Non, Rose, c'est mon frère qui est fautif, en l'occurrence.

Il se tourna vers sa sœur.

— Je pense qu'il faut commencer par se calmer, ne serait-ce que pour ne pas faire peur à Leah.

— C'est toi qui devrais avoir peur. Comment est-ce que tu as pu tomber amoureux de Rose et ne rien me dire ?

— Tu fais toute cette histoire parce que je ne t'ai pas donné tous les détails de ma vie sentimentale ? Je suis un homme, je ne parle pas de mes sentiments, qu'est-ce qu'il y a de nouveau ?

Oups, songea-t-elle, cela n'allait pas apaiser Ellie.

— Tu t'es marié, il me semble qu'il s'agit d'un peu plus que d'un détail et pourtant tu ne m'en as jamais rien dit !

— Ellie, lorsque Linc et moi nous sommes connus,

nous étions d'accord pour ne pas parler tout de suite de notre relation, intervint-elle.

Elle se demanda, et ce n'était pas la première fois, s'il avait souhaité garder le secret parce qu'il avait honte d'elle et avait prévu dès le départ de ne pas rester marié très longtemps.

— Rose, tu étais si jeune et sans doute éperdument amoureuse, dit Ellie avec un regard de compassion. Je comprends que tu essayes de prendre sa défense, mais Linc a décidé de s'engager dans le mariage sans même en parler à sa propre famille. Je croyais que nous étions proches tous les deux…

— Et tu as raison, intervint-il. Nous sommes proches, Ellie !

Elle planta les poings sur ses hanches.

— Je suis vraiment très en colère, dit-elle alors que Leah courait vers elle et entourait sa jambe de ses petits bras potelés.

— Et tu n'es pas la seule, dit-il. Il semblerait que je sois un imbécile aux yeux d'autres personnes présentes…

— Bécil ! lança Leah depuis le sol. Bécil !

— Génial, tu viens d'apprendre son premier juron à ma fille. Je n'arrive pas à croire que tu te sois marié et que tu aies quitté Rose sans jamais m'en toucher un mot.

— Pour être honnête, Ellie, il me semble que Rose est la seule dans cette pièce à avoir tous les droits d'être furieuse contre moi.

— Désolée de te décevoir, mais ta famille aussi va être déçue. Je le suis, papa et maman le seront, nos frères aussi. Nous t'aimons, nous n'avons jamais imaginé qu'il y avait la moindre différence entre toi et nous, et soudain un inconnu apparaît et nous n'existons plus pour toi ?

— Tu exagères.

— Non. Tu es parti si longtemps, et tu es revenu sans jamais nous dire que tu avais été marié.

— C'est toi qui m'as fait rentrer. Je ne serais pas revenu sans cela.

— Cela ne va pas me suffire, Linc.

— Écoute, Ellie…

— N'essaye pas de me dire que je ne peux pas comprendre. Tu es vraiment un sale ingrat et un…

— Je suppose que le mot que tu cherches s'épelle i-m-b-é-c-i-l-e…

— Restons-en à celui-ci, oui, Leah n'a pas besoin d'étendre son vocabulaire d'insultes.

— Ellie, je n'ai jamais rien fait délibérément pour te faire souffrir. S'il y a une seule chose que tu dois retenir, c'est celle-là. Je suis vraiment désolé.

La colère sembla s'éteindre dans le regard d'Ellie.

— C'est Rose qui t'a suggéré de dire cela ?

— Non, pourquoi ?

— Parce que c'était très exactement la seule chose à dire et que j'ai du mal à croire que tu sois capable de trouver cela tout seul, dit Ellie en s'approchant de lui et en le serrant dans ses bras. Il est impossible de rester en colère contre toi…

— Tant mieux, dit-il en déposant une bise sur son front. J'ai changé, Ellie.

— Les miracles arrivent, il faut croire…

À cet instant, le bruit de la porte d'entrée se fit entendre.

— Est-ce qu'il y a une petite chance que tu gardes ça pour toi ? demanda Lincoln à sa sœur.

— Tu te moques de moi, j'espère ? répliqua Ellie.

— Bonsoir tout le monde ! annonça Alex en entrant dans le séjour.

— Papa ! s'écria Leah en accourant vers lui.

— Bonjour, ma chérie, dit-il en la soulevant de terre

comme une plume. Comment allez-vous, vous avez passé une bonne journée ?

— Une journée intéressante, dit Ellie d'un ton sarcastique. D'ailleurs nous allons dîner en ville tous les deux pour que je puisse te raconter cela. Lincoln est d'accord pour garder Leah.

— Avec plaisir, dit Alex, un peu surpris.

— Bien. Linc, peut-être que Rose voudra bien rester avec toi pour que vous puissiez terminer notre conversation, dit-elle en prenant Leah des bras d'Alex et en la tendant à son frère. Ah, et pour ton information, Leah a sali sa couche, tu peux commencer par la changer.

Il eut une mine dégoûtée qui n'arrêta pas Ellie, déjà prête à quitter la maison au bras d'Alex, stupéfait.

Elle poussa un soupir. Vu du dehors, songea-t-elle, le secret n'en était plus un et le monde n'avait pas cessé de tourner, mais cela ne voulait pas dire que Lincoln ne serait pas furieux contre elle de l'avoir révélé.

Et le problème, finalement, était aussi qu'elle ne parvenait pas à rester indifférente à ce que Lincoln pouvait ressentir à son égard…

Lincoln n'eut pas le temps de se dire que Rose l'avait non seulement dénoncé à sa sœur, mais avait aussi permis qu'il se retrouve piégé par cette dernière.

Il déposa Leah sur la table à langer et entreprit de la changer comme s'il partait en opération commando. Lorsqu'il eut jeté la couche dans la poubelle, il reprit son souffle et sourit à la fillette.

— Linc ?

Il jeta un coup d'œil par-dessus son épaule. Rose se tenait sur le pas de la porte.

— Oui ?

— Ellie vient d'appeler, elle voudrait que tu donnes

son bain à Leah, tant que tu es dans les opérations de, disons, nettoyage.

— D'accord, je vois.

— Elle m'a indiqué où était son pyjama et suggère de préparer des pâtes au fromage avec des haricots verts pour son dîner. Si tu le veux bien, je peux m'occuper de cela.

— Très bien, ça me va. Qu'en est-il de la nourriture pour les adultes ?

— Il reste du rôti avec des légumes à réchauffer, pour moi ce sera juste une tartine, dit-elle en sortant un pyjama rose d'une armoire et en le déposant sur le lit de Leah.

— Je vais faire couler le bain et je m'occupe du dîner, précisa-t-elle avant de quitter la chambre.

— Très bien, petite, dit-il à Leah, il va falloir que tu m'aides, car c'est une première pour moi, on est d'accord ?

— Oui ! répondit-elle en riant.

Il la prit sous les bras et se rendit dans la salle de bains d'où provenait le bruit de l'eau qui coulait. Il l'installa dans l'eau tiède préparée par Rose et lui tendit un gobelet en plastique en guise de jouet.

— Je vais te laver les cheveux, dit-il en remarquant un flacon qui annonçait qu'il ne piquait pas les yeux.

— Non ! s'exclama sa nièce, bien décidée à ne pas se laisser faire. Moi suis grande !

— Très bien, dit-il, je vois que tu es une femme indépendante et c'est tout à ton honneur.

Il la laissa jouer dans l'eau et se débrouiller toute seule pour sa toilette. Il n'aurait pas forcément mieux, de toute façon, et puis il considérait que son rôle, ce soir, était surtout d'assurer sa sécurité et de tisser un lien avec elle.

Une serviette rose était disposée à côté de la baignoire,

sans doute par Rose, une autre femme indépendante. Il avait encore du mal à accepter qu'elle ait parlé à Ellie dans son dos, mais il devait reconnaître qu'il était content qu'elle n'ait pas quitté le navire en entendant Ellie parler de baby-sitting.

Il ouvrit la bonde de la baignoire, mais c'était mal connaître Leah.

— Non ! Moi ! Moi suis grande !

— Pardon, ma grande, dit-il en refermant aussitôt pour la laisser faire à sa façon avant que toute l'eau ne se soit écoulée.

Une fois la baignoire vidée, il enroula sa nièce dans la serviette et la sortit avant de frictionner ses cheveux.

— Est-ce qu'il faut peigner tes cheveux ?

— Brosse ! dit-elle en tendant la main vers l'outil en question.

— D'accord, dit-il en lui tendant la brosse et la laissant la passer sans grande efficacité dans sa tignasse emmêlée. Que tu es belle !

Une fois revenu dans la chambre de Leah, il la plaça à nouveau sur la table à langer afin de lui remettre une couche, puis il termina par le pyjama.

— Est-ce que tu as faim ?

La fillette acquiesça.

— Rose ?

— Oui, allons voir Rose. C'est parti !

Rose était en cuisine, occupée à servir de petites portions dans une assiette en plastique. Elle leva les yeux vers eux et une expression d'une grande douceur vint remplacer sa mine préoccupée.

— Leah, que tu es belle ! Et tu as l'air toute propre !

— Elle s'est lavée et coiffée toute seule, souligna-t-il, admiratif.

— Bravo, quelle grande fille !

Il la mit dans sa chaise haute, tandis que Rose abaissait

le plateau devant elle, puis lui présentait son assiette avec une petite fourchette. Leah prit son couvert et se mit à manger aussitôt.

Il leva les yeux vers Rose. Ils s'adressèrent un regard soulagé et poussèrent un soupir en même temps.

— Merci pour ton aide, dit-il. Je ne m'attendais pas à ce que tu restes.

— Je ne suis pas du genre à filer en douce, Linc, c'est plutôt ton style.

Décidément, elle n'avait toujours pas l'air de vouloir lâcher du lest sur ce sujet, même après le mauvais tour qu'elle venait de lui jouer !

— Est-ce que c'est pour cela que tu as parlé à ma sœur ? Pour te venger ?

— Bien sûr que non, je…

— Tu m'avais promis de ne rien lui dire, Rose.

— Pas du tout, je disais simplement que j'étais heureuse d'avoir un levier contre toi avec ce secret.

— Et combien tu serais satisfaite lorsque Ellie apprendrait la vérité sur notre histoire. J'espère que tu en as profité autant que tu l'espérais.

— Eh bien, pour tout te dire, non. Je n'ai pas aimé voir Ellie bouleversée.

— Moi non plus, dit-il en croisant son regard. Pourquoi as-tu lâché le morceau, alors ?

— Elle a commencé à me poser des questions sur nous. Quand nous nous étions connus, tout ça… Elle m'a dit que tu n'avais jamais parlé de moi et que pourtant tu savais exactement comment j'aimais boire mon café. Puis elle a fait le lien entre l'époque où nous nous sommes rencontrés et la découverte de ton père biologique… Tu pensais vraiment que nous pourrions cohabiter avec ta sœur sans lui dire qu'il y avait quelque chose entre nous ?

— Oui, répondit-il d'un ton borné, bien décidé à ne pas lui laisser le moindre avantage.

Elle fit « non » de la tête.

— Elle est perspicace et te connaît assez pour interpréter des signaux dont tu n'as pas même conscience.

— Mais, maintenant qu'elle sait, ma relation avec elle ne sera plus jamais la même.

— Oh ! bon sang, pourquoi faut-il que tout soit noir ou blanc avec toi ? Il n'est pas concevable pour toi d'avoir un différend avec ta sœur et de le surmonter afin d'aller de l'avant ensemble ?

Lorsqu'elle le formulait ainsi, bien sûr…

— Pour le moment elle était simplement sous le choc mais, lorsqu'elle aura pris le temps d'y repenser posément, elle risque d'être vraiment furieuse.

— N'exagère pas, si elle avait été aussi choquée, elle t'aurait chassé de chez elle.

— Elle ne l'a pas fait parce que tu étais là.

— Non, elle aurait pu le faire tout en me demandant de rester. Elle m'apprécie beaucoup, je crois. Et peut-être même plus que toi pour le moment !

— Tu as sans doute raison, sinon elle ne m'aurait pas jeté ainsi dans le grand bassin des couches sales et du bain comme punition ultime.

Elle leva vers lui un regard narquois.

— Je crois que tu es un sacré comédien…

— Pourquoi dis-tu cela ?

— Parce que je suis sûre que tu as pris plaisir à passer du temps avec Leah. Je t'ai entendu discuter avec elle et rire, cela n'avait pas du tout l'air d'un châtiment pour toi. Tu sais que tu serais un bon papa, Lincoln Hart ?

— Non.

— Tu refuses de le voir, mais Ellie a raison. Le père qui t'a élevé l'a fait avec tellement d'affection que tu n'as jamais suspecté qu'il n'était pas ton père biologique. Cela suppose qu'il a traité ses quatre enfants de la même façon.

— Ma sœur prétend que cela ne change rien, mais ce n'est pas vrai, il m'est impossible d'oublier ce que j'ai appris ce jour-là.

— Mais cela n'a pas à te définir pour autant, ni à t'empêcher d'aimer à nouveau, dit-elle, une moue de dépit aux lèvres. Bien sûr qu'aimer est dur... Il est sans doute plus simple de prendre la fuite.

— Ce n'est pas juste de me juger ainsi. On fait tous ce qu'on peut face aux épreuves.

— Oui, on fait ce qu'on peut, mais la façon que l'on a de réagir révèle qui l'on est.

— Eh bien, c'est justement mon problème, je ne sais pas qui je suis, la moitié de mon ADN est encore un mystère, si tu vas par là...

— Mais on va le découvrir ! dit-elle en souriant à Leah qui continuait à piquer ses pâtes consciencieusement avec sa mini-fourchette. Si tu ne fais pas l'effort de changer ce qui ne te convient pas, tu vas continuer à laisser ta vie te filer entre les doigts au prétexte que tu n'as pas été élevé par ton père biologique.

— Aujourd'hui que je sais la vérité et que j'ai en main les clés de mon histoire, c'est à moi qu'il appartient de creuser les investigations ou pas.

— Tu as raison, personne n'a à te dire ce que tu dois faire ou pas, dit-elle avant de laisser échapper un soupir. Je suis désolée d'avoir parlé à Ellie, mais ma seule option était de lui mentir et je n'en étais pas capable. Pas pour toi.

Elle se dirigea vers le réfrigérateur en le frôlant de l'épaule lorsqu'elle passa à sa hauteur.

Maintenant, il se sentait mal à nouveau, mais pour une autre raison. Pour ce « pas pour toi », qui signifiait qu'il ne comptait plus à ses yeux.

Cela le touchait en plein cœur !

# - 7 -

Le matin suivant, Rose attendait Lincoln dans le bureau qu'Ellie avait mis à sa disposition. Elle avait maintenant besoin de savoir ce qu'il pensait de son travail préliminaire. Après ce qui s'était passé la veille, elle n'était même plus sûre qu'il allait toujours vouloir maintenir leur collaboration et, ça aussi, elle avait besoin de le savoir.

Il se présenta à l'heure convenue.

— Allons-y, dit-il sans préambule.

— Il faut peut-être que nous reparlions de ce qui s'est passé hier, je sais que tu es furieux contre moi d'avoir parlé à Ellie et…

— Non, je ne t'en veux plus, dit-il sans manifester d'émotion particulière.

— Je ne suis pas certaine de pouvoir te croire.

— Et pourquoi ? dit-il en croisant les bras devant sa poitrine.

— Parce que, si tu es bien le même Lincoln Hart qui continue de reprocher à ses parents leur attitude dix ans après, j'ai du mal à croire que tu me pardonnes de révéler notre mariage à ta sœur en une seule nuit.

Il eut un léger sourire.

— Ellie est prête à passer outre et moi aussi, du même coup.

— Donc je suis toujours chargée de la décoration de ton appartement ?

— Oui.

— Bien, dit-elle, soulagée, en lui indiquant un siège à côté d'elle. Viens regarder ce que j'ai sélectionné pour toi, je vais te présenter quelques suggestions et tu me diras ce qu'elles t'inspirent.

— D'accord, mais j'ai peu de temps à te consacrer.

Son impatience la surprit.

— Je comprends mais, si tu ne veux pas te retrouver avec du papier peint à petits chatons sur fond fleuri, il est important qu'on passe un peu de temps ensemble à voir tout cela.

— C'est bon, allons-y sans tarder, conclut-il, irrité.

Elle aurait pu se sentir vexée, et c'était d'ailleurs un peu le cas, mais son attitude lui évoqua autre chose : celle d'un petit garçon capricieux. Elle songea qu'ils auraient pu avoir un enfant ensemble, et cette idée l'attrista…

— Bien, plus vite nous commencerons, plus vite tu pourras retrouver tes activités bien plus passionnantes d'homme d'affaires, dit-elle en lançant un diaporama sur son ordinateur portable. Je vais te présenter différentes ambiances et tu pourras me donner tes impressions à chaque fois.

— Finissons-en, marmonna-t-il.

— Je suis on ne peut plus d'accord avec cela, répliqua-t-elle.

— Tu es impatiente de conclure ce contrat et de retourner à ta vie, c'est ça ?

— Oui et non.

— Je vois. J'aimerais bien en savoir plus sur le côté « non ». Qu'est-ce qui ne t'enthousiasme pas à l'idée de repartir ?

— C'est si beau ici. Et puis la perspective d'autres contrats me tente aussi.

— Oui. Tu sais que, pendant que tu me poignardais dans le dos, j'ai tenu parole en parlant de tes compétences à Burke et Sloan Holden.

— Je t'ai expliqué pourquoi j'ai parlé à ta sœur, protesta-t-elle.

— Oui, tu l'as fait, dit-il en balayant cela d'un geste. Donc, si je résume, tu ne resterais ici que pour des motifs professionnels. Je n'entrerais en rien dans l'équation ?

— Eh bien, ça a le mérite d'être clair ! s'exclama-t-elle, stupéfaite. Je n'avais pas le souvenir que tu avais un ego aussi démesuré !

— Je n'ai jamais fait mystère de qui j'étais.

Ce n'était pas faux. Son problème n'était pas tant la confiance en soi que le fait qu'il lui manquait la moitié de son histoire familiale.

— Dans ce cas, je suppose que la raison pour laquelle je ne l'avais pas remarqué était que j'étais trop éblouie pour voir clairement en toi…

— C'est inattendu et très plaisant de se retrouver face à une femme qui accepte sa part de responsabilité, dit-il en lui souriant largement. Et, si la vie à Blackwater Lake te plaît et que tu as la perspective de nouveaux contrats, qu'est-ce qui t'attire encore au Texas ? Ah, mais j'allais oublier Chandler ! Bien sûr, c'est pour lui que tu es pressée de rentrer…

— Oui, répondit-elle tout de go, en sachant cependant que c'était un mensonge.

Elle n'avait pas anticipé à quel point côtoyer Lincoln de si près effacerait tout le reste. En fait, elle n'avait guère pensé à Chandler ces derniers jours.

— Bien, remettons-nous au travail, dit-il sans enthousiasme.

— Commençons par le séjour, dit-elle en cliquant

sur lecture. Tu m'arrêtes dès que tu vois des choses qui te plaisent.

— Trop froid ! dit-il face à une photo représentant un intérieur blanc avec une table basse en verre

— D'accord. Tu sais ce que tu veux, c'est une bonne chose !

Il étudia l'image suivante quelques instants.

— J'aime bien le plafond en bois et la bibliothèque intégrée, dit-il.

— Oui, moi aussi, mais je me demande s'il ne faut pas garder l'idée pour ton bureau, nous y reviendrons.

— Oui, bonne idée.

Elle cliqua encore.

— Là, j'aime bien les moulures et les couleurs des murs, dit-elle. Le gris et le blanc sont très à la mode en ce moment, mais je ne suis pas certaine que ce soit une bonne idée dans ton appartement.

— Pourquoi ?

— Parce que, avec les longs hivers neigeux du Montana, le manque de couleurs chaudes pourrait finir par être déprimant.

— C'est juste, oui.

Elle avança à la photo suivante.

— Une question : est-ce que tu envisages d'avoir une télévision dans le séjour, alors que tu auras une salle médias par ailleurs ?

— Peut-être, oui, dit-il.

— Cela pourrait te permettre de visionner des matchs en famille ou entre amis, par exemple.

— Je ne suis pas certain de faire cela.

— Mais ta sœur et ta nièce sont dans la même ville, tu les recevras, non ?

— Non, dit-il en levant un regard froid vers elle. Parlons décoration, veux-tu ? Les sujets plus personnels n'ont pas lieu d'être.

— Très bien, image suivante.

On y voyait des meubles blancs qui contrastaient avec un mur bleu marine, et ils commentèrent en chœur :

— Non !

Elle éclata de rire.

— Pardon, je n'aurais pas dû donner mon avis, tu aurais pu avoir un coup de cœur, et je ne suis pas censée influencer tes choix.

— Mais tu pourras tout de même m'éviter une grosse faute de goût, non ?

— Je peux toujours souligner les inconvénients de chacun de tes choix, sans manifester de préférence pour autant, c'est là l'intérêt de mon métier.

Il la fixa attentivement.

— Non, s'il te plaît, je voudrais que tu me dises tes préférences. Si je te paye, c'est pour ne pas me retrouver avec un appartement hideux, je voudrais quelque chose qui te ressemble, qui te plaise.

— Qu'il me plaise ou pas importe peu, pourtant, je n'y vivrai pas.

— Bien sûr, dit-il.

Elle crut voir quelque chose passer dans ses yeux quand il dit cela. Un regret, peut-être ? Elle n'en était pas sûre et ne voulait pas en faire toute une histoire. D'ailleurs, mieux valait ne pas y penser.

— Que dis-tu de cette décoration ?

— C'est un peu ringard, non ?

— Oui, je suis d'accord, reconnut-elle en pointant du doigt le parquet. Pourtant, le sol me plaît assez, c'est du pin et il a une teinte idéale, ni trop sombre ni trop claire.

— Ah oui, je n'y avais pas prêté attention, tu as vraiment l'œil pour les détails !

— C'est mon travail ! dit-elle en souriant. Et il m'arrive d'avoir raison.

Les clichés suivants n'éveillèrent pas d'émotion particulière chez lui, jusqu'à celui qui présentait une grande cheminée en son centre.

— J'aime beaucoup, la cheminée est classique, c'est simple et chaleureux.

Elle vit de l'enthousiasme dans ses yeux alors qu'il détaillait l'habillage de bois peint en blanc.

— Je vais la mettre de côté, il faudra que je t'en montre d'autres, car cela reste le point central du séjour et il faudra assortir la pièce et la cheminée, si c'est important pour toi d'en avoir une.

— C'est important pour moi.

Ils tournèrent la tête au même moment, leurs visages se retrouvant à quelques centimètres l'un de l'autre.

Elle sentit une vague de chaleur l'envahir et son pouls s'accéléra aussitôt. Elle aurait donné cher pour savoir ce qu'il pensait à cet instant et fut sur le point de lui poser la question, mais son téléphone se mit à sonner au même moment. En temps normal, elle regardait toujours l'identité de l'appelant avant de décrocher, mais cette fois-ci elle profita de l'interruption fort bienvenue et décrocha aussitôt.

— Oui ?

— Salut, Rosie.

— Chandler ! dit-elle en levant aussitôt les yeux vers Lincoln, avant de faire tourner son siège pour échapper à son regard. Comment vas-tu ?

— Tu me manques !

— C'est gentil.

C'était normalement le moment où elle répondait « toi aussi », mais cette fois, sans savoir pourquoi, elle ne put prononcer ces mots.

— Comment est-ce que ça se passe pour toi ? demanda-t-il, semblant ne pas noter sa réserve.

Elle lui avait parlé du contrat sans évoquer le fait

que Lincoln et elle avaient été mariés, alors elle se contenta de parler de travail.

— Très bien, tout se passe bien.

— Est-ce que tu sais combien de temps tu seras partie, maintenant ?

— Difficile à dire, répondit-elle en jetant un rapide regard par-dessus son épaule vers Lincoln qui ne faisait pas même semblant de ne pas écouter. C'est un gros contrat, il faut envisager plusieurs étapes.

— J'espère que tu pourras organiser des petites escapades à Dallas les week-ends !

— Ce sera difficile.

— Dans ce cas, je pourrais m'organiser pour poser quelques jours de congé et venir te rendre visite.

Oh Seigneur, pas ça ! C'était vraiment une très mauvaise idée, songea-t-elle.

— Euh, eh bien, ce ne serait pas évident, je ne voudrais pas te voir passer du temps seul pendant que je travaille et je vais avoir peu de disponibilité. Écoute, Chandler, je ne vais pas pouvoir poursuivre cette discussion car je suis avec un client. Je peux te rappeler plus tard ?

— Oui, je comprends, j'attends ton appel, alors ! Je t'aime, Rose.

— Merci de ton coup de fil, dit-elle à toute vitesse en raccrochant. Bien, où en étions-nous, Linc ?

— Nous en sommes au moment où je te demande à quel point Chandler compte pour toi.

Elle retint son souffle.

— Il compte beaucoup.

Son instinct premier aurait été de détourner les yeux, d'autant qu'elle sentait le rouge lui monter jusqu'aux oreilles, mais elle croisa son regard comme pour le défier.

— Beaucoup ? dit-il en se penchant vers elle. Je ne te crois pas.

— Oh ! je t'en prie, Chandler et moi sommes comme fiancés, je te l'ai déjà dit.

— Comme fiancés ? Et pourquoi le décourager de venir te rendre visite ? Pourquoi lui mentir en disant que tu ne pourrais pas passer de temps avec lui ? Tu ne veux pas le voir, c'est plutôt ça.

— Cela ne te regarde pas.

— C'est étrange, dit-il, un demi-sourire aux lèvres, parce que je trouve que cela me regarde, au contraire.

— Eh bien, tu te trompes. Reprenons le travail, tu veux bien ?

— Que ferais-tu si je t'embrassais ?

Son cœur s'arrêta un instant, avant de se remettre à battre de plus belle. Cette fois elle dut baisser les yeux.

— Ne fais pas cela, Linc ! Je ne suis pas libre, je te le répète.

— Mais que ferais-tu ? Est-ce que tu me giflerais ? insista-t-il, tendu.

— Tu m'importes trop peu pour que cela vaille la peine de se mettre dans un tel état.

— Est-ce que tu es prête à parier ?

Prenant sur elle, elle croisa finalement son regard. Après tout, elle était indifférente, alors pourquoi pas ?

— Parier combien ?

Il glissa la main dans la poche de son jean et en sortit un billet de vingt dollars qu'il déposa sur le bureau. Puis il se leva et lui tendit la main pour l'inviter à faire de même. Il posa ensuite ses deux paumes autour de ses joues et lui caressa légèrement la peau de ses pouces jusqu'à ce qu'elle ne puisse plus respirer.

Il effleura son visage du bout des lèvres avant de revenir vers sa bouche, qu'il goûta d'un mouvement lent et particulièrement érotique de la pointe de la langue. C'était… incroyablement bon !

Un flot d'émotions et de souvenirs explosa en elle.

À cet instant, si elle en avait été capable, elle lui aurait bien proposé un autre billet de vingt dollars pour qu'il ne s'arrête pas ! Hélas, il s'arrêta et s'écarta d'un pas. Elle eut la sensation qu'il s'interrompait à regret. En tout cas, elle n'était pas la seule à avoir le souffle entrecoupé à cet instant.

Il la regarda, ôta les mains de son visage et recula.

— Vas-y, tu peux me gifler, après tout, tu as un petit ami et…

Bon sang, Chandler ! Elle l'avait brandi comme un bouclier et l'instant d'après il était balayé de sa mémoire comme s'il n'avait jamais existé. Elle avait bel et bien un problème avec Lincoln et il fallait qu'elle s'en préoccupe sans plus attendre.

Attablée au restaurant de sa ville de Prosper, Texas, Rose détailla l'homme qui venait de la rejoindre.

— Merci d'être venu, Chandler.

— Tu plaisantes, j'espère ? Je n'aurais raté ta venue pour rien au monde, dit-il en lui souriant et en prenant sa main. Je t'avoue que ton appel a été une surprise et ce rendez-vous encore plus, car lors de notre dernière conversation tu avais l'air de dire que nous ne nous reverrions pas de sitôt.

Leur discussion avait eu lieu avant que Lincoln ne l'embrasse. Ce baiser avait tout changé. Elle n'avait pas eu à réfléchir longtemps pour que s'impose une décision. Elle avait fait savoir à Linc qu'elle s'absenterait quelques jours et avait pris le premier vol pour Dallas. Et voilà qu'elle était face à Chandler. Et face à la réalité : il ne lui avait fallu qu'un instant pour comprendre qu'un simple baiser avec Lincoln avait éveillé en elle plus d'émotions que Chandler ne saurait jamais lui donner en une vie entière.

— Eh bien, me voilà, oui, dit-elle, troublée.

— Oui, te voilà, répéta-t-il en caressant sa main tendrement.

Il était bel homme, charmant, intelligent, drôle et gentil. Il avait toutes les qualités, mais un seul défaut : celui de ne pas être Lincoln Hart.

Elle retira sa main.

— Chandler, il faut que nous parlions.

— Oui, je crois que tu as ressenti la même chose que moi, dit-il aussitôt.

— Pardon, mais de quoi est-ce que tu parles ?

— Tu le sais bien, on dit que l'absence agit comme un révélateur et pour moi ça a été le cas, depuis que tu es partie, j'ai pris conscience de mes sentiments pour toi et…

— Bonsoir, vous deux ! lança Janie Tucker depuis le bout de la table.

Il ne manquait plus que cela ! Sa mère venait de prendre son poste de serveuse pour la soirée. Lorsqu'elle souriait, ses yeux pétillaient et elle rajeunissait à vue d'œil. Elle avait coupé court ses beaux cheveux bruns, dont elle avait hérité.

— Bonsoir, Janie ! dit Chandler.

— Est-ce que je vous sers quelque chose à boire, les tourtereaux ?

— Je crois que nous avons besoin de quelques minutes encore, répondit-il en lui adressant un sourire qui faisait généralement défaillir tous les cœurs féminins.

Mis à part le sien.

— Bien sûr, dit-elle en retournant vers le bar.

Sa mère ne savait rien de ce qui la tourmentait à cet instant et elle préférait qu'il en soit ainsi jusqu'à ce qu'elle annonce la nouvelle.

— Il faut que je te dise que mon travail à Blackwater Lake se révèle plus compliqué que je ne le pensais.

— Je devine que cela signifie que tu vas me manquer plus longtemps encore que prévu ?

Plus compliqué encore…

— Il y a autre chose, en fait.

— Quoi qu'il y ait, je serai là pour t'aider à l'affronter. Rose, je veux être là pour toi tout le temps. Je veux t'épouser.

Elle sentit son cœur se serrer.

— Oh ! Chandler…

— J'ai commencé à regarder les bagues de fiançailles et je voulais te demander…

Visiblement, il avait pris sa détresse pour une manifestation de joie.

— Non ! s'exclama-t-elle brusquement en levant une main pour l'arrêter.

— Comment ?

— Non, ne me le demande pas, Chandler, je t'en prie, ne prononce pas ces mots.

— Je ne peux pas, Rose, laisse-moi faire cette demande : veux-tu m'épouser ?

Elle faisait « non » de la tête.

— Je ne peux pas…

— Bien sûr que si. Ce contrat ne durera pas toute la vie. Nous trouverons une façon de surmonter cette séparation, tout ce que tu as à faire c'est de me dire « oui » !

— Je ne peux pas.

— Pourquoi est-ce que tu répètes cela ? fit-il, la voix soudain inquiète. Pourquoi, Rose ?

Elle soupira. Étrangement, c'était à Lincoln qu'elle pensait alors qu'il n'avait rien à faire dans sa tête à ce moment précis… Ah, si seulement il ne l'avait pas embrassée…

— Rose ?

— Je suis mariée, Chandler.

— Tu es… quoi ? balbutia-t-il. Je ne comprends pas ce que tu essayes de me dire. Tu te moques de moi ?

— Non, hélas, dit-elle, le regard baissé. Je pensais avoir divorcé depuis longtemps…

Elle expliqua alors sa rencontre avec Lincoln dix ans plus tôt et leur mariage fugace suivi de la rupture et du divorce.

Un divorce qui s'était avéré inexistant.

— Et tu crois ton… mari lorsqu'il te dit que cette fois il va vraiment divorcer ? demanda-t-il, sous le choc de cette découverte.

— Oui, il veut autant que moi que tout cela soit réglé, assura-t-elle.

— Et donc tu es mariée à ce Lincoln Hart, le même avec qui tu travailles dans le Montana en ce moment ?

— Oui.

— Qu'est-ce que tu me caches, Rose ? Il y a quelque chose entre vous ?

— Non.

Enfin, du moins l'espérait-elle.

— Et pourtant tu as accepté de partir avec lui dans le Montana, sans juger nécessaire de me parler du fait que vous étiez mariés.

— Tu sais bien que j'avais besoin de sauver mon entreprise.

— Je t'avais proposé mon aide.

— C'est quelque chose que je ne pouvais accepter, je voulais m'en sortir par mon travail. Vicki m'a dit que je devais te parler de ce divorce et, si je ne l'ai pas fait, c'est uniquement parce que je l'ai décidé…

— Tu es en train de me dire que ton amie était au courant et que tu ne m'as rien dit ?

— J'aurais dû. Je le sais, je n'ai pas imaginé que…

— Que j'allais l'apprendre ? dit-il en glissant la main dans ses cheveux blonds coupés court. Tu es en train de me dire qu'un homme t'a épousée pour pouvoir t'attirer dans son lit avant de t'abandonner, mais que cela n'a pas suffi à te convaincre de m'en parler quand il est revenu te voir ?

— Je ne voulais pas te mentir, c'est simplement que…

— Tu as préféré l'omission, conclut-il en pinçant les lèvres. Je crois que vous vous êtes bien trouvés, en fait, tous les deux. Des menteurs et des manipulateurs, pas surprenant que vous vous entendiez.

Il avait toutes les raisons du monde de lui en vouloir ainsi, elle le savait.

— Chandler, s'il te plaît, écoute-moi, je voudrais essayer de t'expliquer.

— Essayer de m'expliquer ? Inutile, je crois que j'en ai assez entendu, dit-il en la foudroyant du regard. Il me reste simplement une dernière question et j'espère que tu auras la courtoisie de me donner une réponse honnête.

— Je t'écoute.

— Pourquoi est-ce que tu ne m'as pas dit tout cela lorsque nous parlions au téléphone l'autre jour ?

*Parce que Linc était assis à côté et moi et ne perdait pas un mot de cette conversation…*

— À ce moment-là, je n'avais pas encore décidé de rompre, j'avais beaucoup de doutes et…

— Tu aurais même pu me quitter avec un simple SMS, tout compte fait !

Mais, bon sang, comment aurait-elle pu ne pas avoir la décence de lui dire en face que leur relation était terminée ? Elle ferma les paupières un instant pour retrouver un peu de calme. Pauvre Chandler. Il avait le droit d'être amer et, même si elle avait envie de se lever et de quitter la pièce, elle ne bougea pas.

Inutile d'en rajouter en lui révélant que le baiser de Lincoln lui avait fait comprendre que ses sentiments à son égard n'étaient pas aussi profonds qu'elle l'avait prétendu. Bien sûr, elle en avait eu l'intuition depuis le début, mais Chandler avait un côté gendre idéal qui faisait que sa mère l'adorait, et elle s'était résolue à s'engager dans une relation stable dans l'espoir de fonder une famille. Son château de cartes s'était effondré lorsque Linc avait posé ses lèvres sur les siennes.

— Je suis désolée, dit-elle en affrontant son regard furieux. Je n'ai jamais voulu te faire de mal.

— Va au diable, Rose !

Il ne pouvait le savoir, mais elle s'y trouvait déjà, au diable…

— Chandler…

Il se leva de table et quitta le restaurant sans même lui jeter un dernier regard.

Sa mère vint aussitôt la rejoindre à sa table, et elle regretta instantanément d'avoir choisi ce restaurant ce soir.

— Qu'est-ce qui se passe, Rose ? Qu'est-ce qui arrive à Chandler ?

— Je viens de rompre.

— Mais pourquoi ?

— Parce que… Parce que je ne suis pas amoureuse de lui, maman.

— Mais tu as bien réfléchi, tu es sûre de toi ? C'est vraiment une décision grave.

— Je suis sûre, maman…

— Est-ce que cela a quelque chose à voir avec cet homme pour qui tu travailles ?

Elle aurait pu mentir une fois encore. Dix ans auparavant, Lincoln avait été le seul à partager le secret de leur mariage et sa mère elle-même n'en avait jamais rien su. Lorsque la séparation avait eu lieu, elle avait tenté à plusieurs reprises de lui en parler, mais n'avait jamais réussi, et puis le temps avait passé.

— Maman, il faut que je te parle de quelque chose, d'abord.

Tandis qu'elle lui livrait les détails de sa relation avec Lincoln Hart, Janie sembla expérimenter toutes les émotions possibles, depuis le choc jusqu'à la compassion, en passant par la colère et par-dessus tout l'impuissance d'une mère à soulager la peine de son enfant.

— Tu aurais pu me le dire, ma chérie, dit sa mère avec une tristesse infinie dans la voix.

— Oui, j'aurais dû te le dire, répondit-elle pour la deuxième fois de la soirée.

— Tu n'avais pas à traverser tout cela toute seule, j'aurais voulu être là pour toi.

— Tu es toujours là pour moi, maman, dit-elle en lui serrant la main. C'est simplement que tu travailles si dur, je n'ai pas voulu en rajouter et risquer que tu t'inquiètes pour moi.

— Ma chérie, c'est adorable de ta part, mais je suis assez forte, tu sais, et toi aussi. N'oublie jamais que je suis là pour toi et qu'à deux nous pouvons tout affronter.

— D'accord.

— Cela n'enlève rien au fait que je suis furieuse contre toi, et que je t'aime quand même plus que tout au monde, conclut-elle, un sourire aux lèvres.

C'était quasiment la même réponse qu'Ellie avait donnée à Lincoln en apprenant leur mariage secret.

— Je t'aime moi aussi, maman, répondit-elle. Je suis désolée de t'avoir menti.

— Maintenant parle-moi un peu de cet homme à qui tu es toujours mariée !

— Il n'y a pas grand-chose à en dire, même si c'est quelqu'un de complexe.

— Tu ne vas pas t'en tirer ainsi, ma chérie ! Tu as quitté le Texas avec un quasi-fiancé et, après quelques jours dans le Montana avec ce Lincoln Hart, ton futur-ex-mari dont tu nous avais caché l'existence pendant plus d'une décennie, tu reviens en urgence pour quitter Chandler ? Je sais qu'il y a encore quelque chose dont tu ne me parles pas, et je ne te laisserai pas tranquille avant de le savoir.

C'est ainsi qu'elle se retrouva à raconter par le menu ce baiser qui l'avait tant bouleversée, au point de la pousser à rompre avec Chandler.

Soudain, elle se rendit compte d'une chose : elle ne voulait pas que Lincoln apprenne leur séparation.

Le fait qu'il la croie toujours en couple représentait d'une certaine façon le seul barrage qui s'élevait encore entre eux, même si leurs résistances mutuelles avaient cédé le temps d'un baiser.

Car, malgré les sensations folles qui la submergeaient dès qu'elle pensait à lui, elle savait qu'elle ne devait pour rien au monde refaire la même erreur.

# - 8 -

Lincoln rongeait son frein. Rose avait quitté Blackwater Lake en lui donnant une vague excuse et voilà qu'il se retrouvait à errer sans but dans la cuisine de la maison de sa sœur, tandis que cette dernière préparait le dîner.

— Pardon, Ellie, je te regarde sans rien faire, mais tu as peut-être besoin d'aide ?

Elle leva les yeux vers lui.

— Comment se fait-il que ta proposition ressemble à un appel au secours ?

— Pourquoi un appel au secours ?

— Tu as l'air complètement à cran, on croirait que tu vas planter ton poing dans un mur.

— Pas du tout !

— En tout cas, tu as ce regard étrange depuis que Rose est partie, dit-elle. Qu'avait-elle à régler ?

— Je ne sais pas, j'ai cru comprendre qu'elle devait voir sa mère.

Il sentit un nœud lui serrer le ventre, comme lorsque Rose lui avait donné cette explication évasive.

— Linc ?

— Oui ? dit-il en se tournant vers sa sœur dont il avait oublié la présence quelques secondes durant.

— Je te parle !

— Pardon, qu'est-ce que tu disais ?

— Est-ce qu'elle va revenir, ou bien a-t-elle pris conscience du crapaud que tu étais en réalité ?

— Très drôle ! dit-il en se penchant vers sa nièce pour la prendre dans ses bras. Ta mère est rigolote, princesse, elle me traite de crapaud !

Après tout, elle n'avait pas tort, car il était bien le crapaud qui avait embrassé la princesse… Peut-être allait-il se transformer en prince à ses yeux ? Il valait mieux qu'il garde ses pensées pour lui.

— Alors, tu n'as pas répondu, est-ce qu'elle va revenir ? insista Ellie.

— Elle n'a jamais dit qu'il était possible qu'elle ne revienne pas, éluda-t-il. Et puis nous avons signé un contrat, elle n'a pas le droit d'abandonner, je pourrais l'attaquer.

— Est-ce que tu l'as appelée ?

— Oui, j'ai essayé à deux reprises.

— Et ?

— Elle n'a pas décroché.

— Qu'est-ce que tu as fait, Linc ?

— Pourquoi faut-il tout de suite que ce soit ma faute ?

Et, pourtant, le baiser qu'ils avaient échangé était forcément pour quelque chose dans la décision qu'elle avait prise de partir. Il le pressentait. Rien à voir donc avec les crapauds et les princesses. Il l'avait provoquée et ils s'étaient embrassés. Inutile d'être grand clerc pour comprendre qu'il y avait quelque chose qui couvait avec son petit ami et que ce n'était pas le grand amour auquel elle voulait lui faire croire.

Bien sûr, il avait bien conscience d'avoir tiré avantage de la situation, mais il avait aussi la sensation de lui avoir rendu service. Si cet homme avait été le bon, elle n'aurait pas été aussi bouleversée. Car elle avait été troublée, il le savait. Et lui aussi. Il la désirait. C'était officiel.

Ellie soupira.

— Pourquoi est-ce que tu as tant de mal à admettre que tu ressens toujours quelque chose pour Rose ?

— Je n'ai aucun mal à décrire ce que je ressens pour Rose. Elle m'irrite, m'exaspère, me met en colère, me contrarie, me désespère…

— Arrête d'être aussi borné, tu es décidément un bel i-m-b-é-c-i-l-e !

— C'est celui qui le dit qui l'est.

— Tu craques pour elle, Linc, reconnais-le.

Il se sentait poussé dans ses derniers retranchements.

— À quoi est-ce que tu joues, on se croirait en cour de récréation, p'tite sœur.

— Certainement pas, les enfants y ont une plus grande maturité que toi.

— Houla, c'est une déclaration de guerre ?

— C'est toi qui es hostile, dit-elle avant de se tourner vers sa fille. Je crois que tonton Linc aurait besoin d'un câlin, il a l'air triste.

Il eut envie de dire à sa sœur d'aller se faire voir avec ses câlins ou ses déclarations de guerre, mais les petits bras potelés de sa nièce l'enlacèrent.

— Pas pleurer, tonton Linc !

— D'accord, dit-il en la serrant dans ses bras. Merci, princesse. Je vais sortir, maintenant.

Il la déposa au sol.

— Moi aussi sortir ! implora Leah.

— Non, pas cette fois, ma chérie, le Bar None ne laisse pas entrer les mineurs !

— Très bon choix, c'est *ladies' night* ce soir, il y aura toutes les célibataires de la ville…

— Est-ce que je t'ai déjà dit à quel point tu es exaspérante ? lança-t-il.

— Oui, tu me le dis chaque jour, mais je ne m'en lasse pas et je sais que tu m'aimes de toute façon.

— C'est vrai, dit-il en déposant une bise sur son front avant de quitter la pièce. Ne m'attendez pas !

— Certainement pas ! dit Ellie en riant.

Quelques minutes plus tard, Lincoln se garait dans le parking du bar local. Un néon sur le toit représentait deux verres à cocktail qui trinquaient. On ne pouvait avoir de doutes quant à l'activité principale de l'établissement.

Il sortit de voiture et passa les imposantes portes saloon. Le bar et le grill étaient bondés et une population très féminine occupait les tables en salle. Il resta sur le pas de la porte quelques instants, ne distinguant pas une seule place libre.

En résumé il était doublement perdant. Sa sœur l'avait envoyé promener et le bar était bondé. Les éléments semblaient se liguer contre lui.

Il était sur le point de tourner les talons lorsqu'une jeune femme rousse avança à sa rencontre.

— Bonsoir !

— Bonsoir, mademoiselle, est-ce que c'est toujours aussi fréquenté, ici ?

— J'aimerais bien. Je suis la gérante, Delanie Carlson, dit-elle en lui tendant la main. Mais j'ai généralement du succès lors des *ladies' nights*.

— C'est ce que je vois, félicitations. Je suis Lincoln Hart, enchanté.

— Enchantée aussi. Mes amies et moi nous demandions si vous souhaiteriez vous joindre à nous, il reste une petite place à notre table, à moins que vous ne préfériez rester seul à ruminer vos sombres pensées ?

Elle pointa du doigt une table où deux femmes séduisantes étaient installées.

— Mes sombres pensées peuvent attendre, dit-il, je vous suis !

Elle ouvrit la marche et lui présenta ses deux amies.

— Voici Lucy Bishop, elle gère les lieux avec moi en plus d'être notre cuisinière à mi-temps.

— Lincoln Hart.

Delanie se tourna vers l'autre femme aux cheveux auburn et aux impressionnants yeux bleu turquoise. Elle portait une jupe bleu marine avec une veste de tailleur assortie et une chemise blanche. Très professionnelle. Elle devait arriver tout droit de son bureau.

— Et voici Hadley Michaels, qui s'occupe de la communication de l'hôtel Lodge de Blackwater Lake.

— Enchantée, dit-elle.

— De même, répondit-il. Merci de me permettre de me joindre à vous.

— Avec plaisir.

— Que souhaitez-vous boire ? demanda Delanie.

— Une bière pression.

— Tout de suite, dit-elle avec un clin d'œil. J'ai mes entrées ici !

Lincoln sourit aux deux charmantes femmes qui l'entouraient et se dit que sa sœur avait eu raison, venir ici était une bonne idée.

— Vous aviez l'air prêt à tourner les talons, dit Lucy. Si nous laissons filer un aussi bel homme, alors il y a peu de chances que nous fassions fortune !

Hadley pouffa.

— Lucy est la meilleure cuisinière que je connaisse, mais visiblement ses compétences en matière de séduction sont quelque peu rouillées !

— C'est si évident que cela ? plaisanta Lucy.

— Pas à mes yeux, répondit-il.

Il aimait que les choses soient simples. Pas de jeux ni de faux-semblants. Pas d'histoires surtout.

— Et voilà, dit Delanie en posant une bière devant lui. Trinquons à notre nouvel ami.

— Bien content de me faire autant d'amies d'un coup, dit-il, surtout du beau sexe !

— Ah, lui aussi il flirte, dit Lucy en adressant un clin d'œil à son amie aux yeux bleus comme des pierres précieuses.

— Ne lui prêtez pas attention, nous savons rester fréquentables, dit Delanie.

— Et donc ce soir vous ne travaillez pas, comment cela se fait-il ?

— J'ai embauché du renfort pour me libérer une soirée par semaine afin de sortir avec mes amies.

— Et afin d'essayer de rencontrer quelqu'un du même coup, plaisanta Hadley en jouant avec son verre de vin. Pourquoi pas un bel homme à l'air un peu perdu ? Est-ce qu'il y a quelque chose qui vous préoccupe, ce soir ?

— Cela a peut-être à voir avec votre décoratrice de Dallas, suggéra Lucy avec un sourire mutin. Je tiens un restaurant et je connais Ellie, il est impossible que vous ayez le moindre secret envers moi !

— La ville est petite, dit-il en haussant les épaules, et cela a l'avantage de m'éviter d'avoir à parler, d'autant que ce n'est pas mon fort et que vous faites cela très bien !

— Bien tenté, dit Lucy. Cela ne nous dit pas si vous aviez cette mine désabusée à cause d'une femme ou pas ?

— Ou pas, dit-il.

— Tant mieux, dit Hadley, qui hocha la tête et changea de sujet pour une discussion plus neutre sur l'expansion récente de la ville.

Il finit par commander de quoi manger et poursuivit la discussion avec ses trois cavalières toute la soirée. Elles étaient belles, intelligentes et drôles, et il n'avait pas la moindre tentation de les séduire, car aucune d'entre elles n'était… Rose.

Sans doute y avait-il tout de même une justice en ce bas monde… Dix ans auparavant il avait quitté Rose et, même s'il en avait souffert, il découvrait maintenant ce que l'on ressentait dans la peau de celui qui était délaissé.

Rose s'envola bien trop tôt de Dallas pour Helena, où elle dut attendre près d'une demi-journée sa correspondance pour Blackwater Lake. Elle avait envoyé un SMS à Lincoln pour lui dire qu'elle rentrerait ce jour, sans préciser l'horaire d'arrivée de son vol. Il l'attendait pourtant au carrousel à bagages.

À l'aéroport de Dallas, elle aurait pu facilement passer inaperçue dans la foule, mais ce nouveau terminal était proportionnel à la taille de la ville. Impossible donc de l'éviter.

Elle se planta devant lui, cherchant par tous les moyens à tempérer les battements de son cœur qui s'affolait.

— Salut, Linc.

— Bienvenue.

— Merci. Qu'est-ce que tu fais là ?

— Je suis venu te chercher.

— Comment as-tu trouvé l'horaire de mon vol ? demanda-t-elle, contrariée par sa présence.

— Il n'y a qu'une seule connexion avec Helena, ce n'était pas sorcier.

Dire qu'elle avait espéré ne le revoir qu'en compagnie de sa famille, afin d'éviter un tête-à-tête qu'elle appréhendait.

— Ce n'était pas nécessaire, tu sais.

Il saisit sa valise et se mit en marche.

— C'est bien le moins que je puisse faire…

Son ton visait à l'apaisement, comme s'il avait senti qu'il n'était pas évident d'interagir avec lui. Et c'était en effet une gageure. Son baiser avait mis en péril leur équilibre instable alors qu'elle était elle-même engagée dans une relation de son côté.

*Était*, en effet, car aujourd'hui Chandler appartenait au passé et ce, en partie, à cause de ce baiser.

Elle se sentait horriblement mal de ce qu'elle avait fait à Chandler, mais elle n'avait pas eu d'autre choix… Ne rien faire alors qu'elle avait pris conscience qu'elle ne l'aimait plus aurait été insoutenable. Grâce à Lincoln, au moins en avait-elle pris conscience.

— Pourquoi es-tu rentrée, Rose ?

Elle leva les yeux vers lui.

— Je ne vais pas répondre à ta question.

— Vraiment ? J'imaginais que tu ferais au moins l'effort de me répondre quelque chose de l'ordre de : « C'est compliqué ! »

— Oui, maintenant que tu le dis, je regrette de ne pas en avoir eu l'idée.

— Qu'est-ce que tu ne veux pas me dire ?

Elle imagina un instant prétendre qu'elle était allée rendre visite à sa mère, ce qui n'était pas totalement faux, mais elle le connaissait et savait qu'il ne se satisferait pas de si peu.

— Cela ne te regarde absolument pas, c'est tout.

— Cela me regarde forcément un peu, dit-il en activant sa clé pour déverrouiller sa voiture, puisque tu travailles pour moi.

— Tu as raison sur ce point.

Lorsqu'ils s'étaient mariés, elle était jeune et prête à tout pour lui. Mais le temps avait passé et elle s'était affirmée, il était temps de le lui faire entendre.

— Cependant, ma présence physique à Blackwater Lake n'est nullement requise pour me permettre de remplir mes obligations contractuelles envers toi.

— Vraiment ?

— Absolument, j'ai d'ailleurs mis à profit mon

déplacement pour te préparer une sélection de styles sur lesquels nous pouvons travailler dès que tu seras prêt. Maintenant, si tu le veux.

Il plaça sa valise dans le coffre et tourna vers elle une mine perplexe.

— Eh bien, pourquoi pas demain ?

— Comme tu préfères.

Sans un mot, il passa devant elle pour aller lui ouvrir la portière avant, comme il le faisait systématiquement.

— Quel gentleman, marmonna-t-elle, narquoise. Tu n'as vraiment pas besoin de faire cela…

Elle devait paraître particulièrement ingrate, mais elle n'avait jamais apprécié ce côté chevaleresque.

— J'ai été élevé comme cela.

— Moi, ça me met mal à l'aise… Sans doute parce que je n'ai pas connu mon père et que je n'ai pas de modèle masculin…

— Un psychologue s'en donnerait à cœur joie avec toi, j'imagine.

— Dans ce cas, nous faisons la paire : moi sans père et toi qui en as deux… Peut-être qu'un psy accepterait de nous faire un tarif de groupe !

Il rit.

— Très drôle ! dit-il en se mettant au volant. Est-ce que tu as faim ?

— Pourquoi me demandes-tu cela ?

— Parce que tu es particulièrement désagréable, ce soir, et aussi parce que je n'ai pas encore dîné et qu'il serait sans doute judicieux de s'arrêter quelque part. Et, en dernier lieu, parce que je n'ai pas très envie de dîner seul, dit-il. J'espère que cela suffit comme justifications ?

— C'est plutôt exhaustif, reconnut-elle. Oui, j'ai assez faim.

— Parfait, je sais où nous pourrions aller.

Vingt minutes plus tard ils prenaient place à une table du Bar None. Le lieu était simple et plaisant, avec beaucoup de caractère et de charme à la fois. Le bar à l'ancienne arborait une barre en cuivre pour les pieds et des tabourets hauts en bois qui avaient fini par rayer le plancher. Les murs étaient décorés de photos de cow-boys et de coupures de journaux aux pages jaunies.

— J'aime assez cet endroit, dit-elle.

— C'est plutôt calme, ce soir, alors que c'était comble pour *ladies' night*.

— J'en déduis que tu es sorti pour la soirée en question. Tu cherches à rencontrer quelqu'un ?

Cette simple idée la contrariait, évidemment, mais, avant qu'il ait le temps de lui répondre, une très belle femme à la chevelure rousse s'avança à leur rencontre.

— Bonsoir, Linc, je ne pensais pas te revoir aussi vite ! J'ai eu peur que nous ne t'ayons effrayé l'autre soir !

— Il m'en faut un peu plus que trois jolies jeunes femmes pour cela.

Trois femmes ? Il valait mieux se présenter avant de poser des questions.

— Je suis Rose Tucker, dit-elle en lui tendant la main. Je travaille pour Linc en tant que décoratrice d'intérieur.

— Delanie Carlson. Enchantée de vous rencontrer, Rose, je suis la propriétaire de ces lieux, j'ai pris la suite de mon père. À quoi dois-je le plaisir d'une nouvelle visite aussi rapide ? demanda Delanie à Lincoln.

— Je viens de récupérer Rose à l'aéroport, et j'ai pensé que…

Le regard de Delanie sembla s'allumer.

— Ah, je comprends mieux !

— Pardon ? interrogea Rose.

— Je comprends mieux pourquoi Lincoln avait l'air aussi perdu le soir de *ladies' night*.

Il toussota comme s'il allait s'étouffer.

— Pas du tout, j'ai toujours le même air, je ne me sentais pas perdu.

— Vraiment ? Pourtant tu n'as pas la même expression ce soir, souligna Delanie.

Décidément, cette femme était vraiment très fine et elle se sentit rassérénée par ce petit échange, même s'il était ridicule qu'elle se réjouisse de ce genre de détails.

— Je suis affamée, lança-t-elle pour changer de sujet. Qu'est-ce que vous me recommanderiez ?

— Si vous aimez les hamburgers, nous en faisons qui sont inoubliables, répondit Delanie.

— Très bien, avec des frites, dans ce cas.

— Même chose pour moi, renchérit-il. Avec une bière. Et toi, Rose ?

— Un verre de vin rouge. Vous avez du cabernet ?

— C'est noté, je vous apporte vos boissons sans tarder et je lance vos hamburgers.

— Merci.

Elle la regarda s'éloigner.

— Je l'aime bien, dit-elle.

— Oui, et tu apprécierais ses amies aussi, j'en suis sûr, ajouta-t-il.

— C'est ton cas ?

— Oui, dit-il en haussant les épaules. Elles m'ont invité à leur table le soir de *ladies' night* alors qu'il n'y avait plus un siège dans toute la salle.

— Je vois, elles ont volé à la rescousse d'un pauvre homme en détresse…

Elle savait bien qu'il était très bel homme, il était assez inévitable qu'il attire l'attention des femmes…

— Tu parles comme une femme jalouse ! dit-il en haussant un sourcil.

— Et toi tu te comportes comme un mari infidèle qui essaye de se justifier !

— Nous sommes en pleine procédure de divorce, même si c'était le cas, nous sommes légalement séparés !

— Justement, rappelle-moi de contacter ton avocat pour savoir comment cela avance.

— Je lui demanderai de t'appeler.

Pourtant, l'idée qu'ils étaient encore mariés la poursuivait. Et son baiser avait réveillé des souvenirs intimes. Le souvenir de son contact, de leurs étreintes et des nuits merveilleuses qu'elle avait passées avec lui.

Heureusement qu'il ne savait pas qu'elle avait rompu avec Chandler.

Mais il avait un tel charisme… Il fallait d'ailleurs qu'elle se prémunisse contre ça, car cet homme qui l'avait trahie dix ans plus tôt était le même, et il était capable de la faire souffrir à nouveau.

Abandonner son cœur entre ses mains une nouvelle fois était un risque qu'elle ne pouvait pas courir. Le prix à payer en serait bien trop élevé.

# - 9 -

Le jour suivant, dans son appartement, Lincoln attendait avec impatience de voir le travail de Rose.

Elle avait apporté son ordinateur pour lui faire des propositions en contexte et lui permettre de mieux visualiser les options. En réalité, ce qui l'intriguait vraiment c'était elle. Sa simple présence.

— Je t'ai dit hier soir que j'avais profité de mon déplacement pour préparer quelques présentations, j'espère que cela te plaira.

— Montre-moi.

Tout en elle lui plaisait, il fallait le dire, et il était particulièrement sensible à son charme à cet instant, alors que la lumière du matin traversait les fenêtres pour venir lui caresser la joue.

— Voici la première simulation. Tu as la cuisine et le séjour où nous nous trouvons maintenant avec du mobilier contemporain, des formes courbes et lisses.

Comme elle, songea-t-il en l'imaginant sous la douche, l'eau tiède roulant sur sa peau et…

— Les tables sont en verre, dit-elle, interrompant ses rêveries sensuelles. Elles s'assemblent par des fixations simples. Le bar vient délimiter les deux espaces, sans les clore, et te permet d'avoir un point de service si tu reçois un peu de monde.

— Non, cela n'arrivera pas.

— Tu ne reçois jamais tes amis ?

— Je vais leur rendre visite, si tu veux, mais je ne cuisine pas chez moi.

— Bien, en tout cas tu auras de l'espace, et voilà la chambre principale, toujours dans ce même esprit contemporain, avec un lit à baldaquin réinterprété de façon très moderne.

— On croirait une cage ! dit-il en découvrant les quatre montants métalliques du lit.

— Le mobilier peut toujours être modifié, l'idée est de trouver une atmosphère générale qui t'inspire, des couleurs, un concept. L'idée générale ici est un ton plutôt sophistiqué et chic.

Il passa en revue chaque pièce avant de hocher la tête.

— Je dois te dire que je n'aime pas trop.

— D'accord, peux-tu me dire pourquoi ?

— Je trouve que c'est froid et impersonnel.

— On peut réchauffer les couleurs avec plus de jaune et d'or et moins de bleu et gris. Est-ce que tu arrives à te le représenter ?

— Oui, mais je ne crois pas que ce soit le problème, c'est simplement trop…

Il chercha ses mots.

— Tu n'as pas de coup de cœur, c'est tout, je comprends, dit-elle. Il manque l'étincelle.

— Voilà, c'est cela.

— C'est noté, passons à un autre projet plus original, peut-être.

Cette fois-ci, il découvrit des formes géométriques avec des couleurs vives, du turquoise, de l'orange, du mobilier jaune et rouge, des tapisseries aux murs et des coussins partout.

— Non, dit-il… Je ne le sens pas. Pas d'étincelle !

— D'accord, passons les pièces en revue pour que tu détailles ce qui ne te convient pas.

Il la laissa faire.

— Si je comprends bien, rien ne trouve grâce à tes yeux dans ce projet non plus ?

— Désolé, dit-il en haussant les épaules.

— Je pensais vraiment que cela te plairait, pourtant, dit-elle, légèrement déçue.

— Si cela peut te faire plaisir, je veux bien…

— Non, bien sûr que non, il faut que tu sois sincère et que le résultat final te plaise complètement. Je m'étais inspirée de ton appartement du Texas lorsque nous nous sommes connus.

Celui qu'il avait pensé vendre pour leur trouver une maison où s'installer et fonder une famille ensemble. Il sentit les regrets distiller leur amertume en lui en songeant à ce rêve brisé. Depuis cette époque, il avait appris que les rêves étaient des pièges. Il ne fallait pas en avoir, cela évitait d'être déçu.

— C'était dans une autre vie, depuis…

— Tu as changé, bien entendu, dit-elle. Allez, la troisième présentation sera peut-être la bonne.

Pourtant ce ne fut pas le cas.

— Qu'est-ce qui ne te plaît pas cette fois ? demanda-t-elle, avec une pointe de découragement dans la voix.

— Cela me paraît trop douillet, tout est trop rond, oui, c'est cela, trop de rondeur…

— Vraiment ? Je n'ai jamais entendu ce genre de reproche, je dois dire ! « Trop de rondeur ? » Qu'est-ce qui ne va pas avec tout ce que je te propose, Linc ?

— Je ne vois pas de quoi tu veux parler, tu me demandes mon avis et je te le donne.

— J'ai l'impression que tu refuses tout ce que je te montre délibérément. Tu n'es pas un peu étroit d'esprit ?

— Étroit d'esprit, moi ? Je croyais pourtant que le client était roi !

— J'ai simplement l'impression que tu compliques

mon travail à dessein, mais je sais que le design est un peu comme les hommes : il faut en embrasser beaucoup pour trouver le bon. Cependant, je dois avouer que tu es particulièrement retors avec moi : l'orange c'est pour Halloween, les chromes te donnent envie de remettre tes lunettes de soleil, et tout est « trop rond ».

— Tu ne serais pas un peu trop susceptible, par hasard ?

— Peut-être bien, mais ne traînerais-tu pas un peu les pieds en retour ?

— Pourquoi est-ce que je ferais cela ?

Il avait bien une petite idée, mais il préférait la garder pour lui… Cela n'aurait-il pas un lien avec son voyage à Dallas et la crainte qu'elle ne reparte trop vite, une fois son contrat rempli ?

— Tout ce que je peux dire, c'est que nous avons des façons tellement différentes de voir les choses que nous avons sans doute bien fait de divorcer ! s'exclama-t-elle.

— Même si, techniquement, nous n'avons pas encore signé les papiers du divorce, ma chère.

— Je le sais bien, mais Mason m'a donné une idée des délais, dit-elle d'un air contrarié. En revanche, notre histoire personnelle interfère peut-être avec ce projet de décoration. Il y a des tensions entre nous, ce divorce non réglé…

Il aurait pu lui parler de la tension qui l'habitait, mais ce n'était pas au divorce qu'il pensait. Il l'imaginait dans son lit, dans ses bras, c'était bien là ce qui le hantait chaque seconde. Il avait des visions de ses mains caressant chaque centimètre carré de sa peau soyeuse et la seule chose qui l'arrêtait était l'idée qu'elle avait déjà un homme dans sa vie.

— Tu ressens des tensions entre nous ? demanda-t-il en tâchant de garder un ton de voix neutre.

— Pas exactement, répondit-elle, mais si tu préfères faire appel à quelqu'un d'autre je comprendrai.

— Tu veux cesser notre collaboration ?

— Non, j'ai besoin de ce contrat, mais il faut que tu sois satisfait de mon travail et, si ce n'est pas le cas, il est important que tu fasses appel à quelqu'un d'autre.

— Mon cadre de vie ici est primordial et je suis certain que tu es la personne la plus qualifiée pour s'en occuper, répondit-il.

La vérité était qu'il avait une dette envers elle et qu'il se sentirait mieux s'il arrivait à l'apurer.

— Bien. Je vais donc me remettre au travail, mais il va falloir que tu me dises un peu ce que tu aimes, et pas simplement ce que tu n'aimes pas, Lincoln Hart.

— Chez toi.

Il n'avait pas prévu de dire cela, mais les mots lui avaient échappé. Et c'était la vérité.

— Pardon ?

— Je veux parler de ton appartement. J'ai aimé ce qu'il dégageait, il était chaleureux et accueillant.

Lui aussi, il voulait un appartement chaleureux et accueillant. Mais elle n'habiterait jamais ici, il ne devait pas l'oublier.

— Bien, dans ce cas, voici ce que nous allons faire, dit-elle avant de s'interrompre, l'air pensif.

— Le suspense est à son comble…

— La plupart de tes remarques portaient sur les couleurs et le mobilier. Nous commencerons donc par là. Je vais passer en revue différents types de meubles et tu me montreras ce que tu aimes.

Ce qu'il aimait, c'était son corps, ses lèvres, ses yeux…

— Il y a un grand magasin de meubles à une heure de Blackwater Lake, peut-être que nous pourrions y aller ensemble ? suggéra-t-il.

— Bonne idée, si tu peux te libérer.

— Je peux.

L'idée d'une sortie en sa compagnie était trop alléchante. Il n'arrivait pas à résister à la tentation de passer du temps avec elle, même s'il savait que ce n'était qu'une façon de repousser à plus tard son châtiment.

Un châtiment qui commencerait le jour où elle aurait terminé son contrat et disparaîtrait de sa vie.

Lincoln avait passé quelques sombres journées après leur rendez-vous à son appartement et le passage au magasin de meubles. Son idée de lui proposer du travail pour sauver son entreprise et essayer ainsi de se racheter dix ans plus tard pour leur rupture brutale lui avait semblé parfaite sur le moment, mais s'était révélée terriblement compliquée à mettre en pratique après leur baiser. Il devait maintenant vivre sous le même toit qu'elle, tout en gardant ses distances.

Il leva les yeux vers la fenêtre qui donnait sur Black Mountain. La vue était exceptionnelle. Il avait fait le bon choix en venant s'installer ici et il espérait que le départ de Rose ne viendrait pas changer cette sensation. Après ces moments partagés, la perspective de cette ville sans elle était beaucoup moins réjouissante. Avait-il saboté sa présentation de façon inconsciente afin de repousser le moment de la séparation ? Il devait prendre garde à ne pas la décourager non plus et se montrer suffisamment coopératif.

Il prit place derrière son nouveau bureau dans les locaux de Burke et Sloan Holden et allumait son ordinateur portable lorsque la porte s'ouvrit.

— Sam, mon frère, ça c'est une surprise !

— Salut, Linc, Alex m'a dit que je te trouverais ici.

— Et pourquoi me cherchais-tu donc ?

— Pour te saluer !

Il savait que Sam avait en projet de domicilier des bureaux financiers à Blackwater Lake et avait prévu de venir visiter les lieux, mais il avait la sensation qu'il ne s'agissait pas que d'une décision purement stratégique. Non, il y avait autre chose derrière tout cela, il le sentait.

— Ellie a réussi à te convaincre, toi aussi ?

— Sur le fait que cette ville est le meilleur endroit sur terre pour repartir de zéro ? plaisanta son frère. C'est possible, mais je ne l'avouerai jamais en sa présence.

— Comment pourrais-je trahir la confiance d'un frère ? plaisanta-t-il avec un pincement au cœur en prononçant le mot « frère ». Qu'en dit le reste de la famille ?

— Tu connais maman, elle fait toujours un drame avant de nous donner sa bénédiction…

— Et toi, tu es heureux de quitter Dallas ?

— Oh oui, tant que je laisse derrière moi les souvenirs de mon divorce et le risque de croiser mon ex-femme…

— Tu as vécu une période vraiment difficile.

— *Difficile* ? C'est un mot bien insignifiant pour décrire l'enfer dans lequel cette femme m'a entraîné, dit Sam en soupirant.

— Et que dit Hastings au sujet de ton projet d'ouvrir un bureau ici ?

— Papa ?

— Oui, enfin, ton père, pas le mien, je te le rappelle.

Une fois encore depuis qu'il avait appris la vérité, il étudia les traits et la stature de son demi-frère. Lui-même mesurait déjà plus d'un mètre quatre-vingts, mais Sam avait quelques centimètres de plus que lui. Ses cheveux étaient plus foncés, aussi. Ils avaient tous les deux les yeux bleus, même si les teintes étaient un peu différentes. Ellie, Sam et Cal avaient tous les trois le menton de leur père, tandis que lui, évidemment…

Ses traits lui provenaient pour moitié d'un inconnu avec qui sa mère avait eu une liaison. Un homme qui avait profité de la vulnérabilité d'une femme en train de se séparer de son mari.

— Il est pour, il a toujours prêché en faveur de l'expansion de l'entreprise. Je ferai des allers-retours les premiers temps, en attendant que la maison que je fais construire soit terminée.

— Tu fais bâtir ? Je l'ignorais, Ellie ne m'en avait pas parlé.

— C'est étonnant, car elle en est l'architecte et Alex est chargé de la construction. Mais, tant qu'on en est aux nouvelles, elle m'a parlé de Rose et toi…

— Que t'a-t-elle dit, exactement ?

— Que tu as à ton palmarès le plus court des mariages de la dynastie des Hart.

— Je ne suis pas un Hart.

Sam leva une main devant lui.

— Ce n'est absolument pas ce que je voulais dire, arrête avec cela. Selon notre sœur chérie, il y a encore quelque chose entre Rose et toi après tout ce temps.

Il haussa les épaules.

— Ellie est trop romantique, elle voit ce qu'elle a envie de voir !

— Écoute, elle m'a dit pourquoi tu avais mis fin à votre mariage, et aussi comment tu as réussi à rater ton divorce ! Belle performance !

— Elle ne m'épargnera rien ! grommela-t-il.

— Et elle n'est pas la seule, si tu veux mon avis, même si je comprends que le fait d'apprendre que celui que tu pensais être ton père ne l'était pas t'a dévasté.

— Bien. Tu comprends donc pourquoi Rose m'est interdite ?

— Si tu pensais vraiment cela, pourquoi la faire venir pour décorer ton appartement ?

Il expliqua ses difficultés financières et l'espoir qu'il avait eu de s'amender auprès d'elle.

— Pour tout te dire, je ne comprends toujours pas, répondit Sam.

— Sérieusement ?

— Écoute, dix ans ont passé, tu as toujours les yeux qui brillent quand tu parles d'elle et vous êtes encore mariés. On dirait qu'il y a un certain nombre de bonnes raisons pour vous offrir une deuxième chance, non ?

— Après ce que tu viens de traverser sentimentalement de ton côté, tu crois vraiment être le mieux placé pour me donner des conseils ? De toute façon, il n'y a rien entre Rose et moi et il ne peut rien y avoir, étant donné que ma situation a changé.

— Oui, elle a changé, tu as eu un sacré paquet d'années pour t'en remettre et l'oublier, elle. Et, si Ellie a raison lorsqu'elle évoque une alchimie entre vous, je maintiens que c'est quelque chose que tu devrais explorer.

— Ainsi parle l'homme qui a juré qu'on ne l'y reprendrait plus ?

— C'est de toi que tu parles, pas de moi.

— Est-ce que c'est Ellie qui t'a envoyé pour me parler ?

— C'est de l'information top secret.

— Je prendrai cela comme un « oui », dans ce cas. Et je suis bien décidé à ne pas laisser Ellie abuser de ses pouvoirs sur moi.

— Eh bien, bonne chance avec cela, petit frère !

— Oui, ce ne sera pas évident, mais je sais de façon certaine que notre sœur fait fausse route.

— Ah oui ?

— Déjà parce que Rose est en couple et que c'est une ligne que je ne franchirai pas.

— Lui dire ce que tu ressens n'est pas franchir une ligne, pourtant.

— Non, impossible. Les choses n'ont pas changé sur le fond, je ne suis pas un Hart. Lorsque nous nous sommes mariés, elle pensait épouser quelqu'un que je ne suis pas.

— Mais maintenant elle le sait, est-ce que cela a encore de l'importance ?

— Oui, pour moi, dit-il en se mettant à faire les cents pas dans le grand espace du bureau. Je ne sais pas qui je suis !

— Est-ce que tu te rends seulement compte que c'est une attitude aussi archaïque que ridicule ?

— Facile à dire pour toi, tu n'as pas appris un beau jour que tu étais un bâtard.

— Tu es la même personne que j'ai connue et avec qui j'ai grandi. Tu es le même frère, et fils, que toujours.

— Non. Aujourd'hui, la moitié de moi-même est un mystère.

— Bon, si tu veux, mais à qui la faute ?

— Si je ne réfléchissais pas trop longtemps, je dirais que c'est la faute de notre mère et de l'homme qui l'a séduite.

— Ce n'est pas ce que je voulais dire. Je pensais à cet ADN mystérieux : va le chercher. Trouve-le et remplis les vides ! Si c'est l'inconnu qui te paralyse, essaye de mieux connaître ton père biologique.

Il arrêta son va-et-vient.

— Et si je découvre que cet homme n'est qu'un sale type qui a abusé de maman ?

— Ce sera son problème, pas le tien.

— Pourtant j'ai quitté Rose il y a dix ans. Je l'ai abandonnée comme mon père a abandonné notre mère. Je sais qu'il s'était marié quatre fois et avait divorcé à trois reprises.

— Pauvre homme…

— Et si j'avais hérité cela de lui ?

— Vos situations ne sont pas comparables, enfin. Écoute-toi un peu, tu n'entends pas à quel point ton raisonnement est stupide ? Tu es quelqu'un de bien, enfin ! Laisse toutes tes questions de côté et appelle cet homme, va le rencontrer, apprends à le connaître et libère-toi de tes fantômes.

Il hocha la tête.

— Je vais y penser.

— Eh bien, je m'attendais plutôt à ce que tu m'envoies au diable.

— J'y ai fortement pensé, sois-en sûr, répondit-il, amusé.

— Et je suis impatient de rencontrer Rose ce soir, lâcha-t-il, une lueur narquoise dans le regard. Ellie m'a invité à dîner avec vous.

— Non !

Il sourit, pourtant. S'il lui restait des fondations solides, c'était bien celles que lui offraient ses frères et sa sœur après la grande révélation qu'il avait reçue dix ans plus tôt. Il avait commencé à penser à eux en termes de demi-frères ou sœur, mais il avait grandi avec eux et il était heureux que Sam, Cal et Ellie soient toujours dans sa vie et ne le traitent pas différemment.

Et si Sam avait raison ? Peut-être était-il temps d'affronter l'homme qui avait gâché sa vie ?

Quant à Rose, il devait prendre garde à ne pas franchir la ligne rouge avec elle et risquer de la faire souffrir. Il devait trouver la force de ne pas l'embrasser à nouveau.

# - 10 -

Rose travaillait dur pour essayer de produire une maquette qui impressionnerait Linc. Depuis ses critiques sans fin sur ce qu'elle estimait être parmi ses projets les plus réussis, elle était déterminée à lui en mettre plein la vue.

Comme il lui avait dit qu'il aimait son appartement, cela lui donnait un point de départ, même si chez elle tout provenait de brocantes et de marchés aux puces. Elle devait donc essayer d'imaginer ce qu'elle aurait fait chez elle si elle avait eu de l'argent.

Lorsqu'elle entendit du bruit en provenance du séjour, elle jeta un coup d'œil à son téléphone et nota qu'il était presque l'heure du dîner. Temps pour elle de sortir de son bureau. Il fallait bien admettre qu'elle s'était enfermée aussi pour éviter d'avoir à croiser Linc…

La façon qu'il avait de la regarder avait un étrange effet sur elle. Exactement comme à l'époque où elle l'avait rencontré… Juste avant qu'il ne lui brise le cœur. Mais elle avait gagné en expérience avec le temps et il n'y avait aucune raison que cela arrive de nouveau. Il lui suffirait de rester vigilante.

Elle éteignit son ordinateur et se rendit dans la cuisine. Tout le monde était là, Ellie avec Leah dans les bras, Alex et Lincoln. Il y avait aussi un autre homme, très bel homme, d'ailleurs, qu'elle avait déjà croisé à Hart Industries lorsqu'elle y travaillait.

— Rose, te voilà ! dit Ellie. Nous étions sur le point de lancer une alerte enlèvement !

— Pardon, j'étais absorbée dans mon travail, je n'ai pas vu le temps passer. C'est le prix à payer lorsqu'on a affaire à un client exigeant.

— Voici donc Rose, dit l'homme qui l'observait comme s'il ne l'avait jamais vue par le passé.

Il ne l'avait sans doute pas remarquée à l'époque car il y avait énormément de personnel au sein de Hart Industries.

— C'est moi, répondit-elle. Je plaide coupable !

— Je suis Sam Hart, le frère d'Ellie et de Linc.

— Enchantée, dit-elle en lui serrant la main. Rose Tucker, je suis la décoratrice de Linc et une encombrante résidente chez Ellie et Alex !

— Quel dommage que Cal ne soit pas des nôtres, dit Ellie, nous aurions été au grand complet. Mais pour cela il faudrait au moins une intervention divine !

— Pourquoi donc ? demanda-t-elle.

Si elle ne se trompait pas, elle n'avait pas souvenir d'avoir jamais croisé Cal Hart.

— Il ne quitte son bureau que pour dormir, c'est un fou de travail, expliqua Sam en dénouant sa cravate de soie rouge. Il m'inquiète, parfois.

— Moi aussi, renchérit Ellie. Il n'a pas pris de vacances au moins depuis cinq ans, si tant est qu'il en ait jamais pris ! Il faut que nous l'aidions à se ménager avant qu'il ne finisse comme Lincoln, qui a joué les globe-trotters pendant deux ans sans donner signe de vie.

— Cela n'a rien à voir, répondit-il en attrapant la bière que lui tendait son beau-frère. Mais, si vous voulez déblatérer sur mon compte, finissons-en et passons à autre chose.

C'était drôle d'observer ces échanges piquants entre frères et sœur.

— C'est moi, ou le fait qu'il nous donne sa bénédiction gâche tout le plaisir des médisances ? souligna Rose.

— Ce n'est pas faux, dit Sam.

— C'est une stratégie particulièrement bien pensée ! ajouta-t-elle.

— Merci, je prends cela comme un compliment, répondit Linc, un sourire mielleux aux lèvres.

— Je ne crois pas que ce soit un compliment de la part de ta future ex-femme, répliqua Sam.

Elle resta sans voix. En fait, elle n'avait aucune idée de ce qu'elle pouvait attendre de ce genre de réunions familiales, mais elle trouvait que la meilleure façon de se confronter à une situation embarrassante restait de l'affronter directement.

— Quel sens de l'à-propos, Sam, dit-elle. Je pense que nous allons devenir amis, tous les deux.

— Tu devrais réfléchir à deux fois à ce divorce, frangin ! Ta femme est aussi maligne qu'elle est belle. Hélas, elle n'a pas encore saisi qu'elle travaillait pour un incompétent…

— Bien, je pense qu'on a fait le tour de ce qu'il y avait à dire de désagréable sur mon compte, souligna Linc, fin de la récréation !

— Est-ce que tu comprends pourquoi il ne nous a jamais parlé de Rose ? demanda Ellie à Sam, comme si Linc n'était pas dans la pièce.

— Je crois que, si je rencontrais quelqu'un comme Rose, j'aurais aussi la tentation de la garder pour moi tout seul…

— Mais ce n'est pas le cas, trancha Linc.

Dans les bras de sa mère, Leah s'impatientait et Ellie la déposa au sol. Quant à elle, elle appréciait cette discussion fraternelle qui l'éclairait sur la personnalité de Lincoln et accessoirement le mettait à la torture.

— Je n'arrive pas à croire que Lincoln ait été suffisamment amoureux pour se marier et qu'il ne nous en ait jamais parlé, même quand il a disparu ensuite…

Elle comprit ce qu'Ellie exprimait. Elle avait vécu un peu la même chose de son côté : l'homme qu'elle aimait avait quitté le pays en la laissant presque sans une seule explication. Maintenant qu'elle en avait une, elle comprenait qu'il s'était senti trahi de façon réellement profonde par ses parents.

— Vous savez, depuis que j'ai compris ce que Linc avait traversé juste après notre mariage, j'ai essayé de me mettre à sa place. Comment auriez-vous réagi en découvrant que votre père ne l'était pas ?

— Merci, Rose, dit-il aussitôt. Merci de me soutenir.

— Tu es vraiment trop bonne envers lui, souligna Ellie. Même si tu as raison, dans le fond.

— Oui, je suis d'accord, renchérit Sam. Il reste notre frère et nous l'aimons, mais cela ne nous enlève pas notre privilège de pouvoir le critiquer aussi souvent que nécessaire, ne serait-ce que pour lui éviter de finir comme un reclus excentrique.

— Bien, je pense que nous avons à peu près épuisé le sujet, dit Linc sèchement. Et, si vous n'avez aucune pitié pour moi, pensez à Rose, je ne suis pas certain qu'elle ait envie de voir cette période de son passé étudiée et commentée sans fin.

— Tu as raison, dit Ellie.

Elle les écoutait débattre et pouvait sentir toute l'affection et la tendresse qu'ils éprouvaient les uns pour les autres. Elle devinait qu'il y avait un historique de disputes et de moqueries depuis l'enfance, qu'ils perpétuaient avec plaisir. Personne ne traitait

Linc différemment à cause de son histoire paternelle, cependant…

Étrangement, elle se sentait solidaire de lui, à cet instant. Le fait de mieux comprendre ce qu'il avait traversé à l'époque où il avait disparu de sa vie l'aidait à se mettre à sa place. Mais il y avait sans doute autre chose…

Elle redoutait que son baiser n'ait permis à la glace qui emprisonnait et protégeait son cœur de commencer à fondre.

Le matin suivant, Linc se trouvait dans la salle de bains qu'il partageait avec Rose, douché, habillé et rasé de près. Il avait besoin de café. D'autre chose aussi, mais mieux valait se concentrer sur la caféine pour le moment. L'idée de Rose allongée dans son lit de l'autre côté de cette porte l'empêchait de se détendre. Il prit sur lui et gagna la cuisine, qu'il trouva vide et inhabituellement silencieuse.

Il avait l'habitude d'entendre les babillages de sa nièce, les rires de sa sœur ou la voix grave d'Alex. Ces sons étaient ceux des familles heureuses. Des sons qu'il n'entendrait pas dans son appartement.

Son père biologique s'était marié quatre fois et avait divorcé trois fois. Lui-même avait mal commencé sa vie sentimentale, ce qui était un avertissement suffisant pour le prémunir contre un nouvel échec. Pourtant, lorsqu'il était ici, au sein de la famille d'Ellie, où il les voyait tous si heureux, il en venait à envier ce qu'elle avait, à commencer par le nom Hart qu'elle portait légitimement.

Il se dirigea vers la cafetière où il trouva un mot laissé par sa sœur.

*Cher Linc,*

*Alex et moi avions des rendez-vous matinaux. Sers-toi librement dans la cuisine, le café est prêt à passer, il te suffira d'appuyer sur le bouton, je suis certaine que tu en seras capable ! Et, si jamais tu ne t'en sors pas, soit tu te laisses mourir de faim, soit tu invites Rose au Harvest Café, c'est un régal ! À ce soir pour dîner. Ta sœur préférée.*

Il appuya sur l'interrupteur de la cafetière en souriant. La machine se mit en marche et il perçut le bruit de la douche en provenance de l'étage, ce qui lui indiqua que Rose serait bientôt prête pour le petit déjeuner. Il jeta un coup d'œil dans le réfrigérateur. Des œufs, du fromage, des champignons et des tomates, avec tout cela il pouvait préparer des œufs brouillés fort corrects. Il restait aussi du melon et des muffins, qui seraient parfaits en accompagnement. Il attaqua les préparatifs. Le café était prêt, il sortit deux tasses qu'il remplit et plaça sur la table.

Rose arriva un instant plus tard. Il n'arrivait à déterminer ce qui chez elle lui faisait un tel effet chaque fois qu'il la voyait. Ce matin, elle portait un simple T-shirt blanc et un jean ajusté qui mettait en valeur ses formes, et cela suffisait à le mettre au supplice. Ses cheveux bruns attachés en une rapide queue-de-cheval retombaient en quelques mèches autour de son visage. Elle n'était pas maquillée et pourtant, ainsi, elle était la plus belle femme qu'il ait jamais vue.

— Où est Ellie ? demanda-t-elle en entrant dans la cuisine.

— Elle avait un rendez-vous de bonne heure, nous sommes livrés à nous-mêmes.

— On dirait qu'elle avait tout préparé, en tout cas ?

— Oh ! ça ? Non, c'est moi.

— Tu sais cuisiner ?

— Ne sois pas si surprise, j'ai quelques compétences.

— Je n'en doute pas, répondit-elle, mais je ne savais pas que la cuisine en faisait partie.

— Il y a beaucoup de choses que tu ne sais pas à mon sujet, figure-toi !

— C'est vrai, dit-elle en fronçant les sourcils.

Il regretta aussitôt son commentaire car, une fois de plus, cela ravivait les souvenirs du temps de leur mariage éclair. Lui-même ignorait ce qui la faisait rire à tous les coups, ou quelles caresses la menaient immédiatement au plaisir. Il aurait aimé savoir cela et il était le seul à qui il pouvait s'en prendre… Il lui restait maintenant à essayer de réparer les dégâts.

— Un café ? demanda-t-il.

— J'ai bien cru que tu ne me le proposerais jamais.

— Il est prêt, dit-il en l'invitant à table. Le menu du jour est composé d'œufs brouillés aux champignons, tomates et fromage. J'espère que cela te conviendra.

— Je ne sais pas, je trouve cela un peu froid et impersonnel. Je ne suis pas sûre d'avoir l'étincelle, n'y a-t-il pas un peu trop de rondeur, dans ce petit déjeuner ?

Il sourit.

— Est-ce que tu te venges toujours sur tes clients qui ont le mauvais goût de ne pas valider tes projets ?

— Bien sûr que non, ce ne serait pas très professionnel, mais tu as droit à un traitement spécial !

— Quelle chance ! As-tu assez faim pour tenter de goûter à mes œufs brouillés, ou redoutes-tu que je t'empoisonne ?

— Je ne suis pas du genre à vivre dangereusement en temps normal, mais je suis prête à faire une exception…

— Prépare-toi à être éblouie !

— Je me prépare toujours à tout avec toi !

Il garnit deux assiettes avec les œufs brouillés et les

muffins grillés, coupés en deux et beurrés, puis il prit place à côté d'elle sur la table ronde en chêne.

Elle goûta une première bouchée.

— C'est très réussi, bravo.

— Je suis content que cela te plaise.

Ils se remirent alors à manger en silence, tandis qu'il pensait à la veille. Il s'était senti moins seul face à sa sœur et à son frère, grâce à son soutien.

— Merci d'avoir pris mon parti hier soir, Ellie et Sam m'ont fait passer un sale quart d'heure.

— Je prends toujours le parti des opprimés, c'est mon point faible…

À vrai dire, il s'était senti surpris lorsqu'elle avait volé à son secours. Il s'était attendu à ce qu'elle en rajoute et ne lui en aurait pas voulu plus que cela, d'ailleurs.

— En tout cas, je voulais que tu saches que j'ai noté ton intervention et que je l'ai appréciée.

— Je t'en prie.

— Au fait, as-tu des nouvelles de Chandler ?

— Non, répondit-elle sans décoller les yeux de son assiette.

— Ah ? Et il vous arrive souvent de rester quelques jours sans vous appeler ?

— Il n'y a pas de problème, si c'est ce que tu me demandes.

Ce n'était pas vraiment cela et elle n'avait pas répondu à sa question. Elle évitait carrément son regard.

— Qu'est-ce qu'il y a, Rose ?

— Rien de spécial, pourquoi ?

— Tu es une très mauvaise menteuse, ce qui est une qualité admirable à mes yeux, vu que j'ai souffert des mensonges toute ma vie, mais je vois bien que tu ne me dis pas toute la vérité. Que se passe-t-il avec Chandler ? Est-ce que vous vous êtes mariés à Las Vegas, lors de ton séjour ?

Elle leva les yeux, comme soulagée.

— Mais non !

— Dans ce cas, de quoi s'agit-il ?

Elle posa sa fourchette sur l'assiette.

— Eh bien, si tu veux tout savoir, je suis bien rentrée pour aller le voir, justement.

— Il te manquait trop ?

— Ce n'est pas ça.

— Alors quoi ?

— Personne ne t'a jamais dit qu'il était particulièrement pénible d'insister ainsi ? Mais puisque tu ne me laisseras pas tranquille tant que je n'aurai pas répondu, eh bien, sache que j'ai rompu.

Alors qu'il était pris d'une irrépressible envie de lever les bras au ciel dans un geste de célébration, il se reprit et préféra s'assurer qu'il avait bien compris.

— C'est pour cela que tu es partie ? Pour rompre avec lui et le lui annoncer face à face ?

— Oui.

Juste après leur baiser. Il était prêt à parier qu'il y avait un lien, que ce baiser avait représenté quelque chose pour elle. Et, pourtant, elle était revenue depuis quelques jours et ne lui en avait rien dit.

— Est-ce que tu m'en aurais parlé un jour ?

— Tu n'es pas obligé d'avoir tous les détails de ma vie personnelle, dit-elle sur un ton défensif. Pourquoi t'en aurais-je parlé ?

Parce que ce baiser avait signifié quelque chose pour lui. Et il voulait savoir qu'il n'avait pas été le seul.

— C'est étrange que tu en fasses un secret. Ce n'était pas nécessaire de me le cacher.

Du bout des doigts, elle effleurait sa tasse de café.

— Tu étais pourtant la dernière personne à qui j'avais envie d'en parler.

— Mais pourquoi donc ? Tu n'as pas fait mystère de

ta relation, et tu semblais très heureuse de me dire que Chandler et toi alliez vous marier, dit-il en cherchant son regard. Et puis, après, il y a eu notre baiser…

Elle poussa un long soupir.

— Le fait est que je n'ai pas confiance en toi, Linc. Cela n'a pas changé. Je croyais avoir été claire sur ce point.

— Est-ce que nous n'avions pas surmonté cela ?

— Écoute, je te crois lorsque tu me dis que tu regrettes ce qui s'est passé mais, comme tu l'as dit, il y a eu ce baiser.

— Et ? insista-t-il. Je te défie de dire que cela n'a rien signifié à tes yeux. C'est ce qui t'a poussée à rompre, n'est-ce pas ?

— Tu l'as dit, je ne sais pas mentir. Notre baiser était plaisant, oui.

— Mais…

Bon sang, il détestait ce mot !

— Mais je ne peux pas oublier le fait que tu m'as trahie une fois et qu'une nouvelle trahison serait le pire qui pourrait m'arriver.

Il ressentit l'envie furieuse de frapper de toutes ses forces dans le mur. Il s'en voulait tellement.

— Rose, jamais je ne te ferais du mal délibérément.

— Je le sais. Pas délibérément, je le comprends, mais cela pourrait arriver tout de même.

— Et tu n'es pas prête à courir le risque alors que tu as apprécié ce baiser autant que moi ?

— Nous ne sommes pas à la recherche de la même chose, toi et moi, il vaut mieux que nous en soyons conscients et que nous en restions là une bonne fois pour toutes, dit-elle avant de se lever pour débarrasser son assiette. Si tu veux bien m'excuser, j'ai du travail à terminer.

Il resta un long moment à réfléchir à ce qu'elle lui

avait dit. D'un côté Chandler et elle avaient rompu, de l'autre elle lui répétait qu'elle ne lui faisait aucune confiance. Et, pourtant, il savait qu'elle attendait quelque chose de lui.

Il avait envie de plus, il le ressentait, sans pouvoir dire exactement de quoi il s'agissait. Et cela n'avait guère d'importance, après tout, car il n'y aurait sans doute rien de plus, mais il avait tout de même l'espoir de reconquérir sa confiance un jour.

Il se promit que d'ici la fin de son contrat à Blackwater Lake, elle aurait retrouvé sa foi en lui.

Et il comptait bien y employer toutes ses forces.

# - 11 -

Après sa discussion avec Lincoln, Rose s'était barricadée dans son bureau et avait travaillé jusqu'à ce que ses yeux lui fassent mal. Il était temps de s'offrir une petite récompense, et de prendre l'air, loin de la présence irrésistible et terriblement tentatrice de Linc. Il lui avait laissé sa voiture vu qu'il passait la journée avec Alex. Pourquoi ne pas en profiter pour faire le tour des brocantes de Blackwater Lake ? Chiner était son péché mignon.

Si seulement il pouvait quitter ses pensées quelques instants. Elle avait du mal à le cerner, il fallait dire. Il avait eu l'air de se réjouir de sa rupture avec Chandler et cela l'avait mise mal à l'aise, c'était même ce qui l'avait poussée à évoquer son manque de confiance en lui, alors qu'elle ne pensait plus qu'il avait rompu il y a dix ans après avoir obtenu ce qu'il voulait d'elle. Mais cela n'empêchait pas la douleur d'être toujours présente. Elle restait convaincue que lui ouvrir son cœur serait une erreur.

Elle passa une main sur son front, tout en poussant un soupir. Trêve. Elle devait chasser l'image de Linc de ses pensées, sortir lui ferait du bien.

Puisqu'elle avait meublé son appartement grâce à la récup, elle était tentée de chercher son inspiration dans des boutiques de deuxième main. Elle avait repéré un grand dépôt-vente et s'y rendit, bien décidée à fureter pour lui.

Le vaste bâtiment était peint en rouge et blanc. Sans doute s'était-il agi d'une grange, autrefois, avec une grande porte double. Des tonneaux servaient de jardinières et débordaient de fleurs multicolores. Une grande roue de locomotive ancienne avait été placée contre la façade et des proverbes inscrits sur des plaques de métal y avaient été accrochés. « Un sourire ne coûte rien et produit beaucoup. » « Les amis sont la famille que nous choisissons pour nous-mêmes. » « Notre maison se trouve là où se trouve notre cœur. »

— Je me demande ce que Linc penserait de cela, marmonna-t-elle.

— Pardon ?

Elle n'avait pas remarqué la présence d'une femme d'un certain âge, avec de courts cheveux blonds et portant une chemise en jean au logo de la boutique.

— Désolée, je parlais toute seule !

— Je fais ça tout le temps ! Mon mari, Brewster, me dit que c'est parce que j'aime entendre le son de ma voix, lança la dame, amusée, en lui tendant la main. Je suis Agnes Smith, mais on m'appelle Aggie.

— Enchantée, Rose Tucker, dit-elle en lui serrant la main.

— Vous êtes nouvelle en ville.

Ce n'était pas une question.

— Je ne suis pas là pour m'installer, c'est simplement le temps d'un contrat.

— Que faites-vous dans la vie ?

— Je suis décoratrice. Lincoln Hart m'a embauchée pour aménager son appartement.

— Ah oui, j'ai entendu parler de la nouvelle résidence, il paraît que c'est très joli.

— Oui, les lieux sont vraiment magnifiques. Tout a

été vraiment bien pensé et il y a de superbes volumes. Reste à meubler et agencer tout cela.

Aggie eut un geste de la tête vers les rayonnages d'objets anciens ou usagés.

— Je ne vois pas bien ce que vous faites ici, alors ?

— Je suis venue chercher de l'inspiration. J'ai besoin d'idées et je pense que Lincoln est un homme plutôt traditionnel.

— Je ne l'ai pas encore rencontré, donc je ne peux pas vous dire, mais jeter un coup d'œil ne coûte rien. Je dois aller réceptionner un camion de donateurs, mon travail à moi, c'est d'essayer de voir ce que je peux faire des dons des particuliers.

— Bien sûr, c'était un plaisir de faire votre connaissance, Aggie.

— De même, répondit la dame en souriant avant de se diriger vers l'arrière du bâtiment.

Elle décida de faire un premier tour d'horizon en prenant des notes. Elle repéra des objets en verre, des cadres photo des environs qui pourraient plaire à Linc, puis elle entra dans la salle du mobilier. Il y avait des tables, des chaises, des meubles de toutes sortes, parfois assortis, parfois dépareillés. Une jeune femme observait une tête de lit ouvragée en cuivre.

Elle s'approcha et observa longuement cette pièce aux courbes délicates.

— Elle est vraiment très belle.

— Oui, je trouve aussi, dit la jeune femme. J'ai promis à ma fille un nouveau lit pour Noël…

— Quel âge a votre fille ?

— Huit ans. Je mets de côté tout ce que je peux, mais ce n'est pas évident quand on est à son compte.

— Je le suis moi aussi, autant vous dire que je vous comprends. Quel est votre métier ?

— Je suis fleuriste. Ma tante m'a laissé sa boutique

sur Main Street. Je m'appelle Faith Connelly. Vous travaillez dans le secteur ?

— Oui et non, je viens du Texas, mais j'ai été embauchée pour un contrat ici à Blackwater Lake, en tant que décoratrice.

— Ne me dites pas que vous travaillez pour Lincoln Hart en personne ?

— Si, comment le savez-vous ?

— J'ai entendu parler en ville de son nouvel appartement et du fait qu'il était venu avec sa propre décoratrice pour l'aménager. J'étais curieuse de le rencontrer, vu comment les femmes parlaient de lui, mais je ne l'ai pas encore croisé… Il ne doit pas être le genre d'homme à acheter des fleurs, il faut croire.

— Il l'était pourtant…

— Pardon ?

— Non, rien du tout, dit-elle, déstabilisée.

Les souvenirs affluaient si vite qu'elle en fut troublée. Dix ans plus tôt, chaque fois qu'ils se retrouvaient, il arrivait avec des fleurs. D'une simple rose jusqu'à un énorme bouquet qu'elle parvenait à peine à tenir dans ses bras.

— Alors, vous qui le connaissez, dites-moi s'il est aussi bel homme qu'on le dit ?

— Eh bien, difficile à dire, commença-t-elle en espérant rester crédible. Cela dépend des goûts, je suppose.

— C'est certain, dit Faith, même s'il semble que toutes les célibataires de Blackwater Lake soient particulièrement fébriles à l'idée qu'il soit venu s'installer ici.

— Est-ce que vous êtes célibataire vous-même ? demanda-t-elle avec un petit sourire pour masquer sa gêne.

— Oui. Enfin, non. Pour être plus précise, je suis en train de divorcer, mais je suis plutôt dans l'état d'esprit de ne plus jamais tomber amoureuse de ma vie. Cependant, il y a bien d'autres candidates dans la ville et toutes parlent de votre Lincoln Hart.

— Ce n'est pas le mien ! répondit-elle, même si techniquement, tant que le divorce n'était pas prononcé… Et je ne peux rien vous dire de plus à son sujet.

— Je comprends, vu que c'est votre client, c'est très professionnel de votre part, dit Faith avant de jeter un coup d'œil à sa montre. Oups ! Il faut que je me dépêche, je vais demander à Aggie si elle accepte de me garder cette tête de lit contre une avance… J'espère que vous vous plairez à Blackwater Lake et que nous aurons l'occasion de nous revoir !

Elle salua Faith dont elle avait apprécié la conversation, même si elle s'était sentie embarrassée par ses commentaires sur la séduction qu'exerçait Lincoln sur les célibataires de la ville. Elle se rendait compte au passage que sa colère envers lui s'était évanouie et qu'elle ne pouvait plus se réfugier derrière cela. Une autre prise de conscience s'imposait et elle était plus troublante encore.

Elle était jalouse. Et ce sentiment-là impliquait encore autre chose. Pour être jaloux, il fallait éprouver quelque chose de fort pour la personne en question.

Inutile de se leurrer : elle tenait à Linc. Mais qu'allait-elle faire, maintenant ? Il ne lui restait qu'à terminer sa mission au plus vite et détaler de Blackwater Lake avant de ne plus avoir que ses yeux pour pleurer.

— Rappelle-moi pourquoi nous sommes ici ?

Rose voulait parler du Harvest Café, où Linc l'avait emmenée.

— Je reconnais que je n'ai pas été un client facile et que je t'ai fait travailler très dur. Je voulais te remercier en t'invitant à dîner.

Ils se tenaient dans l'entrée en attendant qu'on les installe à une table car il y avait beaucoup de monde.

— C'est Ellie qui t'a dit de m'inviter, n'est-ce pas ?

— Non. D'ailleurs, lorsque je lui ai dit que je voulais inviter ma décoratrice si patiente et créative, elle s'est montrée surprise de cette attention.

— Je la comprends, lança-t-elle en souriant, tandis qu'une jeune femme brune les guidait.

En avançant, il posa la main sur le bas de son dos. Son geste se voulait galant, mais lorsqu'il la touchait ainsi cela réveillait en lui des désirs bien plus profonds.

La jeune femme leur indiqua une table un peu à l'écart.

— Il y a beaucoup de monde, je suppose que c'est le signe d'une cuisine de qualité, dit-il.

— C'est le cas, et je ne dis pas cela parce que je suis la patronne des lieux. C'est la première fois que vous venez, je ne crois pas vous connaître ?

Rose se présenta.

— Je suis Rose Tucker.

— La décoratrice ?

— Oui, comment le savez-vous ?

— Il semblerait que vous soyez passée à la brocante d'Aggie Smith l'autre jour, elle m'a parlé de vous, tout comme Faith Connelly.

— Je vois que les nouvelles vont vite, je m'en doutais, mais je ne pensais pas que ce serait à ce point !

— Oui, ici tout le monde se connaît. Je m'appelle Maggie Potter.

— Et moi Lincoln Hart.

— Eh bien, soyez les bienvenus tous les deux.

— Merci.

Tandis que Maggie s'éloignait après leur avoir laissé les cartes, il fit un pas vers elle pour lui tenir son siège.

— Tu n'as pas besoin de te montrer galant envers moi, Linc…

— Je le sais. Simple courtoisie.

— Pas si simple, non, d'ailleurs je ne connais personne d'autre qui fasse encore cela.

— Dans ce cas, c'est que tu ne fréquentes pas les bonnes personnes, tu mériterais de mettre la barre plus haut.

— En parlant de cela, je dois te prévenir que j'ai entendu dire que tu faisais un tabac à Blackwater Lake. Est-ce que tu en es conscient ?

Il y avait une étrange lueur dans ses yeux lorsqu'elle lui disait cela. Il ne savait pas trop comment l'interpréter.

— Qu'est-ce qui te fait dire ça ?

— La rumeur court qu'un riche célibataire vient s'installer à Blackwater Lake et cela intrigue tout le monde, en particulier la gent féminine.

— Il suffirait que je dise que je suis marié.

— Plus pour longtemps.

Il ressentit un pincement à cette idée.

— Je ne sais même pas quoi répondre à cela.

— Il n'y a rien à répondre, sans doute.

— Très bien. À part ça, que penses-tu de cet endroit ?

Elle jeta un regard alentour.

— La déco est éclectique, mais elle fonctionne. Les teintes dorées, rouille et vertes s'associent joliment, avec un côté automnal qui évoque les récoltes, quelque chose de naturel et joyeux, avec une touche cosy et chaleureuse.

— On croirait un article pour un magazine de décoration !

— Reste à jeter un coup d'œil au menu, dit-elle.

C'était sur elle qu'il aimait poser les yeux. La façon qu'elle avait de sourire, la lueur dans son regard lorsqu'il l'amusait. Elle aiguisait tous ses sens en permanence.

Ils passèrent commande rapidement et choisirent du vin. La cuisine était raffinée et rivalisait avec les meilleurs restaurants de Los Angeles, New York ou Dallas pour la truite aux amandes qu'elle avait choisie ou le poulet au marsala avec lequel il se régalait. Ils décidèrent de partager un dessert.

— Oh ! quel délice ! dit-elle en goûtant la première cuillère du gâteau au chocolat. Ce genre de dessert devrait être interdit !

Il avait du mal à résister à l'expression de plaisir sur son visage, il avait tellement envie d'être à l'origine d'une telle extase.

— Alors, ça te plaît ? demanda-t-il en espérant que sa voix ne trahisse pas son trouble.

— Plaire est un verbe trop faible ! dit-elle en plongeant à nouveau sa cuillère et la portant à ses lèvres. Tu n'en manges pas ?

Comment lui dire qu'à cet instant le meilleur des desserts pour lui était de se régaler du spectacle de son plaisir à elle ?

— J'attends encore un peu.

— Si tu attends trop longtemps, il n'en restera plus du tout.

Il prit donc sa cuillère et goûta à son tour une bouchée du gâteau.

— Waouh, dit-il.

— Tu vois ?

C'était un feu d'artifice pour les papilles. Il comprit un peu mieux ses réactions.

Maggie s'approcha de leur table, accompagnée par la très jolie blonde qu'il avait déjà rencontrée au Bar None.

— Je vois que vous êtes en train de découvrir l'effet de notre gâteau au chocolat ?

— C'est une véritable expérience, dit Rose. Je crois que c'est le meilleur dessert de toute ma vie !

— Vous pouvez féliciter mon associée et chef des

cuisines, dans ce cas, annonça Maggie. Lucy Bishop, voici Rose Tucker et Lincoln Hart.

— Enchantée, dit Lucy. Lincoln et moi nous sommes déjà croisés, mais j'ai beaucoup entendu parler de vous, Rose.

— Par qui, demanda-t-il, amusé, Aggie ou Faith ?

— Eh bien, non, par votre sœur, Ellie ! J'ai même entendu dire que vous deux étiez encore mariés ? Ou pas tout à fait divorcés, c'est bien cela ?

— Ma sœur est une femme délicieuse et elle a de nombreuses qualités, mais la discrétion n'est pas l'une d'entre elles.

— Il ne faut pas lui en vouloir, elle en a parlé avec beaucoup de bienveillance, dit Lucy.

— Vraiment ? dit-il.

— Nous étions en train de parler de mon mariage prochain avec Sloan Holden et notre conversation a dérivé vers tous les couples qui ont récemment décidé de faire le grand saut vers le mariage. Il y a Maggie, bien sûr, mais aussi Erin Riley et Jack Garner…

— L'écrivain à succès ? demanda Rose avec une pointe d'admiration dans la voix.

— Lui-même, dit Lucy. Ainsi que notre shérif et la photographe de la ville, Will Fletcher et April Kennedy… On en vient à parler de l'effet Blackwater Lake ! On ne sait pas bien comment cela fonctionne, mais des personnes très différentes ayant toutes connu des désillusions sentimentales ont retrouvé l'amour ici.

— Et lorsque vous dites qu'Ellie a évoqué notre mariage avec bienveillance, souligna Rose, c'était pour en dire quoi ?

— Qu'elle espérait que vous vous retrouveriez !

— Je suis désolée de décevoir autant d'attentes à notre égard, mais je dois vous dire que je ne suis ici que pour des raisons professionnelles, déclara Rose.

— N'oubliez pas l'effet Blackwater Lake, suggéra Lucy avec un léger sourire aux lèvres.

— Mais je ne vais pas rester très longtemps, vous savez ! Je vais rentrer au Texas, et il n'y a rien entre Lincoln et moi, il est tout à fait libre de rencontrer une charmante célibataire du Montana avec ma bénédiction.

— Nous en reparlerons, lança Maggie en adressant un clin d'œil à son amie. En tout cas, bien contente de voir que vous avez apprécié votre dessert.

— Au plaisir de vous revoir parmi nous, ajouta Lucy.

— Merci, répondirent Rose et lui d'une même voix.

Il avait observé Rose pendant tout le temps de la discussion et la vigueur de ses dénégations, qui avait commencé par l'atteindre, lui laissait finalement entrevoir de l'espoir.

Car il avait l'impression qu'elle était jalouse.

Et il aimait énormément cela !

# - 12 -

Rose s'adossa au siège de la voiture. Elle avait passé un délicieux moment avec Linc au Harvest Café et, maintenant qu'ils rentraient, elle n'avait pas envie que leur soirée se termine.

Elle risqua un regard vers lui, qui était concentré sur la route sombre.

Une question lui brûlait les lèvres.

— Tu ne crois pas à l'effet Blackwater Lake, n'est-ce pas ? demanda-t-elle enfin.

— Tiens tiens, dit-il avec un large sourire, voilà que tu commences à retomber amoureuse de moi ? Et, d'après le son de ta voix, cela ne te réjouit pas vraiment…

— Oh ! s'il te plaît ! Je te parle sérieusement.

En réalité, elle priait pour que son ton sarcastique masque son trouble. Hélas, Linc n'était pas très loin de la vérité.

— Moi aussi je suis sérieux. Il pourrait y avoir du vrai, dans cette histoire. Par exemple, Ellie est venue pour travailler et est tombée amoureuse d'Alex, avant de décider de s'installer ici. Cela t'évoque quelque chose ?

Un battement de cœur, puis un deuxième. Elle se lança.

— Tu n'es pas en train de suggérer que je vais finir par m'installer à Blackwater Lake avec toi ?

— Il faudrait déjà que tu admettes que tu es attirée par moi.

— Je ne l'admets pas, justement ! répondit-elle, toujours aussi incapable de mentir que d'avouer qu'il avait raison.

— Tu vois, c'est comme si tu venais de reconnaître que j'avais raison.

— Ce n'est pas ce que j'ai dit. J'ai beaucoup aimé les patronnes du Harvest Café et la carte est à se damner.

— Mais ?

— Comment sais-tu qu'il y a un « mais » ?

— C'est toujours comme ça avec toi.

— Je ne vois pas de quoi tu veux parler.

— Tu commences toujours par faire un compliment et ensuite tu termines par une objection… Tu es vraiment intraitable, tu sais ?

— Non, ce n'est pas vrai, lança-t-elle en riant alors qu'elle s'apprêtait effectivement à prononcer ce fameux « mais ». Visiblement, Lucy et Maggie sont deux romantiques et elles tiennent un restaurant idéal pour les soirées de couple, elles ont tout intérêt à suggérer qu'il existe un effet Blackwater Lake. C'est presque un argument marketing !

— Est-ce que le fiancé de Maggie n'est pas venu ici pour le travail avant de tomber amoureux et de décider de s'installer ? demanda-t-il.

— Et quand est-ce que tu es devenu romantique, toi ? Est-ce que la pleine lune tombe ce vendredi, provoquant une intensification de l'effet Blackwater Lake sur les célibataires endurcis ?

— Je ne suis pas vraiment célibataire. Je suis ton mari.

— Mais il y a encore peu de temps tu l'ignorais, tu es donc un célibataire dans l'âme. Inutile de te prétendre mon mari, alors que le divorce est en cours de finalisation.

— Et qu'attends-tu après ce divorce, Rose ?

— J'espère toujours fonder une famille. C'est quelque chose que je n'ai pas vraiment connu et qui pourrait ressembler à ce que ta sœur et Alex partagent.

Il prit soudain un air grave.

— Dans ce cas, je dois dire que je suis désolé pour toi que ton histoire avec Chandler n'ait pas fonctionné.

— Je préfère clore cette discussion et ne pas parler de lui.

Car, si elle poursuivait, elle serait obligée de reconnaître que son baiser avait éveillé en elle des sensations brûlantes, bouleversantes. Des sensations qu'elle n'avait jamais ressenties avec Chandler. Et c'était cette prise de conscience qui l'avait poussée à rompre avec lui, puisque, tout simplement, elle n'avait pour lui que de l'affection.

— Tu as conscience qu'en clôturant la discussion sur ton ex tu me rends encore plus curieux ?

— Quel âge as-tu, Linc, douze ans ? Tu désires ce que tu ne peux pas avoir, c'est ça ?

— Peut-être. Mais je n'ai plus douze ans, en revanche, plaisanta-t-il.

Non, il n'était pas un enfant, c'était sûr… Il était un homme et sans doute le seul à avoir su toucher son cœur aussi profondément.

Il s'engagea dans l'allée qui menait chez Ellie et Alex.

— On dirait qu'ils ont de la visite.

Ellc nota une voiture assez luxueuse garée auprès de celles de leurs hôtes.

— Je ne me rappelle pas qu'ils aient parlé d'une visite ces jours-ci.

— Elle ne m'a rien dit non plus, ajouta-t-il.

Il se gara et descendit de voiture avant de faire le tour

pour venir lui ouvrir la portière. À nouveau, il plaça la main sur son dos et ils se dirigèrent vers l'entrée. Des voix provenaient de l'intérieur.

Elle le sentit tendu à ses côtés et nota qu'il fronçait les sourcils. Elle ne l'avait jamais vu ainsi.

— Qu'est-ce qui ne va pas ? demanda-t-elle.

— Je crois que je devine ce que c'est, dit-il, la voix teintée d'émotion.

— Comment le sais-tu ?

Dans la cuisine, près de la table, se trouvait un couple qui devait avoir la soixantaine. La femme était d'une grande beauté et l'homme, très élégant. Ellie et Alex se trouvaient là, aussi. Tout le monde s'interrompit lorsqu'ils entrèrent.

— Rose, dit-il d'une voix blanche, voici Katherine et Hastings Hart, ma mère et son mari. Tu aurais pu me prévenir de leur visite, Ellie.

— Pour te permettre de les éviter ? répliqua cette dernière. Linc, tout le monde est au courant de ta situation.

— Tout Blackwater Lake aussi, d'après ce que j'ai découvert ce soir. Pour quelle raison est-ce que tu as imaginé que ta mission était de fournir tous les détails sur ma vie privée à quiconque croisait ton chemin ?

— Là il s'agit de ta famille, répondit Ellie.

Katherine, qui semblait crispée, s'approcha.

— Je suis heureuse de vous rencontrer, Rose, Hastings et moi étions impatients de…

— De quoi ? interrompit Lincoln en avançant d'un pas à son tour. De faire sa connaissance ? Et pourquoi donc, en fait ? Pourquoi êtes-vous ici vraiment ?

Sa mère sembla attristée et un peu déstabilisée, mais elle leva vers lui un regard direct.

— Nous sommes ici parce que nous voulons savoir

de quoi il retourne. Ton silence, ton évitement ont assez duré. Tu étais marié et tu ne nous en as jamais rien dit ?

— Vous avez perdu vous-même la complicité qui nous unissait lorsque vous avez pris la décision de me mentir, maman.

— Lincoln ! interrompit Hastings d'une voix sèche et autoritaire. Je te prie de traiter ta mère avec le respect qu'elle mérite !

— Tu l'as dit, le respect se gagne ou se mérite et…

— Linc, coupa Rose en lui prenant la main. Sortons un moment. Madame et monsieur Hart, c'était un plaisir de vous rencontrer, veuillez nous excuser un instant.

Il valait mieux parfois savoir battre en retraite, et c'était visiblement la meilleure des occasions.

— Rose, pourquoi me traîner hors de la pièce ? grommela-t-il.

— Tout d'abord je ne t'ai pas traîné. Même si tu te comportes avec la maturité d'un enfant de douze ans, tu n'en as pas la stature et je ne suis donc pas en capacité de te traîner, comme tu le dis. Et, dans un deuxième temps, j'ai pensé qu'il valait mieux que tu retrouves un peu de calme, avant de dire quelque chose d'autre que tu pourrais regretter.

— Par « quelque chose d'autre », tu sous-entends que je devrais déjà regretter ce que j'ai dit ? Car ce n'est pas le cas, figure-toi. Ils le méritent totalement et ils mériteraient bien pire !

— Est-ce que la vue n'est pas magnifique, d'ici ?

La maison d'Ellie et Alex se trouvait sur une colline qui surplombait le lac. De l'autre côté de la rue, il y avait une balustrade et au-delà s'étendait un paysage vallonné, le lac et les montagnes au fond. La lune était pleine et se reflétait dans l'eau, que la brise venue des montagnes faisait frémir en surface. Cette fraîcheur était bienvenue, après la tension qui lui avait échauffé les joues.

— J'aime beaucoup cette rue avec les lampadaires et les bancs qui la longent. Si nous marchions par là ?

Sans un mot, il lui prit la main et la passa au creux de son bras avant d'avancer en direction de la rue, comme s'il la guidait au milieu de la piste de danse d'un bal.

Elle avait connu la trahison, elle aussi, mais elle décida de ne pas insister là-dessus car, dans une certaine mesure, elle comprenait pourquoi il était parti. Elle avait surtout envie de l'aider à trouver l'apaisement face à sa blessure. Elle avait le sentiment que cette colère qu'il éprouvait n'avait que trop duré et qu'il était temps pour lui d'affronter la réalité.

— C'est une belle nuit, tu ne trouves pas ? demanda-t-elle.

— C'était une belle nuit jusqu'à ce qu'on rentre.

— Lincoln, ils t'aiment…

— C'est une drôle de façon de le montrer.

— Pas si drôle, non. Rien ne témoigne plus de leur attention à ton égard que le fait de parcourir tout ce chemin pour venir soutenir leur fils.

— Je ne suis pas…

— Laisse-moi t'interrompre tout de suite. Tu as reçu une éducation raffinée, tu as été élevé pour devenir quelqu'un de bien. L'homme et la femme qui se trouvent chez Ellie sont ceux à qui tu dois tout cela et que tu devrais remercier.

— Les remercier pour m'avoir menti tout ce temps ?

— Tu n'as rien su parce qu'ils ont traité leurs quatre enfants de la même façon. Si jamais il y avait eu la moindre différence tu l'aurais ressentie et tu aurais découvert le pot aux roses. Tu es devenu l'homme que tu es parce qu'ils ont pris cette décision. Serais-tu le même s'ils t'avaient dit dès l'enfance que tu avais un autre père ?

— C'était eux qu'ils voulaient préserver !

— Non, ils te protégeaient.

— Peu importe.

— Si, c'est important au contraire. Ils ont toujours veillé sur toi parce qu'ils t'aiment. Je n'ai jamais connu mon père, considère que tu as la chance d'en avoir deux ! dit-elle en posant la main sur son bras.

— Non…

— Bien sûr que si. Tu as un père biologique et un père qui t'a élevé. Ce n'est pas parce que tu es un imbécile borné que cela n'est pas vrai.

Il tourna un regard plein de colère vers elle pendant de longues secondes, jusqu'à ce que le pli sur son front se détende.

— Tu es d'une franchise plutôt brutale !

— Parfois, c'est nécessaire. Et je te propose quelque chose : essaye de leur pardonner.

— Pourquoi devrais-je faire cela ?

— Parce qu'ils sont humains et que tout le monde commet des erreurs. Fais-le pour toi, car le pardon est la seule façon d'avancer vers la paix.

Elle crut noter une lueur nouvelle dans son regard.

— Dans ce cas, es-tu prête à mettre en pratique ce que tu prêches pour me pardonner ? Je suis un être humain, moi aussi.

— Certainement pas ! plaisanta-t-elle.

— Rose, dit il en effleurant du pouce le dos de sa main, j'ai commis une énorme erreur lorsque je t'ai quittée et je le regrette amèrement. Me pardonneras-tu un jour ?

— Oui, bien sûr, je t'ai déjà pardonné. Tu as vraiment agi comme un imbécile.

— Est-ce que tu peux m'en dire plus ? Je suis prêt à tout entendre, inutile d'édulcorer.

— Je suis brutalement franche, n'oublie pas. Ton erreur est de ne pas m'avoir parlé de tout ce que tu vivais à l'époque. Maintenant que j'ai compris ce que tu traversais, j'ai pu te pardonner. Est-ce que tu ne penses pas que ta mère et ton père, car il est ton père, déclara-t-elle en anticipant ses protestations, méritent que tu leur donnes une chance ? Ne commets pas une deuxième fois la même erreur en leur tournant le dos sans essayer de leur expliquer ce que tu ressens. Ne sois pas un imbécile, cette fois.

Il eut un léger sourire.

— Si je t'écoute, tu auras fait de moi un homme moins stupide ?

— Je te l'ai dit, tu es quelqu'un de bien, je sais que tu prendras la bonne décision.

Et, d'une certaine façon, cela ne lui rendait pas la vie plus facile. Elle croyait sincèrement ce qu'elle disait. Ce qu'elle avait vécu comme une trahison n'était que la conséquence de la souffrance d'un homme blessé, elle le comprenait enfin. Mais, maintenant qu'elle avait de nouveau confiance en lui et que plus rien ne s'opposait à ce qu'il se passe quelque chose entre eux, elle songeait à d'autres obstacles… Le fait qu'il ne voulait pas fonder une famille…

Une histoire avec lui signifierait dire adieu à son rêve le plus cher : celui de devenir mère.

Linc n'arrivait pas à dormir.

Et comment aurait-il pu trouver le sommeil, après l'arrivée de sa mère et Hastings ?

Sans compter que Rose se trouvait dans la chambre voisine, tout près de lui.

La simple pensée de ses mains sur elle, ou d'embrasser sa peau nue, le rendait fou. Lorsqu'il parvenait à s'assoupir un instant, c'était pour être éveillé par des rêves torrides.

Mais il ne songeait pas qu'à son corps. Si elle n'avait pas été là un peu plus tôt pour lui éviter de dire quelque chose qu'il aurait regretté, puis pour lui parler à cœur ouvert, il ne savait pas où il serait ce soir.

La meilleure façon de la remercier pour son aide était de la laisser tranquille. Elle voulait se marier et fonder une famille, et il n'était pas celui qui lui offrirait cela.

— Bon sang ! jura-t-il en repoussant son drap pour se lever.

Il y avait un très bon scotch single malt dans le bar d'Alex et c'était ce dont il avait besoin. Il descendit sur la pointe des pieds, éclairé par la lueur de la lune pleine qui pénétrait par les larges baies vitrées. Une fois dans la cuisine, il alluma la lumière de la hotte, afin de ne pas trop éclairer la pièce.

Toujours en silence, il ouvrit la porte du placard au-dessus du réfrigérateur dans lequel étaient entreposées toutes les bizarreries inutiles, mis à part quelques liqueurs et spiritueux. Ne sachant pas où trouver le verre adéquat, il se contenta d'un mug à café dans lequel il versa une rasade de scotch avant de reboucher la bouteille.

— Ne la range pas tout de suite, déclara une voix féminine familière dans son dos.

Il se retourna. Elle semblait émerger de l'ombre.

— Maman.

— Est-ce que tu veux bien me servir un verre ?

— Tu es sûre, au beau milieu de la nuit ?

— Je n'arrive pas à dormir, j'espère que cela m'y aidera.

— Oui, moi aussi, dit-il en sortant un autre mug avant d'y verser un peu de scotch.

Il gagna le comptoir et lui tendit la tasse en prenant place à côté d'elle sur les tabourets hauts, puis ils se mirent à siroter leur remontant.

Elle vida rapidement son mug qu'elle entoura de ses mains.

— Alors, comme ça, Rose et toi êtes mariés ?

— Oui, comme Ellie te l'a dit.

— J'aimerais que ce soit toi qui m'en parles.

— Pourquoi ?

— Je ne sais pas, dit-elle en fixant sa tasse vide d'un regard triste. Je suppose que ça m'a manqué de parler avec toi. De tout et de rien, de tes lectures, des films que tu as aimés. De ce qui se passait dans ta vie.

S'il était honnête, il aurait dû avouer que c'était un sentiment partagé.

— Mais tu avais tes autres enfants pour cela.

— J'aime tous mes enfants, dit-elle en levant les yeux vers lui. Une mère n'a pas de préférences et j'ai toujours mis en avant les qualités qui vous rendaient différents les uns des autres, mais tu as une place particulière dans mon cœur, Linc.

— Pourquoi ?

Était-ce une façon d'essayer de se faire pardonner ?

— Parce que tu m'as permis de retrouver Hastings alors que nous allions nous séparer, déclara-t-elle très posément.

— Je ne te crois pas. Ton mariage était en ruine et découvrir que tu étais enceinte d'un autre homme a dû être le coup de grâce !

— C'était dur, admit-elle. Mais la façon dont ton père — et n'essaye même pas de suggérer qu'il n'est pas ton père ! —, la façon dont il s'est tenu à mes côtés m'a fait prendre conscience de l'ampleur de mes sentiments à son égard. Il a accepté de reconnaître ses erreurs et m'a juré que plus jamais il ne nous délaisserait, nous, sa famille. Il ne m'a pas promis de décrocher la lune, ça n'aurait été que des mots dans le vide. Mais il a été présent pendant la grossesse et à ta naissance. Il t'a pris dans ses bras, t'a embrassé comme son fils et jamais au grand jamais ne t'a traité autrement que comme tel. Il m'a montré combien il m'aimait, combien il nous aimait tous. Et nous te portons tous les deux cet attachement spécial lié à cette histoire qui nous a unis plus que tout.

Il ne savait pas quoi répondre à cela.

— Il y a dix ans, j'ai rencontré Rose et nous sommes tombés follement amoureux. Nous voulions nous marier et sommes partis à Las Vegas sans réfléchir.

— Pourquoi ne rien nous dire, alors ?

— Je suppose que j'ai eu peur d'être jugé, que vous soyez déçus…

— Pourquoi l'aurions-nous été ?

— Rose était très jeune.

— Toi aussi.

Il haussa les épaules.

— Je crois que nous avions envie de garder cela pour nous aussi pendant un temps. Et puis mon père…

— Ton père biologique t'a rendu visite et ton monde s'est écroulé, dit-elle à sa place. Et tu as mis un terme à ton mariage.

— Oui, du moins c'est ce que je pensais alors, dit-il en terminant son scotch. Depuis, je ne sais plus qui je suis.

Il sentait son cœur vaciller, c'était comme si le fait de tout raconter à sa mère réveillait chaque émotion de l'époque, il avait l'impression d'avoir vécu cela la veille.

— Tu es mon fils, dit-elle d'une voix qui n'autorisait aucune contradiction.

— Cela ne me donne que la moitié des réponses, je ne suis toujours pas un enfant légitime.

— As-tu revu ton père biologique ?

— Non, pas depuis cette unique fois.

Une ombre passa sur le visage de sa mère.

— J'ai eu tort de te mentir, mon fils. Je ne veux pas te présenter mes excuses, mais je veux que tu saches que, cette décision, nous l'avons prise avec pour seule ambition ton bien-être.

— Tu n'as jamais imaginé une garde partagée avec lui ?

— Si, c'était une option, mais cela t'aurait mis à l'écart de tes frères et de ta sœur. Et je n'étais pas prête à te voir t'éloigner de moi tant que tu étais un bébé. Et puis…

Il voyait bien ce que cela aurait produit, il aurait été bel et bien à l'écart, différent, au sein de la famille Hart. Alors qu'il avait grandi serein et confiant. Il avait eu une enfance idyllique…

— Je comprends.

— Et puis il y avait autre chose. La carrière de ton père biologique… S'il avait reconnu cet enfant conçu avec une femme mariée qui de plus était une cliente, cela aurait détruit sa réputation.

— Vous avez donc imaginé que je ne découvrirais jamais le fin mot de l'histoire, à moins d'avoir besoin d'une greffe de rein un beau jour ?

— Oui, en gros, c'est cela. Et puis il a changé les règles du jeu, dit-elle d'une voix amère.

— Pourquoi est-ce qu'il a changé d'avis ?

— C'est à lui qu'il faudrait le demander.

Il ressentit cette colère devenue familière qui montait en lui.

— Et si je ne voulais plus jamais le voir ?

— Ce serait ton choix, bien entendu, mais il y a des

choses que lui seul pourra te dire. Il pourrait remplir quelques blancs. Je sais que j'ai trahi ta confiance et que cela m'interdit de te donner des conseils, mais je veux te dire une chose : tu es pris entre deux univers et cela t'empêche d'avancer.

Elle posa la main sur son bras d'un geste hésitant.

Il se rendit compte qu'il avait besoin de ce geste, de retrouver l'affection de sa mère.

— Je vais bien.

— Tu vas me détester de dire cela, mais je suis ta mère et je vois bien que tu ne vas pas bien. Depuis que tu as quitté Rose, jamais plus tu n'as aimé quelqu'un.

— Comment sais-tu cela ?

— Si tu avais envisagé de te marier à nouveau, tu aurais su que tu n'étais pas encore divorcé.

— Certes.

— Je voudrais te voir heureux et je vois que tu ne l'es pas. Je ne sais pas ce qui te retient, mais j'ai quelque chose à suggérer : parle à ton père biologique. Tu n'as pas besoin de la permission de quiconque. En particulier pas de la mienne, alors prends ce conseil comme tu l'entends. N'essaye pas de m'épargner, ne crains pas de te montrer déloyal envers ta famille, fais-le pour toi et garde en tête qu'il y a de la place pour tout le monde dans ta vie.

— C'est ce que me disait Rose, murmura-t-il.

Pour la première fois, sa mère sourit.

— Il me semble qu'elle et moi avons pas mal de points communs. Je dois dire qu'elle me semble très fine. Tu as été sacrément idiot de la quitter.

— Il semblerait que ce soit l'avis unanime. Pour ma défense, il est facile de prendre la bonne décision rétrospectivement… À l'époque, j'ai fait ce que je jugeais être juste.

Il l'avait quittée parce qu'il l'aimait de tout son

cœur. C'était à elle qu'il avait pensé, pour lui éviter une désillusion face à l'imposteur qu'il était sans le savoir.

— Je sais que tu as fait ce que tu pensais juste, mais…

— Mais ?

— Non, rien. Je ne devrais pas me mêler de tes affaires.

— Pourquoi t'arrêter en chemin ? demanda-t-il avec un sourire aux lèvres. Je t'ai connue plus intrépide !

— Tu es culotté, dis donc !

— Sérieusement, j'aimerais bien savoir ce que tu allais me dire.

— D'accord, soupira-t-elle. C'est simplement que je ne t'ai pas vu très longtemps avec Rose ce soir, mais j'ai eu l'impression qu'elle se montrait très… protectrice envers toi. Je suis peut-être un peu trop romantique, mais j'ai cru voir comme une étincelle.

Et s'il était un incurable romantique comme sa mère ? Il était vrai qu'il n'avait rien ressenti de la sorte depuis dix ans… Il lui avait suffi de revoir Rose…

— Il est vraiment tard, dit sa mère, en levant les yeux vers l'horloge du four à micro-ondes. Oh ! et j'allais oublier, Ellie a signé pour une enveloppe recommandée arrivée pour toi en même temps que nous. Je l'ai mise sur le bureau de l'entrée.

Les papiers du divorce.

— Merci de m'avoir prévenu.

— Je t'en prie. Je vais aller me reposer, j'espère que je vais enfin trouver le sommeil, tu devrais faire de même.

Facile à dire pour elle, songea-t-il. Elle allait se glisser dans son lit au côté de son mari, tandis que lui…

Lui se trouverait à quelques mètres à peine de celle qui ne serait bientôt plus sa femme. Celle qu'il désirait pourtant plus que tout. Plus encore que lorsqu'il l'avait rencontrée dix ans auparavant. Il s'était promis de retrouver sa confiance avant que tout cela ne soit terminé et qu'il lui présente les papiers du divorce. Et voilà que ces documents se trouvaient dans la maison, prêts à être signés.

Cela aurait dû être un soulagement.

Et ce n'était pourtant pas le cas.

# - 13 -

Rose jeta un coup d'œil au réveil sur sa table de chevet et soupira. Impossible de trouver le sommeil malgré l'heure avancée. Et elle n'était pas la seule… Un rayon de lumière qui filtrait sous la porte de la salle de bains indiquait que Linc aussi devait être debout. Nul besoin d'être grand clerc pour deviner ce qui l'empêchait de trouver le sommeil. C'était la visite imprévue de ses parents… Elle avait découvert un aspect de sa personnalité qu'elle n'avait jamais connu et, à vrai dire, elle avait du mal à penser à autre chose.

À l'époque, elle avait toujours vu un homme sûr de lui et même un peu prétentieux. Lorsqu'il l'avait demandée en mariage, elle avait été conquise et rassurée sur ses sentiments à son égard… Et puis ils s'étaient mariés et elle avait compris à ses dépens que ce n'était peut-être pas tout à fait le cas.

Ou du moins c'était ce qu'elle s'était imaginé.

Car elle savait maintenant quelle crise il traversait et savait qu'il avait affronté la situation comme il le pouvait… Un peu plus tôt ce soir, elle avait réussi à le convaincre d'aller se changer les idées avant qu'il ne se laisse emporter par ses émotions à fleur de peau et que la situation ne dégénère. Heureusement elle avait réussi à désamorcer sa colère, même si leur conversation lui laissait un goût amer, malgré tout.

Si seulement il ne l'avait pas sous-estimée alors qu'ils étaient jeunes mariés, au point de lui cacher ce qu'il était en train de traverser, que se serait-il passé ? Elle aurait peut-être pu l'aider et leurs vies auraient pu en être changées. Ils étaient passés à côté de tant de choses…

Si seulement il ne l'avait pas mise à l'écart. Si seulement sa présence ne réveillait pas son désir pour lui, si seulement il était prêt à leur laisser une deuxième chance…

Et si seulement il voulait bien éteindre la lumière de la salle de bains ! Elle jeta un nouveau coup d'œil à son réveil. Pour quelqu'un qui battait des records de vitesse pour ne pas la croiser le matin, cela faisait bien longtemps qu'il était enfermé là-dedans ! Et s'il était souffrant ? Ou plus choqué qu'il ne l'avait laissé paraître après la scène de la veille ?

Elle hésita un instant et décida finalement de s'assurer qu'il allait bien. Après tout, si c'était le cas, ce ne serait pas leur première entrevue gênante sur le seuil de la salle de bains !

Elle repoussa ses couvertures et enfila son peignoir resté au pied de son lit. Elle avança sans bruit, pieds nus, jusqu'à la porte. Et frappa doucement.

— Linc ?

— J'ai terminé, répondit-il, je te laisse la place.

Il y avait quelque chose dans sa voix qui la troubla. Ce n'était pas sa voix habituelle.

— Est-ce quc ça va ?

— Oui.

— Es-tu habillé ?

— Pourquoi ?

— Parce que je rentre, que tu sois prêt ou pas ! dit-elle en poussant la porte et le découvrant devant le lavabo, nu… mis à part une serviette nouée autour de la taille.

— Je suis désolé si je t'ai réveillée, dit-il en évitant son regard.

— Ne sois pas désolé, je me suis réveillée toute seule, dit-elle dans un haussement d'épaules. Je n'ai pas très bien dormi.

— On dirait que c'est une affection généralisée dans la maison McKnight…

Il avait les traits tirés et la mine fatiguée et tendue. Cela lui donnait un air totalement vulnérable et irrésistiblement sexy. Un mélange particulièrement envoûtant. Elle baissa les yeux en découvrant son torse musclé, que recouvrait un léger duvet et qui lui donna envie de se blottir dans ses bras. Il avait les cheveux mouillés, qu'il ramena en arrière des deux mains. Ce mouvement lui fit contracter les muscles des bras et elle sentit son cœur s'emballer aussitôt.

Heureusement, son cerveau reprit le dessus en un instant.

— Qui d'autre ne dort pas ? demanda-t-elle.

— Eh bien, moi, pour commencer !

— Oui, j'ai bien compris, mais tu semblais dire que c'était un problème général ?

— Ma mère s'est levée aussi alors que je prenais un scotch dans la cuisine. Elle m'a accompagné, d'ailleurs.

— Bien, j'imagine que vous avez pu discuter un peu au calme ? À moins que tu n'aies refusé de la servir ?

— Non, je l'ai servie, répondit-il en souriant.

Elle attendit un moment qu'il lui en dise un peu plus mais, voyant qu'il gardait le silence, elle ne put s'empêcher de le relancer.

— Avez-vous parlé ?

— Oui.

— Oui ? insista-t-elle en se retenant d'exploser

face à son silence qui l'obligeait à lui soutirer chaque réponse une à une.

— Ma mère s'est excusée de m'avoir caché la vérité. Elle m'a dit qu'ils avaient pris cette décision dans l'espoir que je mène une vie le plus normale possible. Ils n'avaient jamais imaginé que mon père biologique changerait d'avis et viendrait ainsi me déballer la vérité…

— Tu sais, Linc, je me dis que tu peux débattre des avantages et des inconvénients de leur décision à l'infini. Mais, que veux-tu, ils ont fait ce qu'ils ont fait. Impossible de revenir en arrière maintenant.

— Est-ce là ta façon de me dire de passer à autre chose, sans vraiment le dire ? demanda-t-il, l'air circonspect.

— Oui, j'imagine. Tu me diras que c'est facile à dire et tu auras raison, mais quelle autre solution ?

— Je pourrais continuer à leur faire des reproches.

— Ce serait très constructif…

— Comme tu l'as déjà souligné, je suis assez doué pour les comportements infantiles.

— On finit tous par être obligés de grandir. Toi comme tout le monde. Il est peut-être temps de lui accorder un peu de compassion, à ta mère…

— Peut-être.

Elle pouvait lire la bataille à laquelle se livraient en lui les sentiments contradictoires qui l'habitaient. Attendrie, elle avança et lui posa la main sur le bras pour lui signifier qu'elle comprenait et qu'elle savait combien c'était dur pour lui. Elle sursauta en touchant sa peau à la fraîcheur inattendue.

— Tu as froid ? Tu es sûr que ça va ?

— Je suis froid parce que j'ai pris une douche froide. Et puisque tu me le demandes, non, ça ne va pas. Je suis plutôt en train de me dire que cela pourrait difficilement être pire.

— Tu es malade ? De quoi est-ce que tu parles ?

— Non, je ne suis pas malade, répondit-il sèchement en retirant son bras. Retourne te coucher, je suis désolé de t'avoir dérangée.

Il ne l'avait pas dérangée, pas dans le sens qu'il entendait, en tout cas, mais elle était mal à l'aise, maintenant. Elle posa une nouvelle fois la main sur son bras.

— Lincoln, qu'est-ce qu'il y a ? J'ai besoin de comprendre !

— Pourquoi crois-tu que j'ai pris une douche froide ?

— Je ne sais pas, c'est à toi de répondre à cette question.

— N'insiste pas, Rose, tu n'as pas envie d'entendre ma réponse.

— Comment sais-tu de quoi j'ai envie ?

— Parce que je te connais, dit-il en relevant les yeux vers elle. Tu es quelqu'un d'entier et d'honnête. Et tu n'as pas confiance en moi.

— Et si j'avais changé d'avis ? Et si je te faisais à nouveau confiance ? demanda-t-elle en laissant sa main remonter vers son épaule.

— J'en serais heureux, dit-il en saisissant sa main pour l'éloigner de lui. Crois-moi, c'est là la chose la plus difficile que j'aie jamais faite. Je suis un imbécile, un idiot, ou ce qu'on veut, mais je ne serai pas celui qui abusera de ta confiance au point que tu ne puisses te regarder dans un miroir demain matin.

Elle savait à quoi il faisait allusion et son cœur se mit à battre la chamade.

— Ce ne sera pas le cas, Linc. Ne me dis pas que tu ne ressens pas la même chose que moi ?

— Bien sûr que je le ressens, dit-il, la voix grave et chargée d'émotion. Mais je me refuse à tirer avantage de la situation.

— Et, si je le désire aussi, pourquoi serais-tu le seul à en tirer avantage ?

— Parce que tu attends autre chose, un engagement que je ne suis pas capable de tenir.

À cet instant précis, elle se moquait bien de tout, promesses et engagements compris, et était guidée par cette chaleur dans le creux de son ventre que lui seul pouvait apaiser. Elle avança d'un pas encore et il continua à battre en retraite, reculant à nouveau au point de se plaquer littéralement contre le mur.

— Je ne compte pas débattre avec toi, dit-elle.

Il y avait une détermination implacable dans son regard, même si elle devinait quel effort il devait faire pour résister.

— Très bien, car ma décision est arrêtée et je n'y reviendrai pas.

Elle avança d'un dernier pas et saisit la serviette nouée autour de sa taille, la laissant tomber à ses pieds, avant de se presser contre lui, puis de se hisser sur la pointe des pieds pour saisir son visage entre ses paumes. Leurs lèvres s'effleurèrent doucement et, le temps d'un instant, elle sentit son hésitation.

Puis il y eut ses mots :

— J'abandonne…

Et, à cet instant, il abandonna effectivement tout ce qui semblait le retenir et le faire hésiter, puisqu'il l'embrassa comme jamais il ne l'avait embrassée. Ce baiser était plein de dix années d'attente et de manque et libéra tout le désir qu'ils ressentaient l'un pour l'autre.

Il enfouit les doigts dans ses cheveux et lui entoura la nuque des mains pour lui faire renverser la tête. Leur souffle saccadé résonnait dans la pièce tandis que leur baiser s'éternisait. Lorsqu'il recula soudain et planta son regard dans le sien, un regard plein d'envie et d'urgence, elle frémit. L'instant d'après, il la soulevait de terre. C'était en train d'arriver, ce n'était pas un rêve, et tenter d'arrêter ce moment serait comme essayer de freiner une locomotive lancée à pleine vitesse.

— Chez toi ou chez moi ? demanda-t-il dans un sourire.

— Surprends-moi.

— Dans ma chambre j'ai des préservatifs, dit-il. Enfin, j'en ai toujours dans ma valise, ne va pas croire que…

— Je ne te jugerai qu'après, rassure-toi, plaisanta-t-elle en déposant un baiser juste derrière son oreille.

— Tu vas me tuer, souffla-t-il.

— Tu veux que j'arrête ? demanda-t-elle en soufflant doucement sur l'endroit qu'elle venait d'embrasser.

— Non ! dit-il en frémissant.

Il l'emmena jusqu'à sa chambre et la déposa sur son lit. Il s'assit à côté d'elle, glissant la main sur son genou, puis sa cuisse, avant d'écarter sa nuisette et son peignoir d'un geste doux.

Il ouvrit ensuite le tiroir de sa table de chevet et fouilla un instant avant de sortir triomphalement un petit emballage d'aluminium qu'il déposa sur le chevet. Puis il l'enlaça et ils se laissèrent doucement glisser sur le matelas. Il l'embrassa puis descendit le long de son cou, jusqu'à ses seins, puis plus bas encore, vers son nombril et ses hanches.

La chaleur montait en elle, son cœur tambourinait dans sa poitrine, et elle avait du mal à retrouver son souffle. Et pourtant elle en voulait plus encore. Elle le serra contre elle, cambrant les reins pour le sentir plus près et lui signifier toute l'urgence de son désir.

— Je sais, ma chérie, murmura-t-il contre sa gorge.

L'instant d'après il saisissait le préservatif et l'ouvrait avant de le mettre en place, puis il s'allongea sur elle et glissa entre ses cuisses.

Elle retint son souffle alors qu'il se préparait à entrer en elle et poussa un gémissement de soulagement lorsqu'il le fit. Il s'enfonçait de plus en plus profondément en elle, et à chaque mouvement elle sentait toute la tension du désir se libérer un peu plus. Avant qu'elle n'ait le temps d'en prendre conscience, le plaisir déferla en elle en puissantes vagues successives. Il la maintint tout contre lui, l'embrassant jusqu'au dernier frémissement de volupté.

Ensuite seulement, il se redressa sur les avant-bras et se remit lentement en mouvement. Elle lui entoura la taille de ses jambes et le suivit à chaque va-et-vient jusqu'à ce qu'il enfouisse le visage dans son cou en poussant un long gémissement de plaisir.

Leurs respirations s'apaisèrent peu à peu jusqu'à revenir à la normale et il releva la tête pour lui sourire.

— Tu es vraiment pleine de surprises, Rose.

Elle était épuisée et satisfaite, et plus heureuse que jamais, et elle ne parvint pas à s'empêcher de dire ce qu'elle avait sur le cœur.

— Je t'aime, Linc. Je ne crois pas avoir jamais cessé de t'aimer. Et, ne t'inquiète pas, je sais que tu ne voulais pas l'entendre, mais j'avais besoin de le dire. Je n'attends rien, c'était simplement une façon de te remercier.

— Non, dit-il en lui déposant un tendre baiser sur la tempe. Merci à toi.

Presque endormie, déjà, elle sourit et se laissa aller au sommeil dans la chaleur de son corps, se réjouissant déjà de s'éveiller à ses côtés.

Juste avant qu'il fasse jour, Rose revint dans sa chambre, refermant silencieusement les deux portes qui les séparaient. Elle mourait d'envie de rester blottie dans les bras de Linc, mais se dit que c'était plus prudent. S'ils se voyaient amenés à essayer de clarifier leur situation, au réveil, elle ne saurait pas franchement quoi en dire.

Sauf pour la partie physique de leur relation. Le sexe avait été aussi évident qu'incroyable… Non, c'était sur le plan émotionnel que ça se compliquait franchement. Bizarrement, elle avait regagné sa chambre pour dormir, mais ne retrouvait pas le sommeil. Elle finit par se lever pour gagner la salle de bains. Dans un soupir, elle fixa la porte de la chambre de Linc. Elle était amoureuse de lui. Mais lui ?

Elle ouvrit le robinet de la douche et attendit que l'eau se réchauffe avant de se glisser sous le jet. Un soupir s'échappa de ses lèvres. Elle n'avait pas été aussi heureuse depuis au moins… dix ans ? Elle aurait aimé l'inviter à partager sa douche, mais avait préféré le laisser tranquille. Après les émotions de la veille, avec l'arrivée inattendue de ses parents, il avait besoin d'un peu de repos.

Mais elle était impatiente de le retrouver.

Beaucoup moins de croiser le regard de ses parents et de sa sœur.

Est-ce qu'ils verraient quelque chose de changé en elle ? Et s'ils devinaient qu'ils avaient fait l'amour à leur expression ou aux regards qu'ils échangeraient ? Car, forcément, l'intimité qu'ils avaient partagée allait changer la nature de leurs relations. Il fallait qu'elle lui parle avant d'affronter sa famille.

Elle sortit de la douche, s'habilla, se coiffa puis se maquilla, en prenant soin de lui laisser encore un peu de temps avant de frapper doucement à sa porte.

— Linc ? dit-elle en attendant sa réponse avant de frapper une nouvelle fois, un peu plus fort. Linc, tu dors ?

Il était l'heure de se lever, de toute façon, alors elle ouvrit la porte.

— Prêt ou pas…

Sa chambre était vide et son lit fait au carré.

Et si finalement c'était lui qui avait voulu la laisser dormir ?

Il fallait passer au plan B, sans avoir eu le temps de se coordonner avant de retrouver sa famille. Il faudrait donc qu'elle improvise, jusqu'à ce qu'elle ait une occasion de lui parler seul à seul au sujet de la nuit dernière.

Elle lui avait dit qu'elle l'aimait et qu'elle n'avait jamais cessé de l'aimer. Elle comprenait avec clarté maintenant qu'après son départ elle avait continué à avancer, mais sans vraiment s'engager dans sa vie. Être avec lui avait été ce qu'il y avait eu de plus important et elle était presque sûre qu'il avait ressenti la même chose. D'ailleurs, il avait essayé de la dissuader de coucher avec lui dans le but de la protéger. Comment ne pas faire confiance à un homme comme lui ? Comment ne pas l'aimer ? Tout le reste se résoudrait avec le temps. Et du temps, maintenant, ils en avaient.

Elle jeta un dernier regard dans le miroir, satisfaite de son jean moulant et du chemisier blanc sur lequel elle avait enfilé un léger pull bleu marine.

Elle gagna la cuisine en espérant que Linc apprécierait sa tenue, mais il n'était pas là. Elle trouva Ellie et sa mère, assises devant leurs tasses de café.

En la voyant entrer, Leah accourut vers elle les bras tendus.

Elle sourit et prit la fillette dans ses bras avec joie.

— Bonjour, Leah, est-ce que tu as bien dormi cette nuit ?

— Oui !

— Elle t'attendait, déclara Ellie. Et toi, bien dormi cette nuit ?

— Oui, oui, répondit-elle en priant pour que sa voix ne trahisse rien de sa folle nuit avec son frère. Bonjour, madame Hart.

— Bonjour, Rose, vous pouvez m'appeler Katherine, vous savez ?

— Avec plaisir, Katherine, merci.

— Je te sers un café, Rose ? demanda Ellie en se levant. Tu peux reposer ma fille au sol dès qu'elle devient trop lourde, hein ?

— Oui, mais c'est un plaisir de l'avoir un peu.

Elle sentait combien la fillette éveillait chez elle des instincts maternels de plus en plus forts au fil du temps. Était-ce le fait de faire l'amour avec Linc qui avait fini de chambouler ses hormones ? Elle posa la petite sur le sol et cette dernière fila comme une fusée vers le séjour.

— Elle est déjà passée à autre chose, plaisanta-t-elle.

— Les enfants sont comme ça, dit Katherine, pensive. C'est à la fois une bonne et une mauvaise chose... Parfois on aimerait pouvoir consoler les adultes comme on console les enfants, en faisant diversion...

— Oui, je vois ce que vous voulez dire.

— Je suis navrée pour hier soir, ça a dû être embarrassant pour vous, Rose, et pourtant heureusement que vous étiez là pour Lincoln.

— Ne vous inquiétez pas, Katherine.

— Alors, comme ça, Linc et vous êtes mariés ?

— Oh ! Tout ça est tellement compliqué, dit-elle en sentant ses joues rougir.

— Oui, j'ai l'impression. Mais vous êtes encore très proches tous les deux, je me trompe ?

— Maman, ne commence pas, tu sais que Linc déteste qu'on se mêle de ses affaires !

— Mais je ne risque pas grand-chose, vu qu'il me fait déjà la tête !

— Mais si, vous avez commencé à enterrer la hache de guerre, cette nuit ! dit Ellie à sa mère, avant de se tourner vers elle. Comme ni l'un ni l'autre n'arrivaient à dormir, ils se sont retrouvés dans la cuisine et ont bu un scotch en pleine nuit !

— Ah.

— Oui, pourtant ce matin il est reparti au Texas sans prévenir, je me demande si je n'ai pas dit quelque chose de travers, fit Katherine dans un soupir.

À ces mots, il lui sembla que son cœur s'arrêtait de battre.

— Linc est parti ?

— Oui, expliqua Ellie. Il a laissé un mot disant qu'il devait se rendre à Dallas.

— Pourquoi aurait-il besoin de façon aussi urgente de se rendre à Dallas, à moins que ce ne soit pour m'éviter ? demanda Katherine, formulant du même coup la question qui lui brûlait les lèvres.

Elle commençait à s'inquiéter de sa déclaration de cette nuit… Et si c'était elle qu'il voulait éviter ?

— Rose, il ne t'a rien dit ?

Les deux femmes la regardaient et elle eut envie de disparaître aussitôt, avalée par le sol.

— Il me semble qu'il avait évoqué des affaires dont il devrait s'occuper, j'imagine que c'est pour cela ?

— Tu vois ? s'exclama Ellie en se tournant triomphalement vers sa mère, tu dramatises toujours !

Elle s'efforça de manger un peu du petit déjeuner qu'Ellie lui avait préparé, mais sa tête et son cœur étaient complètement ailleurs.

— Rose, est-ce que vous nous accompagneriez au centre commercial aujourd'hui ? Une sortie shopping entre filles vous tente ?

— J'aimerais beaucoup, Katherine, mais j'ai du travail.

— Mon frère est un esclavagiste !

— Amusez-vous bien en tout cas !

Elle n'était pas mécontente d'avoir réussi à préserver

les apparences et de pouvoir enfin se retrouver seule. Elle quitta la cuisine et s'apprêtait à rejoindre son bureau lorsqu'une enveloppe épaisse sur la console de l'entrée attira son regard. Elle avait été ouverte et elle imagina que cela avait peut-être à voir avec le départ précipité de Linc. Elle s'approcha pour observer l'en-tête officiel.

Les papiers du divorce.

Son cœur se brisa. Ils étaient divorcés. Il le savait et n'avait pas même eu le courage de l'affronter avant de prendre la fuite une fois encore.

C'était la raison de son hésitation, cette nuit. Elle ne pouvait même pas lui reprocher d'avoir profité d'elle, puisque c'était elle qui avait insisté.

Et voilà qu'il avait filé sans une explication.

C'était la goutte d'eau qui faisait déborder le vase !

Elle ne pouvait continuer ainsi. Toute cette histoire allait lui coûter bien cher finalement : son cœur, une nouvelle fois, et son travail…

Et elle serait la seule à blâmer.

# - 14 -

Linc avait décidé de suivre le conseil de sa mère et d'aller chercher quelques réponses. Il avait laissé Rose dormir car, après qu'elle lui avait dit qu'elle n'avait jamais cessé de l'aimer, il s'était retrouvé totalement perdu. Il avait donc sauté aussitôt que possible dans son jet et était rentré à Dallas, où il allait s'adresser à la seule personne en mesure de lui donner les réponses qu'il attendait.

Il était tard lorsqu'il se présenta devant les bureaux de Pierce & Associés. Le hall d'entrée était constitué d'un mélange harmonieux de bois précieux, de miroirs, de plantes et de verre. Une élégance sobre, un lieu feutré et raffiné.

Il s'arrêta à la réception où un jeune homme écrivait sur un ordinateur.

— Puis-je vous aider, monsieur ?

— Oui, je souhaite voir Robert Pierce.

— Avez-vous rendez-vous ?

— Non, mais je suis convaincu qu'il souhaitera me recevoir, pourriez-vous lui dire que Lincoln Hart est là ?

Le jeune homme s'exécuta, l'air dubitatif et très légèrement condescendant. Il passa le message et écouta un instant en hochant la tête, puis se tourna vers lui.

— Vous pouvez monter. Son bureau est au dernier étage.

— Merci, dit-il.

Il prit l'ascenseur jusqu'au dixième étage et se dirigea vers la réception, où il fut accueilli par une femme entre deux âges.

— M. Pierce a demandé que vous soyez reçu aussitôt, monsieur Hart. Puis-je vous offrir quelque chose, un café, de l'eau, un scotch ?

— Non, rien, merci, dit-il en se dirigeant vers les doubles portes en bois sombre sur lesquelles une plaque annonçait Robert Pierce.

Il inspira profondément et frappa avant d'entrer. L'homme qui était présent dans ses pensées ces dix dernières années était assis derrière un large bureau couvert de dossiers. Il avait desserré sa cravate et les manches de sa chemise blanche étaient repliées sur ses avant-bras. Il le regarda attentivement quelques instants durant. Il avait un menton carré, des cheveux noirs striés de fils argentés et des yeux bleus. Il n'était pas très fort au jeu des ressemblances, mais il ne put s'empêcher de se demander si ses traits et ceux de Robert Pierce trahissaient leur lien de parenté.

— Bonjour, Lincoln, je suis heureux de te revoir.

— Ce n'est pas pour toi que je suis venu.

— Tu ressembles à ta mère.

— Sans doute est-ce la raison pour laquelle on n'a jamais imaginé que je pouvais ne pas être un Hart.

— Tu nous en veux toujours ?

— Bon sang, évidemment que je vous en veux ! Qui peut me le reprocher ?

— Tu es venu pour savoir pourquoi je t'ai approché il y a dix ans, en brisant le vœu de silence que j'avais fait à ta mère ? C'est bien cela ?

— Oui.

— Je me suis comporté comme un égoïste.

— Tu crois t'en tirer comme ça ? lança-t-il, furieux.

Tu bouleverses toute ma vie, tu anéantis mon mariage et tout ça parce que je partage mon ADN avec toi ?

— Il y a de l'espoir pour toi car tu as aussi l'ADN de ta mère.

— Tu couchais souvent avec tes clientes en instance de séparation ?

— Je n'avais jamais fait cela avant ta mère et je ne l'ai plus jamais fait après. Jamais je n'ai rencontré une femme comme Katherine.

Il était d'une telle gravité en prononçant ces mots qu'il fut tenté de le croire.

— Tu l'aimes encore ?

— Oui.

— Mais cette histoire date d'il y a trente-quatre ans !

— Est-ce que tu crois au coup de foudre ?

Une image de Rose lui vint aussitôt à l'esprit, un jour où elle marchait à sa rencontre dans un couloir de Hart Industries. Elle lui avait souri. Et le monde s'était arrêté de tourner.

— Oui.

— Dans ce cas tu sais qu'on peut faire passer le bonheur de quelqu'un d'autre avant le sien propre.

— Je le sais, oui.

— Katherine m'a annoncé qu'elle était enceinte et pendant quelques instants j'ai été le plus heureux des hommes. Et puis elle m'a dit que son mari était au courant et qu'ils s'étaient réconciliés. Elle m'a proposé un droit de garde, si je le souhaitais.

— C'était donc ton idée de me rayer de ta vie…

— Oui. Je venais d'entrer dans le cabinet et, tu comprends, j'aurais mis toute ma carrière en péril…

— Tu as préféré disparaître.

Robert acquiesça, et il vit quelque chose de semblable à du regret assombrir ses yeux.

— Je me suis engagé à ne jamais te rencontrer, je pensais que ce serait plus simple ainsi…

— Et pourtant tu n'as pas tenu ta promesse. Es-tu aussi menteur qu'égoïste ?

— On peut le voir ainsi, répondit son père sans broncher. J'ai toujours cherché à rencontrer une femme qui serait l'amour de ma vie mais, le problème, c'est que je l'avais déjà rencontrée en la personne de Katherine et qu'il m'était impossible de la remplacer. Quant à elle, elle n'a jamais cessé d'aimer Hastings. Je n'ai plus personne aujourd'hui. J'ai divorcé trois fois et mon quatrième mariage est un naufrage à son tour…

Tout à coup, il sentit que la colère s'était évaporée. Il n'éprouvait plus que de la pitié pour cet homme.

— Je ne sais pas quoi dire…

— Il n'y a rien à dire. C'est moi qui dois te présenter mes excuses pour avoir bouleversé ta vie comme je l'ai fait. Je suis sincèrement désolé.

Il savait ce que c'était que d'être seul dans la vie et cela l'incitait à montrer un peu de compassion.

— Je te crois et j'accepte tes excuses.

— S'il y a quoi que ce soit que je puisse faire pour toi, n'hésite jamais à faire appel à moi.

— Je te remercie, mais j'ai déjà un avocat pour mon divorce.

— Tu t'es remarié ?

— Non, c'est toujours la même femme, dit-il avant d'expliquer ce qui s'était passé.

— Tu es en train de me dire que tu es toujours marié à la femme dont tu étais tombé amoureux au premier regard il y a dix ans ?

— Oui.

— Est-ce que tu l'aimes encore ? demanda Robert en accrochant son regard. Tu sais, je me doute que je suis la dernière personne à qui tu aurais envie de faire confiance, mais peut-être te fieras-tu à mon expérience.

— Comment ça ?

— Si tu as eu la chance de rencontrer l'amour, alors ne l'ignore pas. Jamais.

Il hocha la tête. Il se sentait plus léger, curieusement, comme si le poids qui opprimait sa poitrine avait disparu. Il ne ressentait plus d'animosité. Robert Pierce n'était pas un salaud, mais quelqu'un qui était tombé amoureux de la mauvaise personne.

— Merci de m'avoir reçu.

— Ma porte t'est toujours ouverte, dit Robert en lui tendant la main.

— Merci, dit-il dans un sourire.

Une sensation d'apaisement s'empara de lui en quittant le bureau. Son père biologique n'était rien de tout ce qu'il avait imaginé. Il semblait même être un homme correct, honnête. Quelqu'un qu'il avait envie de connaître un peu mieux.

Rose avait raison. Il y avait de la place dans son cœur pour deux pères.

Au moment où il sortait dans la rue, son téléphone se mit à vibrer dans sa poche. C'était Ellie. Encore. Il avait évité ses derniers appels, mais ce n'était plus nécessaire.

— Salut, p'tite sœur, j'ai quelque chose à te raconter…

— Laisse-moi parler, trancha Ellie. Comment est-ce que tu as pu lui faire ça une nouvelle fois ? Es-tu vraiment stupide pour te tirer ainsi des balles dans le pied ?

— Qu'est-ce que tu veux dire ?

— Tu abandonnes Rose sans un mot, après avoir reçu les papiers du divorce ?

Il n'avait pensé qu'à lui en venant ici et n'avait pas

imaginé comment Rose interpréterait son départ précipité après leur nuit d'amour. Bon Dieu…

— Il faut que je lui parle !

— Eh bien, je te souhaite bien du courage, je ne pense pas qu'elle soit prête à t'écouter et, pour tout te dire, moi non plus !

— Ellie, attends !

Mais elle avait déjà raccroché…

— Je n'arrive pas à croire qu'il ait pu s'en aller comme ça, sans un mot.

Rose était rentrée au Texas et une semaine s'était écoulée depuis que Linc avait filé à l'anglaise. Son amie Vicki était venue chez elle pour la soutenir et était dans la cuisine en train de remplir deux verres de vin.

— Je suis désolée, ma chérie, mais dans tous les cas tu ne pouvais que perdre, quoi qu'il se passe.

— Me voilà doublement perdante, en fait. Il me brise le cœur et je perds mon boulot.

— Tu sais que tu as signé un contrat… Il pourrait te poursuivre.

— Il n'a qu'à le faire, dit-elle en portant son verre à ses lèvres. Il n'a rien à gagner d'une entreprise en faillite…

— Est-ce que tu as eu de ses nouvelles depuis ?

— Il m'appelle tous les jours. Plusieurs fois par jour, d'ailleurs.

— Et qu'est-ce qu'il te dit ?

— Je ne sais pas, je ne décroche pas.

— Ce n'est pas possible, Rose, tu lui laisses toutes les cartes en main en faisant cela !

Il avait brisé son cœur. Une nouvelle fois. Elle savait exactement ce qui allait se passer, pour l'avoir déjà vécu. La colère d'abord, qui était ce qui la faisait tenir debout pour le moment, mais bientôt elle s'effondrerait et la douleur ferait son entrée, en emportant tout sur son passage. Comment s'en remettrait-elle une deuxième fois ? Comment y survivrait-elle ?

— C'est un salaud, lança-t-elle. Comment expliquer sinon qu'il vienne me chercher alors que je suis proche de la faillite et que je ne lui ai rien demandé ! Je voulais juste vivre tranquillement ma vie sans rien avoir à faire avec lui !

— Il t'a vraiment beaucoup fait souffrir, n'est-ce pas ? dit Vicki. Et tu as couché avec lui…

Ce n'était pas une question. Elle n'avait rien dit à ce sujet à son amie.

— Tu n'en sais rien, pourquoi est-ce que tu dis cela ?

— Si, je le sais. Et tu n'aurais pas couché avec lui si tu ne l'aimais pas.

Mais elle n'était pas prête à en parler.

— J'ai rencontré sa famille, ils sont tellement chaleureux et avenants. Ses parents, son frère et sa sœur, Ellie. Tu l'aimerais beaucoup, tu sais. Nous aurions pu être si bonnes amies si son frère n'était pas un tel… Je crois que je suis à court de vocabulaire à son sujet.

— C'est ce que je craignais… Tu es amoureuse !

— Arrête de répéter cela, quelle différence est-ce que ça fait ?

— Eh bien, il y a peut-être une raison à son départ soudain. Quelque chose que tu ignores, des circonstances atténuantes, même.

— Impossible d'oublier que tu es une avocate, marmonna-t-elle en vidant son fond de verre. Il est parti sans dire un mot à qui que ce soit, pas même sa sœur. Je crois qu'elle était aussi choquée que moi !

— Eh bien, encore une raison d'écouter ce qu'il a à dire pour sa défense.

— Nous ne sommes pas au tribunal, Vicki. Je ne

veux pas avoir à écouter ce qu'il veut me dire. Il m'a déjà fait le coup de disparaître du jour au lendemain, je ne peux pas dire que je ne savais pas qui il était. Si je commence à l'écouter, il essayera de m'embobiner une fois encore !

Vicki poussa un soupir.

— Je comprends, mais il est important de parler avec lui. Ne serait-ce que pour éviter un éventuel procès, et effectivement c'est encore ton avocate qui te parle. Tu n'es pas obligée de discuter avec lui d'autre chose que de votre arrangement professionnel.

— Tu as peut-être raison, même si ça me fait mal de le reconnaître.

— Eh bien, décroche la prochaine fois qu'il appelle, voilà mon conseil juridique du jour !

Elle était partagée. Elle mourait d'envie d'entendre sa voix tout en redoutant cet instant. Et, en même temps, Vicki n'avait pas tort…

— Je vais y réfléchir, dit-elle. Mais tu sais déjà que je ne suis pas toujours tes conseils…

— Je ne le sais que trop bien, tu as accepté ce contrat, pour commencer.

— Merci de ne pas m'avoir répondu « je te l'avais dit… » ! Il faut aussi que je te dise qu'il y a un autre de tes conseils que je n'ai pas suivi : j'ai signé les papiers du divorce.

— Oh, Rose, j'espère au moins que les conditions t'étaient favorables ?

— J'aurais pu te le dire si… si je les avais lues.

— Rose, ce n'est vraiment pas possible ! Tu ne me donnes pas de nouvelles, tu n'écoutes pas même mes conseils amicaux et en prime tu ignores mes avis professionnels ! dit-elle en levant les yeux au ciel.

— Il faut que tu me comprennes, Vicki, j'ai trouvé les papiers juste après qu'il a pris la fuite. J'étais tellement bouleversée que j'ai signé… Sans réfléchir. On pourrait dire que c'était un réflexe d'autodéfense !

— Oh ! bon sang ! s'exclama Vicki en se frappant le front. Mais qu'est-ce que je vais faire de toi ?

Elle n'eut pas l'occasion de répondre à cette question car son téléphone se mit à sonner. Elle le sortit pour vérifier qui appelait.

— C'est Linc !

— Eh bien, réponds !

— Non, je ne peux pas…

— Rose, c'est le moment de savoir pourquoi il est parti. Réponds-lui tout de suite !

Elle fixa son amie une seconde puis, le cœur battant, elle décrocha son téléphone.

— Allô ?

Il y eut un bref instant de silence au bout de la ligne, comme une hésitation.

— C'est bien toi, Rose, et pas ton répondeur ? balbutia Linc.

— Oui, ma messagerie est pleine à cause de tous tes messages.

— Tu les as bien reçus, alors ?

— C'est plutôt à moi de te demander si tu as reçu celui où je t'annonçais que je ne comptais pas honorer notre contrat ?

— De quel contrat parles-tu, celui de notre divorce ou de travail ? Mon avocat vient de me faire passer les papiers du divorce qu'il a reçus avec ta signature et…

— Très bien, dit-elle, à la fois triste et soulagée. Comme ça le divorce au moins est réglé. Et pour le contrat de travail…

— Ce n'est pas pour cela que je t'appelais, j'ai besoin que tu saches que…

— Pas pour ça ? répéta-t-elle. Parce que, pour ma part, je n'ai rien d'autre à discuter avec toi.

— Tu te trompes.

— Pour ce qui est du contrat de travail…

— Je me moque de ce contrat, Rose. Est-ce que tu peux arrêter avec ça ?

— Eh bien, dans ce cas, je te remercie de ton appel et j'attends de recevoir la confirmation définitive de notre divorce !

— Rien ne sera définitif, Rose !

Il y avait une gravité dans sa voix qui l'arrêta. Son cœur se mit à battre plus fort dans sa cage thoracique.

— Linc, je ne peux pas…

— Rose, il faut que je te parle de vive voix. Je vais venir chez toi. Il y a beaucoup de choses que tu dois entendre.

— Non ! J'attends de recevoir le courrier de ton avocat pour le divorce, c'est tout ce que j'accepterai de ta part. Au revoir, Linc, dit-elle en raccrochant.

— Très bien, approuva Vicki. Tu as su rester sur un terrain professionnel.

— J'ai essayé, mais c'est toujours personnel avec Linc…

Un nœud se forma dans sa gorge, c'était trop dur. La colère cédait le pas à la douleur. Elle enfouit le visage dans ses mains et se mit à pleurer.

Elle lui en voulait tellement de lui faire ressentir cela une fois encore.

# - 15 -

Linc fixa son téléphone un long moment alors que Rose venait de lui raccrocher au nez. Cette fois, il l'avait sans doute perdue pour toujours. Est-ce que sa vie serait comme celle de son père, une quête d'amour éternellement insatisfaite ? Contrairement à Robert Pierce, cependant, il ne pouvait s'en prendre qu'à lui-même.

Sa sœur avait raison…

Que lui restait-il ?

Il quitta son appartement de Dallas et fit quelques kilomètres qui le menèrent sans même qu'il en soit conscient jusque dans le quartier où vivaient ses parents. Sans doute ne voudraient-ils pas lui parler, pas plus que Rose ou Ellie… Et pourtant c'était là qu'il était toujours venu lorsqu'il avait eu besoin de s'éclaircir les idées. Cette fois-ci, il voulait seulement qu'ils l'écoutent tandis qu'il leur présenterait ses excuses. Mais il avait aussi un conseil à leur demander.

Il sortit de sa voiture et avança vers l'entrée de leur grande demeure à la façade de briques rouges. De la lumière filtrait par les fenêtres, aussi appuya-t-il sur la sonnette avant de patienter. Il attendit suffisamment longtemps pour finir par se demander si on le laissait délibérément dehors… Il l'aurait mérité, sans doute, mais il n'arrivait pas à imaginer ce que serait sa vie sans plus personne autour de lui.

Puis la lumière du porche s'alluma et la porte s'ouvrit.

— Bonsoir, Linc, entre, dit son père.

— Merci.

La maison n'avait guère changé depuis qu'il l'avait vue la dernière fois. Un lustre en cristal scintillait tout en haut du plafond de l'entrée, laquelle ouvrait sur un double escalier menant à l'étage. En face de la porte se trouvait une grande table ronde, avec un énorme bouquet de fleurs fraîches en son centre.

— Ta mère est dans le séjour, dit Hastings sans que sa voix trahisse le moindre ressentiment, ni même de la surprise.

Lorsqu'il fit mine de le laisser rejoindre seul sa mère, il l'arrêta d'un geste de la main.

— Je voudrais vous parler à tous les deux, si tu le veux bien.

— D'accord, dit Hastings en lui emboîtant le pas vers le séjour.

Une immense baie vitrée délimitait le fond de la pièce et donnait sur une piscine dans le jardin. Un minigolf derrière était éclairé par des lampadaires qui commençaient à s'allumer avec la tombée de la nuit.

Katherine était en train de lire un livre dans un fauteuil. Les journaux du jour étaient ouverts sur la table basse placée à proximité de la grande cheminée. Cette scène lui provoqua comme un flash. Il y avait là quelque chose de très familier et de tellement lointain à la fois… Tout cela lui avait tellement manqué. Bien plus qu'il n'avait voulu l'admettre. Tout à coup, il ressentait le regret de tout le temps perdu.

— Lincoln, dit sa mère en se levant et déposant son livre sur la banquette à côté d'elle. Je suis tellement contente de te voir !

— Moi aussi, répondit-il.

Et c'était sincère, même s'il avait vu sa mère peu de

temps auparavant chez Ellie, il savait que, ce qu'elle voulait exprimer, c'était sa joie de le voir *ici*.

Katherine lui prit le bras avant de chercher à intercepter son regard. Elle-même avait une expression incertaine.

— Ne le prends pas mal, mais je me demande pourquoi tu es là ?

— Il y a plusieurs raisons… J'ai aussi besoin d'un conseil de votre part, dit-il en tournant la tête vers son père.

— Avec plaisir, dit Hastings. Ta demande me touche beaucoup. Bien plus que tu ne peux l'imaginer.

Il avança à sa rencontre et plaça la main sur son épaule.

— Merci pour votre patience à mon égard, même si je ne mérite pas votre gentillesse après tout ce que je vous ai fait subir, répondit-il.

— Je vais t'arrêter tout de suite, parce que je t'aime et qu'il n'y a rien d'autre à ajouter à cela, et surtout pas une formule du genre « comme mon propre fils », dit-il, la main sur le cœur. Parce que tu *es* mon fils et que j'ai toujours fait de mon mieux pour être le meilleur père possible pour toi.

— Mais tu es le meilleur père qui soit, dit-il, sentant sa gorge se nouer sous le coup de l'émotion alors qu'il tendait le bras pour serrer celui qui lui avait permis de devenir qui il était aujourd'hui. Merci, papa.

Hastings lui rendit son étreinte puis recula d'un pas, le regard brillant.

— Maman, papa, dit-il en poussant un long soupir. Je suis ici pour vous présenter mes excuses pour mon comportement borné et ridicule toutes ces années. Je n'ai vraiment pas été à la hauteur et je le regrette. Je me sens si mal de vous avoir blessés tous les deux. Vous ne méritiez pas cela et jamais je…

— Lincoln, j'aimerais pouvoir te dire que je n'ai pas

souffert, reprit sa mère, mais ce serait un mensonge, et pourtant je suis tellement heureuse de pouvoir te dire que j'accepte tes excuses.

— Tu veux dire que tu les acceptes aussi facilement que cela, tu ne comptes pas me faire payer en te vengeant un peu ?

Katherine sourit et fit « non » de la tête.

— C'était très dur pour moi de te voir aussi confus, blessé et en colère contre moi, mais le bonheur que je ressens à cet instant de notre réconciliation est aussi grand que l'amour que j'éprouve pour toi. Cet amour ne s'épuisera jamais.

— Je ne le mérite pas, maman.

— Bien sûr que si, ne dis pas de bêtises ! s'exclama Katherine en balayant son objection.

— Qu'est-ce qui t'a poussé à venir nous voir, Linc ? demanda Hastings.

— Oui, qu'est-ce qui a fait basculer ton cœur ? ajouta Katherine.

Rose. Aussitôt, ce fut son image qui s'imposa à lui. À l'instant où elle lui avait dit qu'elle l'aimait… Il s'était d'abord senti perdu et submergé par les mêmes questions qui le taraudaient depuis dix ans, et puis un instinct avait pris le dessus. Alors, il avait eu la certitude qu'il devait en finir avec ces questions sans réponse. Il avait ressenti à quel point il était juste qu'il soit avec Rose. Mais il savait aussi qu'il devait régler son passé d'abord.

— J'ai suivi ton conseil, maman. Papa, je ne veux pas te blesser, mais j'ai besoin de te le dire : je suis allé voir Robert Pierce.

— Il était surtout largement temps que tu le fasses, répondit Hastings.

Il sentit un sourire inattendu lui monter aux lèvres.

— J'en déduis que cela ne te fait pas de peine ?

— Comment est-ce que cela s'est passé ? demanda Katherine.

— C'est étrange à dire, mais cela s'est bien passé. Il n'est pas le monstre que j'avais imaginé depuis tout ce temps.

— Et sans doute que par extension cela signifierait que tu n'es pas un monstre non plus ? souligna-t-elle.

— Oui… Il a eu la malchance de tomber amoureux d'une femme qui ne pouvait pas l'aimer en retour.

Hastings vint passer le bras autour de la taille de sa femme.

— Pierce est quelqu'un de bien, Linc. Il est intelligent, il a une véritable éthique. C'est aussi un très bon avocat et un homme d'affaires brillant.

— J'aurais dû aller le voir il y a longtemps de cela, dit-il en se remémorant sa première rupture avec Rose.

Son obstination, son entêtement stupide l'avait poussé à continuer à se frapper le crâne contre un mur toutes ces années durant. Quel immense gâchis !

— Cela ne nous dit pas ce qui t'a convaincu de le rencontrer maintenant, au bout du compte.

Il se tourna vers sa mère.

— Quelque chose me dit que tu as sans doute une petite idée de ce qui m'a fait changer d'avis, fit-il.

— J'ai bien une hypothèse, approuva-t-elle.

— S'il s'agit de Rose, tu as vu juste. Elle m'a prouvé que je me comportais comme un enfant et qu'il y avait de la place dans ma vie pour tout le monde. Elle-même n'a pas connu son père et me disait que j'avais bien de la chance de pouvoir en avoir deux !

— C'est une jeune femme très perspicace, souligna Hastings.

— Oui, c'est là l'une de ses nombreuses qualités.

Il marqua une pause, sentant sa poitrine se serrer.

Hélas, il était peut-être trop tard et il ne pourrait peut-être pas se réconcilier avec elle.

— Tu avais besoin de rencontrer ton père biologique avant de prendre une décision quant à elle, c'est bien cela ? demanda son père.

— Oui, c'est à peu près cela.

— Et tu viens nous demander notre avis avant de dire à Rose que tu as enfin compris qu'elle est la femme de ta vie ? dit sa mère, le regard pétillant d'excitation, en pressentant de la romance dans l'air.

— J'ai surtout besoin de votre aide pour que vous m'aidiez à réparer une erreur, dit-il avant de leur résumer la situation, depuis son départ précipité le matin même de la déclaration de Rose, jusqu'à son refus de le rencontrer pour parler. Je n'ai pas la moindre idée de ce que je peux faire, mais je me suis dit que vous sauriez me raconter comment vous avez réussi à vous réconcilier tous les deux ?

Hastings sourit à sa femme.

— Lorsqu'on aime quelqu'un, on lui pardonne, c'est aussi simple que cela.

— Je ne suis pas sûr que Rose accepte de me pardonner après ce que je lui ai fait.

— Alors il faut que tu t'excuses encore plus, dit son père. C'est sans doute difficile à comprendre maintenant, mais c'est toi qui nous as permis de faire la paix.

— Pourtant j'étais une erreur de parcours !

— Ne dis plus jamais cela, coupa sa mère. Tu étais et tu as toujours été un cadeau du ciel.

À ces mots, il sentit un immense bonheur l'envahir : celui d'avoir retrouvé ses parents. Une grande confiance naissait en lui… tout n'était peut-être pas perdu avec Rose.

Il devait inventer quelque chose d'audacieux pour reconquérir le cœur de Rose. Mais, même s'il lui fallait tout le restant de sa vie pour y parvenir, il était prêt à cela.

Rose referma la porte de son bureau à clé avant de remonter les quelques marches qui la séparaient de son appartement. Elle avait retrouvé un peu d'espoir après avoir été contactée par un client potentiel qui venait de lui soumettre un projet de décoration de sa maison récemment acquise à Highland Park, la riche banlieue de Dallas. Elle s'était cependant demandé un instant si ce client qui tombait à pic ne lui était pas envoyé par Linc. Car il lui avait envoyé d'autres choses…

Elle entra chez elle et respira le parfum de fleurs qui embaumait son appartement. Il y avait des vases remplis de roses de toutes parts. Des blanches, des roses, des jaunes et d'autres couleur corail. C'était magnifique, même si cette vision lui serrait le cœur en lui rappelant combien il lui manquait.

Elle l'aimait toujours et elle était tentée de lui pardonner, tout en sachant pertinemment qu'elle ne pouvait plus lui faire confiance.

Son téléphone se mit à sonner et elle le sortit de son sac. C'était lui. Encore. Elle ne devait pas décrocher, même si elle était tentée de le faire. Pourquoi était-elle ainsi déchirée à chaque fois qu'il était question de lui ? Elle prit finalement l'appel.

— Linc, je t'en prie, il faut que tu me laisses tranquille, maintenant.

— Tu as reçu mes fleurs ? Est-ce qu'elles te plaisent ?

Sa voix s'insinua dans son cœur. C'était une torture de l'écouter, de l'entendre à l'autre bout de la ligne. Et puis qui n'aimait pas les fleurs, bon sang ? Tout le monde aimait en recevoir.

— Rose ?

— Oui, tes fleurs sont superbes, finit-elle par admettre.

— Quelle est ta couleur préférée ?

Elle s'apprêtait à répondre lorsqu'elle se rendit compte que ce serait jouer son jeu.

— Cela ne te regarde en rien, je n'ai plus rien à te dire et tu devrais faire de même.

Elle raccrocha aussitôt avant de se rendre compte qu'elle était en larmes.

La sonnerie de son appartement retentit et la fit sursauter. Elle s'essuya les joues… S'il s'agissait encore d'une livraison de fleurs…

Elle ouvrit. Ce n'était pas un livreur, mais bien l'expéditeur en personne, son téléphone à la main et une valise à roulettes dans l'autre. Elle resta bouche bée.

— Bonjour, dit-il en entrant sans attendre qu'elle l'y invite et en refermant la porte comme s'il prévoyait de rester.

— Mais qu'est-ce que tu fais ?

— J'emménage. Où veux-tu que je laisse mes affaires ?

— Tu plaisantes ?

— Pas du tout.

— Tu es chez moi et je ne t'ai pas invité.

Il regarda autour de lui.

— Les fleurs rendent vraiment bien. Non pas que ton appartement ait eu besoin de quoi que ce soit, il était déjà très chaleureux.

Elle sentit son cœur se mettre à tambouriner de plus en plus fort.

— Je voudrais que tu t'en ailles, Linc. Tout de suite.

— Non, ce n'est pas vrai.

— Tu n'as aucun droit de décider à ma place ce que je veux ou pas, Linc. Aucun droit non plus de te présenter chez moi. Tu m'as quittée deux fois et nous sommes divorcés, j'ai signé les papiers.

— Cela me rappelle quelque chose, dit-il en claquant

des doigts avant de sortir la fameuse enveloppe kraft de la poche du dessus de sa valise. Voilà les papiers que tu as signés.

Elle ouvrit l'enveloppe et curieusement n'y trouva pas les documents attendus, mais des lambeaux de papier.

— Je ne comprends pas.

— J'ai demandé à mon avocat de ne pas poursuivre la procédure de divorce, ce qui fait que nous sommes toujours un peu mariés.

— Quoi ? Pourquoi as-tu fait cela au lieu de conclure notre divorce ?

Il retrouva alors son sérieux.

— Ce n'était pas de toi que je voulais divorcer, mais de mon passé. Je voulais redevenir l'homme que tu pensais épouser avant toute cette histoire. Et c'est maintenant chose faite, grâce à toi et à mes parents.

— Que s'est-il passé ? demanda-t-elle en déposant l'enveloppe sur la table basse.

— J'ai suivi ton conseil et je suis allé voir mon père biologique, dit-il. C'est quelqu'un de bien, qui a vécu un grand chagrin d'amour. Ce qui est à la fois une bonne et une mauvaise nouvelle. La mauvaise, c'est qu'il s'est marié et a divorcé un certain nombre de fois parce qu'il a toujours attendu de retrouver quelqu'un qu'il aime autant que ma mère.

— Alors tu n'es pas le fils d'un salaud comme tu le craignais ?

— Je ne voulais pas courir le risque de devenir ce genre d'hommes, pas avec toi. J'ai préféré vivre avec la douleur de t'avoir perdue et d'être un imbécile, plutôt que de prendre le risque de devenir un sale type qui abuserait de ta confiance.

Elle sentait son cœur fondre comme neige au soleil.

— Mais il semble tout de même que je tienne de

lui en quelque chose, dit-il en s'approchant sans cesser de la dévorer du regard.

— Ah bon ?

— Parce que, comme lui, je ne suis tombé amoureux qu'une fois et qu'il n'y a jamais plus eu personne d'autre dans ma vie. Personne d'autre que toi.

— Linc, je ne peux pas…

L'émotion lui coupa la voix, elle détourna le regard.

— Rose, je sais que je t'ai fait souffrir et si tu savais combien je le regrette… Je sais aujourd'hui que nous sommes faits l'un pour l'autre. Regarde cette évidence ! De fait nous ne sommes pas même divorcés et ni l'un ni l'autre nous n'avons refait nos vies.

— Linc…, dit-elle en relevant les yeux vers lui pour découvrir espoir et désespoir mêlés dans son regard.

— Sais-tu pourquoi nous n'avons jamais aimé personne d'autre ? Je ne peux parler qu'en mon nom, mais je mettrais ma main au feu que c'est la même chose pour toi. En fait tu m'as dit que tu n'avais jamais cessé de m'aimer et je ne savais pas comment réagir.

— Me parler aurait été une solution.

— Oui, maintenant je le sais, mais je n'ai pas pu le faire alors. Je t'aime, Rose. Je t'ai toujours aimée. Contrairement à mon père, j'ai eu la chance d'épouser la femme de mes rêves, et c'était là la plus belle chose qui pouvait m'arriver, juste avant que je ne commette la pire des erreurs… Je peux simplement plaider la sincérité. Mes motivations étaient honnêtes. J'espère simplement aujourd'hui que tu parviendras à me pardonner. Sois ma femme, Rose. Ne me condamne pas à une vie sans toi !

— Oh, Linc ! s'exclama-t-elle en se mordant la lèvre inférieure.

— Avant de me donner ta réponse, il faut que tu saches que je n'abandonnerai pas. Si tu refuses, je planterai une tente en bas de chez toi et je t'enverrai des fleurs, je souscrirai pour des panneaux publicitaires sur lesquels afficher mes déclarations d'amour pour toi…

Elle sourit.

— Et que feras-tu de tes affaires à Blackwater Lake ?

— Je me débrouillerai. Mon appartement restera inhabité tant que tu n'auras pas accepté de t'en occuper, poursuivit-il avant de reprendre un air grave. Rose, si tu trouves le courage de me donner une nouvelle chance, je te fais cette promesse : tu n'auras jamais la moindre raison de le regretter.

Elle ne l'avait jamais vu si vulnérable. C'était nouveau pour elle et elle sentait son cœur s'ouvrir à l'espoir et, plus important encore, à la confiance.

Tremblant, elle avança d'un pas et perçut sa chaleur sans même l'effleurer.

— Est-ce que tu accepterais que je reprenne mon travail ?

— Comment cela ?

— Que je reprenne l'aménagement de ton appartement là où je l'ai laissé pour que nous vivions ensemble là-bas ?

Il ferma les yeux quelques instants et poussa un long soupir avant de la regarder à nouveau. Un léger sourire vint se poser sur ses lèvres tandis qu'il acquiesçait d'un signe de tête.

— De mon point de vue, ce que tu me décris est sans doute le plus proche du paradis qu'un homme puisse connaître.

— Je t'aime, Lincoln.

— Moi aussi, je t'aime, dit-il avant de l'embrasser et de laisser parler l'étincelle qui consumait leurs cœurs depuis si longtemps.

## Retrouvez en Avril 2018, dans votre collection *Passions*

**Le doute au cœur, de Sara Orwig - N°713**

*Tu n'as pas su retenir ton mari ? Rien d'étonnant : d'autres femmes sont bien meilleures que toi.* Cet e-mail anonyme qu'Emily vient de recevoir l'a mise hors d'elle. Car il n'est que stricte vérité : Tom la trompe, elle en est certaine. Sans doute parce qu'elle ne supporte plus que son époux – qu'elle juge responsable de la disparition de leur fils – pose la main sur elle. Mais ce soir Emily est prête à briser le silence. Quitte à perdre à tout jamais le mari qu'elle a tant aimé et qui lui semble désormais être un étranger…

**Guidée par la vengeance, de Brenda Harlen**

Josh Slater sera… son nouveau patron ? En voyant s'avancer vers elle l'homme – mille fois plus séduisant que dans son souvenir – qui lui a brisé le cœur dix ans plus tôt, Tristyn sent une colère sourde l'envahir. Car John, le goujat qui l'a publiquement humiliée durant son bal de promotion alors qu'il l'avait prise pour cavalière, ne semble même pas la reconnaître. Mais qu'il se rassure, Tristyn est bien décidée à tout mettre en œuvre pour lui rafraîchir la mémoire au plus vite…

---

**Mariés par convenance, de Andrea Laurence - N°714**

Lana est totalement désemparée : depuis que Kal – son meilleur ami, dont elle est secrètement amoureuse depuis des années – a accepté de l'épouser pour qu'elle puisse avoir la garde d'Akela, sa petite nièce de six mois, il n'a de cesse de flirter avec elle. Ses regards brûlants et ses gestes tendres qui lui inspirent un désir irrépressible, Lana n'en veut pas ! Car, si elle sait qu'il ne s'agit que d'un jeu pour Kal, elle craint pour sa part de ne jamais s'en remettre…

**Conquise par un cow-boy, de Marie Ferrarella**

Chloé s'en veut terriblement. Un seul sourire de Chance Howell a suffi à faire voler en éclats toutes ses bonnes résolutions ! Elle doit désormais le reconnaître : elle est tombée désespérément amoureuse de ce séducteur toujours en quête d'une nouvelle aventure… Pourtant, espérer fonder une famille avec Chance n'est qu'une douce illusion, Chloé le sait bien. Dès lors, elle doit prendre une décision. Renoncer à l'amour qu'elle éprouve pour lui, ou quitter le Galloping Ranch, où elle travaille jour après jour sous ses ordres…

**Le double cadeau de Bailey, de Rachael Johns - N°715**

Une étreinte brûlante, insensée, interdite. Et voilà que Bailey se retrouve enceinte de jumeaux ! Désemparée, elle adresse un courrier anonyme au journal local de Jewell Rock, en quête de conseils. Dire ou ne pas dire à Quinn McKinnel qu'il va être papa, tel est son dilemme. Car l'homme qui lui a fait perdre la tête est un séducteur notoire, hostile à toute forme d'engagement. Mais, tandis que la réponse à sa lettre tarde à venir, Quinn lui parle soudain d'avenir et des projets qu'ils pourraient faire ensemble. Serait-il finalement l'homme de sa vie? C'est ce que Bailey espère de tout son cœur, avant de découvrir le terrible secret que lui cache Quinn...

**De dangereux sentiments, de Sheri Whitefeather**

Demander à Max – son meilleur ami et le fantasme de toute une vie – de l'épouser ? Bien que réticente à cette idée, Lizzie sait qu'elle n'a plus le choix. Car pour pouvoir adopter Tokoni, ce petit garçon de cinq ans qu'elle aime déjà comme son propre fils, il faut qu'elle soit mariée... Mais demander un tel service à Max, n'est-ce pas prendre un double risque ? Celui d'un refus ou, pire encore, celui d'un assentiment qui brouillerait totalement les limites entre eux...

---

**Au nom de l'honneur, de Maisey Yates - N°716**

Hayley est totalement dévastée : son père vient de la surprendre entre les bras de Jonathan Bear, son nouveau patron. Et, désormais, elle oscille entre gêne, peur et honte. Elle, la fille du pasteur de Copper Ridge, que l'on croit si sage et innocente, s'est pour une seule et unique fois laissé envahir par le désir. Pire, Jonathan – cet homme sexy et sulfureux – éveille en elle un sentiment inédit qu'elle ne peut se résoudre à éteindre... Décidée à vivre désormais sa vie en adulte, elle se résigne donc à aller parler à son père, même si elle craint plus que tout de le décevoir...

**Coup de foudre au Texas, de Jules Bennett**

Comment peut-elle avoir eu un coup de foudre pour Colt Elliott, l'homme qui a ruiné son père ? Annabelle est désemparée. Elle qui était venue forcer Colt à annuler la dette de jeu contractée par son père – une hypothèque sur la maison familiale –, la voilà à présent magnétisée par son regard... Pourtant, elle le sait, elle n'a pas le droit d'abandonner la lutte et doit se ressaisir. Sur-le-champ.

**Prisonnier de son charme, de Silver James - N°717**

Lorsqu'il se réveille blotti contre Roxanne Rowland – la fille de son pire ennemi–, Cash panique. Que lui a-t-il pris de passer la plus passionnée des nuits avec la superbe rousse qu'il devait garder comme otage pour protéger l'empire Baron, dont il est l'héritier ? Comment a-t-il pu céder à la douce ivresse de ses yeux d'agate ? Il vient de commettre une grave erreur, il ne le sait que trop bien. Et, surtout, il ne doit pas se laisser manipuler par Roxanne, qui ne cesse de lui murmurer qu'elle l'aime et qu'il doit la libérer…

**Des retrouvailles inespérées, de Marie Ferrarella**

Quand Cecilia découvre Eddie Montoya sur le seuil de sa porte, toute la colère qu'elle a emmagasinée depuis des jours s'évapore comme par magie. Ainsi, l'homme que sa mère lui envoie au prétexte de rénover sa salle de bains – avec l'espoir secret qu'il comble sa solitude – n'est autre que celui qui l'a défendue à la faculté, le jour tragique où elle s'est fait agresser quelques années plus tôt. Et il est encore plus beau que dans son souvenir… Dès lors, comment réagir? Car, alors que Cecilia s'était juré de lui claquer la porte au nez, la voilà désormais envahie par le désir…

---

**La mariée du désert, de Olivia Gates - N°718**

Devenir la femme de Shaheen aal-Shalaan ? Johara en rêve depuis toujours. Pourtant, elle sait que ce rêve ne se réalisera jamais. Elle aime Shaheen, de toute son âme et de tout son cœur, certes, mais elle n'a pas le droit de le détourner de son destin. En tant que prince héritier du royaume de Zohayd, il doit en effet épouser une femme de son rang, une femme que son père choisira pour lui et qui lui permettra ainsi d'accéder au trône. Alors, si elle ne veut pas compromettre l'avenir de Shaheen et celui du royaume, il ne lui reste qu'une solution : fuir le plus loin possible, et disparaître de la vie de celui qu'elle aime...

**Délicieux soupçons, de Jules Bennett**

S'il y a une chose que Bronson Dane ne permet pas, c'est qu'on tente de le manipuler. Aussi se montre-t-il particulièrement méfiant lorsque, après avoir partagé une nuit de passion avec Mia Spinelli, la nouvelle et ô combien sublime assistante de sa mère, la jeune femme prétend être enceinte de lui. Comment la croire, alors que tout Hollywood ne parle que d'une liaison possible entre Mia et l'ennemi juré de Bronson ? Pour lui, le doute n'est plus permis : Mia l'a séduit pour se servir de lui. Et elle ne va pas tarder à le regretter…

Composé et édité par HarperCollins France.

Achevé d'imprimer en février 2018.

CPi
BLACK PRINT

Barcelone

Dépôt légal : mars 2018.

Pour limiter l'empreinte environnementale de ses livres, HarperCollins France s'engage à n'utiliser que du papier fabriqué à partir de bois provenant de forêts gérées durablement et de manière responsable.

*Imprimé en Espagne.*